中國古典文學基本叢書

謝朓集校注

〔南朝齊〕謝朓 撰
曹融南 校注

中華書局

圖書在版編目(CIP)數據

謝脁集校注:典藏本/(南朝齊)謝脁撰;曹融南校注. —
北京:中華書局,2022.2
(中國古典文學基本叢書)
ISBN 978-7-101-15531-0

Ⅰ.謝… Ⅱ.①謝…②曹… Ⅲ.古典詩歌-詩集-中國-南朝時代 Ⅳ.I222.739.1

中國版本圖書館 CIP 數據核字(2021)第 268785 號

責任編輯:田苑菲 劉 明

中國古典文學基本叢書
謝脁集校注(典藏本)
〔南朝齊〕謝 脁 撰
曹融南 校注
*
中 華 書 局 出 版 發 行
(北京市豐臺區太平橋西里 38 號 100073)
http://www.zhbc.com.cn
E-mail:zhbc@zhbc.com.cn
北京市白帆印務有限公司印刷
*
850×1168 毫米 1/32 · 15¼印張 · 2 插頁 · 353 千字
2022 年 2 月北京第 1 版 2022 年 2 月北京第 1 次印刷
印數:1-3000 册 定價:78.00 元

ISBN 978-7-101-15531-0

前言

一

我國古典詩歌發展到齊梁時期，呈現出了新的面貌：在題材、内容上，繼前人已闢的蹊徑又有所拓展；在表現形式上，除上承建安以來漸重辭采、偶對和用事而踵事增華以外，又進而講求聲律，轉尚清綺。一時作者衆多，蔚成風氣。其中，可以冠冕群倫、獨步一代，又深遠地影響後來的，允推謝朓[一]。

謝朓(四六四——四九九)，字玄暉，祖籍陳郡陽夏(今河南太康縣)，而大約出生在南朝都城建康(今南京市)。他是南朝大姓謝氏家族的一員，曾對鞏固東晉政權建立大功的謝安、謝玄是他族中的高、曾祖輩。祖父謝述，吴興太守。祖母是後漢書作者范曄之姊。父親謝緯，散騎侍郎。母親是宋文帝劉義隆(太祖)的第五女長城公主。歷宋至齊，謝氏家族已漸陵替。謝朓高祖早卒，曾祖以來，亦無高位，又因范曄謀反被誅事的牽連，招致家禍，因而愈見衰微。

〔一〕梁簡文帝與湘東王書已云：「至如近世，謝朓、沈約之詩，……斯文章之冠冕，述作之楷模。」後世如明王世貞藝苑卮言推爲「一時之傑」；清王士禛古詩箋凡例譽爲「齊有玄暉，獨步一代」。

但謝朓畢竟還是「衣冠子弟」，自幼有着較好的文化教養，所以史傳上説他「少好學，有美名，文章清麗」，且「善草隸，長五言詩」〔一〕。他的家世出身，無疑在他思想意識上打上深刻烙印，也給他生活和創作以很大影響。

謝朓入仕，當齊武帝蕭賾即位之初。這時，武帝弟豫章王嶷爲太尉，朓解褐任太尉行參軍，年纔十九。永明四年（四八六），武帝第八子隨郡王子隆遷東中郎將、會稽太守，朓任其官屬。繼又轉任衛將軍王儉東閣祭酒、文惠太子長懋舍人。武帝次子竟陵王子良爲護軍將軍兼司徒，在雞籠山下開西邸，招接文士，一時作者麕集，朓和沈約、王融等並稱「竟陵八友」，相與講論音律，創作詩賦，酬答唱和，極一時之盛。這期間，謝朓受着聲病論的薰染和寫作技巧上的鍛鍊，大有助於他日後文學創作的成就。

永明八年（四九〇），子隆受命爲鎮西將軍、荆州刺史，翌年親府州事。朓被任爲鎮西功曹，轉文學，隨藩赴任。史稱子隆「性和美，有文才」，武帝曾向國子祭酒王儉誇贊他説：「我家東阿也。」〔二〕因爲愛好相同，意氣投合，所以謝朓「尤被賞愛，流連晤對，不舍日夕」。這便引起當時任鎮西長史的「儒林祭酒」、舊派官僚王秀之的嫉忌，以朓「年少相動」，密報武帝。朓終被敕令

〔一〕南齊書本傳。
〔二〕南齊書武十七王傳。

還都〔一〕。這是他十年平穩仕途中所遭受的一次沉重打擊。他在暫使下都夜發新林至京邑贈西府同僚詩裏説：「常恐鷹隼擊，時菊委嚴霜。寄言罻羅者，寥廓已高翔。」真實地反映出遭受打擊後悚懼畏禍和倖免災害的複雜心情。

謝朓還都，正遇上齊武帝病殁、皇孫鬱林王昭業即位（太子長懋已先死）的大事。這時，武帝的堂弟蕭鸞受遺命輔政，却乘此把持國柄，陰謀篡奪。次年一年之間，便先後廢黜了昭業、昭文兄弟，自登帝位，是爲明帝，改元建武。是年「三改年號」，這在我國歷史上極爲罕見〔二〕。還都之後，謝朓先是任新安王昭文中軍記室，後又兼尚書殿中郎。當昭文繼其兄被扶上帝位時，蕭鸞爲驃騎大將軍、録尚書事，朓任驃騎諮議，領記室，管霸府文筆。蕭鸞即位，他轉官中書郎，掌中書詔誥。中書是勢利之職〔三〕，謝朓所受信任之重，可以想見。建武二年夏，他出任宣城太守。在這次蕭齊皇室内部争攘的政治風暴中，密切接近最高統治人物、處身漩渦中心的謝朓，雖是官位逐步陞遷，却也親見了統治集團内部争奪、屠戮的慘烈。他的好友王融因圖擁立子良，在昭業即位十多天後即「於獄賜死」；接着，他曾長期追隨的竟陵王子良「以憂

〔一〕南齊書本傳。
〔二〕南齊書海陵王紀論。
〔三〕南齊書倖臣傳。

卒」，隨郡王子隆也因蕭鸞的忌憚「見殺」〔一〕。在血腥彌漫的嚴峻現實中，他内心震動的强烈，精神創痛的深重，不言可喻。所以，在他出守山川秀麗的宣城時，一面發着「皇恩竟已矣」的感歎，一面也懷有「囂塵自兹隔，賞心於此遇」的欣快。

出守宣城只一年有餘，約在建武三年（四九六）冬或稍後，他「以選復爲中書郎」。不久，又出爲明帝長子鎮北將軍、晉安王寶義的諮議、南東海郡太守，行南徐州事。永泰元年（四九八），明帝病篤，對曾輔佐齊高帝開國有功、官至司空、任會稽太守、居東南重鎮的王敬則深懷猜忌，密加防範。敬則也有所察覺，準備發難。王敬則是謝朓的岳丈，於是敬則第五子幼隆派人秘密告知謝朓，欲共商所計。朓出於自保圖存，即拘執來使，馳報明帝。敬則終於兵敗被殺。明帝對朓深爲嘉賞，陞任他爲尚書吏部郎。朓上表三讓，終不見許。謝朓告發岳丈反事，他妻子當然痛恨入骨，同時的人也深加砭刺，後來史家，更多所譏評。謝朓在這事上所表現的懦怯畏葸，勉求避禍，確無庸置辯。但他面對的是一個「性猜忌多慮」，「雄忍」而善「用計數」的「嚴能」之主〔二〕，得位之後，正時刻嚴防異己，南徐州密邇京畿，處在他眉睫之下；爲防範王

〔一〕王融、子隆事見南齊書各本傳；子良事參資治通鑑卷一百三十九。

〔二〕南齊書明帝紀。

敬則，並先已明授親信而「素著幹略」的宿將張瓌爲平東將軍、吴郡太守〔一〕，恰可以拊南徐州之背。所以，謝朓的舉動，確是「實逼處此」，有所不得已的。

這年七月，明帝病死，太子寶卷即位。寶卷失德，明帝的表弟江祏、江祀兄弟議立明帝第三子寶玄。既而忽又回惑變計，謀立明帝之姪遥光，秘密徵取謝朓的意見，遥光也遣人致意籠絡。朓因自感受恩明帝，不肯置答，並以祏等密謀告知輔國將軍左興盛。遥光、江祏等得訊，立即先發制人，稱敕召朓，收付廷尉，並下獄誅死。對他的死，他的知己沈約曾在傷謝朓詩裏説：「尺璧爾何冤！」後人也每惋惜地指出他的死是「以冤」〔二〕。這都是就當時的具體人事而論，是不錯的。我們却覺得謝朓以才華秀發、正處盛年而疏於世務的一代作者，就這樣無謂地在蕭姓一家的争權奪位中丢失了性命，纔真是大冤，深可歎惜！

二

謝朓的文學創作業績，除樂府、五言的成就最爲秀出外，辭賦、駢文等也卓然可觀。

他的樂府、五言的内藴，較爲繁富。其中，摹寫山水景物的尤見突出。

〔一〕南齊書張瓌傳。

〔二〕王世貞藝苑卮言卷八：「曩與同人戲爲文章九命：『……八曰無終……謝朓以冤。』」

山水的進入文學，詩、騷已開其端，但那只是作爲比興或出於助成抒情的需要。東漢以下，由於隱士、逸民的悦山樂水，山水見於文人創作的漸多。所以「建安之時，叙景已多，日甚一日」〔一〕。曹操的觀滄海就是備受稱譽之作。魏晉玄學流行，談玄説道之士崇仰自然，常借山水以表玄理，見玄趣。因之，文學創作上當玄言詩再無出路時，「山水方滋」，自是很自然的了。到謝靈運、鮑照出，才真正標誌着山水文學的確立。

謝朓是繼踪二人之後的優秀山水詩作者。他年輕時生活在建康，自幼受着那裏山水景物的薰陶。弱冠以後，行踪漸遠，「東亂三江，西浮七澤」，更廣泛地接觸江南、荆楚的山水。三十二歲時出守宣城，因爲仕途中的遭遇引起了内心出處仕隱的矛盾，更有意識地接近山水，而宣城又正是風景奥區，山水名都，更多物態風姿可以供他搜羅筆底。他守宣時間不長，山水詩的寫作却特多，而且名篇絡繹，終以此奠定了他在我國詩歌史上的特有地位。

建康是南朝名都，山縈水環，宫室巍峨。作者以青年人特有的敏鋭感覺和開朗胸襟，用明快筆致寫出了這裏「逶迤帶渌水，迢遞起朱樓。飛甍夾馳道，垂楊蔭御溝」（入朝曲）的景色，至今讀來，當時的壯麗風貌，還宛然在目。「秋河曙耿耿，寒渚夜蒼蒼。引領見京室，宫雉正相望。金波麗鳷鵲，玉繩低建章」（贈西府同僚），則真切地反映出皇都的秋夜景象。「遠樹曖仟

〔一〕吴喬答萬季野詩問。

仟，生煙紛漠漠。魚戲新荷動，鳥散餘花落」（游東田），很精細地摹寫出京郊春日的晴態。「朔風吹飛雨，蕭條江上來。既灑百常觀，復集九成臺。空濛如薄霧，散漫似輕埃」（觀朝雨），也如畫地描繪出京華的雨景。他滯留荆州，時間較短。當時，正一心攀附隨王，「共奉荆臺績」，想有所作爲。所以，荆土山水，涉筆的不多，且往往是遠望所接，其中却也不乏佳製。如望三湖：「積水照赬霞，高臺望歸翼。平原周遠近，連汀見紆直」；春思：「茹溪發春水，阰山起朝日。蘭色望已同，萍際轉如一。巢燕聲上下，黄鳥弄儔匹」，都生動真切，發人遐想。出守宣城，是在遭讒還都又經政局劇變之後，他正想藉山水清景療治心靈上的創傷，因而對山水癖愛特深。謝宣城別傳曾説：「朓常有言：『烟霞泉石，惟隱遯者得；宦游而癖此者鮮矣。』」〔一〕癖嗜既深，觀察、描寫，便也探奥入微，窮形盡致；而且時時融入自己的心性，給景物敷上一層感情色彩。如到宣之後，纔一涉足，就歡唱出「招招漾輕檝，行行趨巖趾。江海雖未從，山林於此始」（始之宣城郡）。偶有登望，也寫出了「寒城一以眺，平楚正蒼然。山積陵陽阻，溪流春穀泉」（宣城郡内登望）。寫秋天的特有景色是「寒槐漸如束，秋菊行當把」（落日悵望）；寫冬景則是「颯颯滿池荷，翛翛蔭窗竹。……蒼翠望寒山，峥嶸瞰平陸」（冬日晚郡事隙）。春日在他的筆下是「香風蕊上發，好鳥葉間鳴」（送江兵曹檀主簿朱孝廉還上國），夏日則是「望山白雲

〔一〕庾開府全集卷四和王少保遥傷周處士詩倪璠注引。語亦見宣城郡志良吏列傳。

裏,望水平原外。夏木轉成帷,秋荷漸如蓋」(後齋迴望)。宣城的山水草木,美景勝態,一經詩人彩筆點染,無不生氣盎然地呈現在讀者面前,令人神往。

大體看來,在謝朓的山水詩裏,既有「荆山嵸百里,漢廣流無極。北馳星晷正,南望朝雲色」(答張齊興)、「兹山亘百里,合沓與雲齊。……上干蔽白日,下屬帶迴谿」(遊敬亭山)等雄壯闊大場景的摹寫,表現豪壯之美;也有「輕蘋上靡靡,雜石下離離。寒草分花映,戲鮪乘空移」(將遊湘水尋句溪)、「日華川上動,風光草際浮。桃李成蹊徑,桑榆蔭道周」(和徐都曹出新亭渚)等精微輕倩物態的描繪,顯現秀逸之美。他能敏鋭地感知、發現大自然的千姿百態,並完美地予以表現,爲大地的自然風光增色,使人們在獲得美學享受的同時,萌生出對祖國河山的無限熱愛。

謝朓詩作中,也較多反映他的政治思想和人生態度。

謝朓出生於士族地主家庭,受到傳統教育、時代風氣的影響,加以自身所經歷,形成了他特有的政治思想和人生態度。他思想中雖有佛、道成分,但仍以正統的儒家思想爲主。他入仕後立意建樹功業,有所表現。祖輩中謝安、謝玄的事功,時時在他意念中起着激勵作用,他曾深婉地吐露「平生仰令圖」的心情。

這時南北分裂已歷一個半世紀,北魏政權日趨强固,不時南向侵擾。謝朓詩裏,就常表現對統一的嚮往。他隨隨王出鎮荆州，在從戎曲中，曾抒發「自勉輟耕願，征役去何言」的慷慨心情。在和江丞北戍詩裏，也寫着：「京洛多塵霧，淮濟未安流。豈不思撫劍，惜哉無輕舟。」流露出像曹植在雜詩中所寫「江介多悲風，淮泗馳急流。願欲一輕濟，惜哉無方舟」那樣的情懷。在他兩首長篇詠史之作裏，一則曰：「北拒溺驂鑣，西戡收組練。江海既無波，俯仰流英眄」（和伏武昌登孫權故城），表現對胸懷雄略的孫權的崇仰；一則曰：「戎州昔亂華，素景淪伊穀。阽危賴宗衮，微管寄明牧。長蛇固能翦，奔鯨自此暴」（和王著作融八公山），熱情歌頌族中先輩在淝水之役中的業績。兩詩之中都流露出北吞强敵、混一區宇的意想，和當時人民的願望相一致。南朝二百餘年間，江表士夫宴安江沱，乏激昂爲國之志〔一〕，謝朓能唱出這樣的雄健之音，是彌足珍視的。

作者在三十歲以後，兩度出理州郡，親民臨政。在詩歌中反映出來的爲政思想，不脱儒家的禮治觀念。他自己的施政設想是：「烹鮮止貪競，共治屬廉恥」，希望出現「廣平詠」「華陰市」（始之宣城郡）的政績；對友人的爲政，也以「廣平聽方籍」（新亭渚别范零陵雲）、「子肅兩岐功」（答張齊興）相期勉。他理想的政績是政簡訟清，人和年豐。

對待人民，他自期能做到不侵擾，去兼併，卹念貧病，歲豐年祥。他雖不具備優異的理政

〔一〕參古文苑卷一二章樵注。

之才，但在出守期間，還是能兢兢業業勉修其職的。爲了佇待年祥，他及時祭賽祈雨，祈求「福被延泯澤」（賽敬亭山廟喜雨）。他也給貧民分賦田畝，想着「察壤見泉脈，覘星視農正」（賦貧民田），希望人民倉廩豐實。于役湘州，賦詩告别宣城吏民時，還自感歎然：「遺惠良寂寞。」看來，他還不失爲一個純正的良吏，無怪後來地方志也把他列入了良吏傳[一]；而封建時代的詩人士夫，也每以他爲榜樣，或如雍陶爲簡州牧時以宣城自比[二]，或如王延彬刺泉州時寫出「也解爲詩也爲政，儂家何似謝宣城」之類的詩句[三]，深表欽仰之忱。

謝朓詩中，特多抒情述懷之作。

謝朓是一個富感情、重友誼的人。早歲在西邸中，廣交當時文士；出任外職時，和僚佐從事，也有着深厚情誼。所以，不論同詠唱酬，或接句聯吟，常表現出深摯的感情。如酬王晉安：「悵望一途阻，參差百慮依。春草秋更緑，公子未西歸」；臨溪送别：「沫泣豈徒然，君子行多露」，都寫出别後深刻的思念和關懷。對在政局劇變中慘遭不幸的相知，儘管自己身居高位，志意盈滿，依然念念在懷，深情地詠唱出：「零落悲友朋！」（始出尚書省）

〔一〕明萬曆初重修宣城郡志。

〔二〕參雲溪友議卷一。

〔三〕見龍性堂詩話續集。

思鄉念歸之情，在詩裏有更多、更深刻的抒寫。他以建康爲自己的鄉邑，離去時常表現出戀戀不捨，居外時更多表現出眷念深情。如京路夜發中，一再慨歎着：「故鄉邈已夐，山川修且廣」「行矣倦路長，無由税歸鞅」。在晚登三山還望京邑中，詠唱出：「佳期悵何許，淚下如流霰。有情知望鄉，誰能鬒不變？」居外任時，所寫「鞏洛常睠然，摇心似懸旌」（後齋迴望）、「已傷慕歸客，復思離居者」（落日悵望）、「已惕慕歸心，復傷千里目」（冬日晚郡事隙）之類的詩句，更是不勝枚舉。即使在心情欣快時，他也會唱出：「樂極思故鄉。」（賽敬亭山廟喜雨）這些，都表現出作者對鄉邑的淵然深情，能激發遊子心弦的共鳴。

在他的後期詩作中，抒發最多的則是由於仕途艱險、政争殘酷而萌發的縈心禄位又寄想栖隱的矛盾心情。如經歷皇室内難、出守宣城時，他的想法是「既歡懷禄情，復協滄洲趣」（之宣城郡出新林浦向板橋）。守郡之際，也時時發出「方棄汝南諾，言税遼東田」（宣城郡内登望）、「既乏琅邪政，方憩洛陽社」（落日悵望）的詠唱。甚至在直中書省時，也毫不掩飾地寫出「信美非吾室，中園思偃仰」（直中書省）。抒發這種感情時，都低徊宛轉，引起人們的同情，也使人們加深對他所處社會現實的認識。他懷有「戢翼希驤首，乘流畏曝鰓」（觀朝雨）的内心矛盾，却不能像陶淵明有「彼達人之善覺，乃逃禄而歸耕」的徹悟而決然擺脱〔一〕，終於以身爲

〔一〕陶靖節集感士不遇賦。

殉，只能使人們讀到這些抒情詩時爲之一慨。

謝朓還有不少詠物詩。從作品内容和同詠的作者看來，可知是産生於早期的爲多。歷來評論者可能認爲是「少作」，且是詠物，就較少置論，實則這部分作品及其寫作是應該重視的。首先，早歲西邸時期，沈約、周顒等正盛倡聲病之説，一時作者，相與唱和，從事實踐。只是由於生活在邸館宴樂之中，取材多不出身邊事物。這些詠物詩，可看作古詩漸向近體過渡即後人所稱「新體詩」的標本〔一一〕。在唱和中，相互觀摩，於表現技巧、語言運用、聲律講求等都有着切磋琢磨之益。這和鄴下文士在公宴、遊園詩的寫作中大爲提高寫作藝術有相同之處。其次，詠物詩的寫作，一是要求觀察入微，能求物之妙；二是要求意到筆隨，達到體物之工。謝朓山水詩獲得特有成就，不能不説和他早期詠物詩寫作的鍛鍊有關。再則，上乘詠物詩決不單純詠物，流爲詩謎，而應以物爲比興之資，有作者的感興，具物外之旨。謝朓是不乏這類作品的。如詠竹，詠的是窗前叢竹，摹寫如畫，結句却寫出風起籜墜，「根株長別離」，暗寓人生的遭遇、感歎。又如詠蒲，詠唱水上離離蒲草的生態和效用，結處却化用相傳爲甄后所作塘上行中「衆口鑠黄金，使君生别離」的語意，對現實人事發出深沈感喟。陳胤倩説：「宣城之於詠

〔一一〕王闓運八代詩選收王融、謝朓、沈約、范雲以下諸人介於古近體之間的五言之作，標爲「齊已後新體詩」。

物……寄意可風。」〔一〕指的應就是這類作品。

作者以其秀異的才華、敏鋭的感覺和特有的經歷，在詩歌的題材、内容上，有着可喜的成就。但由於階級地位的限制、生活面的狹隘，反映現實的深廣度是不够的。在他的前期生活中出入西邸，隨藩出守，寫了不少飲宴酬唱和歌頌贊美之作。永明以後，對仕途心有厭棄，却又戀戀禄位，作品中常顯現軟弱、摇擺和屈從的心情，是不足取的。

謝脁能生動形象、深婉入微地表現人情物態之美，形成獨特風格，和他優異的藝術表現才能密不可分。他遠祖詩、騷，近承建安以來曹植、陸機、謝靈運、鮑照等的詩歌成就，又從樂府民歌中吸取營養，涵泳藴蓄，終於取得如此卓越的造詣。

脁詩表現上較多採用比興寄託，借事攄懷，含藴深厚，多給讀者留下想象餘地。在寫景時，情與景會，即景引情，使情景融合，愈增深婉。如贈西府同僚的「大江流日夜」，既寫即目，又以興起「客心悲未央」；離夜以「翻潮尚知限」興起並比襯「客思眇難裁」。又如別范零陵雲的「雲去蒼梧野，水還江漢流」，借雲水蒼茫喻人我遠隔，寫别情之深；銅爵悲的「寂寂深松晚，寧知琴瑟悲」，託深松以指斥魏武，這都是顯例。同樣取得含藴深厚、意在言外的效果的，還有常借恰當的故實或成辭以寄託情思，詞如己出而含意深至。如夏始和劉孱陵的「良宰朂夜漁，

〔一〕采菽堂古詩選卷二〇、二一。

出入事朝汲」，借事贊劉的治績；酬王晉安的「春草秋更緑，公子未西歸」，則是化用舊語表現對王的盼念。方東樹説朓和大謝、鮑照一樣，「所讀書亦不甚多，但能精熟浹洽，故用來穩切，異於後人之採摭餖飣也」〔一〕，是很確切的。

朓詩以短篇小幅爲多，大抵緊湊凝煉，體制完密；少數長篇也嚴整有度，渾然一體。他工於發端，並世的鍾嶸就已指出，後來論者也每稱他與曹植同工。鍾嶸又曾評他的詩「末篇多躓」，後人對這多予申辯，如陳胤倩就説：「玄暉結句幽尋，亦鏗湘瑟，而詩品以爲『末篇多躓』，理所不然。……恒見其高，未見其躓。」〔二〕抑揚之間，都嫌稍過。實則朓詩篇末多念歸、思隱之辭，不免雷同，有的且稍陷平庸，如「有情知望鄉，誰能鬒不變」之類；有的也頗類大謝的以理語作結，殊乏思致，如「寄言賞心客，得性良爲善」（遊山）之類，確可謂「躓」。但大體却落筆遒勁，含意深遠，恰稱全詩；且多有用事或化用成辭作結，蘊蓄深而富情致，如「雖無玄豹姿，終隱南山霧」（之宣城郡）、「既無東都金，且税東皋粟」（治宅）之類。總的看來，朓詩確多首尾圓合，條貫有序，見出謀篇結體之工。

謝朓詩歌寫作的遺詞用語，有着可取之處。他在精察物象氣格，仔細分辨動静之餘，恰當

〔一〕昭昧詹言卷五。
〔二〕采菽堂古詩選卷二〇、二一。

選用平易清亮的詞語，貼切自然地加以表現；依隨需要適當地敷陳色彩，摹寫音響。所以能曲盡物態，在表現上富有清綺之致。如「紅藥當堦翻，蒼苔依砌上」「眇眇蒼山色，沈沈寒水波」「魚戲新荷動，鳥散餘花落」……隨在而有。這是他學習前代作家中用語平易自然一路和民歌語言有得，又恰切地用於所要表現的意象、境界所取得的成果。在運用舊有詞語上，或化陳作新，或轉易詞性。如「江菼復依依」，唐皎然就曾贊爲「故知不必以『冉冉』繫竹，『依依』在楊」〔一〕。又如「斜漢耿層臺」「凝笳翼高蓋」的「耿」「翼」之類，都非常準確、生動地表現出特有物象、意境。其他，還可見到「生烟」「生波」「騻言」「騻首」等較生詞語，也可見出他爲恰當地表現某一意象在自鑄新詞的痕迹。正因爲他遣詞用語的獨特造詣，所以形成他特有的清新自然之風；也由於運用字、詞的簡擇精切，所以獲得鍾嶸「奇章秀句，往往警遒」的褒贊。

音律、語調的漸入諧協，是謝朓詩歌有勝前人之處，也正是所以被指爲「新變」的〔二〕。在朓詩中，兩句相聯，對仗工整，平仄調協，接近律體要求的，如「獨鶴方朝唳，飢鼯此夜啼」「緣源殊未極，歸逕窅如迷」之類，已很常見。全篇平仄諧暢，偶對適切，類乎近體的，也不乏其例。如詠薔薇和奉和隨王殿下之十五「年華豫已滌」一首等就是。這些介乎古、近體之間的「新體

〔一〕〔日〕遍照金剛文鏡秘府論南卷論文意引皎然詩議。

〔二〕梁書庾肩吾傳：「齊永明中，文士王融、謝朓、沈約文章始用四聲，以爲新變。」

詩」，在朓詩中約占三分之一。這是可貴的創造。和他並肩從事聲律研探的沈約在悼詩中説「調與金石諧」，正是贊賞着這一點。

謝朓的詩，情韻獨富，思理深至，予讀者以清新明麗、圓轉精工的感覺。蕭子顯爲他作傳時，就已譽爲「文章清麗」。後人評謂「小謝又清發」（李白宣城謝朓樓别校書叔雲）、「玄暉多清俊」（沈德潛古詩源）、「玄暉多清麗」（黄子鵠野鴻詩的）等，不一而足。他本人所贊賞的，實際也是這類作品。詩品所記「子陽（虞炎）詩奇句清拔，謝朓常嗟誦之」，可爲明證。沈約對王志説：「謝朓常見語云：『好詩圓美流轉如彈丸。』」〔一〕這是現在僅可見到的謝朓論詩的言論。話語很簡括，但驗之於他的詩作，舉凡表現手法圓活、構篇渾然圓合以及造語精圓、音調圓潤，總的構成圓融風格，都可一一指證。沈約所舉他的名言，可以看作他長期詩歌創作中有得於心之論，也可看作他寫詩時自懸的鵠的。

總的看來，謝朓詩歌創作的業績，除繼踪前修把山水詩寫作推向更成熟的境地，爲盛唐山水田園詩派的興起開闢道路外，他山水詩的融情於景，寄意象外，尤給唐人以很大啓發。他的儷偶頗切、音律漸諧的「新體詩」製作，實是給唐代詩人寫出嚴整成熟的律體詩積累着經驗。他所特有的清綺圓融的風格，也很有助於宏麗朗潤、優美自然的唐代詩風的形成。胡應麟詩

〔一〕南史王筠傳。

藪一則説「（李）供奉之癖宣城也，以明艷合也」〔一〕，再則説「世目玄暉爲唐調之始，以精工流麗故」〔二〕，就明確説明了這一點。無怪，唐代大家除李白「一生低首」外〔三〕，杜甫曾深贊「謝脁每篇堪諷誦」〔四〕，白居易也曾稱歎「謝脁篇章」〔五〕。「玄暉詩變有唐風」〔六〕一語，我們不應停留在認識它指出了謝脁詩風有變，更應領會它啓示人們認識謝脁對唐代詩歌的影響及其在我國詩歌史上的特定地位。

謝脁的辭賦，現存九篇。其中半數以上是盤桓西邸時的作品，所取多爲小賦形式。作者在酬德賦序裏説「且欲申之賦頌，得盡體物之旨」，顯見他是特别重視賦的體物作用的。他的賦以賦物爲多，借物喻意，和他的詠物詩只是形式上的不同。早期所作，多出於「奉命」「應教」，有的且標明是「擬」，所以成就不算大。但體物的精妙傳神，還是有足取的。如賦高松的

〔一〕詩藪外編卷二。

〔二〕詩藪外編卷二。

〔三〕漁洋山人精華録卷五戲仿元遺山論詩絶句三十二首之三：「白紵青山魂魄在，一生低首謝宣城。」

〔四〕杜少陵集卷一四寄岑嘉州。

〔五〕白氏長慶集卷二四宣武令狐相公以詩寄贈傳播吴中聊奉短章用伸酬謝：「謝脁篇章韓信鉞，一生雙得不如君。」

〔六〕趙師秀清苑齋集秋夜偶成。

「修幹垂陰，喬柯飛穎；望肅肅而既閑，即微微而方静。懷風音而送聲，當月露而留影。既芊眠於廣隰，亦迢遞於孤嶺」（高松賦），賦杜若的「結根擢色，發曜垂英；緣春巒以纖布，蔭涼潭而影清。景奕奕以四照，枝靡靡而葉傾」（杜若賦），都有符於陸機文賦所標舉的「賦體物而瀏亮」的要求；通過所摹寫的形象，也多少見出作者的志趣、神意所關。作於後期的思歸、酬德兩篇長賦，則深婉怊悵，較多宣洩作者内心對人生遭遇的感歎。思歸賦應作於「下車於江海」的任南東海太守時，作者正處「拖銀黄之沃若，剖金符之陸離」之際，却「忽中寢而念厲，魂申旦而九移」，因而「將整歸轡，願受一廛」，設想着歸後築室閑居，結友懷仙，插籬植楊，林園自樂的幽居生活，也嚮往於悠然物外、怡養虚白的道家修煉。結尾且表白珪璧可棄，但求歸去的决絶態度，這是在他詩歌中從没表現過的，正可看作是他不滿現實政治生活，力求自拔的心情的反映。酬德賦是酬答沈約相知之恩的，作於擢任尚書吏部郎之後。賦中歷叙平生，傾訴胸臆，極低徊哀婉之致。賦末表現「欲輕舉」「離寵辱」的意想，希求屈子所曾存想的「上征」「遠遊」，且嚮往如道家的「飲玉漿」「練七明」。他何以會産生這些想法？結句「安事人間之紆婞哉」正作了解答。他痛苦地糾纏於政局、人事，已到了精神上難於負擔的地步。嚴酷的現實，使他脱身無從，終歸沈淪。賦寫成不久，他就「下獄死」了。所以，可看作是他向知己所作最後的内心傾吐，也可看作是他對醜惡現實的有力控訴。沈約在悼詩中説：「豈言陵霜質，忽隨人事往！」不妨看作是沈在好友靈前所作針對賦意的酬答。

詩賦之外，謝朓還存留若干篇文章。南宋人編集時，遽加删削。實則這些文章，是爲全面了解作者和深入領會其詩歌創作所不容輕棄的。文章都出以駢偶，可以作爲文筆劃分之説流行後，時人重文，把應用文字也努力加以「文」化的範本。其中較好的作品，文采絢爛，偶對穩稱，用事恰切，音調諧協，能完美地叙事述意，表現情思，具有詩歌之美。如臨東海餉諸葛璩穀教：「聞事親有啜菽之窶，就養寡藜蒸之給。豈得獨享萬鍾，而忘兹五秉？」謝隨王賜左傳啓：「庶得既困而學，括羽瑩其蒙心；家藏賜書，籯金遜其貽厥。」或則表現作者尊賢重士、憫窮恤貧的情意，或則反映作者耽學求進、受賜歡忭的心情，都情辭茂美，深摯感人。又如拜中軍記室辭隨王牋，和贈西府同僚詩是一時之作，唱歎懇至，既委婉宣洩遭讒後的内心抑鬱，也深刻吐露對隨王的緜密情誼。所以前人曾評爲「獨絶」〔一〕。齊敬皇后哀策文也抒情深婉，文辭整縟。齊世專重哀策文〔二〕，朓此文允爲首選，南齊書本傳中就曾稱爲「齊世莫有及者」。兩文蕭統特以入選，後來論者，也多加推崇，是有原因的。

〔一〕張溥漢魏六朝百三家集謝宣城集題辭。
〔二〕參廿二史劄記卷一二哀策文。

三

謝朓集，最早著録於隋書經籍志：「齊吏部謝朓集十二卷，謝朓逸集一卷。」其後唐書經籍志、新唐書藝文志並記：「謝朓集十卷。」崇文總目記：「謝玄暉集十卷。」通志藝文略記：「吏部郎謝朓集十二卷，又外集一卷，謝朓逸集一卷。」

現存最早的本子是宋紹興二十七年丁丑（一一五七）宣州知州東陽樓炤序謝宣城集，計五卷。序有云：「小謝自有全集十卷。……考其上五卷，賦與樂章之外，詩乃百有二首。……其下五卷，則皆當時應用之文，衰世之事，其可采者，已載於本傳、文選，餘視詩劣焉，無傳可也，遂置之。」馬端臨文獻通考經義考就逕著録爲「謝宣城集五卷」了。爾後明清刻本，除明張溥漢魏六朝百三家集兼收賦、詩與文爲一卷，名謝宣城集，清康熙間郭威釗序謝宣城集收部分文篇附集後爲一卷共六卷外，餘者或名謝朓集，或名謝宣城集，或名謝宣城詩集，皆仍樓本之舊，爲五卷。

爲了能全面反映具有獨特成就的謝朓這一作家，且便於研讀參證，本校注本全收賦、詩與文而爲一，加以校注。計合賦、文、樂歌、四言爲一卷，五言詩（附聯句）分列四卷，仍爲五卷。

所用底本，文取嚴可均校輯全上古三代秦漢三國六朝文之全齊文，賦、詩則取吴騫拜經樓正本謝宣城集(北京圖書館藏,曾經江安傅增湘先輩校閲)。考無錫秦瀛拜經樓詩話序有云:「槎客(騫字)居海昌之新倉里,早棄舉業,荒江墟市,專事著述。瀏覽諸子百家之言,爲之考其得失而訂其譌謬。所已刊行諸書,余極賞其校正精當。」序作於嘉慶二年(一七九七),拜經樓謝集版行於前一年,其參覈校定,確較精當可據,知秦氏之言,固非出於阿私。

校注過程中,北京圖書館、上海圖書館、南京圖書館、南京大學圖書館、上海師範大學圖書館的工作人員曾熱情惠予協助,提供資料;親知朋好多所關注鼓勵;上海古籍出版社諸同志所予匡助尤多,併於此謝之!

限於學力、水平,謬誤疎漏,知所不免,謹熱忱期待專家與讀者的指正教益!

曹融南

一九八四年十月於上海師範大學

凡例

一、謝脁集，唐時著録十二卷，另逸集一卷。五代、北宋並著録十卷。南宋初樓炤鋟板，僅收賦、詩五卷，而置其下五卷。後此刻集者，多循而不改。此本兼收賦、詩與文，藉見一作者之全。文入第一卷，仍爲五卷。

二、此本賦、詩以吴騫拜經樓正本爲底本，文以嚴可均校輯全齊文爲底本。所取以讎校者，除文選、玉臺新詠、古文苑、樂府詩集、三謝詩、詩紀、漢魏六朝百三家集暨李兆洛駢體文鈔、王闓運八代詩選、丁福保全漢三國南北朝詩等總集及藝文類聚、初學記、太平御覽、文苑英華等類書外，謝集舊刻有涵芬樓影印明依宋鈔本（簡稱涵芬本）、萬曆己卯覽翠亭刻梅鼎祚序本（簡稱覽翠本）、萬曆間汪士賢校刻本（簡稱萬曆本）、康熙丁亥郭威釗序本（簡稱郭本）等。

三、文字儘量依底本，間有改易，必斟酌其於文理較合，於義爲勝，又有他本可據者。其爲異體、别寫或明顯譌誤者不出校。異文意有可疑，不皆輕棄，藉資明識參審。至作者名字，宋籍避僖祖趙朓諱「朓」作「眺」，清槧避康熙玄燁諱「玄」作「元」，一例改謝朓玄暉。

四、同僚友朋唱酬聯吟之什，自樓刻始即予附録，此爲魯迅先生深所贊賞（見且介亭雜文二集題未定草八）。良由可以見作者相互關係、同詠者高下及各人發語所由、兩心相照之處，有助於鑑賞、比較，並覘一時風會，故亦遵而不改，並加校注。

五、注釋期能疏通文義，表見作意。於注解詞義、典實外，酌加串釋。前人成句，偶有援引，藉收印合旁證之效。昔賢舊注，世有定評者録用（如文選李善注、古文苑章樵注），而略事補苴。前人謂箋注應如幽室夜行，照之列炬，心所嚮往，而力有不逮。

六、前人有關各篇之評議，具參考價值、啓示作用者，選附篇末爲「集説」；其作全面評論者，撮録書後爲「諸家評論」，俾有助於研讀、鑑賞。

七、本集未收，偶見他籍之零章碎句，蒐爲「附録」。

八、書後附「版本卷帙」「舊刻序跋」，藉見宣城集流傳之緒及卷帙變遷之跡。

九、末附史傳及拙撰謝朓事跡詩文繫年，欲以見作者平生性行、篇章寫作之時代背景與作者當時生活心情，並略以窺一生創作歷程。

目録

教

哀策文

謚册文

墓誌銘

祭文

樂歌

四言詩

謝朓集校注卷二

五言詩

謝朓集校注卷三

五言詩

謝朓集校注卷四

五言詩

謝朓集校注卷五

五言詩

附録二

附録三

附録四

謝朓集校注卷一

賦

酬德賦并序①

右衛沈侯以冠世偉才，眷予以國士。以建武二年②，予將南牧，見贈五言〔一〕。予時病，既以不堪莅職，又不獲復詩〔二〕。四年，予忝役朱方③，又致一首④〔三〕。迫東偏寇亂〔四〕，良無暇日。其夏還京師，且事讌言，未遑篇章之思〔五〕。沈侯之麗藻天逸，固難以報章；且欲申之賦頌，得盡體物之旨⑤〔六〕。詩不云乎：「無言不酬，無德不報。」〔七〕言既未敢爲酬，然所報者寡于德耳，故稱之酬德賦⑥。其辭曰：

悲夫⑦四遊⑧之代序，六龍騖而不息〔八〕；輕蓋靡于駿奔，玉衡勞于拊翼〔九〕。嗟歲晏之尠歡，曾陰默以悽惻〔一〇〕；玄武伏於重介，宛虹潛以自匿〔一一〕。覽其物之用舍⑨，相群方之動植⑩〔一二〕；弔悴軀於華省，理衣簪而自敕〔一三〕。思披文而信道，散奮懣於胸臆⑪〔一四〕。嗟民生之知用，知莫深於知己⑫〔一五〕；彼知己之爲深，信懷之其何已！牽弱葛之蔓延，寄陵風於松杞〔一六〕；指曲蓬之直達，固有憑於原臬〔一七〕。彼排虛與蹠實，又相鳴於林沚⑬〔一八〕；興伐木於友生，詠承筐於君子〔一九〕。矧景行之在斯，方寄言於同恥〔二〇〕；求相仁於積習〔二一〕，寓神心於名理。惟敦牂之旅歲，實興齊之二六〔二二〕；奉武運之方昌，覩休風之未淑〔二三〕。龍樓儼而洞開，梁邸焕其重複〔二四〕。君奉筆於帝儲，我曳裾於皇穆〔二五〕；藉風雲之化景⑭，申遊好於蘭菊〔二六〕。結德言而爲佩，帶芳猷而爲服〔二七〕；援雅範以自綏，懿前修之所勗〔二八〕。昔仲宣之發穎，實中郎之倒屣〔二九〕；及士衡之籍甚，托壯武之高義〔三〇〕。有杞梓之貞心，協丹采之輝被〔三一〕；伊吾人之陋薄，雖黼藻之何置〔三二〕！惟風雅之未變，知雲綱之不廓〔三三〕；譬層棟之將傾，必華榱之先落〔三四〕。翳明離以上賓，屬傳體於纖萼〔三五〕；周二輝而分崩，擠九鼎於重壑〔三六〕。雖魚鳥之欲安，駭風川而迴薄〔三七〕；微天道之布新，嗟員首其焉託〔三八〕！予窘迹以多媿⑮，塊離尤而獨處〔三九〕；君紆組於名邦，貽話言於洲渚⑯〔四〇〕。悵分手於東津，望徂舟而延佇〔四一〕；慮古今之爲隔，豈山川之云阻！賴先德之龍興，奉英靈之電舉〔四二〕。事紫泥之密勿，腰青緺而容與〔四三〕；沾後惠以竭來，竟卒獲其笑語〔四四〕。我艤舟以命徒，將汩徂於南夏〔四五〕，既勗予以炯戒，又引之以風雅〔四六〕；若笙簧之在聽，雖舒憂而可假〔四七〕。昔痁病於漳濱，思繼歌而莫寫〔四八〕。恩靈降之未已，奉京枌而作傳〔四九〕。臨邦途之永陌，懷予馬於騏⿱馬廾〔五〇〕；望平津而出宿，登崇岡而興賦〔五一〕。顧飛幰之南迴⑰，引行鑣而東驅〔五二〕；何瓌才之博侈，申贈辭於萱樹〔五三〕。指代匠而切偲，比治素而引喻〔五四〕；方含毫而報章，迫紛埃之東騖〔五五〕。釋末位以言歸，忽乘駟以南赴⑱〔五六〕；連篇章之莫訓⑲，欲寄言於往句〔五七〕。類鎩翮之難矯，似洞源之不注〔五八〕；意搔搔以杼柚，魂營營而馳騖〔五九〕。爾腰戟於戎禁，我拂劍於郎闈〔六〇〕；願同車以日夜，城望昏而掩扉⑳。時遊盤以未極，睠落景之徂輝〔六一〕；苦清顏之倏忽，各歡賞之多違〔六二〕。排重關而休告，知南館之有依〔六三〕；驂識門以右轉㉑，僕望路其如歸〔六四〕。忘清漏之不緩，惜曉露之方晞〔六五〕。聞夫君之東守，地隱蓄而懷仙〔六六〕；登金華以問道㉒，得石室之名篇〔六七〕。悟寰中之迫脅，欲輕舉而舍旃〔六八〕；離寵辱於毀譽，去夭伐於腥膻〔六九〕。忽攜手以上征，躋中皇之修迴〔七〇〕。巾帝車之廣軾㉓，棹河舟之輕艇㉔〔七一〕；歷星術之熠燿，浮天潢之瀴溟〔七二〕。機九轉於玉漿，練七明於神鼎〔七三〕；吹萬化而不喧，度千春之可並〔七四〕。齊天地於倏忽，安事人間之紆婞哉〔七五〕！

【校】

①〔題〕張溥漢魏六朝百三家集謝宣城集（下簡稱張本）無「并序」字。 ②〔以建武〕涵芬樓影印明依宋鈔本謝宣城集（下簡稱涵芬本）「以」下注：「一本無以字。」 ③〔予忝役〕藝文類聚（下簡稱藝文）無「予」字。 ④〔又致一首〕藝文作「見贈以詩」，下闕。 ⑤〔得盡〕涵芬本、萬曆間史元熙刻覽翠亭本謝宣城集（下簡稱覽翠本）「盡」上有「其」字。 張本、康熙丁亥郭威釗序本（下簡稱郭本）、嚴

可均校輯全齊文(下簡稱全齊文)「盡」下有「其」字。⑥〔稱之〕全齊文下有「曰」字。⑦〔悲夫〕張本「悲」作「嗟」。⑧〔四遊〕覽翠本、萬曆間汪士賢校刻本謝宣城集(下簡稱萬曆本)、張本、郭本、全齊文「四」下有「時」字。⑨〔其物〕張本、全齊文「其」作「斯」。⑩〔群方〕「方」原作「芳」,依傅增湘校(下簡稱傅校)改。⑪〔奮濾〕張本、郭本、全齊文「奮」作「忿」。⑫〔於知己〕藝文「知」作「在」。⑬〔林沚〕涵芬本「沚」作「池」。⑭〔化景〕藝文「化」作「光」。⑮〔多媿〕藝文、全齊文「媿」作「悔」。⑯〔洲渚〕涵芬本、覽翠本、萬曆本、張本、郭本、全齊文「洲」作「川」。⑰〔飛𧇊〕涵芬本作「歸𧇊」,覽翠本、萬曆本、張本、全齊文作「歸𧇊」,嚴注:「𧇊」當作「𧇊」。⑱〔駬〕覽翠本、張本、郭本、全齊文作「驛」,覽翠本傅校作「駬」。⑲〔訹〕原作「訓」,依全齊文改。⑳〔城望昏〕藝文、萬曆本「城」作「誠」。㉑〔識門〕「識」原作「職」,依覽翠本、郭本改。㉒〔以問道〕涵芬本、覽翠本、萬曆本「道」作「之」。㉓〔帝車〕覽翠本、萬曆本注:「車,一作連。」㉔〔河舟〕覽翠本、萬曆本、漢魏六朝諸家文集本謝宣城集(下簡稱文集本)、漢魏諸名家集本謝宣城集(下簡稱名家集本)並注:「一作河洲。」

【注】

〔一〕右衛沈侯,謂沈約(四四一——五一三)。約字休文,吴興武康(舊縣,在今浙江德清縣西)人。流寓孤貧,篤志好學,博通群籍,能屬文。齊初,受文惠太子長懋親遇;又與王融、謝朓等同遊竟陵王子良西邸。隆昌元年(四九四),除吏部郎,出爲寧朔將軍、東陽太守。梁武受禪,爲尚書僕射，封建昌縣侯，尋轉左光禄大夫。卒，謚曰隱（見梁書、南史本傳）。時爲右衛將軍。説文段玉裁注（下簡稱段注）：「眷者，顧之深也。」潘岳懷舊賦：「名余以國士，眷余以嘉姻。」南牧，指南出爲宣城太守。小爾雅：「牧，臨也。」謂爲州郡之長而臨其民。

〔二〕廣韻：「莅，臨也。亦作涖。」

〔三〕忝役，就任所職之謙辭。説文：「忝，辱也。」朱方，指南東海郡。太平寰宇記：「潤州，禹貢揚州之域，春秋時屬吴，謂其地爲朱方。……宋因置南東海郡及南徐州。」地爲今江蘇鎮江市。

〔四〕謂方處東偏遭魏侵擾之後。南齊書明帝紀載：建武二年正月，索虜寇司、豫、徐、梁四州。二月乙未，虜攻鍾離，徐州刺史蕭惠休破之。丁酉，内外纂嚴。三月戊申詔：「南徐州僑舊民丁多充戎旅，蠲今年三課。」己未，司州刺史蕭誕與衆軍擊虜，破之。詔：「雍、豫、司、南兗、徐五州遇寇之家，悉停今年租調；其與虜交通，不問往罪。」丙寅，虜自壽春退走；甲申，解嚴。

〔五〕讌言，猶燕語，讌飲談説。詩小雅蓼蕭：「燕笑語兮。」

〔六〕麗藻，謂文采綺麗。陸機文賦：「嘉麗藻之彬彬。」天逸，猶言天縱。廣韻：「逸，縱也。」詩小雅大東：「雖則七襄，不成報章。」毛傳：「不能反報成章也。」申，通伸。廣韻：「伸，舒也。」文賦：「賦體物而瀏亮。」

〔七〕詩，指詩大雅抑。酬，原作讎。朱熹詩集傳（下簡稱集傳）：「讎，答也。」

〔八〕禮月令孔穎達疏引鄭玄注考靈曜云：「地與星辰俱有四遊升降。四遊者，自立春地與星辰西遊；……自立夏之後北遊；……立秋之後東遊；……立冬之後南遊；……此是地及星辰四遊之義也。」楚辭離騷王逸注：「代，更也；序，次也。春來秋往，以次相代。」

〔九〕蓋，車蓋。周禮冬官考工記：「輪人爲蓋。」説文：「靡，披靡也。」詩周頌清廟：「駿奔走在廟。」毛傳：「駿，長也。」玉衡，玉飾之車衡。此指衡上之鸞。段玉裁説文解字注「鑾」字引崔豹古今注：「五輅衡上金雀鸞也。鸞口銜鈴，故謂之鑾。」廣韻：「拊，拍也。」拊翼，謂車行，衡上之鸞如鼓其翼。

〔一〇〕歲晏，歲暮。楚辭九歌山鬼：「歲既晏兮孰華予。」尠，同鮮。廣韻：「鮮，少也。尠，俗。」曾，通層。曾陰，猶重陰。

〔一一〕蔡邕月令章句：「北方玄武，介蟲之長。」廣韻：「介，甲也。」張衡思玄賦：「玄武縮于殼中兮。」史記司馬相如傳正義引顏師古注：「宛虹，屈曲之虹。」禮月令：「孟冬之月，……虹藏不見。」

〔一二〕用舍，猶行藏。論語述而：「用之則行，舍之則藏。」集韻：「植，立也。」

〔一三〕詩檜風匪風毛傳：「弔，傷也。」廣雅釋詁：「困，悴也。」悴軀，以自指。華省，職務親貴之官署。潘岳秋興賦：「獨展轉於華省。」時朓方官尚書吏部郎。

〔一四〕廣韻：「披，開也。」陸機文賦：「碑披文以相質。」奮懣，猶憤懣，謂鬱結。史記高祖本紀索隱引韋昭曰：「奮，憤激也。」胸臆，心懷。

〔一五〕管子小匡：「寡事成功，謂之知用。」晏子春秋雜：「士者詘乎不知己，而申乎知己。」

〔一六〕玉篇：「葛，蔓草也。」陵風，言其高。兩句謂葛托松杞，乃可陵風。蓋以弱葛自比，以松杞喻沈。

〔一七〕説文：「枲，麻也。」荀子勸學：「蓬生麻中，不扶自直。」此以葛、蓬自比，而以松、杞、原枲喻沈。

〔一八〕淮南子原道訓：「鳥排虛而飛，獸蹠實而走。」廣韻：「蹠，足履踐也。」爾雅釋水：「小渚曰沚。」

〔一九〕詩小雅伐木序：「伐木，燕朋友故舊也。」詩云：「相彼鳥矣，猶求友聲。矧伊人矣，不求友生！」友生，友朋。生無義。又：鹿鳴：「吹笙鼓簧，承筐是將。人之好我，示我周行。」毛傳：「筐，篚屬，所以行幣帛也。」兩句皆以言相與間之厚誼。

〔二〇〕詩小雅車舝：「景行行止。」鄭箋：「景，明也。」

〔二一〕相仁，猶輔仁。論語顏淵：「君子以文會友，以友輔仁。」積習，積久而成之習慣。蔡邕述行賦：「常俗生於積習。」

〔二二〕爾雅釋天：「太歲在午曰敦牂。」旅歲，歲末。方言：「旅，末也。」齊武帝永明八年，歲次庚午。時爲齊興之十二年，故曰「二六」。

〔二三〕武運，謂武功興衰之運會。文選潘岳楊仲武誄：「載揚休風。」劉良注：「休，美也。」爾雅釋詁：「淑，善也。」

〔二四〕龍樓，太子所居。漢書成帝紀：「帝爲太子。……初居桂宫，上嘗急召，太子出龍樓門。」張晏曰：「門樓上有銅龍。」此以借指文惠太子長懋。梁邸，漢梁孝王武府邸。武，文帝子，景帝弟。此以喻竟陵王子良。南齊書武十七王傳：「竟陵文宣王子良，字雲英，世祖第二子也。……（永明）五年，正位司徒，……移居雞籠山邸。」漢書文帝紀顔注：「郡國朝宿之舍在京師者率名邸。邸，至也。」玉篇：「焕，明也。」重複，謂繁複相累重。鮑照蕪城賦：「重江複關之隩。」

〔二五〕帝儲，帝之儲副，指太子。後漢書种暠傳：「太子國之儲副。」曳裾，謂趨走寄食。文選鄒陽上書吴王：「飾固陋之心，則何王之門不可曳長裾乎！」朱駿聲説文通訓定聲：「裾，衣之前襟也，今蘇俗曰大襟。」皇穆，猶言皇子。此指隨郡王子隆。禮祭義鄭注：「穆，子姓也。」

〔二六〕化景，隨陰陽運行而變化之景色。蘭菊，謂交誼深密，芬如蘭菊。

〔二七〕德言，有德之言。芳猷，芳美之道。廣韻：「猷，道也。」爲佩、爲服，謂常服膺而不失。

〔二八〕説文：「援，引也。」雅範，雅正之風範。廣韻：「綏，安也。」又：「懿，美也。」楚辭離騷吕向注：「前修，謂前代修習道德之人。」勗，同勖。説文：「勖，勉也。」

〔二九〕魏志王粲傳：「粲徙長安，左中郎將蔡邕見而奇之。時邕才學顯著，貴重朝廷，常車騎填巷，賓客盈坐。聞粲在門，倒屣迎之。」發穎，喻聲譽出衆。

〔三〇〕士衡，陸機字。籍甚，漢書陸賈傳：「名聲籍甚。」顔注引孟康曰：「言狼籍甚盛。」壯武，指張華。晉書張華傳：「張華，字茂先。……論前後忠勳，進封壯武郡公。」又陸機傳：「至太康末，與弟雲俱入洛，造太常張華。華素重其名，如舊相識，曰：『伐吴之役，利獲二俊。』」

〔三一〕國語楚語韋昭注：「杞梓，良材也。」丹采，朱丹華采。何晏景福殿賦：「丹彩煌煌。」采、彩同。

〔三二〕黼藻，謂華美之辭藻。周禮考工記畫繢：「白與黑謂之黼。」文選曹植七啓善注：「藻，文采也。」

〔三三〕風雅，指文章教化。綱，疑「網」之訛。雲網，謂密雲四合如網。宋書謝晦傳：「雲網四合，走伏路盡。」廣韻：「廓，空也。」

〔三四〕文選張衡西京賦薛綜注：「華榱，畫其榱也。」廣雅釋宫：「榱，椽也。」

〔三五〕方言：「翳，掩也。」易繫辭：「離，日也。」上賓，帝王崩亡之飾稱。逸周書太子晉：「吾後三年上賓於帝所。」此謂齊武帝之殁。玉篇：「蕚，花蕚也」。纖蕚，喻鬱林、海陵二嗣主。

〔三六〕二輝，謂日月。周二輝，猶言周年之間。分崩，指鬱林、海陵二王失德亂政，四海解體。史記封禪書：「秦滅周，周之九鼎入于秦。或曰，宋太丘社亡，而鼎没于泗水彭城下。」此借以喻齊祚阽危。廣韻：「壑，溝也，谷也。」

〔三七〕賈誼鵩賦：「萬物回薄兮，震盪相轉。」迴，同回。薄，迫也。

〔三八〕韻會：「微，非也。」左傳昭公十七年：「彗，所以除舊布新也。」此指明帝代立。員首，指黎民。員，圓通。淮南子精神訓：「頭之圓也象天。」

〔三九〕窘迹，猶窘步，謂行步蹙迫。塊，猶塊然。漢書陳湯傳顔注：「塊然，獨處之意，如土塊也」。玉篇：「離，遇也。」廣韻：「尤，怨也。」

〔四〇〕紆組，猶繫綬，謂任官。張衡東京賦：「紆皇組。」名邦，指東陽郡（治所在今浙江金華市）。參注〔一〕。説文：「貽，贈遺也。」詩大雅抑毛傳：「話，善言也。」爾雅釋水：「小洲曰渚。」

〔四一〕説文：「津，水渡也。」東津，謂方山之津。丹陽郡圖經：「方山在江寧縣東五十里，下有湖水。舊揚州有四津，方山爲東，石頭爲西。」按方山在今南京市東南、秦淮河東。爾雅釋詁：「徂，往也。」楚辭離騷王逸注：「延，長也；佇，立貌。」

〔四二〕先德，有德行之前輩。龍興，喻王業興起。後漢書馮衍傳：「皇帝以聖德靈威，龍興鳳舉。」英靈，謂英偉靈秀之氣所鍾之人。電舉，如電光之發，極言其速。陸雲吴故丞相陸公誄：「雄旗電舉。」兩句謂明帝蕭鸞登祚。

〔四三〕衛宏漢舊儀：「皇帝六璽，……皆以武都紫泥封。」故謂詔書曰紫泥。漢書劉向傳顔注：「密勿，猶黽勉從事也。」説文：「緺，綬紫青色。」史記滑稽列傳：「佩青緺。」漢書禮樂志顔注：「容與，言閑舒也。」兩句謂己掌中書詔誥。

〔四四〕正字通：「朅來，猶言聿來。」笑語，參注〔五〕。

〔四五〕廣韻：「艤，整舟向岸。」命徒，命率徒侣，將事遠行。汩徂，謂速往。方言：「汩，疾行也。」書舜典孔安國傳：「夏，華夏也。」南夏，此指宣城郡，在建康南。

〔四六〕漢書叙傳：「又申之以炯戒。」顔注：「炯，明也。」

〔四七〕謂若笙簧聲和，可借以舒憂。詩小雅鹿鳴：「吹笙鼓簧。」毛傳：「簧，笙也。吹笙而鼓簧矣。」又王風君子陽陽孔疏：「簧者，笙管中之金鍱也。」楚辭劉向九歎：「願假簧以舒憂。」

〔四八〕説文：「痁，有熱瘧。」漳濱，指鄴城。水經濁漳水注：「（濁漳水）又東出山，逕鄴縣西。……魏武又以郡國之舊，引漳水自城西東入，逕銅雀臺下，伏流入城東注，謂之長明溝也。」劉楨贈五官中郎將詩四首之二有云：「余嬰沈痼疾，竄身清漳濱。」此借以言己之卧病宣城（參卷四在郡卧病呈沈尚書詩）。繼歌，謂續歌相酬和。

〔四九〕廣雅釋詁：「靈，福也。」京，謂京口、京城，指南徐州。南齊書州郡志：「南徐州，鎮京口。……今京城因山爲壘，望海臨江，緣江爲境。」史記封禪書：「高祖初起，禱豐枌榆社。」集解：「或曰：枌榆，鄉名，高祖里社也。」此借枌指蕭齊故里武進。按南齊書州郡志，武進隸南徐州南東海郡。説文：「傅，相也。」作傅，謂任明帝長子寶義鎮北諮議、行南徐州事。時寶義任南徐州刺史。

〔五〇〕永陌，長陌。楚辭離騷：「僕夫悲余馬懷兮。」詩秦風小戎：「駕我騏馵。」孔疏：「色之青黑色者名爲綦。馬名爲騏，知其色作綦文。釋畜云：『馬後右足白，驤；左白，馵。』」

〔五一〕平津，謂平原津渡。説文：「津，水渡也。」漢書藝文志：「登高能賦，可以爲大夫。」

〔五二〕説文新附：「幰，車幔也。」此借指車。説文：「鑣，馬銜也。」此借指馬。

〔五三〕瓌才，同瑰材。後漢書班固傳：「因瑰材而究奇。」李賢注：「埤蒼曰：『瑰，瑋，珍奇也。』」廣韻：

「侈，泰、大也。」萱樹，即萱草，亦名丹棘。崔豹古今注問答釋難：「欲忘人之憂，則贈之以丹棘。丹棘，一名忘憂草，使人忘其憂也。」

〔五四〕代匠，猶言世匠，當世掌事權者。沈約七賢論：「自嵇、阮之外，山、向五人止是風流器度，不爲世匠所駭。」論語子路：「朋友切切偲偲。」何晏集解：「馬曰：『切切偲偲，相切責之貌。』」治素，猶言治絲。左傳隱公四年：「以亂，猶治絲而棼之也。」

〔五五〕含毫，謂以口濡筆事述作。文選陸機文賦：「或含毫而邈然。」善注：「毫，謂筆毫也。」説文：「鶩，亂馳也。」紛埃東鶩，見注〔四〕。

〔五六〕末位，猶言微位。説文通訓定聲：「車曰馹，曰傳。」按謂古尊者所乘傳車。

〔五七〕廣韻：「訓，以言答之也。」

〔五八〕文選左思蜀都賦：「鳥鎩翮。」善注：「鎩，殘也。」博雅：「獝，飛也。」洞源，猶言泉源。説文：「洞，疾流也。」

〔五九〕搔搔，通騷騷。禮檀弓鄭注：「騷騷，急疾貌。」詩小雅大東集傳：「杼，持緯者也；柚，受經者也。」杼柚，以織喻組織爲文。柚又作軸。陸機文賦：「雖杼軸於予懷，怵他人之我先。」楚辭遠遊：「魂營營而至曙。」朱熹楚辭集注：「營營，猶曰熒熒，亦耿耿之意也。」

〔六〇〕腰戟，横戟當腰。戎禁，謂事宿衛。文獻通考職官：「（晉）武帝受禪，分中衛爲左、右衛將軍。……宋、齊謂之二衛，衛領營兵，每暮一人宿直。」廣韻：「拂，拭也。」雷焕别傳：「拭劍光艷照耀。」郎闈，猶言郎署，謂爲尚書吏部郎。

〔六一〕遊盤，同盤遊，謂盤樂遊逸。書五子之歌：「乃盤遊無度。」落景，落日。亦喻年齒衰暮。

〔六二〕清顔，美稱人之容顔。陸機艷歌行：「洞房出清顔。」倏忽，言時之短暫。淮南子脩務訓：「倏忽變化。」説文：「吝，恨惜也。」

〔六三〕重闗，猶重門。謂深宫。休告，告請休假。曹丕與朝歌令吴質書：「旅食南館。」

〔六四〕説文：「驂，駕三馬也。」南齊書百官志：「自二衛……已下，謂之『西省』。」西省在右，故曰右轉。楚辭遠遊：「歷太皓以右轉。」兩句謂過從之密。

〔六五〕説文：「漏，以銅壺受水，刻節，晝夜百刻。」又：「晞，乾也。」漢相和歌薤露：「薤上露，何易晞！」

〔六六〕夫君，猶言「之子」。楚辭九歌雲中君：「思夫君兮太息。」此以指沈。東守，謂出爲東陽太守。隱蓄，深藏之意。

〔六七〕金華，山名，一稱長山。太平寰宇記婺州金華縣：「長山，在縣南二十里，一名金華山，即黄初平、初起遇道士教以仙方處。」又引吴録地志云：「常山，仙人採藥處，謂之長山。山南有春草巖、折竹巖，巖間不生蔓草，盡出龍鬚，云赤松羽化處。」後漢書黄瓊傳：「陛下宜開石室，案河洛。」李賢注：「石室，藏書之府。河洛，圖書之文也。」按，此石室，指藏道家經籍之所。

〔六八〕寰中，猶宇内。迫脅，偪促之意。楚辭遠遊：「願輕舉而遠遊。」王逸注：「高翔避世，求道真也。」詩唐風采苓：「舍旃舍旃。」集傳：「旃，之也。」

〔六九〕寵辱，謂得失。老子：「寵辱若驚。」夭伐，謂斲喪。謝靈運遊赤石進帆海：「終然謝夭伐。」腥，本字作胜。說文：「胜，犬膏臭也。」膻，同羴、羶。說文：「羴，羊臭也。」腥膻足以傷生，故去之。

〔七〇〕上征，謂離去塵世。楚辭離騷：「溘埃風余上征。」廣韻：「躋，升也。」中皇，猶中天。廣韻：「皇，天也。」修迥，猶渺遠。

〔七一〕說文段注：「以巾拭物曰巾。」帝車，指北斗星。史記天官書：「斗爲帝車。」文選陶淵明歸去來：「或棹孤舟。」吕延濟注：「或舉棹於孤舟，將遊行也。」

〔七二〕星術，猶言天衢。說文：「術，邑中道也。」詩豳風東山孔疏：「熠燿者，螢火之蟲飛而有光之貌。」此以狀星光。天潢，星名。史記天官書：「王良……旁有八星，絶漢曰天潢。」文選木華海賦善注：「瀴溟，猶絶遠杳冥也。」

〔七三〕道家言金丹經九煉，服之成仙，曰九轉。抱朴子金丹：「夫金丹之爲物，燒之愈久，變化愈妙。……一轉之丹，服之三年得仙；……九轉之丹，服之三日得仙。」又陶弘景真誥：「仙道有九轉神丹，服之化爲白鶴。」玉漿，猶玉液。楚辭王逸九思：「吮玉液兮止渴，齧芝華兮療飢。」注：「玉液，瓊蕊之精氣；芝，神草也。渴啜玉精，飢食芝華，欲仙去也。」抱朴子仙藥：「七明、九光芝，皆石也。生臨水之高山石崖之間，狀如盤椀，不過徑尺以還，有莖蔕連綴之。起三四寸，有七孔者，名七明；九孔者，名九光。……常以秋分伺之得之，擣服。方寸匕入口，則翕然身熱，五味甘美，盡一斤，則得千歲。」

〔七四〕莊子齊物論：「（南郭）子綦曰：『夫吹萬不同，而使其自已也。』」司馬彪注：「言天氣吹煦，生養萬物，形氣不同。已，止也。使各得其性而止。」

〔七五〕倏忽，見注〔六二〕。紆，謂中心鬱結。楚辭九章惜誦：「心鬱結而紆軫。」王逸注：「紆，屈也。」婞，謂婞直。離騷：「鮌婞直以亡身兮。」

思歸賦并序①

夫鑒之積也無厚，而納窮神之照。心之徑也有域，而懷重淵之深〔一〕。余少而薄遊〔二〕，身□防方思□俄然萬里〔三〕，晚自□省②，諒非一塗〔四〕。何則 此後闕。③

余菲薄以固陋，受恩靈而不訾④〔五〕；拖銀黄之沃若，剖金符之陸離〔六〕。舟未濟而河廣〔七〕，途方遥而馬疲；忽中寢而念厲，魂申旦而九移〔八〕。昔受教於君子，逢知己之隆眄⑤〔九〕；被名立之羽儀⑥，沾宦成之藻絢〔一〇〕。羌服義而不怠，豈臨岐而渝變⑦〔一一〕；勢方迅於轉圓，理好旋於奔電〔一二〕。援弱葛而能升，踐重岡而不眩〔一三〕；信禔福之非已，寧悔禍其如見〔一四〕。大明廓以高臨，吹萬忻而同悦〔一五〕；跨神皋之沃衍，奉英藩之睿智⑧〔一六〕。承比屋之隆化，踵芳塵之餘烈〔一七〕。懷齷齪之褊心，無夸毗之誕節〔一八〕；竟伊鬱而不怡，賴遐討於先哲〔一九〕。紛吾生之遊蕩⑨，彌一紀而歷兹〔二〇〕。自下車於江海，涉青春於是時〔二一〕；睎崇岡而引領⑩，望大夏而長思⑪〔二二〕。雖曲街之委陋，猶寤寐而見之〔二三〕；況神交而通夢，眇河漢於佳期〔二四〕。爾乃⑫眷言興慕⑬，南眺悠然〔二五〕；將整歸轡⑭，願受一廛〔二六〕。考華城之直陌，相洛浦之迴阡〔二七〕；連飛甍於故友，接閑館以懷仙〔二八〕。臨南場以藝藿，寄北池而采蓮〔二九〕；睇微莖之靃靃⑮，望水葉之田田〔三〇〕。乃翦山木，不日爲功〔三一〕；非輪非奂，去斲去礱〔三二〕。夜索綯而繞繞，旦乘屋而芃芃〔三三〕。竹櫺踦區而經北，繩閈窈窕以臨東〔三四〕；布菌蕭於疎橑，織茭葍於迴櫳〔三五〕。于是籬插芳槿⑯〔三六〕，門拂長楊；園桃春發⑰，窗竹夏涼。晨露晞而草馥〔三七〕，微風起而樹香。無芬菲以襲予⑱，空旖旎於都房〔三八〕。恒離居以歲月⑲，庸銷落而徒傷⑳〔三九〕。我聞時命，有殖無遷〔四〇〕；徵事或在，求理未甄〔四一〕。譬豐草之區別，隨霜露而夭延〔四二〕；背萱鮮於堂北，尚幽幽而未捐〔四三〕。苟外物以能惑，亦在應而無騫〔四四〕；況朝霞之采可噏，瓊扉之飾方宣〔四五〕！養以虛白之氣，悟以無生之篇〔四六〕；豈加璧之贈可動，執珪之位能纏〔四七〕！歸來薄暮，聊以永年〔四八〕。

【校】

①〔題〕張本「并」作「有」。②〔自□省〕張本、全齊文作「而自省」。③〔何則〕張本、全齊文無。

④〔恩靈〕覽翠本、萬曆本、張本、郭本、名家集本、文集本、全齊文二字倒。⑤〔眄〕萬曆本、張本作「眄」。郭本、全齊文作「盼」。⑥〔被〕涵芬本作「披」。⑦〔渝〕原注：「宋作喻，依何改。」⑧〔智〕原注：「近刻作哲。案下有『賴遐討於先哲』，必不複用，疑『智』可讀『哲』，如逸周書之『誓』亦通『哲』也。」涵芬本、張本、郭本並作「哲」。⑨〔遊蕩〕全齊文「蕩」作「薄」。⑩〔崇岡〕涵芬本「岡」作「芒」。⑪〔夏〕張本、全齊文「夏」作「廈」。⑫〔爾乃〕藝文「爾」作「余」。⑬〔興慕〕原作「薄暮」，依藝文改。⑭〔將整〕覽翠本、萬曆本、張本、郭本、全齊文「將」作「方」。⑮〔微莖〕覽翠本、萬曆本、張本、郭本、全齊文「莖」作「英」。⑯〔籬〕藝文作「檖」。⑰〔園桃〕藝文、全齊文「園」作「簷」。⑱〔芬菲〕張本「芬」作「芳」。⑲〔以歲月〕藝文「以」作「而」。⑳〔庸〕藝文、全齊文作「痛」。

【注】

〔一〕廣雅釋器：「鑒，謂之鏡。」窮神，窮極神化。陸機演連珠：「臣聞鑒之積也無厚，而照有重淵之深。」古謂心之徑方寸。列子仲尼篇：「文摯謂叔龍曰：『嘻！吾見子之心矣，方寸之地虛矣。』」

〔二〕薄遊，薄祿而事遊宦。夏侯湛東方朔畫贊：「薄遊以取位。」

〔三〕俄然，頃刻之間。說文：「俄，頃也。」

〔四〕說文：「諒，信也。」

〔五〕自謙才識淺陋而受國重恩。楚辭遠遊：「質菲薄而無由。」文選鄒陽上書吴王：「飾固陋之心。」恩靈，見酬德賦注〔四九〕。不訾，謂多不可量。後漢書陳蕃傳：「不可貲計」。李賢注：「貲，量也。」貲、訾通。王粲詠史詩：「結髮事明君，受恩良不訾。」

〔六〕廣韻：「拕，曳也。俗作拖。」漢書楊僕傳：「懷銀黄。」顔注：「銀，銀印也。黄，金印也。」通典職官典：「晉宋守相、内史並銀章青綬。」詩衛風氓集傳：「沃若，潤澤貌。」金符，即銅虎符。史記孝文本紀：「二年九月，初與郡國守相爲銅虎符、竹使符。」集解引應劭曰：「銅虎符第一至第五，國家當發兵，遣使者至郡合符，符合乃聽受之。」淮南子本經訓許慎注：「陸離，美好貌。」

〔七〕爾雅釋言：「濟，渡也。」詩衛風河廣：「誰謂河廣？一葦杭之。」

〔八〕中寢，猶言寢半。爾雅釋詁：「厲，作也。」謂奮起。申旦，自夜達旦。楚辭宋玉九辯：「獨申旦而不寐。」九移，猶九逝。楚辭九章抽思：「魂一夕而九逝。」

〔九〕隆眄，厚視之意。説文：「眄，衺視也。」

〔一〇〕名立，猶立名。宦成，謂仕宦有成。漢書疏廣傳：「今仕宦至二千石，宦成名立。」羽儀，謂如以鴻羽爲儀飾。易漸：「鴻漸于陸，其羽可用爲儀，吉。」孔疏：「處高而能不以位自累，則其羽可用爲物之儀表，可貴可法也。」廣韻：「藻，文藻。」又：「絢，文彩貌。」

〔一一〕楚辭離騷王逸注：「羌，楚人語辭也。」又招魂：「身服義而未沬。」服義，服行仁義。爾雅釋詁：

「二達謂之岐。」又釋言：「渝，變也。」

〔一三〕漢書梅福傳顔注：「轉圜，言其順易也。」圜，同圓。史記日者列傳索隱：「旋，轉也。」奔電，喻其速。

〔一四〕葛，見酬德賦注〔一六〕。博雅：「眩，惑也，亂也。」

〔一五〕説文：「禔，安也。」悔禍，謂不欲再生禍亂。左傳隱公十一年：「天其以禮悔禍于許。」

〔一六〕禮禮器鄭注：「大明，日也。」廣韻：「廓，大也。」吹萬，見酬德賦注〔七四〕。謝靈運九日從宋公戲馬臺集送孔令：「吹萬群方悦。」

〔一七〕玉篇：「跨，越也。」文選任昉齊竟陵文宣王行狀李周翰注：「神皋，良田也。謂都畿之内也。」沃衍，土地平坦肥美。陸機懷土賦：「背故都之沃衍。」英藩，英傑之藩后。此指隨郡王子隆。睿哲，聖智。廣韻：「睿，聖也。」

〔一八〕兩句謂荆州教化隆厚，家有賢德之人可以旌表，並有前賢爲治之遺業可循。陸賈新語無爲：「堯舜之民，可比屋而封，……教化使然也。」説文：「踵，追也。」陸雲喜霽賦：「起芳塵於沈泥。」此借以喻前賢遺績。爾雅釋詁：「烈，業也。」

〔一九〕集韻：「齷齪，迫也。」謂局促狹隘。褊心，謂褊急無德教。詩魏風葛屨：「唯是褊心。」爾雅釋訓郭璞注：「夸毗，屈己卑身以柔順人也。」又釋詁：「誕，大也。」兩句語含自謙，亦隱指被讒事。

〔一九〕伊鬱，憂憤貌。班彪北征賦：「永伊鬱其誰愬？」遐討，猶言遠究。論語憲問注：「討，尋究也。」先哲，猶言先賢。潘岳西征賦：「賴先哲以長懋。」

〔二〇〕紛，盛多貌。遊蕩，遊宦播蕩。玉篇：「彌，偏也。」紀，十二年。國語晉語：「文公在狄十二年，狐偃曰：『蓄力一紀，可以遠矣。』」爾雅釋詁：「兹，此也。」

〔二一〕下車，謂始至任所。漢書叙傳：「(班伯)爲定襄太守，定襄……畏其下車作威，吏民悚息。」兩句謂出爲南東海郡太守，行南徐州事。

〔二二〕睠，同眷。參酬德賦注〔一〕。引領，猶言延頸。文選古詩十九首：「引領遥相睎。」夏，古廈字。說文新附：「廈，屋也。」

〔二三〕委陋，謂曲折簡陋。詩周南關雎馬瑞辰毛詩傳箋通釋(下簡稱通釋)：「寤寐，猶夢寐也。」

〔二四〕博雅：「眇，遠也。」河漢，銀河，以喻渺邈迢遥。莊子逍遥遊：「猶河漢而無極也。」佳期，此指相見之期。

〔二五〕詩小雅大東：「睠言顧之。」廣韻：「慕，思慕。」悠然，遠貌。爾雅釋詁：「悠，遠也。」

〔二六〕孟子滕文公：「願受一廛而爲氓。」說文：「廛，二畝半也，一家之凥。」

〔二七〕廣雅釋詁：「考，問也。」古以京師爲禮文昌盛之區，故稱京師爲華城。此指建康。洛浦，洛水之濱。天子所都每可言洛，此亦指建康。

〔二八〕釋名：「屋脊曰甍，甍，蒙也，在上覆蒙屋也。」閑館，猶言虚館。

〔一九〕藝，同蓺。韻會：「蓺，種也。」詩小雅白駒：「皎皎白駒，食我場藿。」毛傳：「藿，猶苗也。」

〔二〇〕說文：「睇，目小衺視也。」靃靃，草弱隨風貌。楚辭淮南小山招隱士：「蘋草靃靃。」田田，蓮葉浮水貌。漢樂府相和曲江南：「江南可採蓮，蓮葉何田田！」

〔二一〕廣韻：「翦，截也。」不日爲功，言成之易。詩大雅靈臺：「不日成之。」

〔二二〕禮檀弓鄭注：「輪，輪囷，言高大。奐，言衆多。」國語晉語：「趙文子爲室，斲其椽而礱之。」韋注：「礱，磨也。」說文：「斲，斫也。」

〔二三〕詩豳風七月：「宵爾索綯。」集傳：「索，絞也。綯，索也。」繞繞，委屈纏繞貌。又：「亟其乘屋。」毛傳：「乘，升也。」曹風下泉毛傳：「芃芃，美貌。」

〔二四〕踦區，同崎嶇，傾側不平。漢書司馬相如傳：「崎嶇而不安。」說文：「閈，門也。」繩閈，結繩爲門。廣韻：「窈窕，深也，静也。」陶淵明歸去來兮辭：「既窈窕以尋壑，亦崎嶇而經丘。」

〔二五〕博雅：「菌，薰也。其葉謂之蕙。」爾雅釋草：「蕭，荻。」郭注：「即蒿。」廣韻：「橑，屋橑，簷前木。一曰欄也。」詩衛風碩人毛傳：「菼，薍也。」陳奐詩毛氏傳疏（下簡稱傳疏）：「菼、薍皆雚初生之名。」說文：「櫳，檻也。」

〔二六〕槿，即木槿。爾雅釋草：「椵，木槿。」邢疏：「其樹如李，其華朝生暮落。」謝靈運田南樹園：「插槿當列墉。」

〔二七〕說文：「晞，乾也。」廣韻：「馥，香氣芬馥。」

〔三八〕楚辭少司命：「芳菲菲兮襲予。」王逸注：「襲，及也。」予，我也。又宋玉九辯：「竊悲夫蕙華之曾敷兮，紛旖旎於都房。」王逸注：「旖旎，盛貌。」劉良注：「都，大也。房，花房也。」

〔三九〕文選古詩十九首：「同心而離居。」楊樹達詞詮：「庸，承接連詞，與乃同。」銷落，衰墜。曹植贈丁儀：「庭樹微銷落。」

〔四〇〕時命，猶善言。廣雅釋詁：「時，善也。」殖，通植。廣韻：「植，種植。」國語晉語韋注：「遷，離散也。」

〔四一〕廣韻：「徵，證也。」增韻：「甄，明也。」

〔四二〕廣韻：「豐，茂也。」詩小雅湛露：「在彼豐草。」論語子張：「區以別矣。」朱熹注：「區，類也。」廣雅釋詁：「夭，折也。」方言：「延，長也。凡施於年者謂之延。」

〔四三〕背萱，謂種於堂北之萱草。萱同諼。詩衛風伯兮：「焉得諼草，言樹之背。」毛傳：「諼草令人忘憂。背，北堂也。」又小雅斯干毛傳：「幽幽，深遠也。」增韻：「捐，除去也，損也。」

〔四四〕廣韻：「騫，虧少。」

〔四五〕漢書司馬相如傳：「餐朝霞。」應劭注：「列仙傳：陵陽子言春食朝霞。朝霞者，日始欲出赤黄氣也。」瓊扉，扉之美者。廣韻：「宣，明也。」

〔四六〕虛白之氣，謂清空純白之氣。莊子人間世：「虛室生白，吉祥止止。」文選孫綽遊天台山賦：「暢以無生之篇。」善注：「無生，謂釋典也。」張銑注：「維摩經云：『得無生法忍。』此則無生之篇也。」

〔四七〕加璧，謂加玉於束帛之上。禮郊特牲：「束帛加璧，尊德也。」淮南子道應訓：「執圭，楚爵。功臣賜以圭，謂之執圭，比附庸之君也。」按珪、圭同。廣雅釋詁：「纏，束也。」

〔四八〕廣雅釋天：「日將落曰薄暮。」此喻指暮齒。書畢命：「惟以永年。」孔傳：「惟可以長年命矣。」

七夕賦 奉護軍王命作

金祇司矩，火曜方流〔一〕；素鍾登御，夷律鳴秋①〔二〕。朱光既夕②〔三〕，涼雲始浮。盈多露③之藹藹④，升明月之悠悠⑤〔四〕。步廣階而延睞⑥，屬天媛之淹留⑦〔五〕。嗟斯靈之淑景，招好仇於服箱〔六〕。邁姮娥而擢質，凌瑶華而擅芳〔七〕。靨⑧白玉以爲飾⑨，霏丹霞而爲裳〔八〕。迴龍駕之容裔，亂鳳筦之淒鏘〔九〕。騰燭光於西極，命二妃於瀟湘〔一〇〕。軾帝車而捐玦，凌天津而上翔〔一一〕。悵漢渚之夕漲，忻河廣之既梁〔一二〕。臨瑶席而宴語，綿含睇而蛾揚⑩〔一三〕。嗟蘭夜之難永⑪，泣會促而怨長〔一四〕。忌纖阿之方駕，吝長庚之末光〔一五〕；撫鳴琴而修悦⑫，浩安歌而自傷〔一六〕。歌曰：「清絃愴兮桂觴酬⑬，雲幄静兮香風浮〔一七〕。龍鑣蹀兮玉鑾整，睠星河兮不可留〔一八〕。分雙袂之一斷，何四氣之可周〔一九〕？」斯乃嚮像恍惚，彷佛幽曖〔二〇〕；耳之無聞，目之無續〔二一〕。故鐘鼓聞而延子隱，白日沈而季后對〔二二〕。豈形氣之所求⑭，亦理將其如昧〔二三〕。君王壯思風飛，沖情雲上〔二四〕；顧楚詩而縱轡，瞻蘭書而競爽〔二五〕。實研精之多暇，聊餘日之駘蕩〔二六〕。賦幽靈以去惑，排視聽而玄往〔二七〕。哂陽雲於荆夢，賦洛篇於陳想〔二八〕；乃澄心而閑邪，庶綢繆於兹賞〔二九〕。

【校】

①〔夷律〕初學記「律」作「則」。②〔既夕〕初學記、全齊文「夕」作「斂」。③〔多露〕初學記、全齊文「多」作「夕」。④〔藹藹〕原作「靄靄」，依涵芬本、張本、全齊文改。⑤〔明月〕全齊文「明」作「夜」。⑥〔廣階〕初學記作「庭階」，全齊文作「廣庭」。⑦〔之淹留〕初學記「之」作「而」。⑧〔靨〕原作「厭」，依初學記、全齊文改。⑨〔以爲飾〕初學記、全齊文「以」作「而」。⑩〔蛾揚〕涵芬本「蛾」作「娥」。⑪〔蘭夜之〕「蘭」，初學記、全齊文作「闌」。「之」，初學記作「而」。⑫〔悅〕原作「況」，注：「近刻悅。」覽翠本、萬曆本、張本、郭本、全齊文作「悅」，據改。⑬〔清絃愴〕初學記、藝文、全齊文作「月殿清」。⑭〔形氣〕涵芬本、覽翠本、文集本、名家集本「氣」作「器」。

【注】

〔一〕金祇，金神，指少皞氏。少皞氏以金德王。禮月令：「孟秋之月……其帝少皞。」陳澔禮記集説（下簡稱集説）：「少皞，白精之君，金天氏也。」司矩，謂行秋令。淮南子時則訓：「秋爲矩，矩者，所以方萬物也。」火曜，即大火星。詩豳風七月：「七月流火。」毛傳：「火，大火也。流，下也。」

〔二〕素鍾，即白鐘。鍾、鐘同。淮南子時則訓：「孟秋之月……撞白鐘。」廣韻：「御，進也。」古以十二律配十二月。夷律，指夷則。禮月令：「孟秋之月……律中夷則。」史記律書：「七月也，律中夷則。夷則，言陰氣之賊萬物也。」

〔三〕朱光，日光。晉子夜歌：「朱光照緑苑。」

〔四〕詩召南行露：「豈不夙夜？謂行多露。」廣雅釋訓：「藹藹，盛也。」詩鄘風載馳毛傳：「悠悠，遠貌。」

〔五〕延睞，引領遠眺。六書故：「睞，遊眺也。」廣雅釋詁：「屬，會也。」天媛，即織女星，亦稱天孫。史記天官書：「織女，天女孫也。」爾雅釋詁：「淹，久也。」

〔六〕玉篇：「靈，神靈也。」此指天媛。説文：「淑，清湛也。」景，同影。爾雅釋詁：「仇，匹也。」仇、逑古通。詩周南關雎：「窈窕淑女，君子好逑。」服箱，指牽牛星。小雅大東：「睆彼牽牛，不以服箱。」

〔七〕詩小雅集傳：「邁，過也。」姮娥，神話中后羿之妻。淮南子覽冥訓：「羿請不死之藥於西王母，姮娥竊之奔月宮。」擢質，謂美質秀異。廣韻：「擢，拔也，出也。」吕氏春秋論威高注：「淩，越也。」楚辭九歌大司命王逸注：「瑶華，玉華也。」説文：「擅，專也。」

〔八〕集韻：「靨，頰輔也。」文選謝靈運石壁精舍還湖中詩善注：「霏，雲飛貌。」楚辭九歌東君：

「青雲衣兮白霓裳。」

〔九〕龍駕，以龍引車，指天媛所乘。楚辭九歌雲中君：「龍駕兮帝服。」文選曹植洛神賦劉良注：「容裔，行貌。」鳳笙，笙簫之屬。宋史樂志：「列其管爲簫，聚其管爲笙。鳳凰于飛，簫則象之；鳳凰戾止，笙則象之。」笙、管同。淒鏘，狀笙管之聲。沈約樂將殫恩未已應詔詩：「淒鏘笙管遒。」

〔一〇〕山海經海内北經：「舜妻登比氏生宵明、燭光，處河大澤。」郭注：「即二女字也。以能光照，因名云。」古傳說：堯女娥皇、女英爲舜之二妃。山海經中山經：「（洞庭之山）帝之二女居之，是常遊於江淵。澧沅之風交瀟湘之淵。是在九江之間，出入必以飄風暴雨。」郭注：「瀟，當作潚。說文云：『潚，深清也。』」

〔一一〕軾，憑軾以示敬。帝車，猶龍駕。捐玦，捐棄玦佩。楚辭九歌湘君：「捐余玦兮江中。」又離騷王逸注：「天津，東極箕、斗之間漢津也。」

〔一二〕詩小雅大東毛傳：「漢，天河也。」河廣，見思歸賦注〔七〕。河，此謂天河。說文：「梁，水橋也。」此謂架橋。

〔一三〕瑤席，以美石飾席，美言之。宴語，同讌言。參酬德賦注〔五〕。說文段注：「其相連者甚微眇，是曰緜。」楚辭九歌山鬼：「既含睇兮又宜笑。」王逸注：「睇，微眄貌也。」蛾，謂眉。詩衛風碩人：「螓首蛾眉。」

〔一四〕蘭夜，猶言七夕。提要録謂七月爲蘭月，故稱七夕爲蘭夜。爾雅釋詁：「永，長也。」文選曹丕燕歌行善注引曹植九詠注：「牽牛爲夫，織女爲婦。織女牽牛之星，各處一方，七月七日得一會同矣。」

〔一五〕廣韻：「忌，畏也，憎惡也。」史記司馬相如列傳索隱：「樂彦曰：『纖阿，山名。有女子處其巖，月歷數度，躍入月中，因爲月御也。』郭璞云：『纖阿，古之善御者。』」説文：「吝，恨惜也。」長庚，亦稱太白。詩小雅大東毛傳：「日既入，謂明星爲長庚。庚，續也。」

〔一六〕楚辭九歌少司命：「臨風怳兮浩歌。」王逸注：「怳，失意貌。……浩，大也。」又東皇太一注：「安歌，安音清歌。」

〔一七〕廣韻：「愴，淒愴也。」桂觴，謂觴置桂酒。雲幄，謂張雲錦爲幄，古以居神。玉篇：「幄，帳也。」

〔一八〕龍鑣，猶龍駕。類篇：「蹀，蹈也。」集韻：「鑾，通作鸞。」楚辭離騷：「鳴玉鸞之啾啾。」王逸注：「鸞，鸞鳥也。以玉爲之，著於衡。」星河，天河。河圖緯括地象：「川德布精，上爲星河。」

〔一九〕分雙袂，謂别離。廣雅釋器：「袂，袖也。」四氣，四時陰陽變化之氣。禮樂記：「動四氣之和，以著萬物之理。」此借指四時。

〔二〇〕髣像，同髣像。文選王延壽魯靈光殿賦善注：「髣像，猶依稀，非正形聲也。」恍惚，同怳忽。淮南子原道訓高注：「怳忽，無形貌也。」説文：「彷彿，相似，視不諦也。」彷彿，同仿佛。幽曖，幽闇不明。

〔二一〕繢，通繪。廣韻：「繪，五采也。」

〔二二〕延子，延陵季子，即吴公子季札。左傳襄公二十九年：「（季札）自衛如晉，將宿於戚，聞鐘聲焉，曰：『異哉！吾聞之也，辯而不德，必加於戮。夫子獲罪於君以在此，懼猶不足，而又何樂？夫子之在此也，猶燕之巢于幕上。君又在殯，而可以樂乎？』遂去之。」季后，指魯公父文伯之母敬姜。敬姜出於季氏，古者貴賤不嫌同辭，故曰季后。國語魯語：「公父文伯退朝，朝其母。……其母歎曰：『……是故天子……少采夕月，與大史、司載糾虔天刑。日入，監九御，使潔奉禘、郊之粢盛，而後即安。……』」韋注：「因夕月而恭敬，觀天法，考行度，以知妖祥也。」

〔二三〕形氣，謂形容與聲氣。漢書藝文志：「形與氣相首尾。」廣韻：「昧，暗昧。」謂不明。

〔二四〕壯思，壯盛之思。劉楨贈五官中郎將：「君侯多壯思。」沖情，淵遠之情。廣韻：「沖，深也。」

〔二五〕楚詩，未詳。或即指古詩如後被蕭統選入十九首者。詩，齊梁間多以爲枚乘作，劉勰所謂「古詩佳麗，或稱枚叔」是也。「迢迢牽牛星」一首，言牛女之事，玉臺新詠固指爲乘作。乘，淮陰人。淮陰，古楚地。縱轡，以騎乘喻馳騁辭翰。蘭書，篇籍之美稱。左傳昭公三年杜注：「競，彊也。爽，明也。」

〔二六〕研精，謂研覈精審。孔安國尚書序：「研精覃思。」馬融長笛賦善注：「駘蕩，安翔貌。」

〔二七〕幽靈，謂神，此指天媛。玄往，謂神思遠邁。朱駿聲説文通訓定聲：「玄，假借爲遠。」

〔二八〕玉篇：「哂，笑也。」陽雲，謂巫山之陽之雲。荆夢，指楚懷王之夢。文選宋玉高唐賦善注引襄陽耆舊傳：「赤帝女姚姬未行而卒，葬於巫山之陽，故曰巫山之女。楚懷王遊於高唐，晝寢，夢見與神遇，自稱是巫山之女。王因幸之，遂爲置觀於巫山之陽，號爲朝雲。」洛篇，指洛神賦。陳，指陳思王曹植。

〔二九〕廣韻：「澄，清也。」又「閑，防也。」易乾文言：「閑邪存其誠。」綢繆，情意殷勤。三國志蜀書先主傳：「先主至京見（孫）權，綢繆恩紀。」

高松賦奉司徒竟陵王教作〔一〕①

閲品物於幽記②，訪叢育於秘經；巡汜林之彌望③，識斯松之最靈〔二〕。提於巖以群茂，臨於水而宗生〔三〕；豈楡柳之比性？指冥椿而等齡④〔四〕。若夫修幹垂陰⑤，喬柯飛穎〔五〕；望肅肅而既閑⑥，即微微而方静〔六〕。懷風音而送聲⑦，當月露而留影⑧；既芊眠於廣隰，亦迢遞於孤嶺〔七〕。集九仙之羽儀，棲五鳳之光景〔八〕；固松木之爲選⑨，貫山川而自永〔九〕。爾乃青春受謝⑩，雲物含明⑪〔一〇〕；江皋緑草，暧然已平〔一一〕。紛弱葉而凝照，競新藻而抽英〔一二〕；陵翠山而如剪⑫，施懸蘿而共輕。至於星迴窮紀，沙雁相飛〔一三〕；同雲映其無色⑬〔一四〕，陽光沈而減暉⑭。卷風飈之欻吸⑮，積霰雪之嚴霏⑯〔一五〕；豈彫貞於歲暮⑰？

不受令於霜威〔一六〕。若乃體同器制〔一七〕，質兼上才；夏書稱其岱畎，周篇咏其徂徠〔一八〕。乃屈己以弘用，構大壯於雲臺〔一九〕；幸爲玩於君子，留神心而顧懷。君王乃徙蘦蘭室，解佩明椒〔二〇〕；搴幽蘭於夕陰，詠聳幹於琴朝〔二一〕。陵高邱以致思⑱，御風景而逍遥〔二二〕；夷斅冕之隆貴，懷汾陽之寂寥〔二三〕。邈道勝於千禩，蘊神理而自超〔二四〕。夫江海之爲大，實涓澮之所歸；瞻衡恒之峻極，不讓壤於塵微〔二五〕。嗟孤陋之無取，幸聞道於清徽〔二六〕；理弱羽於九萬，愧不能兮奮飛〔二七〕。

【校】

①〔題〕初學記作南齊謝朓和蕭子良高松賦。張本、全齊文無「司徒」字。②〔幽記〕初學記「記」作「紀」。③〔彌〕原作「珍」，依張本、全齊文改。④〔冥〕初學記作「蓂」。⑤〔垂陰〕張本、全齊文「陰」作「蔭」。⑥〔閑〕萬曆本、文集本、名家集本作「聞」。⑦〔音〕張本、郭本、全齊文作「陰」。⑧〔月露〕藝文、初學記「露」作「路」。⑨〔松木〕初學記、全齊文「松」作「總」，嚴注：「當作松。」⑩〔受謝〕藝文、初學記、全齊文「受」作「爰」。⑪〔雲物〕藝文「雲」作「靈」。⑫〔而如剪〕張本、郭本、全齊文「而」作「其」。⑬〔映〕初學記、張本、全齊文作「泱」。⑭〔減〕藝文、初學記、覽翠本、文集本、郭本作「滅」。⑮〔歙吸〕原作「吸歙」，依張本、郭本、全齊文改。⑯〔巖霏〕初學記作「巖嵦」。⑰〔歲暮〕初學記「歲」作「寒」。⑱〔高邱〕涵芬本「邱」作「山」。

【注】

〔一〕竟陵王，指齊武帝次子蕭子良。蔡邕獨斷曰：「諸侯言曰教。」

〔二〕品物，衆多物類。易乾：「品物流形。」幽記，隱僻罕見之書。叢育，猶言聚育之物。左思吴都賦：「瓌異之所叢育。」秘經，珍異之典籍。説文：「巡，視行也。」禮少儀孔疏：「氾，廣也。」彌望，廣遠貌。潘岳西征賦：「沃野彌望。」廣雅釋詁：「靈，善也。」此謂珍異。

〔三〕周禮夏官田僕鄭注：「提，猶舉也。」宗生，同類繁生。揚雄蜀都賦：「其竹則……宗生族攢。」

〔四〕冥椿，冥靈、大椿，皆木名。莊子逍遥遊：「楚之南有冥靈者，以五百歲爲春，五百歲爲秋。上古有大椿者，以八千歲爲春，八千歲爲秋。」

〔五〕説文：「喬，高而曲也。」玉篇：「穎，禾末也。」此借指松針。

〔六〕詩小雅黍苗鄭箋：「肅肅，嚴正之貌。」微微，幽静貌。張衡南都賦：「清廟肅以微微。」

〔七〕文選陸機文賦善注：「芊眠，光色盛貌。」迢遞，邈遠貌。左思吴都賦：「曠觀迢遞。」

〔八〕張君房雲笈七籤：「太清境有九仙：第一上仙，二高仙，三大仙，四玄仙，五天仙，六真仙，七神仙，八靈仙，九至仙。」羽儀，見思歸賦注〔一〇〕。王應麟小學紺珠：「五鳳：赤者鳳，黄者鵷雛，青者鸞，紫者鸑鷟，白者鵠。」光景，猶光影。

〔九〕博雅：「貫，穿也。」袁淑真隱傳：「子不見嵩、岱之松柏乎？上枝干青雲，下根通三泉，此木豈與天地有骨肉哉？蓋所居然也。」

〔一〇〕楚辭大招：「青春受謝。」王逸注：「青，東方春位，其色青也。謝，去也。」雲物含明，謂雲有光華，物有絢彩。

〔一一〕楚辭離騷王逸注：「澤曲曰皋。」曖然，暗昧貌。玉篇：「晻曖，暗貌。」

〔一二〕文選班固答賓戲善注：「藻，水草之有文者。」

〔一三〕禮月令：「季冬之月……月窮于紀，星回于天，數將幾終，歲且更始。」鄭注：「紀，會也。」謂月與日重復會於玄枵。回，迴同。雁宿於江湖沙渚中，故曰沙雁。

〔一四〕詩小雅信南山：「上天同雲。」集傳：「同雲，雲一色也，將雪之候如此。」

〔一五〕玉篇：「飈，暴風也。」欻，同欻。文選江淹雜詩善注：「欻吸，疾貌。」霰，説文段注：「謂雪之如稷者。……俗謂米雪，或謂粒雪，皆是也。」説文新附：「霏，雨雪貌。」

〔一六〕貞，謂貞正之質。論語子罕：「歲寒然後知松柏之後彫也。」

〔一七〕器制，謂器用。

〔一八〕夏書，指書禹貢。禹貢：「海岱惟青州……岱畎絲、枲、鈆、松、怪石。」孔傳：「岱，泰山也。畎，谷也。」周篇，指詩經。詩魯頌閟宫：「徂來之松。」徂徠，山名，在今山東泰安市東南。徠、來同。

〔一九〕弘用，大其施用。廣雅釋詁：「弘，大也。」大壯，易卦名。易繫辭：「上古穴居而野處，後世聖人，易之以宫室，上棟下宇，以待風雨，蓋取諸大壯。」雲臺，漢時臺名，其高干雲。淮南子俶真訓：「雲臺之高，墮者折脊。」

〔二〇〕蘭室，以木蘭爲室，取其芳香。陸機君子有所思行：「蘭室接羅幕。」解佩，解脱佩玉。正字通：「山巔曰椒。」

〔二一〕集韻：「搴，引取也。」琴朝，以琴瑟自娱之晨朝。

〔二二〕逍遥，遊也。楚辭離騷：「聊逍遥以相羊。」

〔二三〕説文：「夷，平也。」黻冕，古祭服。汾陽，汾水之陽，隱者所居之地。莊子逍遥遊：「堯治天下之民，平海内之政，往見四子（按指王倪、齧缺、被衣、許由）藐姑射之山，汾水之陽，窅然喪其天下焉。」

〔二四〕説文：「邈，遠也。」尉繚子戰威：「雖形全而不爲之用，此道勝也。」禩，同祀。廣韻：「祀，年也。」玉篇：「藴，蓄也。」神理，神妙之理。

〔二五〕涓澮，細流。郭璞江賦：「網絡群流，商榷涓澮。」衡恒，二山名，古皆列於五嶽。爾雅釋山：「江南衡。」又：「恒山爲北嶽。」峻極，高也。禮中庸：「峻極於天。」管子形勢解：「海不辭水，故能成其大；山不辭土石，故能成其高。明主不厭人，故能成其衆。」此化用其意。

〔二六〕孤陋，謂獨處少見聞。禮學記：「獨學而無友，則孤陋而寡聞。」清徽，美潔之操行。此以作敬稱。

〔二七〕莊子逍遥遊：「鵬之徙於南冥也，水擊三千里，摶扶摇而上者九萬里。」詩邶風柏舟：「不能奮飛。」鮑照詠雙燕：「自知羽翅弱，不與鵠争飛。」

杜若賦奉隨王教作時年二十六於坐獻〔一〕①

憑瑶圃而宣遊，臨水木而延佇〔二〕。柳含色於遠岸，泉鏡流於枉渚〔三〕；蔭緑竹以淹留，藉幽蘭而容與②〔四〕。覽兹榮之悦茂③，紛爲芳於清籞④〔五〕。觀夫結根擢色，發曜垂英〔六〕；緣春巒以纖布，蔭涼潭而影清〔七〕。景奕奕以四照，枝靡靡而葉傾〔八〕；冒霜蹊以獨蒨〔九〕，當春郊而逕平。搴汀洲以企予〔一〇〕，懷石泉於幽情。嗟中巖之纖草，廁金芝於芳叢〔一一〕。夕舒榮於溽露〔一二〕，旦發彩於春風。承羲陽之光景，庶無悲於轉蓬〔一三〕。

【校】

①〔題〕全齊文作杜若賦奉隋王教於坐獻。張本題下注：「奉隋王教於坐獻。」②〔容與〕藝文「容」作「夷」。③〔悦茂〕藝文「悦」作「苑」。④〔紛〕張本作「葐」。

【注】

〔一〕爾雅翼：「杜若，苗似山薑，花黄赤，子赤色，大如棘子。……一名杜衡。」隨王，指齊武帝第八子隨郡王蕭子隆。

〔二〕憑，謂乘、登。瑶圃，猶言玉圃。楚辭九章涉江：「吾與重華遊兮瑶之圃。」此以美稱園圃。宣遊，偏遊。楚辭王褒九懷：「宣遊兮列宿。」謝混遊西池詩：「水木湛清華。」延佇，見酬德賦注〔四二〕。

〔三〕鏡流，謂泉水明淨，其流如鏡。楚辭九章涉江王逸注：「枉，曲也；渚，沚也。」

〔四〕容與，見酬德賦注〔四三〕。

〔五〕榮，花。爾雅釋草：「草謂之榮。」悦茂，悦暢、茂盛。陸機歎逝賦：「信松茂而柏悦。」漢書宣帝紀蘇林注：「折竹以繩緜連，禁禦使人不得往來，律名爲籞。」

〔六〕擢色，謂發榮耀彩。擢，見七夕賦注〔七〕。廣韻：「曜，光燿。」

〔七〕文選謝靈運述祖德詩善注：「楚人謂深水爲潭。」

〔八〕廣雅釋訓：「奕奕，盛也。」文選宋玉高唐賦善注：「靡靡，相依倚貌。」

〔九〕博雅：「蹊，徑道也。」廣韻：「蒨，草盛。」

〔一〇〕楚辭九歌湘夫人：「搴汀洲兮杜若。」王逸注：「搴，手取也。」企予，正韻：「企，舉踵望也。」予，猶「而」，助詞。

〔一一〕中巖，巖中。纖草，指杜若。抱朴子仙藥：「金芝生於金石之中，以秋取治食，令人身光壽萬歲。」

〔一二〕溽露，濃露。説文段注：「謂之溽者，濃也，厚也。」

〔一三〕羲陽，指日。廣雅釋天：「日御謂之羲和。」故稱日爲羲陽。埤雅：「蓬，末大於本，遇風輒拔而旋。」故以喻人之流離轉徙。

野鶩賦并序①

有門人斃一野鶩②〔一〕，因以爲獻。予時命以登俎〔二〕，用待賓客。客有愛其羽毛，請予爲賦。其詞曰：

夫何羅人之伎巧，薦江海之逸禽〔三〕。落摩天之迅羽，絶歸飛之好音③〔四〕。碎文錦之丹臆，裂雕綺之翠衿④〔五〕。孤雛驚⑤以靡翼⑥〔六〕，羈雌叫而莫尋⑦。越滄流以遠致，乃交貿以兼金⑧〔七〕。因閽寺以傳請⑨，排邃户以重深〔八〕。貴敷衽以取愛，願登俎以甘心〔九〕。

【校】

①〔題〕張本「并」作「有」。②〔一〕涵芬本作「二」。③〔歸飛〕藝文倒。④〔裂雕綺〕藝文作「納綺緑」。⑤〔驚〕藝文作「喧」。⑥〔靡翼〕涵芬本「靡」作「摩」。⑦〔羈〕覽翠本、張本、郭本、全齊文作「饑」。⑧〔貿〕張本、全齊文作「留」。⑨〔請〕涵芬本作「言」。

【注】

〔一〕門人，門下客。戰國策齊策：「郢之登徒，見孟嘗君門人公孫戌。」

〔二〕登俎，置於砧板之上，謂宰而就烹。

〔三〕羅人，設羅捕鳥之人。周禮夏官羅氏：「羅氏掌羅烏鳥。」韻會：「薦，進也。」逸禽，疾飛之鳥，此謂野鶩。

〔四〕摩天，言飛之高。漢樂府烏生：「唶我，黄鵠摩天極高飛。」好音，謂鳥鳴聲。詩魯頌泮水：「食我桑椹，懷我好音。」

〔五〕文錦，文彩如錦。鮑照代雉朝飛：「碎錦臆。」文選潘岳射雉賦：「丹臆蘭綷。」徐爰注：「臆，膺也。」雕綺，華美綺麗。襟，亦作衿。方言：「衿謂之交。」注：「衣交領也。」翠衿，喻翠色鳥羽。禰衡鸚鵡賦：「緑衣翠衿。」

〔六〕靡翼，猶言斂翼。廣韻：「靡，偃也。」

〔七〕滄流，深青水流。顔延之侍遊曲阿後湖作：「水若警滄流。」交貿，交易。廣韻：「貿，市賣也。」

孟子公孫丑趙岐注：「兼金，好金也。其價兼倍於常者，故謂之兼金。」

〔八〕閽寺，守門、侍從之人。周禮天官冢宰鄭注：「閽人，司昏晨以啓閉者。」又：「寺之言侍也。」爾雅釋詁：「請，告也。」廣韻：「邃，深也。」

〔九〕敷，同専。説文：「専，布也。」又：「袛，衣裿也。」衽，同袛。此以喻野鶩毛羽。甘心，猶言快意。左傳莊公九年：「願受而甘心焉。」杜注：「言欲快意戮殺之。」

遊後園賦奉隨王教作〔一〕①

積芳兮選木，幽蘭兮翠竹〔二〕。上蕪蕪兮蔭景②，下田田兮被谷〔三〕。左蕙畹兮彌望，右芝原兮寫目〔四〕。山霞起而削成，水積明以經復〔五〕。於是敞風闈之藹藹③，聳雲館之苕苕④〔六〕。

周步檻以升降，對玉堂之泬寥〔七〕。追夏德之方暮，望秋清之始飈〔八〕。藉宴私而遊衍，時晤語而逍遥⑤〔九〕。爾乃日棲榆柳，霞照夕陽；孤蟬以散⑥，去鳥成行。惠氣湛兮帷殿肅⑦，清陰起兮池館涼〔一〇〕。陳象設兮以玉瑱，披蘭籍兮咀桂漿⑧〔一一〕。仰徽塵兮美無度⑨，奉英軌兮式如璋〔一二〕。藉高文兮清談，預含毫兮握芳〔一三〕。則觀海兮爲富，乃游聖兮知方〔一四〕。

【校】

①〔題〕張本、全齊文題下無注。②〔蔭〕藝文、全齊文作「陰」。③〔闈〕藝文、古文苑作「闥」。④〔苕苕〕藝文、古文苑、張本、郭本、全齊文作「迢迢」。⑤〔晤〕古文苑、覽翠本、張本、郭本、全齊文作「寤」。⑥〔以散〕古文苑、張本、郭本、全齊文「以」作「已」。⑦〔惠氣〕覽翠本「氣」作「風」，傅校作「氣」。⑧〔披〕原作「粉」，覽翠本、張本、郭本、全齊文作「紛」。依藝文、古文苑改。⑨〔徽〕原作「微」，依古文苑改。

【注】録古文苑章樵注。

〔一〕〔補注〕曹丕與朝歌令吴質書：「同乘並載，以遊後園。」竟陵王蕭子良有遊後園詩。此當爲西邸之後園。

〔二〕園林叢集衆芳，遴選佳木植之。

〔三〕〔補注〕蕪蕪，繁茂貌。蔭景，謂蔽日。田田，鮮碧貌。

〔四〕〔補注〕蕙畹，植蕙之田。山海經西山經郭注：「蕙，香草，蘭屬也。」説文：「畹，田三十畝也。」彌望，見高松賦注〔二〕。寫目，謂輸縱其目。增韻：「寫，輸也。」

〔五〕孫綽天台山賦：「赤城霞起以建標。」山海經：「太華削成而四方。」〔補注〕經復，同徑復，往來之義。楚辭招魂：「川谷徑復流潺湲。」

〔六〕〔補注〕藹藹，微暗之貌。司馬相如長門賦：「望中庭之藹藹兮。」雲館，高聳入雲之館。苕苕，高貌。張衡西京賦：「狀亭亭以苕苕。」

〔七〕〔補注〕櫩，同檐。步櫩，屋外長廊。漢書司馬相如傳：「步檐周流。」玉堂，宫殿之美稱。宋玉風賦：「北上玉堂。」楚辭宋玉九辯王逸注：「泬寥，曠蕩而虚静也。」

〔八〕〔補注〕禮月令：「先立夏三日，太史謁之天子曰：『某日立夏，盛德在火。』」廣雅釋天：「颸，風也。」

〔九〕〔補注〕宴私，同燕私。詩小雅楚茨：「諸父兄弟，備言燕私。」毛傳：「燕而盡其私恩。」又大雅板：「及爾游衍。」毛傳：「游，行；衍，溢也。」孔疏：「亦自恣之意也。」遊、游同。又陳風東門之池：「可以晤語。」鄭箋：「晤，猶對也。」逍遥，見高松賦注〔三〕。

〔一〇〕〔補注〕楚辭天問王逸注：「惠氣，和氣也。」增韻：「湛，澄也。」肅，嚴整貌。

〔一一〕設，器玩之屬。瑱，充耳也。象設陳前，以玉爲瑱，言耳目所接，無非珍異。國語以規爲瑱。詩：「玉之瑱也，象之揥也。」典籍薰以香草，披玩以咀其芳潤。

〔二〕徽塵、英軌，言隨王之風儀。詩：「彼其之子，美無度。」孔氏曰：「不可以尺寸量也。」左傳：「思我王度，式如玉。」詩：「如圭如璋。」

〔三〕（二句）朓自謂。〔補注〕高文，卓越之文篇。江淹雜體詩：「高文一何綺！」預，通與。廣韻：「與，參與也。」含毫，見酬德賦注〔五五〕。握芳，謂把持芳美。

〔四〕孟子：「觀於海者難爲水，遊於聖人之門者難爲言。」假此言王門文章之富，奉命難於措辭。〔補注〕論語先進：「由也爲之，比及三年，可使有勇，且知方也。」釋文引鄭玄云：「方，禮法也。」

臨楚江賦〔一〕

爰自山南，薄暮江潭〔二〕。滔滔積水，裹裹霜嵐〔三〕。憂與憂兮竟無際①，客之行兮歲已嚴〔四〕。爾乃雲沈西岫②，風蕩中川③〔五〕；馳波鬱素，駭浪浮天〔六〕；明沙宿莽④〔七〕，石路相懸。於是霧隱行雁，霜眇虛林⑤〔八〕；迢迢落景〔九〕，萬里生陰。洌攢笳兮極浦⑥，弭蘭鷁兮江潯〔一〇〕。奉玉罇之未暮⑦，飡勝賞之芳音⑧〔一一〕。願希光兮秋月，承末照於遺簪⑨〔一二〕。

【校】

①〔憂與憂〕初學記作「憂與江」。②〔西〕原作「四」，張本作「山」。郭本作「四」，注：「一作山。」依初學記、全齊文改。③〔蕩〕張本、全齊文作「動」。④〔沙〕初學記作「砂」。⑤〔眇〕初學記

作「耿」。⑥〔洌攢〕原作「洌欑」，涵芬本、全齊文作「列攢」。依覽翠本、張本、郭本改。⑦〔玉〕張本、全齊文作「王」。⑧〔湌勝賞〕原作「湌□勝」，依涵芬本、張本、郭本、全齊文補改。⑨〔承末〕原作「庶永」，全齊文作「承永」。依初學記改。

【注】

〔一〕楚江，指江陵附近江水。水經江水注：「江水又東，逕江陵縣故城南，故楚也。」

〔二〕詞詮：「爰，語首助詞，無義。」山南，泛指華山以南之地。史記魏世家：「所亡於秦者，山南山北……」正義：「山，華山也。」薄暮，見思歸賦注〔四八〕。楚辭漁父：「游於江潭。」潭，通潯。廣韻：「潯，水涯也。」

〔三〕詩小雅四月：「滔滔江漢。」毛傳：「滔滔，大水貌。」褭褭，同嫋嫋。廣雅釋訓：「嫋嫋，弱也。」廣韻：「嵐，山氣也。」

〔四〕楚辭九章哀郢：「心不怡之長久兮，憂與憂其相接。」正字通：「寒氣凛冽曰嚴。」

〔五〕説文：「岫，山有穴也。」中川，川中。

〔六〕鬱素，謂如素帛聚積。詩秦風晨風毛傳：「鬱，積也。」木華海賦：「浮天無岸。」

〔七〕明沙，猶言白沙。楚辭離騷王逸注：「草冬生不死者，楚人名曰宿莽。」

〔八〕行雁，行旅之雁，猶言游鴻。眇，見思歸賦注〔二四〕。

〔九〕迢迢，遠貌。文選古詩十九首：「迢迢牽牛星。」落景，落日。

〔一〇〕廣韻：「冽，寒也。」攢茄，謂茄音叢聚。正韻：「攢，族聚也。」廣韻：「弭，息也。」蘭鷁，猶言蘭舟。漢書司馬相如傳注引張揖曰：「鷁，水鳥也。畫其象於船首。」潯，參注〔二〕。

〔一一〕飡，同餐。文選王儉褚淵碑文善注：「餐，美也。」勝賞，謂佳勝之鑑賞。芳音，美稱人之談說。

〔一二〕兩句喻示願隨王有秋月之照，不忘故舊。希光，謂希仰光輝。陸機辯亡論：「志士希光而景騖。」韓詩外傳：「孔子出遊少原之野，有婦人中澤而哭，甚哀。孔子怪之，使弟子問焉。婦人對曰：『鄉者刈蓍薪而亡吾蓍簪，是以哀。』孔子曰：『刈蓍薪而亡蓍簪，有何悲也？』婦人曰：『非傷亡簪，吾所以悲者，不忘故也。』」

擬宋玉風賦 奉司徒教作〔一〕①

起日域而摇落，集桂宫而送清〔二〕。開翠帳之影藹②，響行珮之輕鳴〔三〕。揚淮南之妙舞，發齊后之妍聲〔四〕。下鴻池而蓮散，上爵臺而雲生〔五〕。至於新虹明歲，高月照秋〔六〕。睟儀迺豫，沖想雲浮〔七〕。鄒馬之賓咸至，中穆之醴已酬〔八〕。朝役登樓之詠，夕引小山之謳〔九〕。厭朱邸之沈邃，思輕舉而遠遊〔一〇〕。驌驦之馬魚躍，飄鑾車而水流〔一一〕。此乃宋玉之盛風也③〔一二〕。若夫④子雲寂寞⑤，叔夜高張〔一三〕。煙霞潤色，荃荑結芳〔一四〕。出磵幽而泉冽，入山户而松涼〔一五〕。眇神王於邱壑，獨超遠於孤觴⑥〔一六〕。斯則幽人之風也〔一七〕。

【校】

①〔題〕張本、全齊文無「宋玉」字。②〔帳〕藝文作「帷」。③〔宋玉〕原注：「近刻作大王。」張本、全齊文作「大王」。郭本作「宋玉」，注：一作「大王」。④〔若夫〕涵芬本無「若」字。⑤〔寂寞〕涵芬本作「寂寂」。⑥〔超〕覽翠本、張本、郭本、全齊文作「起」。

【注】

〔一〕楚宋玉作風賦，見文選。此擬之。

〔二〕日域，謂日所照臨，至遠之處。文選揚雄長楊賦：「東震日域。」楚辭宋玉九辯：「蕭瑟兮草木摇落而變衰。」文選班固西都賦：「自未央而連桂宫。」三輔黄圖：「桂宫，武帝太初四年起，在未央宫北。」

〔三〕翠帳，帳以翡翠羽爲飾。楚辭招魂：「翡帷翠帳，飾高堂些。」影藹，猶晻藹。廣韻：「晻藹，暗也，冥也。」行珮，即佩玉。禮玉藻：「古之君子必佩玉……行則鳴佩玉。」佩，同珮。

〔四〕唐類函舞：「以土地名之，有周舞、鄭舞……淮南舞。」張衡觀舞賦：「客有觀舞於淮南者，美而舞之。……裾似飛鸞，袖如迴雪。」爾雅釋詁：「后，君也。」齊后，指齊宣王。韓非子内儲説：「齊宣王使人吹竽，必三百人。」又外儲説記宣王問匡倩：「儒者鼓瑟乎？」竽瑟等器皆發妍美之聲。

〔五〕水經穀水注：「穀水又東經鴻池陂。百官志曰：『鴻池，池名也。在洛陽東二十里。』」又睢水

注：「蠡臺直東，又有一臺，世謂之雀臺也。」爵，同雀。

〔六〕博雅：「新，初也。」禮月令：「孟冬之月，虹藏不見。」蓋至翌秋而始見。

〔七〕晬儀，温潤之儀容。孟子盡心：「君子所性，仁義禮智根於心。其生色也，晬然見於面，盎於背。」趙岐注：「晬，潤澤之貌也。」廣韻：「豫，逸也，安也。」沖想，沖和深遠之思。廣韻：「沖，和也，深也。」

〔八〕鄒馬，謂鄒陽、司馬相如。二人皆曾從漢景帝弟梁孝王武遊。見漢書賈鄒枚路傳、司馬相如傳。申公、穆生，爲高祖同父少弟楚元王交中大夫，深受敬禮。穆生不嗜酒，元王每置酒，常爲設醴。見漢書楚元王傳。顔注：「醴，甘酒也。」

〔九〕建安中，王粲居荆州，作登樓賦。崔豹古今注：「淮南王，淮南小山之所作也。淮南王服食求仙，偏禮方士，遂與八公相攜俱去，莫知所往。小山之徒，思戀不已，乃作淮南王曲焉。」廣雅：「謳，歌也。」

〔一〇〕古代諸侯有功者，皆賜朱户，故稱王侯第宅曰朱邸。漢書陳勝傳注引應劭曰：「沈沈，宫室深邃之貌也。沈，音長含反。」遠遊，見酬德賦注〔六八〕。

〔一一〕兩句言車馬之盛。驌驦，同肅霜。左傳定公三年杜注：「肅霜，駿馬名。」詩大雅靈臺：「於牣魚躍。」此謂如魚之躍。鑾車，謂車之光澤照人。左傳襄公二十八年：「（齊）慶封遂來奔，獻車於季武子，美澤可以鑑。」鑾、鑑同。後漢書馬皇后紀：「太后詔曰：『前過濯龍門，上見外家問起居者，車如流水，馬如游龍。』」

〔一二〕宋玉風賦：「此乃大王之雄風也。」

〔一三〕揚雄，字子雲。清静無爲，少嗜欲，不汲汲於富貴，不戚戚於貧賤。作解嘲，有云：「惟寂惟寞，守德之宅。」見漢書本傳。嵇康，字叔夜。彈琴詠詩，自足於懷。善談理，又能屬文，其高情遠趣，率然玄遠。見晉書本傳。高張，謂風情高邁。廣雅釋詁：「張，大也。」

〔一四〕潤色，潤澤使華美。論語憲問：「東里子産潤色之。」楚辭離騷王逸注：「荃，香草。」草木始生曰荑。晉書郭璞傳：「蘭荑争翹。」

〔一五〕磵幽，山磵深隱處。廣韻：「幽，深也，隱也。」洌，見臨楚江賦注〔一〇〕。隱者之居在山，故曰山户。

〔一六〕廣韻：「王，盛也。」莊子養生主：「神雖王，不善也。」按王，音義同旺。邱壑，隱者之所居。漢書叙傳：「（班）嗣報（桓譚）曰：『若夫嚴子（莊子）者……漁釣於一壑，則萬物不奸其志；栖遲於一丘，則天下不易其樂。』」邱、丘同。方言：「超，遠也。」楚辭九歌國殤：「平原忽兮路超遠。」此謂神意超遠。

〔一七〕幽人，幽隱之人。易履：「履道坦坦，幽人貞吉。」

表

爲百官勸進齊明帝表〔一〕

臣聞時乘在御，必待先天之業〔二〕；神化爲皇，乃叶應期之運〔三〕。況復湯孫有緒，纂堯惟德〔四〕；舊邦佇新，復禹歸祉〔五〕。大齊之權輿寶曆〔六〕，孕育前古。昭假四海，克酬三靈〔七〕。而嗣命疾威，蕃鄙叛換①〔八〕；委裘御寓，彝鼎如忽〔九〕。陛下文思體道，徇齊作聖〔一〇〕。翦應龍於冀州，戮長蛇於沮水〔一一〕。榮光之瑞昭迴，延喜之寶潤色〔一二〕。天睠爰發，人謀咸贊〔一三〕。伏願陛下仰答靈祇，弘宣景命〔一四〕；誕受多方，奄宅萬國〔一五〕。

【校】

①〔叛換〕嚴可均校輯全齊文原作「叛渙」，依藝文改。

【注】

〔一〕南齊書明帝紀：「隆昌元年（四九四），（蕭鸞）封宣城王，邑五千户，持節、侍中、中書監、録尚書並如故。未拜，太后令廢海陵王，以上入纂太祖爲第三子，群臣三請，乃受命。」表作於是時。

〔二〕易乾彖曰：「時乘六龍以御天。」王弼注：「處則乘潛龍，出則乘飛龍，故曰時乘六龍也。」又曰：「大人者，與天地合其德，先天而天弗違，後天而奉天時。」御，謂控御。

〔三〕神化，謂其化合神。魏志王肅傳裴注：「孫盛曰：『化合神者爲皇。』」叶，古文協字。廣韻：「協，合也。」春秋元命苞：「五德之運，各象其類。興亡之名，應籙以次相代。」魏樂府有應帝期。

〔四〕詩商頌殷武：「有截其所，湯孫之緒。」謂蕭氏遠承殷商之緒。商紂庶兄微子啓之後蕭叔大心食邑於蕭（今安徽蕭縣西北），因以爲氏。漢書叙傳：「皇兮漢祖，纂堯之緒。」纂，繼也。

〔五〕詩大雅文王：「周雖舊邦，其命維新。」佇，同竚。玉篇：「竚，企也。」復禹，猶言復祖宗舊物。左傳哀公元年：「伍員曰：『（少康）遂滅過、戈，復禹之績，祀夏配天，不失舊物。』」廣韻：「歸，還也。」説文：「祉，福也。」

〔六〕爾雅釋詁：「權、輿，始也。」寶曆，謂國祚。

〔七〕謂光明達乎四海。詩大雅烝民：「天監有周，昭假于下。」鄭箋：「假，至也。天視周王之政教，其光明乃至于下，謂及衆民也。」文選班固典引善注：「三靈，天、地、人也。」

〔八〕嗣命，謂繼命之君，指鬱林王、海陵王。南齊書明帝紀：「嗣命多違。」詩小雅雨無正集傳：「疾威，猶暴虐也。」蕃，通藩。蕃鄙，謂藩國邊鄙。文選左思魏都賦張載注：「叛换，猶恣睢也。」按亦跋扈之義。

〔九〕謂鬱林、海陵不理朝事，國運若墜。委裘，先帝之裘衣。漢書賈誼傳：「朝委裘。」注引孟康曰：「委裘若容衣，天子未坐朝，事先帝裘衣也。」寓，同宇。彝鼎，傳國重器。左傳襄公十九年杜注：「彝，常也。謂鐘鼎爲宗廟之常器。」廣韻：「忽，滅也。」

〔一〇〕書堯典序：「聰明文思。」孔疏：「以此聰明之神智，足以經緯天地，即文也。又神智之運，深敏於機謀，即思也。」體道，體象天道。文子、道德：「聖人體道，反至不化以待化，動而無爲。」史記五帝本紀：「幼而徇齊。」集解：「徇，疾；齊，速也。言聖德幼而疾速也。」按，説文繫傳：「佝，疾也。」引史記作「幼而佝齊」，是。

〔一一〕謂剪除凶殘。廣雅釋魚：「有翼曰應龍。」淮南子覽冥訓：「殺黑龍以濟冀州。」高注：「冀，九州中，謂今四海之内。」左傳定公四年：「申包胥曰：『吴爲封豕長蛇，以荐食上國。』」沮水，即睢水。左傳哀公六年：「（楚昭）王曰：『江、漢、睢、漳，楚之望也。』」水在今湖北中部偏西。上句泛指鸞誅鋤異己，次句隱指其誅滅武帝第七子晉安王子懋事。永明十一年，子懋爲雍州刺史。翌年，鬱林王立，遷爲江州刺史。謀起兵，鸞遣將討誅之（見南齊書武十七王傳）。時雍州治所在襄陽，地近沮水。

〔一二〕榮光，古謂與青雲並爲河洛之瑞。太平御覽引尚書中候：「成王觀於洛河，沈璧禮畢，王退。俟至于日昧，榮光並出幕河，青雲浮洛，青龍臨壇，銜玄甲之圖吐之而去也。」南史王摛傳：「永明八年，天忽黄色照地，衆莫能解。司徒法曹王融上金天頌。摛曰：『是非金天，所謂榮光。』武帝大悦。」詩大雅雲漢：「倬彼雲漢，昭回於天。」鄭箋：「昭，光也。精光轉運於天。」延喜之寶，指寶圭。初學記：「尚書旋璣鈐曰：『禹授啓玄珪。出，刻曰延喜之玉。受德，天賜之佩。』」潤色，見擬宋玉風賦注〔一四〕。

〔一三〕天睠，上天睠顧。書大禹謨：「皇天眷命。」睠、眷同。人謀，人之謀議。廣雅釋詁：「謀，議也。」廣韻：「贊，助也。」

〔一四〕靈祇，神祇。廣韻：「祇，地祇，神也。」景命，大命。詩大雅既醉：「景命有僕。」

〔一五〕謂德大故受衆方之國。書泰誓：「誕受多方。」詩大雅皇矣：「奄有四方。」毛傳：「奄，大也。」爾雅釋言：「宅，居也。」

爲齊明帝讓封宣城公表①〔一〕

如其懸旌灞滻，刷馬伊穀〔二〕；灑酒望屬車之塵，整笏侍升平之禮〔三〕。陛下訏謨玄覽，欽若宏圖〔四〕，鑒臣匪躬②，共申彝訓〔五〕。雖量能之請，近遂微躬；則弘長之風，足軌來世〔六〕。

【校】

①〔題〕張本無「齊」字。　②〔鑒臣〕「鑒」原作「覽」，依藝文、張本、郭本改。

【注】

〔一〕南齊書明帝紀：「隆昌元年（四九四）……鬱林王廢，海陵王立，爲使持節都督揚、南徐二州軍事、驃騎大將軍、録尚書事、揚州刺史，開府如故，增班劍爲三十人，封宣城郡公，二千户。」

〔二〕兩句謂規復中原，出師關隴。懸旌，喻進軍。抱朴子廣譬：「漢武懸旌萬里。」灞、滻，二水名，同爲關中八川之一。滻水流至今西安市東入灞水，北流入渭，故灞、滻兼言。刷馬，猶飲馬。文選左思魏都賦劉逵注：「刷，小嘗也。」按字同唰。伊、穀，伊河、穀水，皆在今河南境。

〔三〕謂望天子車駕北臨而灑酒以迎。漢書司馬相如傳：「犯屬車之清塵。」顔注：「屬者，言相連續不絶也。塵，謂行而起塵也。」屬車，謂天子副貳之車。不敢斥指天子之車，故云。廣韻：「笏，一名手版，品官所執。」升平，猶治平。風俗通正失：「孝文皇帝……治天下，致升平。」

〔四〕詩大雅抑：「訏謨定命。」毛傳：「訏，大；謨，命也。」老子河上公注：「心居玄冥之處，覽知萬事，故謂之玄覽也。」欽若，敬順之意。書堯典：「欽若昊天。」

〔五〕臣，鸞自指。易蹇：「王臣蹇蹇，匪躬之故。」孔疏：「盡忠於君，匪以私身之故而不往濟君，故曰匪躬之故。」彝訓，指父祖之常訓。書酒誥：「聰聽祖考之彝訓。」

〔六〕四句謂如己所請，允予辭封，將足以風示來世。量能，謂計量人之才能。漢書食貨志：「聖王量能授事。」廣雅釋詁：「遂，行也。」微躬，稱己身之謙辭。文選袁宏三國名臣序贊：「士元弘長。」吕周翰注：「弘，大；長，遠也。」軌，謂示軌範。孔安國尚書序：「所以恢宏至道，示人主以軌範也。」

爲明帝拜録尚書表〔一〕

升降玉階①，對揚休命②〔二〕。六轡在手，千里何偕〔三〕？司會天官之統，尚書百僚之本〔四〕。

弘之即庶績惟凝③，替之則彝倫斯斁〔五〕。修身踐言，本慙五美〔六〕；果行育德，未階六正〔七〕。妄屬負圖之寄，多謝五仁之績〔八〕。操檜檝於龍津，荷梓梁於雲構〔九〕。無以輔位明堂，遺像麟閣〔一〇〕。

【校】

①〔玉〕張本作「王」。　②〔對〕張本、郭本作「拜」。　③〔弘之即〕張本「即」作「則」。

【注】

〔一〕南齊書海陵王紀：「延興元年（四九四）秋七月丁酉，即皇帝位。以尚書令鎮軍大將軍西昌侯鸞爲驃騎大將軍、録尚書事、揚州刺史、宣城郡公。」通典職官：「録尚書……亦西京領尚書之任。……自魏晉以後亦公卿權重者爲之，職無不總。」王鳴盛十七史商榷：「馴至南朝，惟録尚書權最重。」

〔二〕玉階，以玉飾階，謂天子殿廷。班固西都賦：「玉階彤庭。」書説命：「説拜稽首曰：『敢對揚天子之休命。』」孔傳：「對，答也。答受美命而稱揚之。」

〔三〕詩秦風小戎：「四牡孔阜，六轡在手。」此喻總攬事權。千里，指遠境。後漢書劉般傳：「今刺史一州之表，二千石千里之師，職在辨章百姓，宣美風俗。」句意謙謂不勝其任。

〔四〕司會，天官冢宰之屬。周禮天官冢宰：「惟王建國，……乃立天官冢宰，使率其屬而掌邦治，以佐王均邦國。」又：「司會中大夫二人……」鄭注：「司會主天下之大計，計官之長，若今尚書。」

百僚，猶百官。

〔五〕爾雅釋詁：「弘，大也。」書臯陶謨：「庶績其凝。」孔傳：「凝，成也。衆功皆成。」爾雅釋言：「替，廢也。」彝倫，指民之常道。斁，敗。書洪範：「彝倫攸斁。」

〔六〕禮曲禮：「修身踐言，謂之善行。」鄭注：「踐，履也，言履而行之。」論語堯曰：「子曰：『尊五美，屏四惡，斯可以從政矣。』子張曰：『何謂五美？』子曰：『君子惠而不費，勞而不怨，欲而不貪，泰而不驕，威而不猛。』」

〔七〕果行，謂果決其行。育德，謂育養其德。易蒙：「君子以果行育德。」文選庾亮謝中書令表呂延濟注：「階，因。」猶言依憑。六正，六種正道之臣。古謂人臣之行有六正、六邪。六正，指聖臣、良臣、忠臣、智臣、貞臣、直臣（見説苑臣術）。

〔八〕後漢書周章傳：「周章身非負圖之託。」李賢注：「武帝欲立昭帝爲太子，乃畫周公負成王圖賜霍光。」多謝，猶多慚。文選顏延之贈王太常善注：「謝，猶慚也。」仁，古通人。五仁，同五人。論語泰伯：「舜有臣五人，而天下治。」孔注：「禹、稷、契、臯陶、伯益。」

〔九〕檜檝，以檜木爲舟楫。翼雅：「檜性耐寒，其樹大，可爲舟楫。」檝、楫同。龍津，一名河津，即龍門。書禹貢蔡大寶傳引李復曰：「禹鑿龍門，……兩岸石壁峭立，大河盤鑿於山峽間，至此山開峰闢，豁然奔放，聲如萬雷。」廣韻：「荷，負荷也。」梓梁，以梓木爲梁。埤雅：「梓爲百木長，故呼梓爲木王。羅願云：『屋室有此木，則餘材皆不震。』」雲構，構築入雲，喻大廈。晉書庾懌傳：「侍中劉劭曰：柏梁雲構，大匠先居其下。」

〔一〇〕自謙無周公之德，霍光等之功。逸周書明堂解：「明堂者，明諸侯之尊卑也，故周公建焉。制禮作樂，頒度而天下大服。」麟閣，即麒麟閣。三輔黄圖：「麒麟閣，蕭何造，以藏秘書，處賢才也。」甘露三年（前五一），宣帝思股肱之美，乃圖霍光、蘇武等十一功臣像於麒麟閣以表揚之。見漢書蘇武傳。

章

爲宣城公拜章〔一〕

惟天爲大，日星度其象〔二〕；謂地蓋厚，河岳宣其氣〔三〕。斯冕旒所以貞觀，衮職所以代終〔四〕。慙下穆而上尊，豈南征而北怨〔五〕！何以克詠九歌，載宣七德〔六〕；銘彼旂常①，勒斯鍾鼎〔七〕？

【校】

①〔旂常〕旂原作「旗」，依張本改。藝文作「旗裳」。

【注】

〔一〕參見上篇注〔一〕。

〔二〕孟子滕文公：「孔子曰：『大哉堯之爲君，惟天爲大，惟堯則之，蕩蕩乎民無能名焉。』」左傳桓公二年孔疏：「日照晝，月照夜，星運行于天，昏明遞匝，民得取其時節，故三者皆爲辰也。」

〔三〕詩小雅正月：「謂地蓋厚。」河岳，黄河、五岳，借以概指山川。國語周語：「太子晉曰：『夫天地成而聚於高，歸物於下，疏爲川谷，以道其氣。』」韋注：「聚，聚物也。高，山陵也。下，藪澤也。疏，通也。」廣韻：「宣，通也，散也。」

〔四〕禮玉藻：「天子玉藻，十有二旒。」集説：「藻，雜采絲繩之貫玉者。」天子祭服，以藻貫玉爲旒。垂冕前後各十二。廣韻：「貞，正也。」説文：「觀，諦視也。」謂旒所以廢目之近用，而推其明以正視四遠。東方朔答客難「冕而前旒，所以蔽明」即其意。文選蔡邕陳仲弓碑文善注：「衮職，謂三公也。」代終，謂有終則代。

〔五〕廣韻：「穆，和也。」書仲虺之誥：「乃葛伯仇餉，初征自葛。東征西夷怨，南征北狄怨。曰：『奚獨後予！』」

〔六〕書大禹謨：「禹曰：『水、火、金、木、土、穀，惟修。正德、利用。厚生，惟和。九功惟叙，九叙唯歌。……勸之以九歌，俾勿壞。』」左傳文公七年：「九功之德，皆可歌也，謂之九歌。」又宣公十二年所稱「武有七德」，即「禁暴、戢兵、保大、定功、安民、和衆、豐財者也」。此皆借用，自謙無功無德。詞詮：「載，語首助詞，無義。」

〔七〕兩句謂遺聲名於後世。説文新附：「銘，記也。」旂常，皆旗類，依畫飾而異。周禮春官司常：

「日月爲常，交龍爲旂。」勒，刻誌之。禮月令：「物勒工名。」墨子魯問：「鏤之於金石以爲銘於鍾鼎，遺後世子孫。」

牋

拜中軍記室辭隨王牋〔一〕①

故吏文學謝朓死罪死罪〔二〕。即日被尚書召，以朓補中軍新安王記室參軍。朓聞潢汙之水，願朝宗而每竭②；駑蹇之乘，希沃若而中疲〔三〕。何則？皋壤摇落，對之惆悵；歧路西東，或以歔唈③〔四〕。況迺服義徒擁，歸志莫從〔五〕；邈若墜雨，翩似秋蔕④〔六〕。朓實庸流，行能無算〔七〕。屬天地休明，山川受納〔八〕，褒采一介，抽揚小善⑤〔九〕，故捨耒場圃⑥，奉筆兔園〔一〇〕，東亂三江⑦，西浮七澤⑧〔一一〕，契闊戎旃，從容讌語〔一二〕。長裾日曳，後乘載脂〔一三〕，榮立府庭，恩加顏色。沐髮晞陽，未測涯涘〔一四〕；撫臆論報，早誓肌骨〔一五〕。不悟滄溟未運，波臣自蕩〔一六〕；渤澥方春，旅翮先謝〔一七〕。清切藩房，寂寥舊蓽〔一八〕；輕舟反溯，弔影獨留〔一九〕。白雲在天，龍門不見；去德滋永，思德滋深〔二〇〕。惟待青江可望，候歸艎於春渚〔二一〕；朱邸方開，効蓬心於秋實〔二二〕。如其簪履或存，衽席無改〔二三〕，雖復身填溝壑，猶望妻子知歸〔二四〕。攬涕告辭，悲來橫集〔二五〕，不任犬馬之誠〔二六〕。

【校】

①〔題〕原作辭隨王子隆牋，依李善注文選改。②〔願朝宗〕南齊書「願」作「思」。③〔西東〕南齊書、六臣注文選、張本作「東西」。④〔翩似〕南齊書、南史「翩」作「飄」。⑤〔抽揚〕南齊書「抽」作「搜」。⑥〔捨耒〕南史、張本、郭本「捨」上有「得」字。⑦〔東亂〕南史「亂」作「泛」。⑧〔西浮〕六臣注文選「浮」作「遊」。

【注】録文選李善注。

〔一〕蕭子顯齊書曰：謝朓爲隨王子隆府文學，世祖勑朓可還都。遷新安王中軍記室，牋辭子隆。世祖，武皇帝。〔補注〕南史本傳：「時荆州信去倚待，朓執筆便成，文無點易。」

〔二〕〔補注〕死罪死罪，古章奏書牋中示冒瀆之套語。楊修答臨淄侯牋：「修死罪死罪。」

〔三〕左氏傳曰：「潢汙行潦之水。」尚書曰：「江漢朝宗于海。」班固王命論曰：「駑蹇之乘，不騁千里之塗。」王逸楚辭注曰：「蹇，跛也。」法言曰：「希驥之馬，亦驥之乘也。」李軌曰：「希，望也。」詩曰：「我馬維駱，六轡沃若。」沃若，調柔也。〔補注〕潢汙，皆積水之義，大者曰潢，小者曰汙。

〔四〕莊子：仲尼謂顔回曰：「山林與？臯壤與？使我欣欣而樂。樂未畢也，哀又繼之。」楚辭曰：「草木摇落而變衰。」又曰：「惆悵予兮私自憐。」淮南子曰：「揚子見歧路而哭之，爲其可以南，可以北。」又曰：「雍門周見於孟嘗，孟嘗君爲之嗚唈流涕。」欷、嗚同。〔補注〕張銑注：「皋壤摇落，謂秋也。歧路東西，謂别也。」皋壤，謂川原。

〔五〕言密服義之情也。楚辭曰：「身服義而未沫。」鄭玄儀禮注曰：「擁，抱也。」孟子曰：「予然後浩然有歸志。」曹植應詔詩曰：「朝覲莫從。」〔補注〕服義，謂服習隨王道義。歸志，謂歸往隨王之志。

〔六〕潘岳楊氏七哀詩曰：「漼如葉落樹，邈然雨絶天。」論衡曰：「雲散水墜，成爲雨矣。」郭璞遊仙詩曰：「在世無千月，命如秋葉蔕。」

〔七〕鄭玄論語注曰：「算，數也。」

〔八〕天地喻帝，山川喻王。左氏傳：王孫滿曰：「德之休明。」又伯宗曰：「川澤納污，山藪藏疾。」

〔九〕尚書：秦穆公曰：「如有一介臣。」周書陰符：太公曰：「好用小善，不得真賢也。」蔡邕玄表賦曰：「庶小善之有益。」

〔一〇〕詩曰：「九月築場圃。」西京雜記曰：「梁孝王好宫室、苑圃之樂，築兔園也。」

〔一一〕言常從子隆也。蕭子顯齊書曰：「隨王子隆爲東中郎將、會稽太守，後遷鎮西將軍，荆州刺史。」三江，越境也。七澤，楚境也。孔安國尚書傳曰：「正絶流曰亂。」尚書曰：「三江既入，震澤底定。」楚辭曰：「過夏首而西浮。」子虚賦曰：「臣聞楚有七澤。」

〔一二〕毛詩曰：「死生契闊。」周禮：「九旗，通帛曰旃。」劉向七言曰：「讌處從容觀詩書。」毛詩曰：

「燕笑語兮，是以有譽處兮。」〔補注〕李周翰注：「謂從行也。契闊，勤苦也。戎，兵也。旃，旌也。」

〔一三〕鄒陽上書曰：「何王之門不可曳長裾乎？」魏文帝與吴質書曰：「文學託乘於後車。」毛詩曰：「載脂載舝，還車言邁。」

〔一四〕曹植艷歌行曰：「長者賜顔色。」楚辭曰：「朝濯髮於湯谷兮，夕晞余身乎九陽。」〔補注〕劉良注：「言沐王之德深，故不測崖際也。晞，乾也。」

〔一五〕演連珠曰：「撫臆論心。」陳思王責躬表曰：「抱釁歸藩，刻肌刻骨。」

〔一六〕莊子曰：鯤化而爲鳥，其名曰鵬，海運則將徙於南溟。司馬彪曰：「轉，運也。」又曰：莊周謂監河侯曰：「周顧視車轍中有鮒魚焉，曰：『我東海之波臣也。君豈有升斗之水而活我哉？』」

〔一七〕滄溟、渤澥，皆以喻王。波臣、旅翮，皆自喻也。解嘲曰：「若江湖之雀，渤澥之鳥。」

〔一八〕藩房，王府。舊蓽，朓舍也。劉楨贈徐幹詩曰：「拘限清切禁，中情無由宣。」左氏傳曰：「蓽門圭竇之人，皆陵其上。」〔補注〕吕延濟注：「清切，悽傷。」

〔一九〕言舟反而已留也。洛神賦曰：「浮輕舟而上溯。」曹子建責躬表曰：「形影相弔，五情愧赧。」

〔二〇〕穆天子傳：西王母爲天子謡曰：「白雲在天，山陵自出。道路悠遠，山川間之。將子無死，尚能復來！」楚辭曰：「過夏首而西浮，顧龍門而不見。」王逸曰：「龍門，楚東門也。」莊子：徐無鬼謂女商曰：「子不聞夫越之流人乎？去國數日，見其所知而喜；去國旬月，見所嘗見於國中而喜；及朞年也，見似人者而喜矣。不亦去人滋久者，思人滋深乎！」

〔二一〕冀王入朝而已候於江渚也。杜預左氏傳注曰：「艅艎，舟名也。」〔補注〕青江，猶言春江。

〔二二〕史記曰：「諸侯朝天子，於天子之所立舍，曰邸。諸侯朱户，故曰朱邸。」莊子謂惠子曰：「夫子拙於用大，則夫子猶蓬之心也夫！」韓詩外傳：「簡王曰：『夫春樹桃李，秋得食其實也。』」

〔二三〕韓詩外傳曰：「少原之野，婦人刈蓍薪而失簪，哭甚哀。」賈子曰：「楚昭王忘其踦屨，已行三十步，而還取之。左右曰：『何惜此？』王曰：『吾悲與之俱出，不俱反。』自是楚國無相棄者。」韓子曰：「文公至河，令席蓐捐之。咎犯聞之曰：『席蓐，所卧也，而君棄之，臣不勝其哀。』」鄭玄周禮注曰：「衽席，乃單席也。」

〔二四〕列女傳：梁高行曰：「妾夫不幸早死，先狗馬填溝壑。」東觀漢記：張湛謂朱暉曰：「願以妻子託朱生。」

〔二五〕楚辭曰：「思美人兮攬涕而竚眙。」又曰：「涕横集而成行。」漢書：中山靖王曰：「不知涕泣之横集。」

〔二六〕史記：丞相青翟曰：「臣不勝犬馬心。」

【集説】

王世貞曰：絶妙好辭。

孫月峰曰：玄暉深於詩，此牋渾似詩賦。又曰：一往韶秀，全是詩材。拳拳之心，溢於言表，足見古人情誼之不薄也。又離合之情，俱見親切。中間點綴，絶妙詩情。詩人之文，自饒本色。全是駢語，而猶有生趣，此永明體之大概也。自休文聲律盛行，而四六鏗鏘，遂至徐庾一派矣。

方伯海曰：一路疑疑曲曲，申訴離情。起言欲與王始終其事，無如迫於朝命，因言平昔恩遇之深，今日天涯之隔，後此繼見之願。選詞造句，無字不新，無語不鍊，清新俊逸，兼庾鮑二家。

張溥曰：集中文字，亦惟文學辭牋、西府贈詩兩篇獨絶，蓋中情深者爲言益工也。

孫執升曰：文情委折，姿采秀妙。陸雨侯謂其「驅思入渺，抑聲歸細，嫋嫋兮韓娥之揚袂」，知音哉！

蔣士銓曰：遒宕温麗，高壓流輩。

許槤曰：通篇情思宛妙，絶去粉飾肥艷之習，便覺濃古有餘味。

王文濡曰：齊梁以後，文尚浮囂，玄暉特起，獨標風骨。此文華實並茂，悠然神往，潔比白雲在天，清比青江可望，是齊梁體之矯矯者。

啓

爲王敬則謝會稽太守啓〔一〕

臣本布衣，不謀遠大〔二〕。折衝之勤不舉，燮理之義何階〔三〕？常恐覆餗是貽，咎徵斯應〔四〕。

陛下繼曆聖統①，日月重光〔五〕。得以桓珪衮服，拜奉歲時〔六〕；視濯獻牲，鞠躬郊廟〔七〕。而鴻恩妄假，復授龜符②〔八〕。玉節邁於雙璜，表東侔於四履〔九〕。臨邊三事，既謝張温〔一〇〕；潁川再撫，亦慙黄霸〔一一〕。

【校】

①〔聖〕原作「勝」，依張本、郭本改。　②〔復〕張本作「覆」。

【注】

〔一〕王敬則（四三五——四九八），晉陵南沙人。朓之岳丈。齊高帝代宋，敬則有功。永明元年（四八三）遷會稽太守，加都督。十一年，授司空。隆昌元年（四九四）出爲使持節、都督會稽東陽臨海永嘉新安五郡軍事、會稽太守，本官如故。見南齊書、南史本傳。

〔二〕布衣，古庶人之服，借指平民。諸葛亮出師表：「臣本布衣，躬耕於南陽。」遠大，謂高位顯爵。

〔三〕折衝，謂武功。詩大雅緜毛傳：「折衝曰禦侮。」孔疏：「能折止敵人之衝突者。」説文：「勤，勞也。」燮理，指文治。書周官：「茲惟三公，論道經邦，燮理陰陽。」蔡沈傳：「燮理，和調之也。」何階，謂無因由以及之。階，見爲明帝拜録尚書表注〔七〕。兩句謙言無文武之才。

〔四〕易鼎：「鼎折足，覆公餗。」言不堪其任。爾雅釋言：「貽，遺也。」書洪範：「曰咎徵：曰狂，恒雨若；曰僭，恒暘若。」孔傳：「叙惡行之驗。」

〔五〕謂鬱林王昭業嗣位。聖統，天子之統緒。漢書兒寬傳：「間者聖統廢絶。」日月重光謂國運復昌。

〔六〕謂居上公之位，歲時朝覲。周禮春官大宗伯：「公執桓圭。」鄭注：「雙植謂之桓。桓，宫室之象，所以安其上也。桓圭，蓋以桓爲瑑飾，圭長九寸。」衮服，即衮衣。詩豳風九罭毛傳：「衮衣，卷龍也。」集傳：「上公但有降龍。以龍首卷然，故謂之衮也。」按降龍，謂所繪龍，首向下。

〔七〕謂參預郊廟祭祀。周禮春官大宗伯：「凡祀大神，……率執事而卜日宿，眂滌濯，涖玉鬯，省牲鑊。」鄭注：「滌濯，漑祭器也。」按，眂，古文視字。漢書馮奉世傳贊顔注：「鞠躬，謹敬貌。」

〔八〕鴻恩，大恩。鴻，通洪，爾雅釋詁：「洪，大也。」漢書龔遂傳顔注：「假，謂給與。」龜符，專征伐之符。黄帝出兵訣：「帝伐蚩尤，到盛水之側，有玄龜銜符從水中出，廣三寸，長一尺。於是帝佩之以征，即日擒蚩尤。」

〔九〕玉節，玉製符節，守土者之符信。周禮地官掌節：「守邦國者用玉節。」詩小雅菀柳集傳：「邁，過也。」大戴禮記保傳：「行則鳴佩玉。……上有雙衡，下有雙璜。」注：「衡，平也。半璧曰璜。」左傳襄公二十九年：「表東海者，其太公乎。」杜注：「太公封齊，爲東海之表式。」又僖公四年：「管仲對（楚子）曰：『昔召康公命我先君大公曰：「五侯九伯，汝實征之，以夾輔周室。」賜我先君履，東至於海，西至於河，南至於穆陵，北至於無棣。』」履，謂所踐履之界。説文：「侔，齊等也。」

〔一〇〕詩小雅雨無正孔疏：「三事大夫，爲三公耳。」謝，見爲明帝拜録尚書表注〔八〕。吴志張温傳：「張温……少修節操，容貌奇偉。孫權徵拜議郎，選曹尚書，徙太子太傅，甚見信重。又以輔義中郎將使蜀，蜀甚貴其才。還，頃之，使入豫章部伍出兵事。」

〔一一〕漢宣帝時，黄霸爲潁川太守。霸以外寬内明得吏民心，户口歲增，治爲天下第一。徵守京兆尹。後以事貶秩，復爲潁川太守，居治如其前。前後八年，郡中愈治。見漢書本傳。敬則再撫會稽，見注〔一〕。

謝隨王賜左傳啓

昭晰殺青①，近發中汗〔一〕，恩勸挾册，慈勗下帷〔二〕。朓未覩山笥② 早懵河籍〔三〕；業謝專門，説非章句〔四〕。庶得既困而學，括羽瑩其蒙心〔五〕；家藏賜書，籯金遜其貽厥③〔六〕。披覽神勝，吟諷知厚〔七〕。

【校】

①〔晰〕原作「晣」，依初學記、張本、郭本改。　②〔覩〕張本、郭本作「窺」。　③〔遜〕初學記、藝文、張本作「遺」。

【注】

〔一〕兩句謂典籍寫録初成。文選陸機文賦：「物昭晰而互進。」善注引説文曰：「昭晰，明也。」後漢書吴祐傳：「祐父恢欲殺青簡以寫經書。」李賢注：「以火炙簡令汗，取其青易書，復不蠹，謂之殺青，亦謂汗簡。」

〔二〕挾册，謂挾簡册而事肄讀。册，亦作筴、策。莊子駢拇：「問臧奚事，挾筴讀書。」釋文：「筴，字又作策。李云：『竹簡也，古人寫書，長尺四寸。』」下帷，謂深居講誦。漢書董仲舒傳：「孝景時爲博士，下帷講誦。」廣雅釋器：「帷，帳也。」兩句感隨王勖勉之恩。

〔三〕兩句自謙不學。山笥、河籍，言載籍浩繁，其積如山，其廣如河。七略：「孝武皇帝敕丞相公孫弘廣開獻書之路，百年之間，書積如山。」廣韻：「笥，篋也。……方曰笥。竹器也。」又：「憒，心亂貌。」

〔四〕上句自謙無專門之學。專門，謂自別爲一家之學。漢書夏侯勝傳：「勝卒自顓門名經。」專、顓同。意斷處爲章，言斷處爲句。秦漢以下，儒者治經，各爲訓詁，辨章離句，疏通經義，以相教授。此謂己不習章句之學。

〔五〕論語季氏：「生而知之者，上也；學而知之者，次也；困而學之，又其次也。」邢疏：「人本不好學，因其行事有所困屈不通，發憤而學之。」括羽，謂經勤學以增其才智。孔子家語子路初見篇：「子路曰：『南山有竹，不柔自直，斬而用之，達于犀革。以此言之，何學之有？』孔子曰：『括而羽之，鏃而礪之，其入之不亦深乎？』」釋名：「矢末曰括。」太玄經范望注：「瑩，明也。」正字通：「心精明亦曰瑩。」左傳僖九年孔疏：「蒙，謂闇昧也。」

〔六〕漢書叙傳：「（班）彪字叔皮，幼與從兄嗣共遊學，家有賜書。」又韋賢傳：「鄒魯諺曰：『遺子黄金滿籯，不如一經。』」方言：「陳、宋、楚、魏之間，謂筲爲籯。」貽厥，指子孫。書五子之歌：「有典有則，貽厥子孫。」後以「貽厥」代「子孫」。

〔七〕廣韻：「勝，舉也。」吟諷，猶吟誦。説文：「諷，誦也。」

謝隨王賜紫梨啓〔一〕

味出靈關之陰①，旨②珍玉津之溼③〔二〕。豈徒真定歸美，大谷慚滋〔三〕；將恐帝臺妙棠，安期靈棗，不得孤擅玉盤④，獨甘仙席〔四〕。雖秦君傳器，漢后推湌⑤〔五〕，望古可儔，於今何答〔六〕？

【校】

①〔關〕張本作「闕」。②〔旨〕郭本作「名」。初學記作「介」。藝文作「玠」。③〔溼〕原作「莖」，依藝文、張本改。④〔玉盤〕張本「玉」作「王」。⑤〔湌〕駢體文鈔作「粲」。

【注】

〔一〕紫梨，梨實色紫。廣志：「紫梨花以秋日開，紅色。」左思蜀都賦：「紫梨津潤。」又孫楚秋賦：「紫梨甜脆。」

〔二〕文選左思蜀都賦：「廓靈關而爲門。」劉逵注：「靈關，山名，在成都西南漢壽界。」賦又云：「東越玉津。」劉逵注：「璧玉津在犍爲之東北，當成都之東也。」説文：「旨，美也。」楚辭九歌湘夫人王逸注：「澨，水涯也。」

〔三〕太平御覽果部魏文帝詔：「真定御梨，大若拳，甘若蜜，脆若凌，可消煩解餶。」何晏九州論：「真定好梨。」按真定舊縣，治所在今河北正定縣南。文選潘岳閑居賦劉良注：「洛陽有張公，居大谷，有夏梨，海内唯此一樹。」按，大谷在今河南洛陽市東南。廣韻：「滋，旨也。」

〔四〕四句盛贊所賜紫梨。山海經中山經郭注：「帝臺，神人名。」棠，指沙棠。吕氏春秋本味：「果之美者，沙棠之實。」高注：「沙棠，木名，昆侖山有之。」漢書郊祀志：「（李）少君言上（指武帝）：『……臣嘗遊海上，見安期生。安期生食臣棗，大如瓜。』」顔注：「列仙傳云：『安期生，琅玡人。賣藥東海邊，時人皆言千歲也。』」

〔五〕戎王使由余觀於秦。穆（繆）公因與由余曲席而坐，傳器而食，問其地形與其兵勢盡詧。而後令内史廖以女樂二八遺戎王。戎王受而説之，終年不還。見史記秦本紀。項羽使武涉説韓信反漢與楚，信謝曰：「漢王……解衣衣我，推食食我。」見漢書韓信傳。爾雅釋詁：「后，君也。」飡，同「餐」，韓信傳注引如淳曰：「小飯曰飡。」

〔六〕儔，古通疇。廣韻：「疇，等也。」書牧誓孔安國傳：「答，當也。」

教

爲録公拜揚州恩教〔一〕

昔召南分陝，流甘棠之德〔二〕；平陽好道，深獄市之寄〔三〕。吾忝屬負荷，任總侯伯〔四〕；受餞元戎，作牧中甸〔五〕。此地五都雜會，四方是則〔六〕；而向隅之矜斯積，納隍之歎猶繁〔七〕。興念下車，無忘待旦〔八〕。有齊禮導德，致之仁壽〔九〕；弘漏網之寬，中在宥之澤〔一〇〕。

【注】

〔一〕録公，指蕭鸞。資治通鑑齊紀胡三省注：「鸞以太傅録尚書事。太傅上公，故稱録公。」餘參爲明帝拜録尚書表注〔一〕。

〔二〕詩召南有甘棠。序曰：「甘棠，美召公也。召伯之教，明於南國。」公羊傳隱公五年：「自陝而東者，周公主之；自陝而西者，召公主之。」風俗通：「召公出爲二伯，止甘棠樹之下，聽訟決獄。後人思其德美，愛其樹而不敢伐也。」

〔三〕曹參助漢高祖定天下，封平陽侯，爲齊丞相。聞膠西有蓋公，善治黄老言，使人厚幣請之。既見蓋公，蓋公爲言治道貴清靜，而百姓自定。後惠帝召參，參去，屬其後相曰：「以齊獄市爲寄，慎勿擾也。」後相曰：「治無大於此者乎？」參曰：「不然，夫獄市者，所以并容也；今君擾之，姦人安所容也？吾是以先之。」見史記本傳。

〔四〕忝，見酬德賦注〔三〕。負荷，謂負先王所遺國家之重。左傳昭七年：「古人有言曰：『其父析薪，其子弗克負荷。』」總，統率。廣韻：「統，總也。」

〔五〕詩大雅崧高鄭箋：「餞，送行飲酒也。」元戎，猶總戎，主軍事者之稱。鸞時爲驃騎大將軍。中甸，謂畿甸之内。作牧中甸，指任揚州刺史。

〔六〕五都雜會，猶言京師之地，諸方輻湊。文選宋玉登徒子好色賦：「足歷五都。」善注：「五都，五方之都。」按，五方名都，各代有異。如漢以洛陽、邯鄲、臨淄、宛、成都爲五都（見漢書食貨志）。

〔七〕詩大雅卷阿：「四方爲則。」鄭箋：「則，法也。」

說苑貴德：「聖人之於天下也，譬之猶一堂之上也。今有滿堂飲酒者，有一人獨索然向隅而泣，則一堂之人皆不樂。」公羊傳宣公十五年何注：「矜，閔。」按，閔，同憫。句謂對不得其所者矜憫之心由此而積。張衡東京賦：「人或不得其所，若己納之於隍。」說文：「隍，城池也。」廣韻：「繁，多也。」

〔八〕下車，見思歸賦注〔二〕。書太甲：「伊尹乃言曰：『先王昧旦丕顯，坐以待旦。』」孔傳：「言先王昧明思大明其德，坐以待旦而行之。」

〔九〕論語爲政：「子曰：『道之以政，齊之以刑，民免而無恥。道之以德，齊之以禮，有恥且格。』」

道、導古通。漢書董仲舒傳：「堯舜行德，則民仁壽。」

〔一〇〕史記酷吏列傳序：「漢興，破觚而爲圜，斲雕而爲朴，網漏於吞舟之魚。」謂法網寬大。莊子在宥司馬彪注：「在，察也。宥，寬也。」又郭象注：「宥使自在則治。」廣韻：「澤，恩也。」

臨東海餉諸葛璩穀教①〔一〕

昔長孫東組②，降龍丘之節〔二〕；文舉北輜，高通德之稱〔三〕。所以激貪立懦，式揚風範〔四〕。處士諸葛璩，高風所漸，結轍前修〔五〕。豈懷珠被褐③，韜玉待價〔六〕；將幽貞獨往，不事王侯者邪〔七〕？聞事親有啜菽之窶，就養寡藜蒸之給〔八〕。豈得獨享萬鍾，而忘兹五秉〔九〕？可餉穀百斛。

【校】

①〔題〕張本作爲東海餉諸葛處士教。②〔東組〕册府元龜「組」作「徂」。③〔被褐〕梁書「被」作「披」。

【注】

〔一〕東海，即南東海郡，屬南徐州，治京口（今江蘇鎮江市）。玉篇：「餉，饋也。」諸葛璩（？——五〇八），字幼玫，琅邪陽都人，世居京口。博涉經史。齊建武初，辟爲議曹從事，辭不赴。朓爲東海太守，下教揚其風概，餉穀百斛。見南史隱逸傳。

〔二〕東漢任延，字長孫。更始元年（一二三）爲大司馬屬，拜會稽都尉。吴有龍丘萇者，隱居太末（婺州龍丘縣），志不降辱。掾史白請召之。延曰：「龍丘先生躬德履義，有原憲、伯夷之節。都尉埽灑其門，猶懼辱焉，召之不可。」遣功曹奉謁，修書記，致醫藥，吏使相望於道。積一歲，萇乃乘輦詣府門，願編名録於郡職。見後漢書循吏傳。東組，謂佩組綬而東行。

〔三〕孔融，字文舉，爲北海相。深敬鄭玄，屣履造門，告高密縣爲特立一鄉。曰：「今鄭君鄉宜曰鄭公鄉。……可廣開門衢，令容高車，號爲通德門。」見後漢書鄭玄傳。北輜，謂乘車北行。説文：「輜，輜軿，衣車也。」謂有衣蔽之車。

〔四〕孟子萬章：「聞伯夷之風者，頑夫廉，懦夫有立志。」廣韻：「式，用也。」增韻：「揚，發也，顯也。」風範，謂風儀範式。

〔五〕處士，謂修學行而隱居不仕之士。廣韻：「漸，漬也。」結轍，猶言繼踵。漢書文帝紀：「二年夏，六月，詔曰：『……故遣使者冠蓋相望，結徹於道。』」按，徹，同轍。前修，見酬德賦注〔二八〕。

〔六〕懷珠被褐，喻懷美才而不求世知。老子知難：「知我者希，則我者貴，是以聖人被褐懷玉。」懷珠，猶懷玉。論語子罕：「子貢曰：『有美玉於斯，韞櫝而藏諸？求善賈而沽諸？』子曰：『沽之哉，沽之哉！我待賈者也。』」賈，通價。廣韻：「韜，藏也。」

〔七〕經傳釋詞：「將，猶抑也。」易履：「履道坦坦，幽人貞吉。」王弼注：「在幽而貞，宜其吉。」莊子在宥：「出入六合，遊乎九州，獨往獨來，是謂獨有。」易蠱：「不事王侯，高尚其事。」

〔八〕兩句皆言璩之貧，菽豆、藜草，皆貧者之食。禮記檀弓：「子路曰：『傷哉貧也，生無以爲養，死無以爲禮也。』孔子曰：『啜菽飲水盡其歡，斯謂之孝。』」釋文：「熬豆而食曰啜菽。」説文：「啜，嘗也。」爾雅釋言：「窶，貧也。」孔子家語七十二弟子解：「曾參後母遇之無恩，供養不衰。其妻以藜蒸不熟，因出之。」

〔九〕萬鍾，言禄入之豐。左傳昭公三年杜注：「鍾，六斛四斗。」論語雍也：「子華使於齊，冉子爲其母請粟……冉子與之粟五秉。」何晏集解：「馬曰：『十六斛曰秉，五秉合八十斛。』」

哀策文

齊敬皇后哀策文〔一〕

惟永泰元年秋九月朔日，敬皇后梓宮啓自先塋，將祔於某陵①〔二〕。其日，至尊親奉奠某皇帝②〔三〕。乃使兼太尉某設祖于行宮③，禮也〔四〕。翠帟舒皁④，玄堂啓扉〔五〕；俎徹三獻，筵卷六衣〔六〕。哀子嗣皇帝懷蜃衛而延首，想鷖輅而撫心〔七〕；痛椒塗之先廓，哀長信之莫臨〔八〕。身隔兩赴⑤，時無二展⑥〔九〕；旋詔左言，光敷聖善〔一〇〕。其辭曰：

帝唐遠冑，御龍遥緒〔一一〕；在秦作劉，在漢開楚〔一二〕。肇惟淑聖，克柔克令〔一三〕；清漢表靈，曾沙膺慶〔一四〕。爰定厥祥，徽音允穆〔一五〕；光華沼沚，榮曜中谷〔一六〕。敬始紘綖⑦，教先穜稑〔一七〕；睿問川流，神襟蘭郁〔一八〕。先德韜光，君道方被⑧〔一九〕；于佐求賢⑨，在謁無詖〔二〇〕。顧史弘式，陳詩展義〔二一〕；厚下曰仁，藏往伊智〔二二〕。十亂斯俟，四教罔忒⑩〔二三〕；思媚諸姑，貽我嬪則〔二四〕。化自公宮，遠被南國〔二五〕；軒曜懷光，素舒佇德〔二六〕。閔予不祐，慈訓早違〔二七〕；方年沖藐，懷袞靡依〔二八〕。家臻寶業，身嗣昌暉〔二九〕；壽宮寂遠，清廟虛歸〔三〇〕。嗚呼哀哉！帝遷明命，民神胥悦〔三一〕；乾景外臨，陰儀内缺〔三二〕。空悲故劍，徒嗟金穴〔三三〕；璋瓚奚獻，褘褕罔設〔三四〕。嗚呼哀哉！馮相告祲，宸居長往⑪〔三五〕；貽厥遠圖，末命是奬〔三六〕。懷豐沛之綢繆兮，背神京之弘敞〔三七〕；陋蒼梧之不從兮，遵鮒隅以同壤〔三八〕。嗚呼哀哉！陳象設於園寢兮，映輿鍐於松楸〔三九〕；望承明而不入兮，度清洛而南游〔四〇〕。繼池綍於通軌兮，接龍帷于造舟〔四一〕；迴塘寂其已暮兮，東川澹而不流〔四二〕。嗚呼哀哉！藉閟宮之遠烈兮，聞纘女之遐慶〔四三〕；始協德於蘋蘩兮，終配祇而表命⑫〔四四〕。慕方纏於賜衣兮，哀日隆於撫鏡⑬〔四五〕；思寒泉之罔極兮，託彤管於遺詠〔四六〕。嗚呼哀哉！

【校】

①〔某陵〕張本、郭本作「興安陵」。②〔某皇帝〕張本、郭本作「明皇帝」。③〔兼太尉某〕張本、郭本作「兼太尉陳顯達」。④〔翠帟〕藝文作「翬帟」。⑤〔兩赴〕藝文作「兩起」。⑥〔二展〕藝

文作「三辰」。⑦〔紘綖〕藝文作「絺綌」。⑧〔方被〕藝文「被」作「披」。⑨〔于佐〕藝文「于」作「輔」。⑩〔罔忒〕藝文「忒」作「式」。⑪〔宸居〕藝文、初學記、張本「居」作「駕」。⑫〔配祇〕張本、郭本「祇」作「祀」。⑬〔哀日隆〕藝文、初學記「哀」作「悲」。

【注】録文選李善注。

〔一〕蕭子顯齊書：明帝敬劉皇后諱惠端，彭城人也。光禄大夫道弘女。太祖高皇帝爲高宗納之。武帝永明七年卒，葬江乘縣張山。高宗即位，追尊爲敬皇后。高宗崩，改葬，祔于興安陵。高宗，即明帝也。

〔二〕蕭子顯齊書：明帝改年爲永泰，其年七月，帝崩，東昏即位。風俗通曰：「梓宮者，禮，天子斂以梓器。宮者，存時所居，緣生事亡，因以爲名。凡人呼棺亦爲宮也。」説文曰：「塋，墓地。」禮記：孔子曰：「魯人之祔也，合之。」鄭玄曰：「祔，謂合葬也。」

〔三〕至尊，指東昏侯寶卷。鄭玄周禮注曰：「奠，獻也，饋奠。」明帝崩，未謚，故曰某。

〔四〕司馬彪續漢書：「太尉公，一人。」凡大喪，則告謚南郊。祖，謂將行之祭。

〔五〕張協禊賦曰：「翠幕蜺連。」張衡吕司徒誄曰：「去此寧寓，歸于幽堂。玄室冥冥，脩夜彌長。」

〔補注〕廣雅釋器：「帟，帳也。」玄堂，謂墓室。晉張朗碑：「刊石玄堂，銘我家風。」

〔六〕杜預左氏傳注曰：「徹，去也。」禮：「祭必三獻。」周禮：「内司服掌王后之六服：褘衣、褕狄、闕狄、鞠衣、展衣、褖衣。」

〔七〕周禮曰：「遂人，大喪，使帥其屬以蜃車之役衛。」鄭玄曰：「蜃車，柩路，柩載柳，四輪迫地而行，有似蜃，因取名焉。」阮瑀正欲賦曰：「佇延首以極視。」周禮曰：「安車雕面鷖總。」列子曰：「師襄乃撫心高蹈。」

〔八〕椒塗，以椒塗壁也。應劭漢官儀曰：「帝祖母爲太皇太后。其所居曰長信宫也。」〔補注〕説文：「廓，空也。」

〔九〕爾雅曰：「赴，至也。」禮記：「顔淵謂子路曰：『反其國不哭，展墓而入。』」鄭玄曰：「展，省視也。」〔補注〕劉良注：「言一身不得於兩處赴喪，一時不獲於二所省視也。」

〔一〇〕鄭玄禮記注曰：「旋，便也。」漢書曰：「左史記言，右史記事。」干寶晉紀：魏帝詔曰：「三后咸用，光敷聖德。」毛詩曰：「母氏聖善，我無令人。」〔補注〕光敷，猶廣平。

〔一一〕班固漢書贊曰：「范宣子曰：『祖自虞已上爲陶唐氏，在夏爲御龍氏，晉主夏盟爲范氏。』」

〔一二〕班固漢書贊曰：「范氏爲晉士師，魯文公世奔秦，後歸于晉，其處者爲劉氏。」漢書曰：「楚元王交，高祖同父少弟也，爲楚王。」沈約宋書曰：「高祖，楚元王交之後也。」

〔一三〕克，能；柔，善。毛詩曰：「令妻壽母。」

〔一四〕韓詩曰：「漢有遊女。」薛君曰：「遊女，謂漢神。」謝靈運登江中孤嶼詩曰：「表靈物莫賞。」漢書元后傳：元城建公曰：「昔春秋沙麓崩，晉史卜之，曰：『後六百四十五年，宜有聖女興。』其齊田乎？今王翁孺徙，正直其地，日月當之。元城郭東有五麓之虚，即沙麓地。後八十年，當有貴女興天下。」幽通賦曰：「王者膺慶於所感。」〔補注〕禮檀弓鄭玄注：「表，猶明也。」謂顯明之。

〔一五〕毛詩曰：「文定厥祥。」又曰：「太姒嗣徽音，則百斯男。」〔補注〕徽音，懿美之德音。廣韻：「徽，美也。」又：「允，信也。」又：「穆，和也。」

〔一六〕毛詩序曰：「采蘩，夫人不失職也。」詩曰：「于以采蘩，于沼于沚。」又詩序曰：「葛覃，后妃之本也。」詩曰：「葛之覃兮，施于中谷。」言皇后之德光華榮曜於此也。

〔一七〕列女傳：敬姜曰：「皇后親蠶，玄紞。公侯夫人，加之以紘綖。」周禮曰：「上春，詔王后帥六宮之人出穜稑之種而獻於王。」

〔一八〕蔡邕袁公夫人碑曰：「義方之訓，如川之流。」揚雄書曰：「賢女馨芬于蘭茝。」〔補注〕問，通聞。睿問，謂聖善之聲聞。

〔一九〕先德，謂明帝也。韜光，謂封西昌侯之時也。廣雅曰：「韜，藏也。」吴志：賀劭上疏曰：「陛下昔韜藏神光，潛德東夏。」干寶晉紀：「文帝貽吴主書曰：韜神光福德，久勞于外。」毛詩序曰：「文王之道，被於南國。」

〔二〇〕詩序云：「卷耳，后妃之志也。又當輔佐君子，求賢審官，内有進賢之志，而無險詖私謁之心。」

〔二一〕班婕妤自傷賦曰：「顧女史而問詩。」

〔二二〕周易曰：「山附於地，剥上以厚下安宅。」干寶晉紀總論曰：「仁以厚下。」易曰：「蓍之德圓而神，卦之德方以智。神以知來，智以藏往。」

〔二三〕論語：「武王曰：『予有亂臣十人。』孔子曰：『才難，不其然乎！唐虞之際，於斯爲盛，有婦人焉，九人而已。』」馬融曰：「其一人，謂文母也。」禮記曰：「古者婦人教以婦德、婦容、婦言、婦功。」鄭玄詩箋云：「法度莫大於四教。」廣雅曰：「忒，差也。」

〔二四〕毛詩曰：「思媚周姜。」又曰：「問我諸姑。」又曰：「貽我來牟。」孔安國傳曰：「嬪，婦也。」毛詩序曰：「后妃化天下以婦道也。」

〔二五〕禮記曰：「古者婦人先嫁三月，祖廟未毁，教于公宫。」詩序曰：「文王之道，被于南國。」〔補注〕吕向注：「化，教也。言皇后先學而後配於高宗也。」

〔二六〕光、德，皆謂后也。言軒曜思大明以增耀，素舒佇聖德而分彩也。淮南子曰：「軒轅者，帝妃之舍。」高誘曰：「軒轅，星也。」劉歆有曜曆。楚辭曰：「前望舒使先驅。」王逸曰：「望舒，月御也。」

〔二七〕毛詩曰：「閔予小子。」周易曰：「天命不祐。」晉中興書曰：「肅祖太妃荀氏薨，顯宗詔曰：『朕少遭閔凶，慈訓無禀。』」廣雅曰：「違，背也。」

〔二八〕尚書曰：「肆予沖人弗及知。」左氏傳：晉獻公曰：「以是藐諸孤。」毛詩曰：「母兮鞠我，出入腹我。」鄭玄曰：「腹，懷抱也。」

〔二九〕周易曰：「聖人之大寶曰位。」元皇后哀策文曰：「昌輝在陰。」〔補注〕張銑注：「高宗既至天子之位，而已得嗣盛明之時也。」

〔三〇〕楚辭曰：「蹇將澹兮壽宮。」王逸曰：「壽宮，供神之處也。」毛詩曰：「清廟，祀文王也。」

〔三一〕謂明帝即位也。毛詩曰：「帝遷明德，串夷載路。」國語：祭公謀父曰：「至于文武，事神保民，莫不欣喜。」又王孫圉曰：「又能上下悦于鬼神。」

〔三二〕周易曰：「乾爲君，爲父。」禮記曰：「后治陰德也。」〔補注〕吕延濟注：「内缺，謂后崩也。」

〔三三〕漢書曰：宣帝許皇后，元帝母也。字平君。曾孫立爲帝，平君爲婕妤。是時公卿議更立皇后，亦未有言。上乃詔求微時故劍。大臣知指，白立許婕妤爲皇后。范曄後漢書曰：光武郭皇后弟況爲大鴻臚，數賞賜金錢。京師號況家爲金穴。

〔三四〕禮記曰：「君致齊於外，夫人致齊於内。……君執圭瓚祼尸，大宗執璋瓚亞祼。」鄭玄曰：「大宗亞祼，容夫人有故攝焉。璋瓚，夫人所執。」又周禮注曰：「祼，謂以圭瓚酌鬱鬯，始獻尸也。后於是以璋瓚酌亞祼。」禕、褕，皆后服也。

〔三五〕謂明帝崩也。周禮曰：「馮相氏中士。」鄭玄曰：「馮，乘也。相，視也。」東京賦曰：「馮相觀祲。」典引曰：「宸居其域。」蔡邕曰：「如北辰居其所也。」

〔三六〕謂顧命令祔也。毛詩曰：「貽厥孫謀。」左氏傳：榮成伯曰：「遠圖者，忠也。」尚書曰：「道揚末命。」方言曰：「秦晉之間相勸曰獎。」

〔三七〕豐、沛，喻帝鄉也。漢書曰：「高祖，沛豐邑。」毛詩曰：「綢繆束薪。」毛萇曰：「綢繆，猶纏綿也。」風俗通曰：「秦政併吞六國，苞宇宙之弘敞。」

〔三八〕禮記曰：「舜葬于蒼梧之野，蓋二妃不從。」山海經曰：「大荒之中，河水之間，鮒隅之山，帝顓頊與九嬪葬焉。」

〔三九〕楚辭曰：「象設君室静閑安。」漢書曰：「自高祖下至宣帝，各自居陵傍立廟。又園中各有寢。」蔡邕獨斷曰：「金鍐者，馬冠也。如玉華形，在馬髦前。」

〔四〇〕陸機洛陽記曰：「承明門，後宫出入之門。」籍田賦曰：「清洛濁渠。」〔補注〕吕向注：「謂靈駕出赴於陵也。承明門與洛水皆在東京，今齊都擬而稱之。」

〔四一〕禮記曰：「飾棺君三池。」鄭玄曰：「懸池於荒之爪端，若今承霤然。」又禮記曰：「飾棺，君龍帷、振容、黼荒。」鄭玄曰：「荒，蒙也。在傍曰帷，在上曰荒，皆所以衣柳。」毛詩曰：「造舟爲梁。」〔補注〕禮記檀弓孔疏：「池者，柳車之池也。織竹爲之，形如籠，衣以青布。」周禮地官遂人鄭注：「綍，舉棺索也。」

〔四二〕南都賦曰：「分背迴塘。」吕氏春秋曰：「水泉東流。」説文曰：「澹，水摇也。」

〔四三〕毛詩閟宫曰：「赫赫姜嫄，其德不回。是生后稷，降之百福。」又曰：「纘女維莘，長子維行。」

〔四四〕晉中興書策明穆皇后曰：「正位閨房，以著協德之義。」辨亡論曰：「趙達以機祥協德。」詩序云：「采蘋，大夫妻能循法度也。」又云：「采蘩，夫人不失職也。」漢書曰：「天地合祭，先祖配天，先妣配地。」命，爵號也。

〔四五〕東觀漢記云：上賜東平王蒼書曰：「緗衛南宫，皇太后因過按行，閲視舊時衣物。今以光烈皇后假結帛巾各一枚、衣一篋遺王，可瞻視，以慰凱風寒泉之思。」西京雜記曰：「宣帝被收繫郡邸獄，臂上猶帶史良娣合綵婉轉絲繩係身毒寶鏡一枚。舊傳此鏡照見妖魅，得佩之者爲天神所福，故宣帝從危獲濟。及即大位，每持此鏡，感咽移辰。宣帝崩後，不知所在。」

〔四六〕毛詩曰：「爰有寒泉，在浚之下。有子七人，母氏勞苦。」又曰：「欲報之德，昊天罔極。」毛詩曰：「静女其孌，詒我彤管。」毛萇曰：「古者后夫人必有女史彤管之法。」

【集説】

孫月峰曰：玄暉才自是輕俊。此篇調亦響，第尚未極宏深之致耳。

方伯海曰：文字要切題目。后薨在明帝未踐祚時，此番從先塋起遷祔葬，出自明帝遺命，便是題目。「化自公宫」以上，俱切爲諸侯時事，然尚多通套，可以移掇。以下緊照此義，層層摹寫，有典有則，亦切亦流。

譚獻曰：雅贍不縟。

謚册文

齊明皇帝謚册文〔一〕

維永泰元年九月朔日，哀子嗣皇帝諱，仰惟大行皇帝早棄萬邦，聖烈方遠〔二〕；式遵帝世①，俾罔鴻猷〔三〕。咸以爲無名以化，則言繁莫宣其道〔四〕；有求斯應②，則影響庶同其功③〔五〕。所以永言配命，寄心宗極〔六〕；光昭令德，允樹風聲〔七〕。伏惟大行皇帝合信四時④，齊明日月⑤〔八〕；創保大於登庸⑥，通神機⑦於受命⑧〔九〕。因時以暢⑨，藉九萬而輕舉〔一〇〕；天保既定，運四海而高臨〔一一〕。及逎開物成務⑩，重維國綱⑪〔一二〕；風行草偃⑫，化往如神⑬〔一三〕。左賢右戚，内樂外禮〔一四〕；輯五材以教民，申三驅而在宥〔一五〕。用能盛德殷薦⑭，美善斯畢〔一六〕；皇矣之業既孚，蒸哉之道咸備〔一七〕。景化方遠，厭世在天〔一八〕；龜筮告期，遠日無改〔一九〕。仰則前王，俯詢百辟〔二〇〕；累德稱睿⑮，允極鴻名〔二一〕。謹命某甲奉太宰之奠〔二二〕，謹上尊謚曰明皇帝，廟號高宗。天人允協，神其尚饗〔二三〕！嗚呼哀哉！

【校】

①〔式遵〕文苑英華（下簡稱文苑）、張本、郭本「遵」下注：「一作尊。」　②〔有求〕文苑「求」下注：「一作來。」藝文作「來」。　③〔庶同〕文苑「同」下注：「一作圖。」藝文、張本、郭本作「圖」。　④〔合信〕文苑「合」作「令」。　⑤〔齊明〕藝文「明」作「光」。　⑥〔保大〕原注：「藝文作保文。」保，文苑作「光」，注：「一作保。」　⑦〔神機〕文苑注：「一作機神。」藝文作「機神」。　⑧〔受命〕文苑「受」作「授」。　⑨〔以暢〕藝文「暢」作「惕」。　⑩〔及逎〕文苑注：「一無此（逎）字。」　⑪〔國綱〕原注：「藝文作紐。」文苑注：「一作紐。」　⑫〔草偃〕「偃」，原作「化」。文苑同，注：「一作偃。」藝文作「偃」，據改。　⑬〔化往〕「化」，原作「心」。文苑同，注：「一作化。」藝文作「化」，據改。　⑭〔盛

德〕文苑「盛」作「盡」。　⑮〔稱睿〕「稱」，原作「彌」，依張本、郭本改。

【注】

〔一〕南齊書明帝本紀：高宗明皇帝諱鸞，字景栖。建武元年冬十月癸亥，即皇帝位。永泰元年秋七月己酉，崩于正福殿。徐師曾文體明辨：「古者册書施之臣下而已，後世則郊祀、祭享、稱尊、加謚、寓哀之屬，亦皆用之，故其文漸繁。今彙而辯之，其目凡十有一……七曰謚册，上謚、賜謚用之。」

〔二〕南齊書東昏侯本紀：東昏侯寶卷，字智藏，高宗第二子也。永泰元年七月己酉，高宗崩，即位。風俗通：「皇帝新崩，未有定謚，故總其名曰大行皇帝。」爾雅釋詁：「烈，業也。」

〔三〕帝世，帝室世系。廣韻：「世，代也。」鬯，同暢。廣韻：「暢，通暢，又達也。」鴻、洪通。爾雅釋詁：「洪，大也。」又：「猷，謀也。」

〔四〕無名以化，謂依自然之道以爲治，使民自化。老子：「道恒無名，侯王若能守之，萬物將自化。」

〔五〕書大禹謨：「惟影響。」孔傳：「若影之隨形，響之應聲，言不虚。」

〔六〕詩大雅文王：「永言配命。」毛傳：「永，長；言，我也。我長配天命而行。」寄心，謂付託心志。宗極，喻至尊無上，如百川之朝宗於海，衆星之拱北極。

〔七〕兩句謂發揚善德，樹立風化聲教。左傳隱公三年：「光昭先君之令德。」又文公六年：「並建聖哲，樹之風聲。」説文：「允，信也。」

〔八〕謂有信如四時之至，無或差爽，而明並於日月。

〔九〕創保大，謂建保世以滋大之業。保，守也。國語周語：「祭公謀父諫（穆王）曰：『先王之於民也……使務利而避害，懷德而畏威，故能保世以滋大。』」書堯典：「疇咨若時登庸。」孔傳：「庸，用也。」神機，神妙之機運。魏志曹植傳：「登神機以繼統。」受命，謂受天之命而主政。書召誥：「惟王受命，無疆惟休。」

〔一〇〕禮月令鄭注：「暢，充也。」九萬，見高松賦注〔二七〕。

〔一一〕詩小雅天保：「天保定爾。」鄭箋：「保，安；爾，女（汝），女王也。」次句謂如日月運行，照臨四海。正韻：「運，行也。」

〔一二〕易繫辭：「夫易，開物成務。」謂開通萬物之志，成就天下之務。廣雅釋詁：「維，係也。」按，係，同繫。國綱，國之統緒。

〔一三〕論語顏淵：「君子之德，風；小人之德，草。草上之風，必偃。」

〔一四〕史記孝文本紀：「（十四年）春，上曰：『昔先王……右賢左戚。』」集解引韋昭曰：「右猶高，左猶下也。」索隱引劉德云：「先賢後親也。」按魏晉以下以左爲上，右爲下，故曰「左賢右戚」。禮樂記：「樂自中出，禮自外作。」集説引劉氏曰：「欣喜歡愛之和出於中，進退周旋之序著於外。」

〔一五〕玉篇：「輯，和也。」六韜論將：「太公曰：『所謂五材者，勇、智、仁、信、忠也。』」易比：「王用三驅，失前禽。」孔疏：「凡三驅之禮，禽向己者則舍之，背己者則射之，是失於前禽也。」在宥，見爲録公拜揚州恩教注〔一〇〕。

〔一六〕殷薦，用盛樂薦祭上帝。易豫：「先王以作樂崇德，以薦之上帝，以配祖考。」美善斯畢，猶言盡善盡美。

〔一七〕兩句謂如周文王之王業已信於天下，而人君之道咸備。詩大雅皇矣序：「皇矣，美周也。天監代殷，莫若周。周世修德，莫若文王。」説文：「孚，信也。」又文王有聲：「文王烝哉！」毛傳：「烝，君也。」鄭箋：「君哉者，言其誠得人君之道。」烝、蒸通。

〔一八〕景化，大化。厭世在天，意謂殂逝。莊子天地：「華封人曰：『千歲厭世，去而上仙。乘彼白雲，至於帝鄉。』」

〔一九〕謂以龜甲、蓍草卜筮以定葬期。書大禹謨：「鬼神其依，龜筮協從。」禮曲禮：「喪事先遠日。」遠日，謂旬之外。左傳宣公八年孔疏：「卜葬先卜遠日，辟（避）不思念其親，似欲汲汲而早葬之也。」

〔二〇〕詩大雅假樂鄭箋：「百辟，畿内諸侯也。」

〔二一〕禮曾子問鄭注：「誄，累也。累列生時行迹，讀之以作謚。」説文：「睿，深明也，通也。」鴻名，大名。

〔二二〕禮王制：「天子社稷皆太牢。」太牢，謂牛、羊、豕三牲具。

〔三〕說文：「協，衆之和同也。」尚饗，祭而望鬼神歆享之辭。廣韻：「尚，庶幾。」饗，通享。

墓誌銘

臨海公主墓誌銘①〔一〕

長發有祥，瑤臺乃搆〔二〕。玄鳥歸飛，北音斯奏〔三〕。聿來徐土，禎符爰授〔四〕。帝體靈柯，穠華以秀〔五〕。飾館東魯，言歸景族〔六〕。有教公宫，無繫車服〔七〕。既肅簪珥，亦崇湯沐〔八〕，率禮衡門，降情雲屋〔九〕。彼月斯望，在鈞維緡〔一〇〕。瞻須配景，望燭齊神〔一一〕。霾華崑岫，滅采上春〔一二〕。慈纏雲陛，悲動外姻〔一三〕。鬱彼崇芒，睠然城輦〔一四〕。輴翟按轡②，龍旐徐轉〔一五〕。

【校】

①〔題〕張本、郭本無「誌」字。　②〔按轡〕郭本「按」作「安」。

【注】

〔一〕臨海公主，未詳。

〔二〕詩商頌長發：「濬哲維商，長發其祥。」鄭箋：「長，猶久也。」楚辭離騷：「望瑤臺之偃蹇兮，見有娀之佚女。」善注引淮南子曰：「有娀在不周之北，長女簡翟，少女建疵。」注云：「姊妹二人在瑤臺也。」

〔三〕詩商頌玄鳥鄭箋：「玄鳥，燕也。」呂氏春秋音初：「有娀氏有二佚女，帝令燕往視之，二女覆以玉筐。少選，發而視之，燕遺二卵，北飛遂不反。女作歌曰：『燕燕往飛。』實始作爲北音。」

〔四〕聿，發語詞，無義。詩大雅緜：「聿來胥宇。」徐土，指南徐州。宋書州郡志：「文帝元嘉八年（四三一），以江南爲南徐州，治京口。」京口，今江蘇鎮江市。禎符，祥符。說文：「禎，祥也。」徐鍇曰：「禎者，貞也。貞，正也，人有善，天以符瑞正告之。」

〔五〕靈柯，靈木之枝柯，喻天子子息。此指臨海公主。穠華以秀，喻公主顔色美盛。詩召南何彼襛矣：「何彼襛矣，唐棣之華。」穠、襛古通。

〔六〕飾館，築館而飾之。左傳莊公元年：「秋，築王姬之館于外。」古者天子嫁女於諸侯，己不主婚，必使同姓諸侯爲之主。王姬，周平王孫女，嫁於齊侯，魯侯爲主婚，故築館於魯之城外。白虎通嫁娶：「所以必更築觀者，尊之也。」按觀，通館。此借指公主之嫁。說文：「歸，女嫁也。」景族，大族。爾雅釋詁：「景，大也。」

〔七〕有教公宫，見齊敬皇后哀策文注〔一五〕。何彼襛矣序：「王姬亦下嫁於諸侯，車服不繫其夫，下王后一等。」孔疏：「王姬，天子之女，亦下嫁於諸侯。其所乘之車，所衣之服，皆不繫其夫爲尊卑，下王后一等而已。」

〔八〕簪，冠上飾；珥，耳飾。禮内則：「婦事舅姑，如事父母。雞初鳴，咸盥漱、櫛縰、笄總。」集説：

「笄，今之簪也。」又：「五日則燂湯請浴，三日具沐。」

〔九〕玉篇：「率，遵也。」詩陳風衡門：「衡門之下，可以棲遲。」毛傳：「衡門，横木爲門，言淺陋也。」文選曹植七啓善注：「雲屋，言高如雲也。」

〔一〇〕釋名：「望，月滿之名也。月大十六日，小十五日，日在東，月在西，遥在望也。」何彼穠矣：「其釣維何？維絲伊緡。」集傳：「緡，綸也。絲之合而爲綸，猶男女之合而爲昏也。」

〔一一〕兩句贊公主上合星景。須，須女星。史記天官書正義：「須女四星，亦婺女，天少府也。」燭，燭星。史記天官書：「燭星，狀如太白。」

〔一二〕兩句謂公主殞殁。釋名：「霾，晦也。言如物塵晦之色也。」華，玉華。霾華滅采，言無光也。崑岫，崑山，其地産玉。梁元帝纂要：「正月曰孟春，亦曰上春。」

〔一三〕説文：「纏，繞也。」雲陛，天子殿階。左思七略：「建雲陛之嵯峨。」句謂天子慈愛不捨。外姻，外親。左傳隱公元年：「士逾月(而葬)，外姻至。」

〔一四〕兩句謂葬而魂縈帝京。芒，假作邙，即洛陽北邙山，東漢時王侯公卿多葬此。借指墓地。城輦，都城。輦，謂天子輦下。

〔一五〕説文：「輜，輜軿，衣車也。」釋名：「軿車，四面屏蔽，婦人所乘。」詩衛風碩人毛傳：「翟，翟車也，夫人以翟羽飾車。」龍旒，猶龍旗，以龍爲飾。旒，原指古代旌旗下垂飾物。

新安長公主墓誌銘①〔一〕

氛氳長發，時惟睿文〔二〕。誕茲明淑，玉振蘭芬〔三〕。譽宣女師，德侔高行〔四〕。肅穆嬪風，優游閫正〔五〕。撫事成箴，臨圖作鏡〔六〕。如何冥默，方春委盛〔七〕！

【校】

①〔題〕張本、郭本無「誌」字。

【注】

〔一〕新安長公主，未詳。

〔二〕廣韻：「氛，氛氳，祥氣。」長發，見臨海公主墓誌銘注〔二〕。爾雅釋詁：「時，是也。」玉篇：「惟，爲也。」睿文，睿哲有文，指天子之文德。顔延之宋郊祀歌：「靈監睿文。」

〔三〕廣韻：「誕，育也。」明淑，謂有明潔且善之德。玉振蘭芬，喻公主德行、聲譽之美。孟子萬章：「集大成也者，金聲而玉振之也。」玉振，謂擊磬聲清。蘭芬，參齊敬皇后哀策文注〔一八〕。

〔四〕詩周南葛覃：「言告師氏。」毛傳：「師，女師也。古者女師教以婦德、婦言、婦容、婦功。」説文：「侔，齊等也。」戰國時梁寡婦榮于色而美于行，早寡而拒嫁，梁王大其義，高其行，尊其號曰高行。見劉向列女傳貞順。

〔五〕肅穆，莊敬和睦。嬪風，猶言婦德。周禮天官太宰鄭注：「嬪，婦人之美稱也。」優游，悠閒自得。詩小雅白駒：「慎爾優游。」閫正，指内室。廣韻：「閫，門限也。」詩小雅斯干集傳：「正，向明三處也。」

〔六〕廣韻：「撫，持也，循也。」箴，用以箴戒，如醫者以箴石刺病。國語周語韋注：「箴，箴刺王闕以正得失也。」圖，謂圖書，參臨以作鑒戒。班婕妤自傷賦：「陳女圖以鏡監。」

〔七〕冥默，謂永從幽冥，不可復見。委，古通「萎」。廣韻：「萎，蔫也。」

齊鬱林王墓誌銘①〔一〕

緑車旖旎，翠蕤掩映〔二〕。癸貳戲良，臨祧弛盛〔三〕。毁德歸桐，棄尊居鄭②〔四〕。

【校】

①〔題〕張本、郭本無「齊」「誌」字。　②〔居〕原作「君」，依張本、郭本改。

【注】

〔一〕文惠太子長子昭業，永明十一年（四九三）八月即位，尚書令蕭鸞輔政。翌年七月，鸞定謀奉太后詔廢爲鬱林王，謂其「狗馬是好，酒色方湎」，「居喪無一日之哀，縗絰爲歡宴之服」。尋被殺，殯葬以王禮。見南齊書鬱林王本紀。

〔二〕漢書金日磾傳：「上（指成帝）拜（金）涉爲侍中，使待幸緑車載送衛尉舍。」晉灼曰：「漢注：緑車，名皇孫車，太子有子乘以從。」楚辭劉向九歎王注：「旖旎，盛貌。」翠蕤，儀仗中之旗飾。

史記司馬相如列傳：「錯翡翠之威蕤。」集解引徐廣曰：「或作『錯紛翠蕤』。」掩映，掩蔽映照。

〔三〕癸貳，指冢宰之職。廣雅釋言：「癸，揆也。」謂揆度百事。周禮天官小宰孔傳：「貳，副也。」戲，謂戲豫。詩大雅板毛傳：「戲豫，逸豫也。」洪亮吉左傳詁襄公九年引服虔云：「曾祖之廟曰祧。」臨祧，謂鬱林承曾祖高帝之嗣。穀梁傳襄公二十四年范甯注：「弛，廢也。」

〔四〕兩句分以殷太甲放桐、周襄王居鄭喻鬱林王被廢。書太甲序：「太甲既立，不明，伊尹放諸桐。」孔傳：「湯葬地也。」故地在今河北臨漳縣。左傳僖公二十四年：「書曰：『天王出居于鄭』，避母弟之難也。」按，襄王弟王子帶有寵於惠后，將立之，未及而后卒。是歲（前六三六），王子帶以狄師攻王，襄王出居於鄭。

齊海陵王墓銘①〔一〕

中樞誕聖，膺曆受命〔二〕。於穆二祖，天臨海鏡〔三〕。顯允世宗，温文著性〔四〕。三善有聲，四國無競〔五〕。嗣德方衰，時惟介弟〔六〕；景祚云及，多難攸啓〔七〕。載驟軨獵②，高闢代邸〔八〕。庶辟欣欣，威儀濟濟〔九〕。亦既負扆，言觀帝則〔一〇〕；正位恭己，臨朝淵默〔一一〕。虔思寶締，負荷非克〔一二〕；敬順天人，高遜明德〔一三〕。西光已謝，東旭又良③〔一四〕。龍轜夕儼④，葆挽晨鏘〔一五〕。風搖草色，日照松光⑤。春秋非我，晚夜何長⑥〔一六〕！

【校】

①〔題〕藝文作齊海陵王墓誌銘。張本、郭本「王」下有「昭文」字。②〔載驟軨獵〕原注：「藝文作載驅軨轄。」弘治本、稗海本夢溪筆談「軨」作「載」。張本、郭本「驟」作「驅」。③〔東旭又良〕原注：「藝文作東龜。」「良」，藝文、張本、郭本作「涼」。④〔夕儼〕夢溪筆談「儼」作「儷」。⑤〔日照〕藝文「日」作「月」。⑥〔晚夜〕原注：「藝文作曉夜。」

【注】

〔一〕海陵王昭文，文惠太子長懋次子。隆昌元年（四九四）鬱林王昭業廢，尚書令西昌侯鸞議立昭文爲帝，七月，即皇帝位。十月，降封海陵王。十一月殞，謚曰恭王，年十五。見南齊書海陵王本紀。

〔二〕中樞，謂中央，猶言中土。太玄周：「植中樞，周無隅。」誕，見新安長公主墓誌銘注〔三〕。正韻：「膺，當也。」曆，曆數，書大禹謨孔傳：「曆數，謂天道。」受命，見齊明皇帝謚册文注〔九〕。

〔三〕詩周頌清廟毛傳：「於，歎辭也。穆，美也。」二祖，指齊太祖高皇帝蕭道成，世祖武皇帝蕭賾。文選顔延之應詔讌曲水作詩：「天臨海鏡。」吕向注：「言臨人如天鏡之照海也。」

〔四〕詩小雅湛露：「顯允君子。」集傳：「顯，明；允，信也。」文惠太子長懋，世祖長子。永明十一年（四九三）薨，謚曰文惠。鬱林王立，追尊爲文帝，廟稱世宗。見南齊書本傳。温文，謂温潤有禮。禮文王世子：「恭敬而温文。」

〔五〕禮文王世子：「行一物而三善皆得者，唯世子而已。」三善，謂親親、尊君、長長。南齊書文惠太子傳：「（太子）疾篤上表：『臣地屬元良，業微三善。』」四國，謂四方。易明夷：「初登于天，照四國也。」無競，謂無强於此者。詩周頌烈文：「無競維人。」毛傳：「競，彊也。」彊，同强。

〔六〕嗣德方衰，謂鬱林王昭業以荒淫亂政。介弟，大弟。左傳襄公二十六年：伯州犁曰：「夫子爲王子圍，寡君之貴介弟也。」此指海陵王。

〔七〕景祚，大位。廣韻：「祚，位也。」左傳昭公四年：「或多難以固其國，啓其疆土。」爾雅釋言：「攸，所也。」

〔八〕軨獵，軨獵車。漢書宣帝紀記太僕以軨獵車奉迎武帝曾孫入宫，即皇帝位。是爲宣帝。文穎注：「軨獵，小車。」漢高祖中子恒，立爲代王。丞相陳平、太尉周勃等既誅諸吕，謀立代王。王乃乘六乘傳詣長安，入代邸。尋奉天子法駕迎代邸，即日夕入未央宫，是爲文帝。見漢書文帝紀。此借以喻昭文繼位。

〔九〕庶辟，猶言諸王。爾雅釋詁：「辟，君也。」欣欣，喜樂貌。左傳襄公三十一年：「有威而可畏謂之威，有儀而可象謂之儀。」廣雅釋訓：「濟濟，敬也。」

〔一〇〕淮南子氾論訓：「負扆而朝諸侯。」高注：「負，背也。扆，户牖之間。言南面也。」言，語首助詞。帝則，天之法則。詩大雅皇矣：「不識不知，順帝之則。」

〔一一〕正位，謂正南面而坐。論語衛靈公：「無爲而治者，其舜也與！夫何爲哉？恭己正南面而已矣。」淵默，謂沈静寡言。漢書成帝本紀贊：「臨朝淵嘿，尊嚴若神。」默、嘿同。

〔一二〕廣韻：「虔，恭也。」寶締，指王業。左思魏都賦：「有魏開國之日，締構之初也。」負荷，見爲録公拜揚州恩教注〔四〕。玉篇：「克，勝也。」延興元年（四九四）十月，海陵王將廢，皇太后令曰：「嗣主幼沖，庶政多昧；且早嬰尫疾，弗克負荷。」

〔一三〕明德，謂有完美德性的人，指明帝蕭鸞。

〔一四〕兩句喻鬱林王廢而明帝登祚。

〔一五〕周禮地官鄉師：「及葬，執纛。」鄭司農云：「纛，羽葆幢也。」龍纛，謂以龍畫飾者。詩陳風澤陂毛傳：「儼，矜莊貌。」葆，葆車。後漢書光武紀李賢注：「葆車，謂上建羽葆也。合聚五采羽，名爲葆。」挽，謂挽歌。禮玉藻鄭注：「鏘，聲貌。」

〔一六〕漢書禮樂志郊祀歌：「日出入安窮，時世不與人同。故春非我春，夏非我夏，秋非我秋，冬非我冬。」晚夜，喻幽冥。

祭文

祭大雷周何二神文①〔一〕

大過在運，小雅盡缺〔二〕；瓊鏡日淪②，金車未晰③〔三〕。周生雹斷，神謨英冠〔四〕；正因部奇，風斂雲散〔五〕。晉德如燬，功資叶贊〔六〕。山無猛鷙，時曠忠賢〔七〕。流王於彘，黿鼎忽焉〔八〕。忠肅布衣，君親自然〔九〕。驅狐上國，斬鯢中川〔一〇〕。紛綸凱入，氛氲配天〔一一〕。

【校】

①〔題〕張本、郭本「周何」作「何周」。②〔日淪〕藝文「日」作「曰」。③〔晰〕原作「晣」，依藝文改。

【注】

〔一〕大雷，即大雷戍。通鑑晉紀胡注：「杜佑曰：『晉大雷戍，舒州望江縣是。』今皖江之西有雷江口，即其地。」按，即今安徽望江縣。周、何，指三國時吴周瑜、東晉何無忌。周瑜，字公瑾，廬江舒人。壯有姿貌。初依孫策，助平江東。策殁，與張昭佐孫權掌衆事。建安十三年（二〇八），曹操入荆州，將東下。瑜排衆議，力主抗操。擕精兵三萬進，與操遇於赤壁，大敗之。尋以疾卒於巴丘。見吴志本傳。何無忌，東海郯人。桓玄篡晉，無忌助劉裕舉兵致討，敗走玄。軍次桑落洲（在湓城東北大江中），玄將何澹之等自江州率軍來攻，無忌鼓譟赴之，澹之潰。無忌進據尋陽，遣使奉送宗廟主祏還京師。義熙二年（四〇六），爲江州刺史，與盧循別帥徐道覆戰，兵敗被殺。謚曰忠肅。見晉書本傳。

〔二〕兩句謂時當艱危，漢失其政。易大過孔疏：「此衰難之世，唯陽爻乃大能過越常理以拯患難也。故曰大過。」詩大序：「雅者，正也，言王政之所由廢興也。政有大小，故有小雅焉，有大雅焉。」又小雅六月序：「小雅盡廢，則四夷交侵，中國微矣。」玉篇：「缺，虧也，破也。」按，缺亦廢義。

〔三〕瓊鏡，猶玉鏡。喻清明之政教。太平御覽卷八十二：尚書帝命驗：「桀失其玉鏡，用其噬虎。」注：「玉鏡，喻清明之道；噬虎，喻暴虐之風。」説文：「淪，没也。」宋書符瑞志：「金車，王者至孝則出。」瑞應圖：「舜時金車見帝庭。」廣韻：「晣，光也。」

〔四〕電斷，謂明斷。後漢書邊讓傳：「神武電斷。」李賢注：「神武威稜，如電雷之斷決也。」吴志周瑜傳評：「周瑜、魯肅，建獨斷之明，出衆人之表，實奇才也。」神謨，神妙之謀算。英冠，猶言秀出。博雅：「英，美也。」

〔五〕集韻：「部，總也，統也。」管子小問房玄齡注：「奇謂權譎以勝敵也。」孫子勢篇：「凡戰者以正合，以奇勝。」風斂雲散，謂克敵制勝，成孫氏割據之局。

〔六〕詩周南汝墳：「王室如燬。」毛傳：「燬，火也。……畏王室酷烈，是時紂存。」叶贊，謂佐助。叶，古協字。蜀志來敏傳：「子忠……與尚書向充等並能協贊大將軍姜維。」

〔七〕猛鷙，謂猛獸鷙禽。爲下「忠賢」作喻。書皋陶謨孔傳：「曠，空也。」

〔八〕國語周語載：周厲王虐，民不堪命。王使衛巫監謗者。三年，國人流王於彘（今山西霍縣東北）。通鑑晉紀記元興二年（四〇三）十二月，桓玄篡晉，遷安帝於尋陽。此以借指。後漢書宦者傳論李賢注：「龜鼎，國之守器，以喻帝位也。」忽，見爲百官勸進齊明帝表注〔九〕。

〔九〕忠肅，見注〔一〕。布衣，平民。史記李斯傳：「夫斯乃上蔡布衣。」孝經聖治章：「父子之道，天性也。」又士章：「資於事父以事君而敬同。」故云。

〔一〇〕兩句綜述何無忌之功。狐，指桓玄。上國，此指荆州。左傳昭公十四年杜注：「上國，在國都之西。西方居上流，故謂之上國。」又宣公十二年孔疏引裴淵廣州記：「鯨鯢長百尺。雄曰鯨，雌曰鯢。」蓋以喻不義之人。此指何澹之等。參注〔一〕。

〔一一〕紛綸，猶紛紜，多而盛貌。凱入，謂戰勝凱歌而還其國。後漢書蔡邕傳：「城濮捷而晉凱入。」慧琳一切經音義：文字集略云：「氛氳，氣盛貌也。」配天，謂德配於天。禮中庸：「高明配天。」

爲隨王東耕文

穀躔星景，穡表蜡先〔一〕；八政奚首？六府兹宣〔二〕。弊嗟非國，登頌有年〔三〕；一夫或怠，望歲誰天〔四〕！

【注】

〔一〕穀，謂八穀星。晉書天文志：「其（按指五車星）西八星，曰八穀，主候歲八穀。」星經：「八穀星主黍、稷、稻、粱、麻、粟、麥、烏麻，星明則俱熟。」方言：「躔，行也。」景，同「影」。穡，同嗇。禮記郊特牲：「天子大蜡八。……蜡也者，索也，歲十二月，合聚萬物而索饗之也。蜡之祭也，主先嗇而祭司嗇也。」釋文：「蜡祭八神，先嗇一，司嗇二……」。嗇與穡同，先嗇，神農也。主，言爲八神之主也。司嗇，上古后稷之官。」

〔二〕書洪範：「農用八政……一曰食，二曰貨。」六府茲宣，謂六府所藏，將以農穀而宣其用。書大禹謨：「帝（舜）曰：『俞，地平天成，六府三事允治。』」六府，謂水、火、金、木、土、穀等貨財藏積之府。廣韻：「宣，通也。」

〔三〕兩句謂農耕廢，將歎國不成國；穀有成則頌有年。玉篇：「弊，壞也，敗也。」禮記王制：「（國）無三年之蓄，曰國非其國也。」登，謂五穀成熟。廣韻：「登，成也。」穀梁傳宣公十六年：「五穀大熟，謂大有年。」

〔四〕兩句謂一夫或怠而不耕，民將有無食者。呂氏春秋愛類：「神農之教曰：『士有當年而不耕者，則天下或受其饑矣。』」望歲，謂盼望豐收。歲，一年之收成。左傳昭公三十二年：「閔閔焉如農夫之望歲。」漢書酈食其傳：「王者以民爲天，而民以食爲天。」誰天，意謂將何所得食。

爲諸娣祭阮夫人文①〔一〕

婉娩嬪德，幽閒媜性〔二〕。眄史弘箴，陳詩成詠②〔三〕。嘉言足題，清暉可映〔四〕。契闊未幾，音塵如昨〔五〕。中景遽傾，芳木先落③〔六〕。疇日交觴④，享也虚薦〔七〕。帶上先結，握中遺扇〔八〕。迸淚失聲，潺湲如霰〔九〕。

【校】

①〔題〕張本、郭本「娣」作「姊」。　②〔成詠〕「成」，原作「陳」，依藝文改。　③〔木〕藝文作「荍」。

④〔日〕張本作「昔」。

【注】

〔一〕詩大雅韓奕：「諸娣從之，祁祁如雲。」毛傳：「諸娣，衆妾也。」又廣雅釋親：「娣，妹也。」阮夫人，未詳。

〔二〕禮内則：「女子十年不出，姆教婉娩聽從。」鄭注：「婉謂言語也。娩之言媚也，媚謂容貌也。」嬪德，婦德。幽閒，柔順貌。後漢書列女傳贊：「幽閑有容。」閒、閑同。媍，同婦。

〔三〕説文：「眄，衺視也。」史，指女史。班婕妤自傷賦：「顧女史而問詩。」周禮天官女史賈疏：「掌王后之禮職，内治之貳，亦女奴曉文者爲之。」箴，見新安長公主墓誌銘注〔六〕。陳，同敶。楚辭劉向九歎：「舒情敶詩。」王逸注：「言己舒展中情，敶序志意。」

〔四〕嘉言，美善之言。書伊訓：「嘉言孔彰。」清暉，儀形。文選王儉褚淵碑文：「哀清暉之眇默。」

〔五〕詩邶風擊鼓：「死生契闊。」通釋：「契，當讀如契合之契。闊，讀如疏闊之闊。……猶云合聚離散耳。」音塵，音信。謝莊月賦：「美人邁兮音塵闕。」

〔六〕中景，日在中天，喻中年。

〔七〕疇日，猶往日、曩日。韻會：「疇，曩也。」廣韻：「享，獻也，祭也。」韻會：「薦，進也。」陶淵明擬挽歌辭：「今但湛空觴。」

〔八〕帶，絰帶，古喪服繫於首及腰，以麻葛爲之。正字通：「絰，分言之，則首曰絰，腰曰帶。」禮少儀：「葛絰而麻帶。」鄭注：「帶，所以自結束也。」此謂諸娣爲阮夫人服孝。宋書張敷傳：「張敷……生而母没。年數歲，問母所在，家人告以死生之分，敷雖童蒙，便有思慕之色。年十許歲，求母遺物，而散施已盡，唯得一畫扇，乃緘録之。每至感思，輒開笥流涕。」此借以喻玩舊物而思慕。

〔九〕文選潘岳寡婦賦：「涕横迸而霑衣。」善注：字書曰：「迸，散走也。」失聲，泣不成聲。孟子滕文公：「相嚮而哭，皆失聲。」楚辭九歌湘君：「横流涕兮潺湲。」王逸注：「潺湲，流貌。」霰，見高松賦注〔一五〕。

樂歌

雩祭歌建武二年明堂辭①〔一〕

清明暢，禮樂新〔二〕。候龍景，選貞辰②〔三〕。

【校】

①〔題〕郭茂倩樂府詩集（下簡稱樂府）作齊雩祭樂歌；涵芬本、張本作齊雩祭歌，並無注。②〔選〕樂

府、涵芬本、詩紀、張本作「綀」。

【注】

〔一〕雩祭，謂大旱求雨之祭。南齊書樂志：「建武二年，雩祭明堂，謝朓造辭，一依謝莊，唯世祖四言也。」禮月令：「仲夏之月，……大雩帝，用盛樂。」鄭注：「雩，吁嗟求雨之祭也。」

〔二〕清明，指清明風，即東南風。史記律書：「清明風居東南維，主風吹萬物。」廣韻：「暢，達也。」

〔三〕集韻：「候，伺望也。」龍，星名，亦稱蒼龍。左傳桓公五年：「龍見而雩。」杜注：「龍見建巳之月，蒼龍宿之體，昏見東方，萬物始盛，待雨而大，故祭天，遠爲百穀祈膏雨。」説文：「景，光也。」廣韻：「貞，正也。」

陽律亢，陰晷伏〔一〕。秏下土①，薦穜稑〔二〕。

【校】

①〔秏〕原作「耕」。百衲本南齊書、樂府作「秏」；涵芬本、詩紀、張本作「耗」。傅校：「耕，抄本誤。今從南齊書、樂府集。」據改。

【注】

〔一〕上句言晴旱。廣雅：「亢，旱也。」釋名：「晷，規也。」此借指爲規以對律。陰晷，指雨候。伏，藏。

〔二〕秏，同耗。下土，謂下土之民。詩大雅雲漢：「耗斁下土。」釋文引韓詩云：「耗，惡也。」詩謂旱甚，疑天厭惡下土之民而降之災。韻會：「薦，進也。」周禮天官内宰：「上春，詔王后帥六宮之人，而生穜稑之種，而獻之于王。」賈疏引鄭司農云：「先種後孰謂之穜，後種先孰謂之稑。」

宸儀警①，王度②宣③〔一〕。瞻雲漢④，望旻天⑤〔二〕。

【校】

①〔宸〕中華書局點校本南齊書（下簡稱南齊書）、樂府作「震」。②〔度〕郭本注：「一作虔。」③〔宣〕南齊書、樂府、涵芬本、詩紀、張本作「乾」。④〔瞻〕南齊書、樂府、涵芬本、詩紀、張本作「嗟」。⑤〔旻〕南齊書、樂府、涵芬本、詩紀、張本作「昊」。

【注】

〔一〕宸儀，天子之容儀。宸爲北極星所在，引申爲帝王代稱。玉篇：「警，敕也。」謂戒敕不敢廢慢。王度，謂王之德度。左傳昭公十二年：「思我王度，式如玉，式如金。」廣韻：「宣，明也。」

〔二〕詩大雅棫樸：「倬彼雲漢。」毛傳：「雲漢，天河也。」旻天，指天。書大禹謨孔傳：「仁覆愍下，故曰旻天。」

張盛樂，奏雲㑃〔一〕。集五精，延帝祖〔二〕。

【注】

〔一〕禮月令鄭注：「自鞀鞞至柷敔皆作曰盛樂。」雲㑃，舞名。漢書禮樂志郊祀歌：「鐘鼓竽笙，雲舞翔翔。」舞、㑃同。

〔三〕禮月令鄭注：「雩五精之帝，配以先帝也。」按，五精，五方之星。廣韻：「延，進也。」文選顏延之宋郊祀歌：「嚴恭帝祖。」善注：「帝，上帝；祖，先祖也。」

雩有諷①，禜有秩〔一〕。秬鬯芬②，圭瓚苾③〔二〕。

【校】

①〔雩〕郭本作「雲」，注：「一作雩。」　②〔秬〕南齊書、樂府、詩紀、張本作「膋」。　③〔苾〕南齊書、樂府、詩紀、張本作「瑟」。郭本作「苾」，注：「一作瑟。」

【注】

〔一〕增韻：「託音曰諷。」説文：「禜，設緜蕝爲營，以禳風雨雪霜水旱癘疫于日月星辰山川也。」左傳昭公元年孔疏：「禜是祈禱之小祭。若大旱而雩，則徧祭天地百神，不復別其日月與山川也。」廣韻：「秩，次也，序也。」

〔二〕書洛誥孔疏：「釋草云：『秬，黑黍。』以黑黍爲酒，煮鬱金之草，築而和之，則使芬香調暢，謂之秬鬯。」詩大雅旱麓鄭箋：「圭瓚，以圭爲柄。」孔疏：「圭以玉爲之。瓚者，盛鬯酒之器。」説文：「苾，馨香也。」

靈之來，帝閽開〔一〕。車煜燿，吹徘徊〔二〕。

【注】

〔一〕尸子：「天神曰靈。」楚辭九歌湘夫人：「靈之來兮如雲。」又，離騷：「吾令帝閽開關兮。」王逸

注：「帝，謂天帝；閽，主門者也。」此謂天帝宮門。

〔三〕廣韻：「爚，煜燿，光明。」又：「吹，鼓吹也。」廣雅釋訓：「徘徊，便旋也。」

停龍轙①，徧觀此〔一〕。涷雨飛②，祥雲靡③〔二〕。

【校】

①〔轙〕南齊書、樂府作「檥」。　②〔涷〕詩紀、覽翠本、萬曆本、郭本作「凍」。覽翠本傅校作「涷」。

③〔雲〕南齊書、樂府作「風」。

【注】

〔一〕説文：「轙，車衡載轡者。」借以指車。龍轙，謂以龍御車。轙、轙同。

〔二〕楚辭九歌大司命王逸注：「暴雨爲涷雨。」廣韻：「靡，靡曼，美色也。」

壇可臨，奠可歆〔一〕。對甿①祉②，鑒皇心〔二〕。

右迎神歌八章，章四句，句三言。

【校】

①〔甿〕明南監本、金陵書局本、南齊書作「氓」。　②〔祉〕樂府、詩紀、覽翠本、萬曆本、張本、郭本作「社」。

【注】

〔一〕説文：「壇，祭場也。壇之言坦也。」又：「歆，神食氣也。」

〔二〕爾雅釋言：「對，遂也。」郝懿行義疏：「遂者，……達也，通也。」説文：「甿，田民也。」又：「祉，福也。」爾雅釋詁：「皇，君也。」

濬哲維祖，長發其武〔一〕。帝出自震，重光御寓〔二〕。七德攸宣，九疇咸叙〔三〕。靜難荆衡①，凝威蠡浦〔四〕。

【校】

①〔衡〕南齊書、樂府作「舒」。

【注】

〔一〕詩商頌長發：「濬哲維商，長發其祥。」毛傳：「濬，深；哲，智也。」祖，謂世祖武皇帝蕭賾。

〔二〕易説卦：「帝出乎震。……震，東方也。」重光，指日月，言其明。寓，同宇。玉篇：「宇，方也，四方上下也。尸子曰：『天地四方曰宇。』」齊爲木德，東方爲木位之始，故云「帝出自震」。

〔三〕七德，見爲宣城公拜章注〔六〕。書洪範：「帝乃錫禹洪範九疇，彝倫攸叙。初一曰五行，次二曰敬用五事，次三曰農用八政，次四曰協用五紀，次五曰建用皇極，次六曰乂用三德，次七曰明用稽疑，次八曰念用庶徵，次九曰嚮用五福，威用六極。」孔疏：「疇是輩類之名，言其每事自相爲類者九。」叙，謂有次序。

〔四〕兩句頌武皇帝之功。宋順帝立，蕭道成輔政。昇明元年（四七七）冬，都督荆湘等八州軍事、鎮西將軍、荆州刺史沈攸之起兵東下，攻郢城。蕭賾據盆口（今江西九江市）爲戰守之備，遣軍主桓敬等八軍據西塞爲郢城聲援，終平攸之（見南齊書武帝紀及通鑑宋紀）。此所謂「静難荆衡」。衡，指衡山。廣韻：「静，安也。」蠡浦，彭蠡之浦，指盆口。書禹貢：「彭蠡既渚。」蔡大寶傳：「彭蠡，鄱陽湖是也。」

昧旦丕承，夕惕刑政〔一〕。化一車書，德馨粢盛〔二〕。昭星夜景，非雲曉慶①〔三〕。衢室成陰，璧水如鏡〔四〕。

【校】

①〔非〕萬曆本、文集本作「蜚」。

【注】

〔一〕謂朝夕憂勤國事。詩鄭風士曰雞鳴傳疏：「昧旦，後於雞鳴時。」書君奭：「丕承無疆之恤。」孔傳：「大承無疆之憂。」易乾：「夕惕若厲。」孔疏：「夕惕者，謂終竟此日後至向夕之時，猶懷憂惕。」

〔二〕説文：「化，教行也。」廣韻：「一，同也。」禮中庸：「今天下車同軌，書同文。」玉篇：「馨，香遠聞也。」孟子滕文公趙注：「粢，稷；盛，稻也。」書君奭：「黍稷非馨，明德惟馨。」

〔三〕景，映也。説文通訓定聲：「景字亦作映。」非雲，即卿雲，瑞氣也。史記天官書：「若煙非煙，若雲非雲，郁郁紛紛，蕭索輪囷，是謂卿雲。」

〔四〕衢室句，謂築室於衢，以聽民言，其多成陰。管子桓公問：「堯有衢室之問者，下聽於人也。」周天子所設學曰辟廱，亦曰璧廱、辟雍。三輔黃圖：「周文王辟廱，在長安西北四十里，亦曰璧廱。如璧之圓，雍之以水，象教化流行也。」

禮充玉帛，樂被匏絃①〔一〕。於鑠在詠，陟配于天〔二〕。自宮徂兆，靡愛牲牷〔三〕。我將我享，永祚豐年〔四〕。

右世祖武皇帝歌三章，章八句，句四言。

【校】

①〔匏〕南齊書作「筦」，樂府作「管」。

【注】

〔一〕玉帛，謂瑞玉、幣帛，古祭祀所用。周禮春官肆師：「立大祀，用玉帛牲牷。」匏絃，應劭風俗通聲音：「音者……匏曰笙。」

〔二〕詩周頌酌集傳：「於，歎辭。鑠，盛。」爾雅釋詁：「陟，陞也。」詩周頌思文：「思文后稷，克配彼天。」孔疏：「此后稷有大功德，堪能配彼上天。」

〔三〕詩大雅雲漢：「自郊徂宮。」鄭箋：「宮，宗廟也。」周禮春官小宗伯鄭注：「兆爲壇之營域。」壇，指祭壇。爾雅釋言：「靡，無也。」周禮地官牧人：「牧人掌六牲，……以共（供）祭祀之牲牷。」鄭注：「六牲謂牛、馬、羊、豕、犬、雞。鄭司農云：『牷，純也。』」

〔四〕詩周頌我將：「我將我享。」鄭箋：「將，猶奉也。我奉養，我享祭之。」廣韻：「祚，福也。」

營翼日，鳥殷宵〔一〕。凝冰泮，玄蟄昭〔二〕。

【注】

〔一〕營，營室，星名。國語楚語韋注：「翼，輔也。」禮月令：「孟春之月，……日在營室。」書堯典：「日中星鳥，以殷仲春。」孔傳：「日中，謂春分之日。鳥，南方朱鳥七宿。殷，正也。」

〔二〕詩邶風匏有苦葉通釋：「泮即判之假借。」按，謂分散。禮樂記：「蟄蟲昭蘇。」鄭注：「昭，曉也。蟄蟲以發出爲曉。」

景陽陽①，風習習〔一〕。女夷歌②，東皇集〔二〕。

【校】

①〔陽陽〕藝文作「湯湯」。　②〔女夷〕藝文作「夷女」。

【注】

〔一〕楚辭王褒九懷：「季春兮陽陽。」王逸注：「三月温和氣清明也。」詩邶風谷風：「習習谷風。」毛傳：「習習，和舒貌。」

〔二〕淮南子天文訓：「女夷鼓歌，以司天和。」高注：「女夷，主春夏長養之神也。」尚書緯：「春爲東皇，又爲青帝。」謂司春之神。

奠春酒①，秉青珪〔一〕。命田祖，渥群黎〔二〕。

右青帝歌三章，章四句，句三言。

【校】

①〔奠〕南齊書、樂府作「樽」。

【注】

〔一〕奠，置酒以祭。詩豳風七月通釋：「周制蓋以冬釀，經春始成，因名春酒。」周禮春官大宗伯：「以玉作六器，以禮天地四方。……以青圭禮東方。」圭，同珪。

〔二〕周禮春官籥章：「凡國祈年於田祖。」鄭注：「田祖，始耕田者，謂神農也。」説文段注：「按渥之言厚也，濡之深厚也。」群黎，謂衆民。詩小雅天保：「群黎百姓，徧爲爾德。」

惟此夏德德恢台①，兩②龍在③御炎精來〔一〕。

【校】

①〔台〕藝文作「恢」。　②〔兩〕南監本、毛本、殿本、局本南齊書作「雨」。　③〔在〕南齊書、樂府作「既」。

【注】

〔一〕楚辭宋玉九辯：「收恢台之孟夏兮。」呂延濟注：「夏以長物。恢台，長養也。」山海經海外南經：「南方祝融，獸身人面，乘兩龍。」炎精，赤精之君。禮月令：「孟夏之月，……其日丙丁，其帝炎帝，其神祝融。」鄭注：「此赤精之君，火官之臣。……炎帝，大庭氏也。祝融，顓頊氏之子曰黎，爲火官。」

火景方中南譌秩，靡草云黄含桃實〔一〕。

【注】

〔一〕火，即大火星。方中，方當昏而居正中。禮月令：「季夏之月，……昏火中。」譌，同訛。書堯典「平秩南訛。」孔傳：「訛，化也。掌夏之官，平叙南方化育之事。」又：「孟夏之月，……靡草死。」集説：「靡草，草之枝葉靡細者，陰類，陽盛則死。」又：「仲夏之月……羞以含桃，先薦寢廟。」鄭注：「含桃，櫻桃也。」

右赤帝歌三章，章二句，句七言。

族雲蓊鬱温風煽，興雨祁祁黍苗遍〔一〕。

【注】

〔一〕莊子在宥：「雲氣不待族而雨。」司馬彪注：「族，聚也。」蓊鬱，盛貌。曹丕感物賦：「瞻玄雲之蓊鬱。」禮月令：「季夏之月……温風至。」詩大雅韓奕：「祁祁如雲。」毛傳：「祁祁，徐靚（静）也。」徐静，閒静之意。

稟火自高明①，毓金挺剛克②〔一〕。涼燠資成化，群方載厚德③〔二〕。

【校】

①〔高明〕藝文作「明敏」。　②〔毓〕藝文作「資」。　③〔方〕詩紀、覽翠本、郭本作「芳」。

【注】

〔一〕禀火，参赤帝歌次章注〔一〕。書洪範：「沈潛剛克，高明柔克。」孔傳：「沈潛，謂地。雖柔，亦有剛，能出金石。高明，謂天。」毓，同育。廣韻：「育，養也。」

〔二〕廣韻：「涼，寒涼也。」爾雅釋言：「燠，煖也。」書洪範：「曰燠曰寒。」孔傳：「煖以長物，寒以成物。」廣韻：「資，助。」禮月令：「季夏之月，……中央土。……其帝黄帝，其神后土。」易坤：「彖曰：『……坤厚載物，德合無疆。』」

陽季句萌達，炎徂溽暑融〔一〕。商暮百工止，歲極凌陰沖〔二〕。

【注】

〔一〕陽季，猶言春末。爾雅釋天：「春爲青陽。」國語晉語韋注：「季，末也。」禮月令：「季春之月……生氣方盛，陽氣發洩，句者畢出，萌者盡達。」鄭注：「句，屈生者。芒而直曰萌。」又：「季夏之月，……土潤溽暑。」集説：「溽，溼也。」説文徐鍇注：「融，鎔也，氣融散也。」

〔二〕商暮，猶言晚秋。梁元帝纂要：「秋曰素商，亦曰高商。」詩豳風七月毛傳：「凌陰，冰室也。」韻會：「沖，深也。」

泉流疏已清①，原隰遠而平②〔一〕。咸言祚惟億，敦民保高京③〔二〕。

右黄帝歌三章，章四句，句五言。

【校】

①〔泉〕南齊書、樂府作「皇」。②〔遠而〕原注：「一作甸已。」涵芬本同。南齊書、樂府、詩紀、覽翠本、萬曆本、張本、郭本作「甸已」。郭本注：一作「遠而」。③〔高〕南監本南齊書、樂府、詩紀、張本作「齊」。郭本作「高」，注：「一作齊。」

【注】

〔一〕説文：「疏，通也。」國語周語韋注：「廣平曰原，下溼曰隰。」

〔二〕説文：「億，安也。」爾雅釋詁：「敦，勉也。」又：「督也。」管子輕重注：「大囷曰京。」

帝説于兑①，執矩固司藏②〔一〕。百川收潦，精景應金方③〔二〕。

【校】

①〔説〕南齊書、樂府作「悦」。②〔司〕覽翠本、萬曆本、文集本、郭本作「斯」。③〔金方〕南齊書、藝文、樂府作「徂商」。

【注】

〔一〕易説卦：「帝出乎震，……説言乎兑。……兑，正秋也，萬物之所説也，故曰説言乎兑。」帝，謂天帝。説，謂豫悦。執矩，意同司矩，見七夕賦注〔一〕。禮月令：「季秋之月，……命百官貴賤無不務内，以會天地之藏，無有宣出。」所謂「固司藏」也。

〔二〕説文：「潦，雨水也。」楚辭宋玉九辯：「寂寥兮收潦而水清。」王逸注：「溝無溢濫，百川淨也，言川水夏濁而秋清。」精景，猶言明影。王僧達和琅琊王依古詩：「白日無精景，黃沙千里昏。」金方，西方。漢書五行志：「金，西方，萬物既成，殺氣之始也。」

嘉樹離披，榆關命賓鳥〔一〕。夜月如霜，金風方嫋嫋①〔二〕。

【校】

①〔金〕南齊書、藝文、樂府作「秋」。

【注】

〔一〕爾雅釋詁：「嘉，美也。」楚辭宋玉九辯補注：「離披，分散貌。」榆關，猶言榆塞，指北邊關塞。漢書韓安國傳：「累石爲城，樹榆爲塞。」賓鳥，此指鴻雁。禮月令：「季秋之月，……鴻雁來，賓。」

〔二〕文選張協雜詩：「金風扇素節。」善注：「西方爲秋而主金，故秋風曰金風也。」楚辭九歌湘夫人：「嫋嫋兮秋風。」王逸注：「嫋嫋，秋風搖木貌。」

商陰肅殺，萬寶咸亦遒①〔一〕。勞哉望歲，場功冀可收〔二〕。

右白帝歌三章，章二句，句九言。

【校】

①〔亦〕詩紀、張本、郭本作「已」。

【注】

〔一〕商，參黄帝歌次章注〔二〕。漢書禮樂志：「秋氣肅殺。」謂酷烈蕭索。莊子庚桑楚：「正得秋而萬寶成。」釋文：「天地以萬物爲寶，至秋而成。」詩商頌長發毛傳：「遒，聚也。」

〔二〕望歲，見爲隨王東耕文注〔四〕。揚功，指秋收之事。國語周語：「揚功未畢。」

白日短，玄夜深〔一〕。招摇轉，移太陰①〔二〕。霜鐘鳴，冥陵起〔三〕。星迴天，月窮紀〔四〕。

【校】

①〔太〕樂府、涵芬本作「大」。

【注】

〔一〕玄夜，黑夜。劉楨公讌詩：「遺思在玄夜。」

〔二〕招摇，北斗七星之一。禮曲禮孔疏：「春秋運斗樞云：北斗七星，第七摇光，則招摇也。」太陰，即太歲星。廣雅釋天：「太陰，太歲也。」

〔三〕山海經中山經：「豐山……有九鐘焉，是知霜鳴。」郭注：「霜降則鐘鳴，故言知也。」鍾、鐘同。陵，通淩。楚辭大招：「冥淩浹行。」王逸注：「冥，玄冥，北方之神。淩，猶馳也。」

〔四〕禮月令：「季冬之月，……月窮于紀，星回于天，數將幾終，歲將更始。」孔疏：「紀，猶會也。去年季冬，月與日相會於玄枵。自此以來，月與日相會，在於他辰，至此月窮盡，還復會於玄枵，故云『月窮于紀』。『星回于天』者，謂二十八宿隨天而行，每日雖周天一匝，早晚不同。至於此月，復還其故處，與去年季冬早晚相似，故云『星回于天』。」

聽嚴風，來不息〔一〕。望玄雲，黝無色〔二〕。曾冰裂①，積羽幽〔三〕。飛雪至，天山側〔四〕。

【校】

①〔裂〕南齊書、樂府、涵芬本作「冽」。詩紀作「烈」。

【注】

〔一〕初學記：梁元帝纂要：「冬曰玄英。……風曰嚴風。」

〔二〕楚辭九歌大司命：「紛吾乘兮玄雲。」玄雲，黑雲。說文：「黝，微青黑色也。」

〔三〕積羽，古地名。竹書紀年：「穆王北征，行流沙千里，積羽千里。」

〔四〕漢書西域傳：「天山冬夏有雪。」又霍去病傳顏注：「祁連山，即天山也。」按，祁連山在今甘肅酒泉市南。

關梁閉，方不巡〔一〕。合國吹，饗蜡賓〔二〕。統微陽①，究終始〔三〕。百禮洽，萬祚臻②〔四〕。

右黑帝歌三章，章四句，句六言。

【校】

①〔統〕南齊書作「充」。　②〔祚〕樂府作「觀」。

【注】

〔一〕禮月令：「孟冬之月，……謹關梁，塞徯徑。」集說：「關，境上門；梁，橋也。」方不巡，謂不復巡省四方。易觀：「先王以省方觀民設教。」

〔二〕禮禮運鄭注：「蜡者，索也。歲十二月合聚萬物而索饗之，亦祭宗廟。」蜡賓，謂預於助祭者。

〔三〕白虎通：「冬至日，陽氣微弱，王者承天理物，故率天下静，不復行役，扶助微氣成萬物也。」究終始，謂始終循禮以行。左傳昭公三年：「一爲禮於晉，猶荷其禄，况以禮終始乎！」

〔四〕廣韻：「洽，和也，合也。」説文新附：「祚，福也。」説文：「臻，至也。」

敬如在，禮將周〔一〕。神之駕，不少留。

【注】

〔一〕論語八佾：「祭如在，祭神如神在。」廣韻：「周，徧也。」

躍龍鑣，轉金蓋〔一〕。紛上馳，雲之外。

【注】

〔一〕龍鑣，見七夕賦注〔一八〕。金蓋，指神駕之車蓋。

警七曜①，詔八神〔一〕。排閶闔，渡天津〔二〕。

【校】

①〔曜〕南齊書作「耀」。

【注】

〔一〕玉篇：「警，敕也。」春秋穀梁傳注疏序：「謂之七曜者，日、月、五星皆照天下，故謂之七曜。」説文：「詔，告也。」漢書武帝紀：「用事八神。」注引文穎曰：「八方之神。」

〔二〕楚辭離騷王逸注：「閶闔，天門也。」天津，見七夕賦注〔一一〕。

有渰興，膚寸積〔一〕。雨冥冥，又終夕〔二〕。

【注】

〔一〕詩小雅大田：「有渰萋萋。」毛傳：「渰，雲興貌。」公羊傳僖公三十一年：「膚寸而合。」何注：「側手爲膚，案指爲寸。」

〔二〕楚辭九歌山鬼：「雷填填兮雨冥冥。」呂延濟注：「冥冥，雨貌。」

俾棲糧，惟萬箱〔一〕。皇情暢①，景命昌②〔二〕。

右送神歌五章，章四句，句三言。

【校】

①〔皇〕涵芬本作「里」。　②〔命〕涵芬本作「明」。

【注】

〔一〕棲糧，謂年穀豐多，盈於田畝。文選左思魏都賦：「餘糧栖畝而弗收。」善注：淮南子曰：「昔容成氏之時，置餘糧於畝首。」棲、栖同。詩小雅甫田：「乃求千斯倉，乃求萬斯箱。」毛傳：「箱，車箱也。」

〔二〕皇情，天子之情。顔延之應詔讌曲水作詩：「皇情爰眷。」廣韻：「暢，通暢，又達也。」景命，古稱天子所受於天之大命。詩大雅既醉：「君子萬年，景命有僕。」

四言詩

侍宴華光殿曲水奉敕爲皇太子作①〔一〕

旁求邃古②，逖聽鴻名〔二〕。大寶曰位，得一爲貞〔三〕。朱紼叶祉③，緑字摛英〔四〕。升配同貫，進讓殊聲〔五〕。

【校】

①〔題〕藝文、初學記作爲皇太子侍華光殿曲水宴詩。②〔邃〕藝文、覽翠本、郭本、文選補遺作「遂」。③〔紼〕詩紀、萬曆本、張本、全齊詩作「祓」。

【注】

〔一〕太平御覽引輿地志云：「丹陽郡建康縣臺城華光殿，梁武帝大通中毁，施與草堂寺。」皇太子，明帝次子東昏侯寶卷，建武元年立爲太子。

〔二〕博雅：「旁，廣也。」邃古，遠古。説文：「邃，深遠也。」又：「逖，遠也。」司馬相如封禪文：「逖聽者風聲。」鴻名，大名。鴻，通洪。爾雅釋詁：「洪，大也。」

〔三〕易繫辭：「聖人之大寶曰位。」按，指帝位。書太甲：「一人元良，萬邦以貞。」孔疏：「天子有大善，則天下得其正。」爾雅釋詁：「正，長也。」按，指君長。老子：「侯王得一以爲天下正。」正，或作貞。

〔四〕朱綈，謂作赤文於綈狀物，可舒卷。説文：「綈，厚繒也。」朱文、緑字，古並謂天子符瑞。太平御覽引尚書中候握河紀：「昔帝軒提象，配永循機，河龍圖出，洛龜書威，赤文緑字，以授軒轅。」又春秋運斗樞：「舜以太尉受號，即位爲天子，五年二月東巡狩。……黄龍五彩負圖出，置舜前。……圖玄色而綈狀，可舒卷。」增韻：「摛，布也，又發也。」

〔五〕升配，同陟配，見前雩祭歌世祖武皇帝歌三章注〔二〕。同貫，猶一體。魏志邢顒傳：「（劉）楨誠不足同貫斯人（指顒）。」此謂與前代升配者一體。文選司馬相如封禪文：「進讓之道，何其爽歟！」善注：「張揖曰：『進，周也；讓，漢也。爽，差也。』言周未可封禪爲進，漢可封禪而不爲爲讓。」此借以稱齊之讓而不行封禪。殊聲，聲聞殊異。張衡西京賦：「衆形殊聲。」

大横將屬，會昌已命〔一〕。國步中阻①，宸居膺慶②〔二〕。璽劍先傳③，龜玉增映〔三〕。宗堯有緒，復禹無競〔四〕。

【校】

①〔阻〕藝文、詩紀、覽翠本、張本、全齊詩作「徂」。②〔宸〕藝文、詩紀作「震」。③〔先〕藝文作「克」。

【注】

〔一〕謂將繼帝統。漢陳平周勃既誅諸呂，使人迎代王。代王計猶豫未定，卜之，兆得大横。占曰：「大横庚庚，余爲天王，夏啓以光。」見史記文帝本紀。集解引應劭曰：「以荆灼龜，文正横。」文選左思蜀都賦：「天帝應期而會昌。」劉逵注：「昌，慶也。」

〔二〕詩大雅桑柔：「國步斯頻。」集傳：「步，猶運也。」爾雅釋詁：「阻，難也。」句意指鬱林、海陵二王亂政。宸居，指帝位，謂如北辰居其所而衆星拱之。此以指明帝。膺慶，謂當繼統之慶。正韻：「膺，當也。」

〔三〕後漢書禮儀志：「拜皇太子之儀，……中常侍持皇太子璽綬東向授太子。」又：「皇太子即位，中黄門掌兵，以玉具、隋侯斬蛇寶劍授。」書大誥：「寧王遺我大寶龜。」尚書大傳：「堯致舜天下，贈以苕華之玉。」龜、玉，傳國寶器，亦借指國運。

〔四〕禮祭法：「祭法，有虞氏……祖顓頊而宗堯。」鄭注：「祭五帝、五神於明堂曰祖、宗，祖、宗，通言爾。」復禹，見爲百官勸進齊明帝表注〔五〕。詩周頌武：「於皇武王，無競維烈。」鄭箋：「無彊乎其克商之功業，言其彊也。」此借以贊明帝復齊祚之功。

禮行郊社，人神受職〔一〕。寶效山川，鱗羽變色〔二〕。玄塞北靡，丹徼南極〔三〕。浮毳駕風，飛①泳②登③陟〔四〕。

【校】

①〔飛〕原注：「一作非。」藝文、詩紀、全齊詩作「非」。 ②〔泳〕文選補遺作「流」。 ③〔登〕原注：「一作非。」藝文、詩紀、全齊詩作「非」。

【注】

〔一〕禮禮運：「先王患禮之不達於下也，故祭帝於郊，所以定天位也；祀社於國，所以列地利也。……故禮行於郊，而百神受職焉；禮行於社，而百貨可極焉。」

〔二〕兩句謂帝王德盛，則山澤出寶貨，魚鳥有變色之瑞。禮曲禮集說：「山澤所出，如魚、鹽、蜃、蛤、金、玉、錫、石之類也。」薛君韓詩章句：「文王聖德，上及飛鳥，下及魚鼈。」孝經援神契：「德至鳥獸，故雉白首。」如此之類。

〔三〕文選曹植求自試表善注：「玄塞，長城也。北方色黑，故曰玄。」靡，相隨順之意。史記儒林傳序：「靡然鄉風矣。」玉篇：「徼，邊徼也。」古今注都邑：「丹徼，南方徼色赤，故稱丹徼，爲南方之極也。」

〔四〕毳，通橇。漢書溝洫志：「泥行乘毳。」注引如淳曰：「毳，……謂以板置泥上以通行路也。」浮毳駕風，指絶遠之國紛然來朝。飛泳，指如古史所記白雉、靈龜之類。登陟，升也。謂升於王廷。

能官民秀，利建天跗〔一〕。枵鶉列野，營絳分區〔二〕。論思帝則，獻納宸樞〔三〕。麟趾方定①，鶉翼誰濡〔四〕。

【校】

①〔方〕原注：「一作公。」涵芬本同。

【注】

〔一〕民秀，民之秀異者。易屯：「利建侯。」孔疏：「以其屯難之世，世道初創，其物未寧，故宜利建侯以寧之。」天駟，謂天旗之駟。隋書天文志：「建星六星在南斗北，亦曰天旗，天之都關也。爲謀事，爲天鼓，爲天馬。南二星，天庫也；中央二星，市也，鈇鑕也；上二星，旗駟也。斗建之間，三光動也。」按天駟，猶言鼎足，兩句意謂能得秀民而官之，則國治而有鼎足之安矣。

〔二〕枵，玄枵；鶉，鶉火；營，營室。皆星次之名。古言天星皆有州國之分野。史記天官書正義：「虚二星，危三星，爲玄枵。於辰在子，齊之分野。」漢書地理志：「自柳三度至張十二度，謂之鶉火之次，周之分也。」又天文志：「營室、東壁，并州。」又地理志記河東郡有絳，在今山西翼城縣。并州與絳，並指晉地。時爲北魏疆域。

〔三〕論思，議論思考。文選班固兩都賦序：「朝夕論思，日月獻納。」吕向注：「論思政道，獻納於上。」帝，天帝；則，法也。詩大雅皇矣：「不識不知，順帝之則。」宸樞，天子之位，亦指禁中。

〔四〕詩周南麟之趾：「麟之定，振振公姓。」毛傳：「定，題也。」謂題額。王先謙詩三家義集疏：「韓説曰：『麟趾，美公族之盛也。』」又曹風候人：「維鵜在梁，不濡其翼。彼其之子，不稱其服。」鄭箋：「鵜在梁，當濡其翼，而不濡者，非其常也。以喻小人在朝，亦非其常。」此借以頌皇族之盛而朝無小人。

西京藹藹，東都濟濟〔一〕。秋祓濯流，春禊浮醴〔二〕。初吉云獻①，上除方啓〔三〕。昔駕陽頻②，今帳雲陛〔四〕。

【校】

①〔獻〕初學記作「巳」。②〔頻〕原注：「一作潁。」藝文、涵芬本、詩紀、張本、全齊詩並作「潁」。

【注】

〔一〕西京、東都，借指兩漢。廣雅釋訓：「藹藹，盛也。」書大禹謨孔傳：「濟濟，衆盛之貌。」

〔二〕劉楨魯都賦：「素秋二七，天漢指隅，人胥祓除，國子水嬉。」謂夏曆七月十四，爲秋祓。史記外戚世家：「武帝祓霸上。」集解引徐廣曰：「三月上巳，臨水祓除謂之禊。」是爲春禊。浮醴，謂浮觴於水。世説新語企羨注引王羲之臨河叙：「又有清流激湍，映帶左右。引以爲流觴曲水，列坐其次。」玉篇：「醴，甜酒也。」

〔三〕王引之經義述聞：「日之善者，不必在朔日也。其在月之上旬者，謂之初吉。」此指三月三日。左思齊都賦：「太陽季月，上除之辰，無大無小，祓于水陽。」山堂肆考：「三月建辰，則巳爲除日，故上巳一曰上除。」

〔四〕穀梁傳僖公二十八年：「水北曰陽。」説文：「頻，水厓。」陽頻，指古避世之士所居汾水、潁水之濱。汾水之陽，見前高松賦注〔三〕。皇甫謐高士傳：「許由，字武仲，隱於沛澤之中。堯讓天下於許由，……於是(由)遁於中岳潁水之陽，箕山之下，終身無經天下色。」雲陛，高陛。

嘉樂舊矣①〔一〕，芳宴在斯。載留神矚，有睟天儀〔二〕。龍精已映，威仰未移〔三〕。葉依黄鳥〔四〕，花落春池。

【校】

①〔嘉樂句〕初學記作「初吉云已」。草堂詩箋「舊」作「具」。

【注】

〔一〕禮中庸：詩曰：「嘉樂君子，憲憲令德。」孔疏：「嘉，善也。憲憲，興盛之貌。詩人言善樂君子，此成王憲憲然有令善之德。」按詩大雅作「假樂」，嘉、假通。詩大雅鄭箋：「舊，久也。」

〔二〕神矚，謂天子之眷矚。睟，見擬宋玉風賦注〔七〕。天儀，天子之容儀。顔延之三月三日侍遊曲阿後湖作詩：「天儀降藻舟。」

〔三〕龍精，龍星之精，東方之神。參雩祭歌迎神歌首章注〔三〕。南齊書樂志明堂歌辭：「龍精初見大火中。」威仰，即靈威仰，青帝神之名。廣雅釋天：「五帝號：蒼曰靈威仰……」

〔四〕詩周南葛覃：「維葉萋萋，黄鳥于飛。」集傳：「黄鳥，鸝也。」

高殿弘敞①，禁林稠密〔一〕。青嶝崛起，丹樓間出②〔二〕。翠葆隨風，金戈動日〔三〕。惆悵清管，徘徊輕佾〔四〕。

【校】

①〔殿〕藝文、初學記作「宴」。　②〔丹〕初學記作「朱」。

【注】

〔一〕禁林，天子園林。班固西都賦：「集禁林而屯聚。」

〔二〕玉篇：「嶝，小坂也。」間出，謂相間迭出。

〔三〕翠葆，飾以翠羽之傘蓋。禮雜記孔疏：「葆，謂蓋也。」金戈，金屬所製戈。

〔四〕楚辭宋玉九辯劉良注：「惆悵，悲哀也。」説文新附：「佾，舞行列也。」

霸滻入筵，河淇流阼〔一〕。海若來往①，觴肴沿泝〔二〕。歡飫②終日③，清光欲暮〔三〕。輕貂④回首⑤，華組徐步〔四〕。

【校】

①〔海若〕原注：「一作媧谷。」詩紀作「海若」，「海」下注：「一作媧。」「若」下注：「一作谷。」藝文、廣文選、全齊詩作「媧若」。藝文「媧」下注：「本集作海。」　②〔飫〕初學記作「飲」。　③〔終日〕原注：「一作有終。」藝文作「有終」。詩紀同，注：「本集作終日。」　④〔貂〕原注：「一作豹。」藝文、初學記作「鞀」。　⑤〔回首〕原作「回道」，注：「一作首。」詩紀作「回首」，注：「本集作道。」張本、全齊詩作「回首」，據改。初學記作「迴音」。

【注】

〔一〕霸滻，見爲明帝讓封宣城公表注〔二〕。霸，亦作灞。漢書五行志：「高后八年三月，祓霸上。」河，黄河；淇，淇水。陸機三月三日詩：「濯穢遊黄河。」四水皆借以指建康修禊處。説文：「阼，主階也。」

〔二〕楚辭遠遊王逸注：「海若，海神名也。」説文：「沿，緣水而下也。」又：「泝，逆流而上曰泝洄。」

〔三〕飫，同䬨。説文：「䬨，燕食也。」按，謂安食。清光，指日光。

〔四〕後漢書輿服志：武冠，「侍中、中常侍……貂尾爲飾」。此指飾貂尾者。説文：「組，綬也，其小者以爲冕纓。」

登賢博望，獻賦清漳①〔一〕。漢貳稱敏，魏兩垂芳②〔二〕。監撫有則，匕鬯無方〔三〕。瞻言守器，永媿元良〔四〕。

【校】

①〔獻〕原注：「一作載。」　②〔兩〕萬曆本作「雨」，注：「一作兩。」

【注】

〔一〕登賢，擢舉賢能。後漢書左周黄列傳論：「急登賢之舉。」博望，苑名。漢書戾太子傳：「上（指武帝）爲（太子）立博望苑，使通賓客，從其所好。」漳，水名，流經曹魏鄴都之北。曹丕登臺賦序：「建安十七年春，上遊西園，登銅爵臺，命余兄弟並作。」賦有句云：「申躊躇以周覺，臨城隅之通川。」通川，謂清漳。

〔二〕廣韻：「貳，副也。」太子別稱儲貳。漢貳，謂戾太子。易離：「明兩作離，大人以繼明照于四方。」故以「兩」稱太子，亦曰「儲兩」。魏兩，謂魏太子曹丕。

〔三〕監撫，指太子之職。左傳閔公二年：「（太子）君行則守，有守則從。從曰撫軍，守曰監國，古之制也。」易震王弼注：「匕，所以載鼎實；鬯，香酒，奉宗廟之盛也。」此以指祭祀。無方，無常方，謂皆得其宜。禮檀弓：「左右就養無方。」鄭注：「方，猶常也。」

〔四〕兩句以太子之職，立自勉之詞。詩大雅桑柔：「瞻言百里。」此謂所視而言者守器之事。守器，守宗廟祭器，指太子之事。王褒皇太子箴：「文星著於前星，秬鬯由於守器。」禮文王世子：「一有元良，萬國以貞，世子之謂也。」鄭注：「元，大也；良，善也。」

【集説】

陳胤倩曰：命章條次，擇句安雅，時有雋句，足資躭味，四言之傑構也。顔光禄方斯拙矣。

三日侍華光殿曲水宴代人應詔

群分未辯，類聚茲式〔一〕。天睠休明，且求至德〔二〕。御繁實簡，制動惟默〔三〕。官府百王，衣裳萬國〔四〕。

【注】

〔一〕易繫辭：「方以類聚，物以群分。」韓康伯注：「方有類，物有群，則有同有異，有聚有分也。」辯，通辨。説文：「辨，判也。」爾雅釋詁：「兹，此也。」兩句謂四外之族，物類未分，均以齊爲法式。

〔二〕天睠，見爲百官勸進齊明帝表注〔三〕。休明，謂美盛之德。左傳宣公三年：「德之休明，雖小，重也。」至德，至極微妙之德。南齊書明帝紀：永泰元年詔：「至德彌闡。」

〔三〕易繫辭：「簡則易從，……易簡而天下之理得矣。」兩句謂惟簡惟默，可以制御天下。

〔四〕周禮天官太宰：「以治官府。」此謂設官府以爲治。百王，謂諸侯王。與他用百王義異。衣裳，謂無爲而治。易繫辭：「黄帝、堯、舜垂衣裳而天下治。」

中葉遭閔，副内多違〔一〕。悠悠靈貺，爰有適歸〔二〕。於昭睿后，撫運天飛〔三〕。凝居中縣，神動外畿〔四〕。

【注】

〔一〕兩句謂武帝胤嗣鬱林、海陵二王失政。左傳宣公十二年：「寡君少遭閔凶。」杜注：「閔，憂也。」副，副貳，指太子。韻會：「内，天子宫禁謂之内。」國語周語韋注：「違，邪也。」

〔二〕詩王風黍離毛傳：「悠悠，遠意。」靈貺，神靈賜福。説文：「貺，賜也。」爰有適歸，謂歸於明帝。

〔三〕詩大雅文王：「文王在上，於昭于天。」集傳：「於，歎辭；昭，明也。」睿后，意同哲王。撫運，猶膺曆，謂當其運曆。天飛，謂上登帝位。易乾：「飛龍在天。」

〔四〕中縣，意同畿内，天子所治。禮王制：「天子之縣内，方百里之國九。」外畿，王畿以外之地。

縣象著明，離光乃位〔一〕。我有儲德，徽猷淵備〔二〕。長壽察書，龍樓迴轡〔三〕。重道上庠，行遵儒肆〔四〕。

【注】

〔一〕縣，通懸。縣象，上天垂象。易繫辭：「縣象著明，莫大乎日月。」又説卦：「離也者，明也。……聖人南面而聽天下，嚮明而治，蓋取諸此也。」

〔二〕儲德，太子之德。漢書疏廣傳：「太子，國儲副君。」徽猷，猶言美道。淵備，謂既深且備。

〔三〕長壽，後漢書劉隆傳：「（光武）帝見陳留吏牘上有書，云：『潁川、弘農可問，河南、南陽不可問。』帝詰吏由趣，吏不肯服，抵言於長壽街上得之。帝怒。時顯宗（明帝）爲東海公，年十二，……對曰：『河南帝城，多近臣，南陽帝鄉，多近親，田宅踰制，不可爲準。』帝令虎賁將詰問吏，吏乃實首服，如顯宗對。」此喻太子明察。龍樓，見前酬德賦注〔二四〕。漢書成帝紀：「元帝即位，帝爲太子。……上嘗急召，太子出龍樓門，不敢絶馳道。西至直城門，得絶乃度，還入作室門。上遲之，問其故，以狀對。上大説。」此以喻太子能守禮。

〔四〕禮王制：「有虞氏養國老於上庠。」鄭注：「上庠，右學、大學也。」儒肆，猶儒舍。詩小雅大東孔疏：「周禮有市鄽之肆，謂止舍處也。」

朝陽有幹，布葉萋萋〔一〕。思皇威矣，鵷羽高棲〔二〕。出馳先輅，入秉介珪〔三〕。瞻秦望井，建魯分奎〔四〕。

【注】

〔一〕爾雅釋山：「山東曰朝陽。」廣韻：「幹，莖幹。」此指梧桐。詩大雅卷阿：「鳳凰鳴矣，于彼高岡。梧桐生矣，于彼朝陽。菶菶萋萋，雝雝喈喈。」鄭箋：「梧桐生者，猶明君出也。生於朝陽者，被温潤之氣，亦君德也。」詩周南葛覃：「維葉萋萋。」毛傳：「茂盛貌。」

〔二〕皇威，天子之威儀。潘岳西征賦：「兵舉而皇威暢。」鵷羽，指鵷鶵。莊子秋水：「南方有鳥，其名鵷鶵，……非梧桐不止。」釋文：「鵷鶵，乃鸞鳳之屬也。」此以指天下之賢者。

〔三〕釋名：「天子所乘曰玉輅。謂之輅者，言行於道路也。」先輅，謂導引輅前。荀子正論：「天子乘大輅，諸侯持輪扶輿先馬。」介珪，大珪。説文：「玠，大圭也。」段注：「考工記：天子鎮圭，諸侯命圭。戴先生曰：『二者皆謂之介圭。』」圭、珪同。

〔四〕井，奎，並星名。漢書地理志：「自井十度至柳三度，謂之鶉首之次，秦之分也。」又：「魯地，奎、婁之分野也。……周興，以少昊之虚曲阜封周公子伯禽爲魯侯，以爲周公主。」時秦魯之地，皆北魏所有。

求賢每勞，得士方逸〔一〕。有覺斯順，無文咸秩〔二〕。萬箱惟重，百鍰載卹〔三〕。屈草戒諛，階蓂紀日〔四〕。

【注】

〔一〕文選王褒聖主得賢臣頌：「君人者，勤於求賢而逸於得人。」又新序雜事：「有司請吏於齊桓公……桓公曰：『故王者勞於求人，佚於得賢。』」逸、佚古通。爾雅釋詁：「勞，勤也。」

〔二〕詩大雅抑：「有覺德行，四國順之。」毛傳：「覺，直也。」書洛誥：「咸秩無文。」蔡傳：「無文，祀典不載也。」秩，謂如其秩次祭之。書舜典：「望秩於山川。」

〔三〕萬箱，見雩祭歌送神歌五章注〔一〕。書呂刑：「墨辟疑赦，其罰百鍰。」孔傳：「刻其顙而涅之曰墨刑，疑則赦從罰。六兩曰鍰。鍰，黄鐵也。」卹，同恤。説文：「恤，憂也。」

〔四〕屈草，即屈軼草。軼，亦作佚。張華博物志：「堯時有屈佚草生於庭，佞人入朝，則屈而指之。一名指佞草。」説文：「諛，諂也。」蓂，即蓂莢，一名曆筴，傳説中之瑞草。竹書紀年帝堯陶唐氏：「有草夾階而生，月朔，始生一筴，月半而生十五筴；十六日以後，日落一筴，及晦而盡；月小，則一筴焦而不落，名曰蓂筴，一曰曆筴。」

文教已肅，武節既馳〔一〕。榮光可照，合璧如規〔二〕。載懷姑射，尚想瑶池〔三〕。濯龍乃飾，天淵在斯〔四〕。

【注】

〔一〕文教，謂化民成俗之禮樂法度。書禹貢：「三百里揆文教。」太甲孔傳：「肅，嚴也。」武節，威武之節。司馬相如封禪文：「武節猋逝。」

〔二〕太平御覽引符瑞圖：「榮光者，瑞光也。其光五彩焉，出於水上。」又尚書中候：「帝堯文明，榮光出河，休氣四塞。」漢書律曆志：「日月如合璧。」謂日月同升。

〔三〕姑射，即藐姑射之山。參前高松賦注〔三〕。瑶池，相傳西王母所居仙境。列子周穆王：「周穆王升崑崙之丘，遂賓於西王母，觴於瑶池之上。」

〔四〕濯龍，内廄名。顔延之赭白馬賦：「處以濯龍之奥。」此以指廄中之馬。周禮地官封人鄭注：「飾，謂刷治潔清之也。」天淵，池名，在華林園中。南齊書禮志：「天淵池南石溝，引御溝水。」建康志：「宋元嘉二十三年鑿，一名天泉池。陳江總有華林園天淵池銘。今宫城後法寶寺西南荒池，尚有一畝，即天淵池也。」

作樂順動，實符時義〔一〕。上春初吉，亦留淵寄〔二〕。紅樹巖舒，青莎水被①〔三〕。雕梁虹拖，雲甍鳥跂〔四〕。

【校】

①〔莎〕原注：「一作蘊。」

【注】

〔一〕作樂，興作音樂。易豫：「先王以作樂崇德。」順動，順時而動。時義，適時之宜。釋名：「義者，宜也。裁制事物使合宜也。」易豫：「聖人以順動而民服，豫之時義大矣哉！」

〔二〕上春，見臨海公主墓誌銘注〔三〕。初吉，見前篇五章注〔三〕。説文：「寄，託也。」此謂情興所寄託。王羲之蘭亭集序：「或因寄所託。」淵寄，謂淵深之興寄。

〔三〕本草：「青莎，一名水香稜，一名雀舌香。」水被，被於水面。以協韻倒。

〔四〕拖，同拕。説文：「拕，曳也。」司馬相如上林賦：「宛虹拖於楯軒。」雲甍，入雲之屋脊。甍，見思歸賦注〔二八〕。鳥跂，猶鳥踶。左思魏都賦：「雲雀踶甍而矯首。」類篇：「跂，舉踵也。」

高懸甲帳，周褰黼帷〔一〕。長筵列陛，激水旋墀〔二〕。浮醪聚蟻，靈蔡呈姿〔三〕。河宗躍踢，海介夔跜〔四〕。

【注】

〔一〕太平御覽：漢武故事曰：「上以琉璃、珠玉、明月、夜光雜錯天下珍寶爲甲帳，其次爲乙帳。甲以居神，乙以自居。」文選潘岳射雉賦徐爰注：「褰，開也。」黼帷，帷帳繡黑白相間如斧形之文。

〔二〕長筵，豪華之筵宴。宋書樂志：「長筵列嘉賓。」陛，殿階。激水，漢書西域傳贊：「漫衍魚龍。」師古注：「魚龍者，爲舍利之獸，先戲於庭極，畢乃入殿前激水，化成比目魚，跳躍漱水。」墀，殿上空地。

〔三〕浮醪，猶浮醴。廣韻：「醪，濁酒。」聚蟻，酒上浮沫。張華輕薄篇：「浮醪隨觴轉，素蟻自跳波。」廣韻：「蔡，龜也。」

〔四〕河宗，謂河神，即河伯。穆天子傳：「得白狐玄貉，以祭河宗。」躍踢，猶矍踢。漢書揚雄傳：「河靈矍踢。」顔注：「矍踢，驚動之貌。」海介，海中介類。淮南子墬形訓高注：「介，甲，龜鼈之屬。」夔跜，同躨跜。廣韻：「跜，同躨跜，虯龍動貌。」

弱腕纖腰，遷延妙舞〔一〕。秦箏趙瑟，殷勤促柱〔二〕。降席連綏，稱觴接武〔三〕。稽首萬年，獻茲多祜〔四〕。

【注】

〔一〕文選張衡西京賦善注：「遷延，引身也。」

〔二〕文選曹植箜篌引：「秦箏何慷慨。」張銑注：「秦人善彈箏。」楊惲報孫會宗書：「婦，趙女也，善鼓瑟。」促柱，謂急其絃。柱，琴瑟枕絃之木。古詩：「絃急知柱促。」

〔三〕兩句謂預飲稱頌者衆。降席，離席而下。儀禮鄉飲酒禮：「受酬者降席。」説文：「綏，系冠纓垂者。」禮曲禮：「堂上接武。」鄭注：「武，迹也。迹相接，謂每移足半躡之。」

〔四〕書舜典孔疏：「稽首爲敬之極，故爲首至地。」説文：「祜，福也。」

天地既成〔一〕，泉流既清。薄暮沾幸，屬奉文明〔二〕。將標齊配，刻掃秦京〔三〕。願馳龍漠，飲馬縣旌〔四〕。

【注】

〔一〕易泰：象曰：「天地交，泰，后以成天地之道。」孔疏：「后，君也。於此之時，君當翦財成就天地之道。」此謂齊明帝已成天地之道。

〔二〕薄暮，見思歸賦注〔四八〕。廣韻：「屬，會也。」易乾：「天下文明。」孔疏：「天下有文章而光明也。」

〔三〕廣韻：「標，舉也。」齊配，謂祀天以齊祖爲配。古禮，天子祀天以先祖爲配。易豫：「殷薦之上帝，以配祖考。」秦京，謂咸陽，此以指北魏。

〔四〕龍漠，猶言龍沙。後漢書班超傳贊：「咫尺龍沙。」李賢注：「白龍堆沙漠也。」白龍堆，在今新疆天山南麓。此借指邊徼之地。飲馬，謂將飲馬於河。左傳宣公十二年：「（楚子）將飲馬於河而歸。」縣，同懸。懸旌，喻軍之遠出。抱朴子廣譬：「漢武懸旌萬里。」

【集説】

陳胤倩曰：章法密甚。……其選詞亦復工雅。

三日侍宴曲水代人應詔①

神理内寂，機象外融〔一〕。遺情汾水，垂冕鴻宫〔二〕。樹以司牧，匪我求蒙〔三〕。徒勤日用，誰契玄功②〔四〕？

【校】

①〔題〕藝文作爲人作三日侍華光殿曲水宴詩。②〔契〕藝文、涵芬本作「器」。

【注】

〔一〕神理，謂神明、思理。機象，謂機務、事象。南齊書豫章文獻王傳：「（樂）藹與竟陵王子良牋曰：「丞相……淵照殆乎機象。」

〔二〕遺情，謂寄情。汾水，參前高松賦注〔三〕。垂冕，猶垂旒。白虎通：「垂旒者，示不視邪。」鴻宮，宏偉之宮室。

〔三〕樹以司牧，謂設監司牧守。周禮天官太宰：「乃施典於邦國而建其牧，立其監。」易蒙：「匪我求童蒙，童蒙求我。」孔疏：「蒙者，微昧闇弱之名。……匪我求童蒙，童蒙求我者，物既闇弱，而意願亨通，即明者不求於闇。」

〔四〕兩句謂若徒勤於日用，將無以契合玄功。日用，日常之用。詩小雅天保：「日用飲食。」契，合也。玄功，深妙之功。南齊書明帝紀：永泰元年詔：「玄功潛被。」

往晦必明，來碩資蹇〔一〕。於皇克聖，時乘御辯〔二〕。寶曆載暉，瑶光重踐〔三〕。昭昭舊物，熙熙遷善〔四〕。

【注】

〔一〕南齊書高帝紀：「晦往明來。」易蹇：「往蹇來碩。」孔疏：「碩，大也。……往則長難，故曰往蹇也。來則難終，難終則衆難皆濟，志大得矣。」易乾釋文：「資，取也。」此謂來碩資於蹇難。

〔二〕詩周頌臣工孔疏：「於，歎辭；皇，君也。」莊子逍遥遊：「乘天地之正，而御六氣之辯。」郭象注：「乘天地之正者，即是順萬物之性也；御六氣之辯者，即是遊變化之塗也。」按，六氣，指天地四時之氣。辯，通變。

〔三〕寶曆，謂國祚。説文：「暉，光也。」淮南子本經訓高注：「瑶光，謂北斗杓第七星也。」文選顏延之雜體詩：「瑶光正神縣。」吕延濟注：「瑶光，北斗柄端星也。……觀斗柄以定神州赤縣之南北。」類篇：「踐，列也。」此頌齊明帝登帝位。

〔四〕昭昭，猶炤炤。廣雅釋訓：「炤炤，明也。」左傳哀公元年：「不失舊物。」杜注：「物，事也。」按，謂典章制度。漢書禮樂志：「衆庶熙熙。」顏注：「熙熙，和樂貌也。」遷善，謂改惡從善。孟子盡心：「民遷善而不知爲之者。」

當宁日昃①，求衣未明〔一〕。抵璧焚翠②，銷劍隳城〔二〕。九疇式序，三辟再清③〔三〕。虞箴罔闕，矇奏傳聲〔四〕。

【校】

①〔昃〕藝文作「晏」。　②〔焚〕佩文韻府作「極」。　③〔再〕詩紀、張本、全齊詩作「載」。

【注】

〔一〕兩句頌明帝勤於政事。禮曲禮：「天子當宁而立。」鄭注：「門内屏外，人君視朝所宁立處。」周禮地官司市鄭注：「日昃，昳中也。」賈疏：「昃者，傾側之義。」求衣，索衣而起。漢書鄒陽傳：「始孝文皇帝……不明求衣。」

〔二〕王隱晉書曰：「有獻雉頭裘者，上（指武帝）曰：『異服奇伎，典制所禁也，宜於殿前燒裘。敕有異服者，依禮致罪。』」抱朴子安貧：「上智不貴難得之財，故唐虞捐金而抵璧。」廣韻：「抵，擲也。」銷劍，猶銷刃。隳，通墮。説文：「墮，敗城阜曰墮。」漢書異姓諸侯王表：「墮城銷刃，此言不復用兵。」

〔三〕九疇句，見雩祭歌世祖武皇帝首章注〔三〕。三辟，謂三代之刑法。左傳昭公六年：「鄭人鑄刑書，叔向詒子産書，曰：『夏有亂政，而作禹刑；商有亂政，而作湯刑；周有亂政，而作九刑。三辟之興，皆叔世也。』」

〔四〕虞箴，謂虞人之箴。左傳襄公四年：「昔周辛甲之爲大史也，命百官，官箴王闕。於虞人之箴曰：……」爾雅釋言：「罔，無也。」集韻：「闕，乏也，空也。」詩大雅靈臺：「矇瞍奏公。」毛傳：「有眸子而無見曰矇，無眸子曰瞍。公，事也。」鄭箋：「凡聲，使瞽矇爲之。」

麗景則春，儀方在震〔一〕。重聖積厚，金式瓊潤〔二〕。天爵必諧，王臣咸藎〔三〕。譬諸華霍，惟邦之鎮〔四〕。

【注】

〔一〕儀，謂渾天儀。後漢書明帝紀：「正儀度。」易説卦：「萬物出乎震。震，東方也。」

〔二〕重聖，謂齊經高、武兩世之治。厚，謂厚德。廣韻：「式，用也。」左傳昭公十二年：「思我王度，式如玉，式如金。」孔疏：「思我王之德度，用如玉然，用如金然，使之堅而且重，可寶愛也。」瓊潤，猶玉潤，謂有玉之潤澤。班固東都賦：「莫不優遊而自得，玉潤而金聲。」

〔三〕孟子告子：「仁、義、忠、信，樂善不倦，此天爵也。」玉篇：「諧，合也，調也。」王臣，志匡王室之臣。易蹇：「王臣蹇蹇。」詩大雅文王：「王之藎臣。」集傳：「藎，進也，言其忠愛之篤，進進無已也。」

〔四〕華、霍，二山名。周禮夏官司馬：「河南曰豫州，其山鎮曰華山。……河内曰冀州，其山鎮曰霍山。」

正朔蔥瀚，冠冕邛越〔一〕。争長明堂，相趨魏闕①〔二〕。黿象南薦②，環裘西發〔三〕。巢閣易窺，馴庭難狘〔四〕。

【校】

①〔趨〕詩紀、覽翠本、張本、全齊詩作「超」。　②〔象〕詩紀、張本、全齊詩作「蒙」。

【注】

〔一〕謂遐方之國，皆行齊之正朔；邛越之邦，並遵齊冠冕之制。蔥，指蔥嶺。水經河水注：「蔥嶺在敦煌西八千里。」瀚，瀚海，亦作翰海。史記匈奴傳：「驃騎（指霍去病）……臨翰海而還。」集解引如淳曰：「翰海，北海名。」邛，漢時西南夷國名，亦稱邛都。史記西南夷傳：「自滇以北，君長以什數，邛都最大。」越，種族名，亦稱百越，散居今江、浙、閩、粵之地。史記李斯傳：「南定百粵。」越、粵同。

〔二〕左傳隱公十一年：「滕侯、薛侯來朝，争長。」禮明堂位孔疏引大戴禮盛德篇：「明堂，自古有之，……所以朝諸侯。」呂氏春秋審爲高注：「魏闕，象魏也。懸教象之法，浹日而收之，魏魏高大，故曰魏闕。」

〔三〕周書：「離身、染齒之國，以龍骨、神龜爲獻。」漢書武帝紀：元狩二年夏，「南越獻馴象」。世本：「舜時，西王母獻白環及佩。」帝王世紀：「渠搜國服禹之德，來獻珍裘。」此借史事以言國威遠被，貢獻紛至。

〔四〕莊子馬蹄：「烏鵲之巢，可攀援而闚。」闚，同窺。禮禮運：「麟、鳳、龜、龍，謂之四靈。故……鳳以爲畜，故鳥不獝。」鄭注：「獝，飛之貌也。」按狘、獝同。

上巳惟昔，于彼禊流〔一〕。祓穢河滸①，張樂春疇〔二〕。既停龍駕，亦泛鳧舟〔三〕。靈宫備矣，無待兹遊〔四〕。

【校】

①〔滸〕藝文作「浦」。

【注】

〔一〕韓詩章句：「鄭國之俗，三月上巳，之溱、洧兩水，執蘭招魂續魄，祓除不祥。」上巳，夏曆三月上旬之巳日。禊流，祓禊所臨水流。

〔二〕祓穢，去除穢惡。説文：「祓，除惡祭也。」又：「滸，水厓也。」張樂，設樂。莊子天運：「帝張咸池之樂於洞庭之野。」

〔三〕龍駕，天子車駕。張協七命：「乘鳧舟兮爲水嬉。」善注引穆天子傳曰：「天子乘鳧舟。」郭璞曰：「舟爲凫形制，今吴之青雀舫，此其遺象也。」

〔四〕靈宫，神居之宫。

初鶯命曉〔一〕，朝霞開夜①。飾陛導源，迴伊流灞〔二〕。極望天淵，曲阻謻榭②〔三〕。閑館巖敞，長廊水架。

【校】

①〔霞〕原注：「一作華。」藝文作「華」。　②〔謻〕詩紀、覽翠本、張本、全齊詩作「亭」。

【注】

〔一〕廣韻：「命，召也。」

〔二〕導源，謂引水爲禊流。王羲之蘭亭集序：「引以爲流觴曲水。」伊、灞，見爲明帝讓封宣城公表注〔二〕。此並借以指建康禊處。

〔三〕天淵，見上篇六章注〔四〕。曲阻，深曲間阻。文選班固東都賦：「謻門曲榭。」吕周翰注：「宫室相接謂之謻。」

金觴摇蕩，玉俎推移〔一〕。筵浮水豹，席擾雲螭〔二〕。寥亮琴瑟，嗷咷塤箎〔三〕。歡兹廣讌〔四〕，穆是天儀①。

【校】

①〔穆是〕詩紀、覽翠本、張本、全齊詩作「穆穆」。

【注】

〔一〕金觴，金質酒器。俎，四足小盤。

〔二〕古文苑揚雄蜀都賦章樵注：「水豹，水獸，狀似豹。」文選郭璞遊仙詩：「雲螭非我駕。」呂延濟注：「雲螭，龍也。」

〔三〕寥亮，音響清澈。向秀思舊賦：「鄰人有吹笛者，發聲寥亮。」嗷咷，衆樂聲。塤篪，古樂器名，同壎篪。詩小雅何人斯：「伯氏吹壎，仲氏吹篪。」毛傳：「土曰壎，竹曰篪。」

〔四〕廣讌，廣盛之宴集。顔延之三月三日曲水詩序：「開爵園而廣宴。」

周道如砥，康衢載直〔一〕。徒媿玄黃，負恩無力〔二〕。華轓徒駕，長纓未飾〔三〕。相彼失晨，寧忘鼓翼〔四〕！

【注】

〔一〕詩小雅大東：「周道如砥。」集傳：「砥，礪石，言平也。」爾雅釋宮：「四達謂之康，五達謂之衢。」

〔二〕詩周南卷耳：「我馬玄黃。」毛傳：「玄馬病則黃。」此自謙乏才力。廣韻：「負，擔也，荷也。」

〔三〕兩句自謙居其位而功未立。集韻：「轓，車蔽。」華轓，謂車之屏蔽飾以朱彩。漢書景帝紀：詔曰：「……令長吏二千石車朱兩轓，千石至六百石朱左轓。」長纓，冠之長纓飾。漢書終軍傳：「軍自請願受長纓，必羈南越王而致之闕下。」

〔四〕失晨，指失誤報晨之雞，借以自喻功業未建。太平御覽引魏武帝選舉令：「諺曰：『失晨之雞，思補更鳴。』」鼓翼，謂鳴時拊拍其翼。

【集説】

陳胤倩曰：此篇經營不逮前一篇之密，而别見新雋，後勁不衰。一題頓作三篇，才可謂有餘矣。

謝朓集校注卷二

五言詩

鼓吹曲①〔一〕

元會曲〔二〕

二儀啓昌歷〔三〕，三陽應慶期②〔四〕。珪贄紛成序③〔五〕，鞮譯憬來思④〔六〕。分階赩組練〔七〕，充庭羅翠旗〔八〕。觴流白日下〔九〕，吹溢景雲滋⑤〔一〇〕。天儀穆藻殿〔一一〕，萬宇壽皇基⑥〔一二〕。

【校】

①〔題〕樂府詩集作齊隨王鼓吹曲。注：「齊永明八年，謝朓奉鎮西隨王教於荆州道中作。」張本作隋王鼓吹曲十首，注同。②〔陽〕樂府注：「一作朝。」③〔成〕涵芬本作「咸」。④〔鞮〕原作「鍉」，涵芬本同；依樂府嘉靖本、詩紀、張本改。⑤〔溢〕藝文、樂府嘉靖本作「謐」。⑥〔壽〕樂府注：「一作慶。」藝文作「慶」。

【注】

〔一〕郭茂倩曰：「鼓吹曲，一作短簫鐃歌。……蔡邕禮樂志曰：『漢樂四品，其四曰短簫鐃歌，軍樂也。黄帝岐伯所作，以建威揚德，風敵勸士也。』」

〔二〕元會，古者天子元旦會群臣，受朝貢，大宴饗作樂，曰元會。

〔三〕二儀，指天地。易繫辭：「易有太極，是生兩儀。」廣雅釋詁：「啓，開也。」昌歷，隆盛之時運。

〔四〕三陽，指正月。尚書洪範：「五行：……三曰木。」孔疏：「正月爲春，木位也。三陽已生，故三爲木數。漢書翼奉傳注引晉灼曰：「木數三，寅在東方，木位之始，故曰參陽也。」按參，同三。慶期，吉慶之期。

〔五〕珪贄，古代臣下覲見天子，執珪以爲贄。尚書金縢孔傳：「周公秉桓珪以爲贄。」成序，謂尊卑有序。宋書禮志：「王沈正會賦曰：『延百辟于和門，等尊卑而奉璋。』」

〔六〕鞮譯，禮記王制：「五方之民，言語不通，嗜欲不同，達其意，通其欲，……西方曰狄鞮，北方曰譯。」憬來，遠行而來貢。詩魯頌泮水：「憬彼淮夷，來獻其琛。」毛傳：「憬，遠行貌。」詩周南漢廣毛傳：「思，辭也。」

〔七〕説文新附：「赩，大赤也。」組練，組甲、被練，原爲古代軍吏、士卒衣甲，此簡稱以指精壯軍士。左傳襄公三年：「春，楚子重伐吴，……使鄧廖帥組甲三百，被練三千以侵吴。」

〔八〕廣雅釋詁：「羅，列也。」翠旗，以翠羽爲飾之旌。翠，青色，春日之色。夏侯湛禊賦：「擢翠旗。」

〔九〕觴流，猶言傳杯。

〔一〇〕吹溢，謂管樂聲喧。釋名釋樂器：「竹曰吹。吹，推也，以氣推發其聲。」景雲，即瑞氣，祥雲。後漢書蔡邕傳李賢注引瑞應圖曰：「景雲者，太平之應也。一曰慶雲。」廣韻：「滋，多也。」

〔一一〕天儀，見卷一侍宴華光殿曲水奉敕爲皇太子作六章注〔二〕。廣韻：「穆，和也，敬也。」藻殿，施采飾之殿宇。沈約爲齊竟陵王講解疏：「乃飾筵藻殿，張帷盛邸。」

〔一二〕萬宇，猶言萬國。宋書樂志：「澤被萬宇，靡不率一。」壽皇基，謂頌帝室基業久長。説文：「壽，久也。」班固西都賦：「圖皇基於億載。」

郊祀曲〔一〕

六宗禋配嶽①〔二〕，五畤奠甘泉〔三〕。整蹕遊九闕〔四〕，清簫開八埏②〔五〕。鎗鎗玉鑾動③〔六〕，溶溶金障旋④〔七〕。均宫光已屬⑤〔八〕，升柴禮既虔〔九〕。福響⑥靈⑦之集〔一〇〕，南嶽固斯年〔一一〕。

【校】

①〔配〕全齊詩注：「一作祀。」樂府作「祀」。②〔埏〕全齊詩注：「一作壥。」樂府作「壥」。③〔鎗鎗〕樂府、詩紀、覽翠本、張本、郭本作「鏘鏘」。④〔障〕原注：「宋作陣。」樂府、涵芬本作「陣」。⑤〔均〕樂府、詩紀、覽翠本、張本、全齊詩作「郊」。⑥〔響〕涵芬本作「饗」。⑦〔靈〕原作「雲」。覽翠本、萬曆本、郭本作「靈」，注：「一作雲。」樂府、詩紀、張本作「靈」，據改。

【注】

〔一〕郊祀，祭名。古者天子祭天地於郊。冬至時，天子自至南郊外祭天；夏至時，至北郊外祭地。漢書郊祀志顔注：「郊祀，祀於郊也。」

〔二〕謂祭享六宗，而以五嶽配祀。尚書舜典：「禋于六宗。」六宗，謂天、地、四方。説文：「禋，絜祭也。一曰精意以享爲禋。」嶽，五嶽。左傳莊公二十二年：「山嶽則配天。」

〔三〕謂祭五時於甘泉宫。史記孝武紀：「上初至雍，郊見五時。」正義引孟康云：「時者，神靈之所止。」按五時者，鄜時、密時、吴陽時、北時。因吴陽時分上下時，故曰五時，故址在今陝西鳳翔縣南。説文：「奠，置祭也。」謂置酒食而祭。漢書郊祀志：武帝「作甘泉宫，中爲臺室，畫天地、泰一諸鬼神而置祭具以致天神」。甘泉宫故址在今陝西淳化縣西北甘泉山。

〔四〕漢官儀注：「皇帝輦左右侍帷幄者，稱警，出殿則傳蹕，止行人清道也。」故天子出行時車馬曰「蹕」。九闕，即九門。禮月令注：「路門、應門、雉門、庫門、皋門、城門、近郊門、遠郊門、關門，凡九門也。」

〔五〕清簫，謂簫聲清越。八埏，漢書司馬相如傳：「上暢九垓，下泝八埏。」注引孟康曰：「埏，地之八際也。」

〔六〕鎗鎗，同將將，鸞鈴聲。詩小雅庭燎：「鸞聲將將。」玉鑾，玉製鑾鈴。鈴象鸞鳥之聲，聲和則敬，故鑾亦作鸞。參卷一酬德賦注〔九〕。

〔七〕溶溶，水盛貌。玉篇：「溶，水貌。」此借以形容金障之盛。金障，天子儀仗之名。

〔八〕均宫，即學宫。均，成均，古之大學。周禮春官宗伯：「大司樂掌成均之法，以治建國之學政，而合國之子弟焉。」屬，原注：「音注。」廣韻：「屬，會也。」

〔九〕升柴，謂舉柴燃之以祭天。爾雅釋天：「祭天以燔柴。」廣韻：「虔，敬也。」

〔一〇〕謂衆神來集以饗祀而賜福。響，古通饗。漢書敘傳：「帝王之祚，必有明聖顯懿之德，豐功厚利積纍之業，然後精誠通於神明，流澤加於生民，故能爲鬼神所福饗，天下所歸往。」靈，神也。詩大雅靈臺毛傳：「神之精明者稱靈。」

〔一一〕謂國之年祀將共南嶽永固。爾雅釋山：「江南，衡。」按山在今湖南衡山縣西。

鈞天曲〔一〕

高宴顥①天臺②〔二〕，置酒迎風觀〔三〕。笙鏞禮百神〔四〕，鍾石動雲漢〔五〕。瑶池③寶④瑟鶩〔六〕，綺席舞衣散〔七〕。紫鳳來參差⑤〔八〕，玄鶴至⑥淩⑦亂〔九〕。已慶明庭樂〔一〇〕，誰想南風彈⑧〔一一〕！

右三曲頌帝功

【校】

①〔顥〕藝文作「皓」。樂府作「浩」。②〔臺〕臧懋循詩所作「堂」，注：「一作臺。」③〔池〕樂府、藝文作「臺」，樂府注：「一作堂。」詩紀、張本作「堂」。④〔寶〕樂府、詩紀、覽翠本、張本、郭本作

「琴」。樂府注：「一作寶。」⑤〔紫〕樂府、詩紀、張本作「威」。⑥〔至〕郭本注：「一作起。」樂府、詩紀、張本作「起」，樂府注：「一作去。」⑦〔凌〕樂府作「流」。⑧〔誰想〕郭本注：「一作詎慙。」樂府、詩紀、張本作「詎慙」。

【注】

〔一〕呂氏春秋有始：「天有九野……中央曰鈞天。」史記趙世家：「趙簡子疾，五日不知人。……居二日半，簡子寤，語大夫曰：『我之帝所甚樂，與百神游於鈞天，廣樂九奏萬舞，不類三代之樂，其聲動人心。』」此借以美帝廷所奏。

〔二〕文選司馬相如上林賦：「置酒乎顥天之臺。」張揖注：「臺高上干顥天也。」呂氏春秋有始：「西方曰顥天。」

〔三〕迎風觀，漢武帝所築宮觀。文選張衡西京賦善注：漢書曰：「武帝因秦林光宮，元封二年增通天、迎風、儲胥、露寒。」

〔四〕笙、鏞，並樂器名。周禮春官大司樂孔疏：「東方之樂謂之笙。笙，生也，東方生長之方，故名樂爲笙也。鏞者，西方之樂謂之鏞。庸，功也，西方物熟有成功。亦謂之頌，頌，亦是頌其成也。」

〔五〕鍾、石，皆樂器名。漢書律曆志顔注引急就篇曰：「鍾則以金，磬則以石，皆所用合樂也。」詩大雅棫樸：「倬彼雲漢。」毛傳：「天河也。」

〔六〕瑶池，見卷一三日侍華光殿曲水宴代人應詔六章注〔三〕。此借以美稱宫中之池。寶瑟，飾以寶玉之瑟。文選揚雄羽獵賦善注：「驚，動也。」

〔七〕綺席，以綺綃爲席，言其美盛。淮南子原道訓高注：「散，亂也。」

〔八〕山海經南山經：「丹穴之山，有鳥焉，其狀如雞，五采而文，名曰鳳皇。……是鳥也，飲食自然，自歌自舞，見則天下安寧。」太平御覽羽族引三輔決録注：「太史令蔡衡對曰：『凡象鳳者五：……多紫色者，鸑鷟也。』」參差，不齊貌。

〔九〕玄鶴，鶴羽色黑。史記樂書：「師曠援琴而鼓之。一奏之，有玄鶴二八集乎廊門；再奏之，延頸而鳴，舒翼而舞。」此與上句謂天下安寧，音樂感物。

〔一〇〕漢書郊祀志：「黄帝接萬靈明庭。明庭者，甘泉也。」

〔一一〕孔子家語辯樂：「舜彈五絃之琴，歌南風之詩。其詩曰：『南風之薰兮，可以解吾民之愠兮！南風之時兮，可以阜吾民之財兮！』」

入朝曲①〔一〕

江南佳麗地，金陵帝王州〔二〕。逶迤帶渌水②，迢遞起朱樓③〔三〕。飛甍夾馳道，垂楊蔭御溝〔四〕。凝笳翼高蓋，疊鼓送④華⑤輈〔五〕。獻納雲臺表，功名良可收〔六〕。

【校】

①〔題〕文選作鼓吹曲。②〔渌〕五臣本文選、樂府、涵芬本、覽翠本、張本作「緑」。③〔遞〕三謝

詩作「繞」。④〔送〕三謝詩作「逸」。⑤〔華〕藝文作「行」。

【注】録文選李善注。

〔一〕集云：奉隋王教，作古入朝曲。蔡邕曰：「鼓吹歌，軍樂也，謂之短簫鐃歌，黄帝岐伯所作也。」

〔二〕爾雅曰：「江南曰揚州。」吴録曰：張紘言於孫權曰：「秣陵，楚武王所置，名爲金陵。秦始皇時，望氣者云，金陵有王者氣，故斷連崗，改名秣陵也。」曹植贈王粲詩曰：「壯哉帝王居，佳麗殊百城。」

〔三〕王逸楚辭注曰：「逶迤，長貌也。」吴都賦曰：「亘以渌水。」劉逵注曰：「迢遞，遠望懸絶也。」馮衍顯志賦曰：「伏朱樓而四望，採三秀之華英。」

〔四〕吴都賦曰：「飛甍舛互。」漢書曰：「太子不敢絶馳道。」應劭曰：「天子道也。」洛陽記曰：「天淵南有石溝，御溝水也。」崔豹古今注曰：「長安御溝，謂之楊溝，植楊於其上。」〔補注〕飛甍，謂高甍凌空欲飛。釋名釋宫室：「屋脊曰甍。」

〔五〕徐引聲謂之「凝」。小雅曰：「翼，送也。」老子曰：「駟馬高蓋。」小擊鼓謂之「疊」。西京賦曰：「龍輈華轙。」〔補注〕楊慎升庵詩話：「凝笳疊鼓，吉行之文儀也。」

〔六〕兩京賦序曰：「朝夕論思，日月獻納。」范曄後漢書曰：「肅宗詔賈逵入講尚書南宫雲臺。」解嘲曰：「蘭先生收功於章臺。」〔補注〕後漢書二十八將傳論：「永平中，顯宗追感前世功臣，乃圖畫二十八將於南宫雲臺。」

【集説】

孫月峰曰：淺景淺語，未見所佳。

方伯海曰：清麗工整，漸開五七言近體。

陳胤倩曰：風調高華，句成渾麗，此子建餘風也。

出藩曲

雲枝紫微内①〔一〕，分組承明阿〔二〕。飛艎遡極浦②〔三〕，旌節去關河〔四〕。眇眇蒼山色③〔五〕，沈沈寒水波④〔六〕。鐃音巴渝曲〔七〕，簫鼓盛唐歌⑤〔八〕。夫君邁惟德⑥〔九〕，江漢仰清和〔一〇〕。

【校】

①〔枝〕全齊詩注：「一作披。」樂府作「披」。②〔遡〕樂府作「游」，注：「一作遡。」③〔眇眇〕張本作「渺渺」。④〔寒〕全齊詩注：「一作遠。」樂府作「遠」，注：「一作寒。」⑤〔鼓〕全齊詩注：「一作管。」樂府作「管」。⑥〔惟〕全齊詩注：「一作遺。」樂府作「遺」。

【注】

〔一〕雲枝，枝柯高聳入雲。此以喻帝室支子隨郡王。詩大雅文王：「文王孫子，本支百世。」鄭箋：「本，本宗也；支，支子也。」隨郡王子隆，武帝第八子，永明八年爲荆州刺史。宋書始平孝敬王子鸞傳：「中雲枝之夭秀。」列子周穆王：「王實以爲清都紫微，鈞天廣樂，帝之所居。」

〔二〕分組，謂分受組綬以出守藩國。廣韻：「組，組綬。」古用以承受印環。承明，文選曹植贈白馬王彪詩善注引陸機洛陽記曰：「承明門，後宫出入之門。吾常怪『謁帝承明廬』，問張公，云：魏明帝作建始殿，朝會皆由承明門。」此以借指朝會之所。又西都賦善注：「阿，庭之曲也。」

〔三〕玉篇：「艎，吴舟名。」廣韻：「泝，逆流而上。」遡，同泝。楚辭九歌湘君：「望涔陽兮極浦。」王逸注：「極，遠也。浦，水涯也。」

〔四〕周禮地官掌節：「道路用旌節。」鄭注：「使者所擁節是也。」關河，邦國要害之地。史記蘇秦列傳：「秦四塞之國，……東有關河。」正義：「東有黄河，有函谷、蒲津、龍門、合河等關。」宋書范泰傳：「今之吴會，寧過二漢關河？」

〔五〕廣雅釋訓：「眇眇，遠也。」

〔六〕文選司馬相如上林賦善注：「沈沈，深貌也。」

〔七〕玉篇：「鐃，似鈴無舌，軍中所用也。」巴渝曲，歌曲名。後漢書南蠻傳：「閬中有渝水，其人多居水左右，天性勁勇，初爲漢前鋒，數陷陣，俗喜歌舞，高祖觀之曰：『此武王伐紂之歌也。』乃命樂人習之，所謂巴渝舞也。」

〔八〕簫鼓，軍中鼓吹之樂。盛唐，歌曲名。漢書武帝紀：元封五年冬，「行南巡狩，至于盛唐……登灊天柱山，自尋陽浮江……舳艫千里，薄樅陽而出，作盛唐、樅陽之歌」。按盛唐，山名，在今安徽灊山縣境。

〔九〕楚辭九歌雲中君：「思夫君兮太息。」夫君，對神之敬稱，後亦稱君上，此指隋王。左傳莊公八年：「皋陶邁種德。」孔疏：「以邁爲勉，言皋陶能勉力種樹功德。」

〔一〇〕江漢，長江、漢水，指荆州之地。清和，謂政清人和。漢書賈誼傳：「海内之氣，清和咸理。」

校獵曲

凝霜冬十月〔一〕，殺盛涼飈開①〔二〕。原澤曠千里②〔三〕，騰騎紛往來③〔四〕。平罝望煙合〔五〕，烈火從風迴〔六〕。殪獸華容浦〔七〕，張樂荆山臺〔八〕。虞人昔有喻④，明哲時戒哉⑤〔九〕。

右三曲頌藩德

【校】

①〔開〕樂府、詩紀、張本作「哀」。樂府注：「一作開。」②〔曠〕涵芬本作「廣」。③〔紛〕樂府注：「一作絡。」④〔喻〕郭本、全齊詩注：「一作諭。」樂府、詩紀、張本作「諭」。⑤〔哲〕樂府、詩紀、覽翠本、張本作「明」。

【注】

〔一〕凝霜，嚴霜。楚辭九章悲回風：「漱凝霜之雰雰」。

〔二〕殺，謂肅殺之氣。禮月令：「仲秋之月……殺氣浸盛。」廣雅釋詁：「飈，風也。」呂氏春秋孟秋紀：「孟秋之月，涼風至。」

〔三〕原澤，原野、大澤。廣韻：「曠，遠也，大也。」

〔四〕騰騎，相馳逐之馬騎。楚辭離騷王逸注：「騰，馳也。」

〔五〕説文：「罝，兔網也。」

〔六〕詩鄭風大叔于田：「叔在藪，火烈具揚。」從風，隨風。漢書司馬相如傳：「猗柅從風。」詩大雅雲漢毛傳：「回，轉也。」按迴、回同。

〔七〕詩小雅吉日毛傳：「殪，壹發而死。」漢書地理志：「南郡，華容。」顏注：「雲夢澤在南，荆州藪。」此即所謂「華容浦」。按華容，漢縣。舊治在今湖北潛江縣西南。

〔八〕張樂，設樂。司馬相如上林賦：「張樂乎膠葛之寓。」荆山臺，謂楚地所築之臺，如章華、陽雲之類。

〔九〕春秋時，晉悼公好田獵，大夫魏絳舉周初太史辛甲所述虞人之箴以相規諫。箴曰：「芒芒禹迹，畫爲九州，經啓九道。民有寢廟，獸有茂草，各有攸處，德用不擾。在帝夷羿，冒于原獸，忘其國恤，而思其麀牡。武不可重，用不恢于夏家。獸臣司原，敢告僕夫。」（見左傳襄公四年）虞人，掌田獵之官。喻，通諭。周禮掌交注：「喻，告曉也。」明哲，謂知事達理。書説命：「知之曰明哲。」謝靈運述祖德詩：「明哲時經綸。」

【集説】

陳胤倩曰：起句一氣遞衍有勢。「平罝」二句，燎火赫然。結規諷得體。

從戎曲

選旅辭①轘轅②〔一〕，弭節趨河源③〔二〕。日起霜戈照〔三〕，風迴連旗翻④〔四〕。紅塵朝夜合〔五〕，黄沙萬里昏⑤。嘹唳⑥清笳轉⑦〔六〕，蕭條邊馬煩〔七〕。自勉輟耕願，征役去何言〔八〕。

【校】

①〔辭〕樂府作「亂」。②〔轅〕詩紀、張本、全齊詩作「軒」。全齊詩注：「樂苑作轅。」③〔趨〕樂府、詩紀、覽翠本、萬曆本、張本、全齊詩作「赴」，樂府注：「一作趨。」④〔旗〕樂府、詩紀、覽翠本、萬曆本、張本作「騎」。⑤〔沙〕全齊詩注：「一作河。」樂府作「河」。⑥〔嘹唳〕樂府、覽翠本、萬曆本、張本、郭本、全齊詩作「寥戾」。⑦〔轉〕全齊詩注：「一作囀。」

【注】

〔一〕選旅，簡選師旅。轘轅，山名，在今河南偃師市東南，接鞏義、登封兩市境，爲洛陽東南險地，東漢中平元年（一八四）特於此設關。此以借指建康近處要隘。

〔二〕楚辭離騷王逸注：「弭，按也。按節，徐行也。」河源，黄河之源。漢書張騫傳：「漢使窮河源，其山多玉石，采來。天子案古圖書，名河所出山曰昆侖云。」此借指江水上游。

〔三〕霜戈，戈鋒銛利如霜。晉書安帝紀：「義熙元年詔曰：「霜戈一揮，巨猾奔迸。」」

〔四〕連旗，謂旌旗連亘。

〔五〕紅塵，謂塵埃。班固西都賦：「紅塵四合。」

〔六〕嘹唳，同寥唳，聲清遠也。謝惠連秋懷詩：「寥唳度雲雁。」清笳，笳聲清徹。

〔七〕蕭條，寂寥。楚辭遠遊：「山蕭條而無獸兮。」荆州毗鄰北魏，故稱「邊馬」。禮禮器注：「煩，勞也。」

〔八〕兩句謂以捨耕植而事拯世濟民之志自勉，故甘心事征役。文選應璩與從弟君苗君胄書：「昔伊尹輟耕，郅惲投竿，思致君於有虞，濟蒸人於塗炭。」伊尹輟耕事見孟子萬章篇。

送遠曲

北梁辭歡宴〔一〕，南浦送佳人〔二〕。方衢控龍馬〔三〕，平路騁朱輪〔四〕。璚筵妙舞絶〔五〕，桂席羽觴陳〔六〕。白雲邱陵遠〔七〕，山川時未因〔八〕。一爲清吹激〔九〕，潺湲傷別巾〔一〇〕。

【注】

〔一〕楚辭王褒九懷陶壅：「絶北梁兮永辭。」

〔二〕楚辭九歌河伯：「送美人兮南浦。」又湘夫人：「聞佳人兮召予。」佳人，此指佳美之士。

〔三〕方衢，謂交道四出。說文：「四達謂之衢。」詩鄭風大叔于田毛傳：「止馬曰控。」周禮夏官廋人：「馬八尺以上爲龍。」說文通訓定聲：「馬以高爲貴，故神異之。」

〔四〕楚辭遠遊：「爲余先乎平路。」文選楊惲報孫會宗書：「惲家方隆盛時，乘朱輪者十人。」善注：「二千石皆得乘朱輪。」陸機長安有狹邪行：「岐路交朱輪。」朱輪，朱漆其輪。

〔五〕璚筵，珍美之筵席。璚，同瓊。詩衛風木瓜毛傳：「瓊，玉之美者。」

〔六〕桂席，筵席之美稱。羽觴，漢書外戚傳注引孟康曰：「羽觴，爵也，作生爵形，有頭尾羽翼。」

〔七〕穆天子傳：「乙丑，天子觴西王母于瑤池之上。西王母爲天子謠曰：『白雲在天，山陵自出。

道里悠遠，山川間之。將子無死，尚復能來。』」此借以抒送遠相思之情。

〔八〕經傳釋詞：「因，由也，聲之轉也。」

〔九〕清吹，管樂吹奏，如笙、簫之類。

〔一〇〕潺湲，涕流貌。楚辭九辯：「涕潺湲兮下霑軾。」

登山曲

天明開秀崿①〔一〕，瀾光媚碧堤。風蕩翻鶯亂②〔二〕，雲行③芳樹低④。暮春春服美〔三〕，遊駕淩⑤丹⑥梯〔四〕。升嶠既小魯〔五〕，登巒且悵齊〔六〕。王孫尚遊衍〔七〕，蕙草芳萋萋⑦〔八〕。

【校】

①〔崿〕郭本作「萼」，注：「一作崿。」 ②〔翻鶯亂〕樂府作「飄鶯亂」，注：「一作翻鶯行。」 ③〔雲行〕樂府作「雲華」，注：「一作飛行。」 ④〔樹〕覽翠本作「柳」。郭本作「柳」，注：「一作樹。」 ⑤〔淩〕樂府注：「一作躡。」藝文作「躡」。 ⑥〔丹〕樂府注：「一作石。」藝文作「石」。 ⑦〔芳〕樂府、詩紀、覽翠本、萬曆本、張本、郭本作「正」，疑是。

【注】

〔一〕文選張衡西京賦善注引文字集略曰：「崿，崖也。」廣韻：「崿，崖崿。」

〔二〕類篇：「蕩，動也。」

〔三〕論語先進：「莫春者，春服既成。冠者五六人，童子六七人，浴乎沂，風乎舞雩，詠而歸。」莫，古暮字。陸機日出東南隅行：「暮春春服成。」

〔四〕楚辭九章哀郢王逸注：「凌，乘也。」丹梯，丹崖接雲，喻爲入仙境之徑。

〔五〕爾雅釋山：「山鋭而高，嶠。」孟子盡心：「孔子登東山而小魯，登太山而小天下。」

〔六〕韓詩外傳：「齊景公遊於牛山之上而北望齊，曰：『美哉國乎，鬱鬱蓁蓁！使國而無死者，則寡人將去此而何之！』俯而泣下沾襟。」

〔七〕楚辭淮南小山招隱士：「王孫遊兮不歸，春草生兮萋萋。」王孫，貴族子孫。遊衍，見卷一遊後園賦注〔九〕。

〔八〕蕙草，香草。爾雅翼：「一幹五六花而香不足者，蕙。」招隱士王逸注：「萋萋，垂條吐葉，紛榮華也。」

【集説】

陳胤倩曰：「風盪」二句景動，「升嶠」二句用意切，結引芳草王孫，翻新有致。

泛水曲

玉露①沾②翠葉③〔一〕，金風鳴素枝〔二〕。罷遊平樂苑〔三〕，泛鷁昆明池〔四〕。旌旗散容裔④〔五〕，簫管吹參差⑤〔六〕。日晚厭遵渚〔七〕，採菱贈清漪〔八〕。百年如流水〔九〕，寸心寧共知〔一〇〕！

右四曲闕三字

【校】

①〔露〕樂府注：「一作霜。」藝文作「霜」。②〔沾〕樂府、詩紀、覽翠本、張本作「霑」。③〔葉〕藝文作「草」。④〔旌〕樂府注：「一作羽。」藝文作「羽」。⑤〔管〕原注：「宋作鼓。」樂府注：「一作鼓。」藝文、涵芬本作「鼓」。

【注】

〔一〕玉露，露白如玉。李密感秋詩：「玉露凋晚林。」

〔二〕文選張協雜詩：「金風扇素節。」善注：「西方爲秋而主金，故秋風爲金風也。」古五行説：秋，其色白，故曰「素枝」。

〔三〕西漢時，長安有平樂館。張衡西京賦：「大駕幸乎平樂之館。」薛綜注：「平樂館，大作樂處也。」平樂苑，當因館得名。此係借用。

〔四〕泛鷁，浮舟也。漢書司馬相如傳注：「鷁，水鳥也。畫其象於船頭。」漢書武帝紀：元狩三年秋，「發謫吏穿昆明池」。臣瓚曰：「西南夷傳有越巂、昆明國，有滇池。方三百里。漢使求身毒國，而爲昆明所閉。今欲伐之，故作昆明池象之，以習水戰，在長安西南，周回四十里。」此亦係借用。

〔五〕文選東京賦薛綜注：「容裔，高低之貌。」

〔六〕詩周頌有瞽：「簫管備舉。」鄭箋：「簫，編小竹管如今賣餳者所吹也；管，如篴併而吹之。」

〔七〕爾雅釋詁：「遵，循也。」渚，見卷一酬德賦注〔四〇〕。陸機於承明作與弟士龍詩：「思歸樂遵渚。」

〔八〕謂採菱花爲贈於清漪之中，以相要結。曹植九詠：「遇游女於水裔，採菱花而結辭。」清漪，清波。初學記：「水波如錦文曰漪。」

〔九〕百年，謂一生。呂氏春秋安死：「人之壽，久不過百。」劉楨贈五官中郎將：「逝者如流水。」

〔一〇〕心居胸中方寸之地，故曰「寸心」。參卷一思歸賦注〔一〕。經傳釋詞：「寧，猶豈也。」

【集説】

陳胤倩曰：工而亮，矜琢中有流逸之氣。結句言及寸心，乃自披露耳。

同沈右率諸公賦鼓吹曲名先成爲次①〔一〕

芳樹〔二〕

沈右率約

發萼九華隈②〔三〕，開跗露寒側③〔四〕。氛氲非一香④〔五〕，參差多異色。宿昔寒飈舉〔六〕，摧殘不可識〔七〕。霜雪交橫至，對之長歎息。

【校】

①〔題〕詩紀、覽翠本、萬曆本、張本無「先成爲次」字。　②〔隈〕原作「㟪」，依樂府、詩紀、張本改。

③〔露寒〕樂府、詩紀、覽翠本、郭本作「寒路」，詩紀「路」下注：「一作露。」涵芬本作「寒露」。文苑

作「塞路」，注：「一作露塞。」④〔氛〕樂府、詩紀、覽翠本、張本、郭本作「氤」。

【注】

〔一〕沈約，見卷一酬德賦注〔一〕。

〔二〕樂府詩集此屬鼓吹曲辭漢鐃歌。古今樂録曰：「漢鼓吹鐃歌十八曲……十一曰芳樹。」樂府解題曰：「古詞中有云：『妬人之子愁殺人，君有他心，樂不可禁。』若齊王融『相思早春日』、謝朓『早翫華池陰』，但言時暮衆芳歇絶而已。」

〔三〕九華，宮殿名。太平御覽：洛陽宮殿簿有「九華殿」。沈集登臺望秋月詩：「徘徊九華殿。」文選左思魏都賦劉淵林注：「隈，隅也。」

〔四〕跗，同柎，草木子房。露寒，宮館名，見鈞天曲注〔三〕。

〔五〕氛氳，見卷一祭大雷周何二神文注〔一二〕。

〔六〕宿，通夙；昔，通夕。宿昔，猶云早晚，言時間短暫。

〔七〕摧殘，猶云凋零。廣韻：「摧，折也。」張衡西京賦：「樸叢爲之摧殘。」

當對酒①〔一〕

范通直雲〔二〕

對酒心自足，故人來共持〔三〕。方悦羅衿解〔四〕，誰念髪成絲。徇性良爲達②〔五〕，求名本自欺。迨君當歌日〔六〕，及我傾罇時。

【校】

①〔題〕樂府作對酒。　②〔性〕樂府注：「一作往。」涵芬本作「往」。

【注】

〔一〕樂府詩集此屬相和歌辭相和曲。樂府解題曰：「魏樂奏武帝所賦『對酒歌太平』，其旨言王者德澤廣被，政理人和，萬物咸遂。若梁范雲『對酒心自足』，則言但當爲樂，勿徇名自欺也。」

〔二〕范雲（四五一——五〇三），字彦龍，南鄉舞陰人。有識具，善屬文。齊武帝時，除爲尚書殿中郎，後官至廣州刺史。入梁官散騎常侍、吏部尚書。見梁書、南史本傳。

〔三〕廣韻：「持，執也。」此謂把杯。古隴西行：「酌酒持與客，客言主人持。」

〔四〕史記滑稽列傳：「淳于髡曰：『日暮酒闌，合尊促坐，……羅襦襟解，微聞薌澤。』」衿，同襟。

〔五〕徇性，謂順隨本性。廣韻：「徇，從也。」玉篇：「達，通也。」

〔六〕當歌，猶言臨歌。曹操短歌行：「對酒當歌，人生幾何！」

臨高臺〔一〕

朓時爲隨王文學

千里常思歸，登臺瞻綺翼①〔二〕。纔見孤鳥還②，未辨連山極〔三〕。四面動清風③，朝夜起寒色④。誰識倦遊者⑤〔四〕，嗟此故鄉憶。

【校】

①〔瞻〕覽翠本、郭本注：「一作臨。」樂府、詩紀、萬曆本作「臨」。　②〔纔〕涵芬本作「裁」。

③〔清〕詩紀注：「一作春。」樂府作「春」。④〔夜〕郭本注：「一作衣。」⑤〔識〕原注：「一作念。」涵芬本同。樂府、詩紀、覽翠本、萬曆本作「知」。

【注】

〔一〕樂府詩集此屬鼓吹曲辭漢鐃歌，郭茂倩曰：「古今樂録曰：『漢鼓吹鐃歌十八曲……十六曰臨高臺。』樂府解題曰：『古詞言：臨高臺，下見清水中有黄鵠飛翻。關弓射之，令我主萬年。若齊謝朓「千里常思歸」，但言臨望傷情而已。』」

〔二〕曹植登臺賦：「登層臺以娱情。」綺翼，禽羽有文采者，如鶯之類。文選潘岳射雉賦：「鶯綺翼而䞓撾。」徐爰注：「鶯，文章貌，翼如綺文。」本集卷三望三湖：「高臺望歸翼。」句意相類。

〔三〕連山，山勢連緜。文選木華海賦：「波如連山。」廣韻：「極，終也，窮也。」

〔四〕倦遊者，倦於遊宦之人。史記司馬相如列傳：「長卿故倦遊。」集解引郭璞曰：「厭遊宦也。」

【集説】

陳胤倩曰：自述所感，故非泛作。

方植之曰：此因登高臨望而思鄉也。起二句先點題情，得勢倒點題面，以下四句皆登望中之景，而景中皆有情，景亦活矣，非同死寫景。此古人用法、用意之深妙處。收句敷衍結首句，章法奇而完密。

吴摯甫曰：中四句皆有比興，孤鳥殆以自比。收云「倦遊」，當已奉敕還都。集云「時爲隨王文學」，玩詩意則將去荆州矣。

巫山高〔一〕

王尹丞融〔二〕

仿像巫山高①〔三〕，薄暮陽臺曲〔四〕。煙雲乍舒卷②，猿鳥時斷續③。彼美如可期〔五〕，寤言紛④在矚⑤〔六〕。憮然坐相望⑥〔七〕，秋風下庭緑〔八〕。

【校】

①〔仿像〕玉臺新詠（下簡稱玉臺）、樂府、詩紀、張本作「想像」，玉臺「想」下注：「一作響。」樂府、張本注：「一作髣髴。」覽翠本、萬曆本、郭本作「彷彿」。②〔雲〕原注：「宋作華。」玉臺、詩紀、張本作「蘅芳」。詩紀「蘅」下注：「一作行。」涵芬本作「行芳」。③〔時〕玉臺注：「一作自。」詩紀、張本作「自」。三四兩句下樂府注：「一作烟華乍卷舒，行芳時斷續。」玉臺注：「一（詩紀注作「集」）作煙雲乍卷舒，猿鳥時斷續。」④〔紛〕郭本作「分」。⑤〔矚〕玉臺、涵芬本作「屬」，玉臺注：「一作矚。」⑥〔憮然句〕藝文作「無忘坐相望」。玉臺、詩紀、張本「望」作「思」，玉臺注：「一作望。」紀容舒玉臺新詠考異作「憮然坐相思」，注：「今從樂府詩集。」

【注】

〔一〕郭茂倩曰：「古今樂録曰：『漢鼓吹鐃歌十八曲……七曰巫山高。』」

〔二〕王融（四六七——四九三），字元長，琅邪臨沂人。少而警慧，博涉有才，文藻富麗。舉秀才，官太子舍人，遷秘書丞。後官中書郎，下獄死。見南齊書、南史本傳。

〔三〕文選木華海賦：「故可仿像其色。」善注：「仿像，不審之貌。」巫山，在今重慶、湖北毗連處，下爲巫峽。水經江水注：「巫山，……帝女居焉，宋玉所謂天帝之季女，名曰瑶姬，未行而亡，封于巫山之陽，精魂爲草，實爲靈芝，所謂巫山之女、高唐之阻。」

〔四〕宋玉高唐賦序：（宋）玉曰：「昔者先王嘗游高唐，怠而晝寢，夢見一婦人，曰：『妾，巫山之女也，爲高唐之客，聞君游高唐，願薦枕席。』王因幸之。去而辭曰：『妾在巫山之陽，高丘之阻，旦爲朝雲，暮爲行雨，朝朝暮暮，陽臺之下。』」曲，迴折處。

〔五〕詩鄭風有女同車：「彼美孟姜，德音不忘。」

〔六〕謂不寐而矚望無已。詩邶風終風：「寤言不寐。」孔疏：「……寤覺而不能寐。」廣韻：「矚，視也。」

〔七〕孟子滕文公趙注：「憮然，猶悵然也。」

〔八〕庭緑，庭樹緑葉。沈約歲暮愍衰草詩：「風銷葉中緑。」

有所思〔一〕

劉中書繪〔二〕

别離安可再？而我更重之。佳人不相見，明月空在帷〔三〕。共銜滿堂酌①，獨斂向隅眉〔四〕。中心亂如雲②，寧知有所思！

【校】

①〔銜〕樂府、詩紀、覽翠本作「御」。　②〔雲〕樂府、詩紀、覽翠本作「雪」。

【注】

〔一〕樂府解題曰：「古詞言：『有所思，乃在大海南……』按古今樂録：『漢太樂食舉第七曲亦用之。』不知與此同否。若齊王融『如何有所思』、梁劉繪『别離安可再』，但言離思而已。」

〔二〕劉繪（四五八——五〇二），字士章，彭城人。解褐著作郎。性通悟，音采贍麗。歷位中書郎，掌詔誥。永明末，文士多集竟陵王西邸，繪爲後進領袖。明帝即位，遷太子中庶子。入梁，官大司馬從事中郎，卒。見梁書、南史本傳。

〔三〕阮籍詠懷詩：「薄帷鑒明月。」

〔四〕向隅，見卷一爲録公拜揚州恩教注〔七〕。

同前再賦

芳樹

朓

早翫華池陰〔一〕，復鼓滄洲枻①〔二〕。椅柅芳若斯②〔三〕，葳蕤紛可結③〔四〕。霜下桂枝銷④〔五〕，怨與飛蓬折⑤〔六〕。不廁玉盤滋〔七〕，誰憐終萎⑥絶⑦〔八〕！

【校】

①〔鼓〕原注：「宋本作影。」樂府、涵芬本、詩紀、張本作「影」。詩紀注：「一作鼓。」　②〔椅柅〕涵芬本作「旖旎」。　③〔結〕原注：「宋本作繼。」涵芬本、覽翠本、萬曆本作「繼」。　④〔銷〕樂府作

「鋪」。⑤〔折〕原注：「宋本作逝。」涵芬本、覽翠本、萬曆本作「逝」。⑥〔萎〕詩紀、覽翠本、萬曆本、張本、郭本作「委」。⑦〔絶〕原注：「宋本作細。」涵芬本、覽翠本、萬曆本作「細」。

【注】

〔一〕楚辭東方朔七諫王逸注：「華池，芳華之池也。」曹丕善哉行：「夕宴華池陰。」

〔二〕楚辭漁父：「莞爾而笑，鼓枻而去。」王逸注：「鼓枻，叩船舷也。」一説：鼓枻，猶擊檝。滄洲，水側之地，隱者之所居。

〔三〕類篇：「椅柅，木弱貌。」

〔四〕楚辭東方朔七諫初放王逸注：「葳蕤，盛貌。」文子上德：「夏條可結，時難得而易失。」

〔五〕漢書外戚傳：「上（指武帝）又自爲作賦以傷悼（李）夫人，其辭曰：『……秋氣憯以淒淚兮，桂枝落而銷亡。』」

〔六〕埤雅：「蓬，末大於本，遇風輒拔而旋。」

〔七〕謂徒有芳華，無實可列於玉盤以供食也。古詩：「委身玉盤中，歷年冀見食。」廣韻：「廁，間也，次也。」華嚴經音義：「滋，潤也。」

〔八〕楚辭離騷王逸注：「萎，病也；絶，落也。」

【集説】

陳胤倩曰：次句作「影」字則尖，然太輕；作「鼓」字則穩，然少致。宜兩存。末段即物寓感，其情淒楚。桂可作和，故結云然。

方植之曰：此題本賦鼓吹曲，故用賦體。又曰：起四句說盛，後四句說衰。而遲暮衆芳歇，言外有比興。又曰：所以說桂，猶之銅鑪橘柚，此切樹言之，若曰不爲世用，無人訪生死矣。結謂密陰連結。

吴摯甫曰：此亦古詞傷妒之旨。

同前　融

相望早春日，煙花雜如霧。復此佳麗人，含姿結芳樹①〔一〕。綺羅已自憐②〔二〕，萱風多有趣③〔三〕。去來徘徊者，佳人不可遇。

【校】

①〔姿〕樂府、詩紀、覽翠本、萬曆本、張本、郭本作「情」，覽翠本、萬曆本、郭本注：「一作姿。」②〔憐〕原作「情」，注：「近刻作憐。」涵芬本作「情」。依樂府、詩紀、覽翠本、萬曆本、張本、郭本改。③〔萱〕張本作「暄」。

【注】

〔一〕樹枝芳潔，結之象情之深固。

〔二〕爾雅釋詁：「憐，愛也。」

〔三〕萱風，謂風氣流經萱叢。說文：「萱，令人忘憂之草也。」參卷一酬德賦注〔五三〕。

臨高臺

約

高臺不可望①，望遠使人愁②〔一〕。連山無斷絶③，河水復悠悠〔二〕。所思曖何在④〔三〕？洛陽南陌頭〔四〕。可望不可至⑤，何用解人憂⑥〔五〕！

【校】

①〔可望〕藝文作「望遠」。②〔望遠〕涵芬本作「遠望」。③〔絶〕樂府作「續」。④〔曖〕詩紀、張本作「竟」。⑤〔至〕詩紀、張本作「見」。⑥〔憂〕萬曆本作「愁」。

【注】

〔一〕宋玉高唐賦：「登高遠望，使人心瘁。」

〔二〕史記孔子世家集解引孔安國曰：「悠悠者，周流之貌也。」

〔三〕曖，隱翳不明貌。詩邶風靜女：「愛而不見。」説文引作「僾而不見」。段注：「僾而，猶隱然。」按曖、僾古字通。

〔四〕南陌頭，城南之路。蕭衍河中之水歌：「莫愁十三能織綺，十四採桑南陌頭。」

〔五〕廣韻：「用，以也。」曹操短歌行：「何以解憂？惟有杜康。」

有所思

融①

如何有所思，而無相見時②。夙昔夢顔色③〔一〕，階庭尋履綦〔二〕。高歌更何已④，引滿終自期⑤〔三〕。欲知憂能老⑥〔四〕，爲視鏡中絲。

【校】

①〔融〕詩紀作「范雲」，注：「樂府作王融者，非。」 ②〔時〕藝文作「期」。 ③〔夙〕涵芬本作「宿」。 ④〔歌〕覽翠本、萬曆本、郭本注：「一作張。」樂府、詩紀作「張」。 ⑤〔期〕原注：「一作持。」樂府、詩紀、覽翠本、郭本作「持」。 藝文作「欹」。 ⑥〔能〕藝文作「裏」，海録碎事作「解」。

【注】

〔一〕夙昔，同宿昔。廣雅釋詁：「昔，夜也。」古樂府飲馬長城窟行：「遠道不可思，宿昔夢見之。」古詩：「獨宿累長夜，夢想見容輝。」

〔二〕漢書外戚傳：「（班）倢伃退處東宮，作賦自傷悼，其辭曰：『……俯視兮丹墀，思君兮履綦。』」顏注：「綦，履下飾也。言視殿上之地，則想君履綦之跡也。」

〔三〕引滿，斟酒盈杯。陶潛遊斜川：「提壺接賓侶，引滿更獻酬。」廣韻：「期，要也。」

〔四〕詩小雅小弁：「維憂用老。」

巫山高　繪

高唐與巫山①〔一〕，參差鬱相望。灼爍在雲間〔二〕，氛氳出霞上②〔三〕。散雨收夕臺〔四〕，行雲卷晨帳③〔五〕。出没不易期，嬋娟似惆悵④〔六〕。

【校】

①〔唐〕涵芬本作「堂」。 ②〔霞〕樂府注：「一作雲。」 ③〔帳〕郭本注：「一作障。」樂府作「障」。

④〔似〕樂府、郭本注：「一作以。」詩紀作「以」。

【注】

〔一〕高唐，臺名，相傳在楚雲夢澤中。參王融巫山高注〔四〕。

〔二〕說文新附：「爍，灼爍，光也。」

〔三〕文選謝惠連雪賦：「其爲狀也，散漫交錯，氛氲蕭索。」李善引王逸楚辭注：「氛氲，盛貌。」

〔四〕散雨，雨絲散亂。張協雜詩：「森森散雨足。」又：「密雨如散絲。」

〔五〕行雲，流行之雲。

〔六〕廣韻：「嬋娟，好貌。」「惆悵，悲哀。」楚辭九辯：「惆悵兮而私自憐。」

同前　　雲

巫山高不極〔一〕，白日隱光輝。遙遙朝雲出①〔二〕，冥冥暮雨歸②〔三〕。巖懸獸無迹③〔四〕，林暗鳥疑飛④。枕席竟誰薦〔五〕，相望空依依⑤〔六〕。

【校】

①〔遙遙句〕樂府、詩紀、覽翠本、萬曆本、郭本「遙遙」作「靄靄」，覽翠本、郭本注：「一作遙遙。」樂府、詩紀「出」作「去」。覽翠本、萬曆本、郭本作「出」，注：「一作去。」　②〔冥冥〕樂府、詩紀作「溟溟」。　③〔獸無〕原注：「宋本二字倒。」涵芬本作「無獸」。　④〔疑〕詩紀注：「一作驚。」　⑤〔空〕詩紀注：「一作徒。」文苑作「日」，注：「一作空。」

【注】

〔一〕不極，猶言無盡。禮記大學鄭注：「極，盡也。」

〔二〕廣韻：「遥遥，遠也。」左傳昭公二十五年：「遠哉遥遥。」

〔三〕詩小雅無將大車：「維塵冥冥。」鄭箋：「蔽人目明，令無所見也。」

〔四〕巖懸，謂山巖峭立，破空如懸。

〔五〕參王融巫山高注〔四〕。

〔六〕依依，留戀貌。楚辭王逸九思傷時：「志戀戀兮依依。」

同賦雜曲名①

陽春曲〔一〕　檀秀才〔二〕

青雲獻初歲②〔三〕，白日映雕梁③〔四〕。蘭萌猶自短〔五〕，柳葉未能長④。已見花紅落⑤，復聞花蕊香⑥。樂此試遊衍⑦〔六〕，誰知心獨傷！

【校】

①〔題〕詩紀作陽春歌。　②〔雲〕樂府、詩紀作「春」。　③〔日〕樂府作「雲」。　④〔柳葉〕涵芬本作「菰菜」。　⑤〔花紅落〕文苑、樂府、詩紀作「紅花發」。覽翠本、郭本作「花紅發」。　⑥〔花蕊〕樂府作「緑草」。　⑦〔樂〕樂府、詩紀作「乘」。詩紀注：「一作樂。」

【注】

〔一〕樂府詩集此屬清商曲辭，郭茂倩曰：「劉向新序曰：『宋玉對楚威王問曰：客有歌於郢中者，其始曰下里巴人，國中屬而和者千人，……其爲陽春白雪，國中屬而和者數十人而已也。……是以其曲彌高，其和彌寡。』然則陽春所從來亦遠矣。樂府解題曰：『陽春，傷也。』」

〔二〕檀秀才，名約。見樂府詩集及詩紀。

〔三〕漢書百官公卿表注：應劭曰：「黄帝受命有雲瑞，故以雲紀事也。由是而言，故春官爲青雲……」楚辭招魂：「獻歲發春兮。」王逸注：「獻，進也。」初歲，年之始。大戴禮夏小正：「初歲祭耒。」

〔四〕雕梁，雕畫采飾之梁。

〔五〕説文：「萌，草木芽也。」

〔六〕遊衍，見登山曲注〔七〕。

淥水曲①

江朝請②〔一〕

塘上蒲欲齊〔二〕，汀洲杜將歇〔三〕。春心既易蕩〔四〕，春流豈難越！桂棹③及④晚⑤風〔五〕，菱影映初月⑥。芳草若可贈⑦〔六〕，爲君步羅襪〔七〕。

【校】

①〔題〕涵芬本、詩紀、覽翠本、郭本作緑水曲。②〔江朝請〕樂府作「江奂」，詩紀作「江朝請奂」。

③〔棹〕樂府作「檝」。　④〔及〕王闓運八代詩選作「隨」。　⑤〔晚〕涵芬本作「春」。　⑥〔菱影映〕詩紀、八代詩選作「菱江及」。　⑦〔草〕樂府、覽翠本、詩紀、郭本、八代詩選作「香」。

【注】

〔一〕江朝請名奂，餘未詳。

〔二〕埤雅：「蒲，水草也。似莞而褊，有脊，生于水厓。」

〔三〕汀洲，水中小平地。杜，杜若，香草。楚辭九歌湘夫人：「搴汀洲兮杜若。」歇，盡也。楚辭九章悲回風：「薠蘅槁而節離兮，芳已歇而不比。」

〔四〕左傳莊公四年：「余心蕩。」杜注：「蕩，動散也。」鮑照採菱歌：「秋心不可蕩。」此反其意。

〔五〕桂棹，以桂爲舟楫，取其芳潔。楚辭九歌湘君：「桂櫂兮蘭枻。」櫂，同棹。

〔六〕贈芳草，謂結恩情。詩鄭風溱洧：「維士與女，伊其相謔，贈之以勺藥。」毛傳：「勺藥，香草。」此「芳草」，指菱花。參泛水曲注〔八〕。

〔七〕曹植洛神賦：「陵波微步，羅襪生塵。」

採菱曲〔一〕

陶功曹〔二〕

朝日映蘭澤〔三〕，乘風入桂嶼〔四〕。棹歌已流倡①〔五〕，輕舟復容與〔六〕。勿遽佳期移〔七〕，方追明月侶〔八〕。採採詎盈匊〔九〕？還望空延佇〔一〇〕。

【校】

①〔歌〕詩紀、覽翠本、郭本作「影」。

【注】

〔一〕樂府詩集採菱曲屬清商曲辭江南弄，未收此作。郭茂倩曰：「古今樂録曰：『採菱曲和云：菱歌女，解佩戲江陽。』爾雅翼：『吴楚之風俗，當菱熟時，士女子相如採之，故有採菱之歌以相和，爲繁華流蕩之極。』」

〔二〕陶功曹，未詳。

〔三〕文選古詩十九首：「蘭澤多芳草。」陳藏器本草拾遺：「蘭草生澤畔。」

〔四〕桂嶼，桂樹叢生之洲嶼。

〔五〕棹歌，船歌。漢武帝秋風辭：「簫鼓鳴兮發棹歌。」倡、唱古通。

〔六〕容與，徐動貌。楚辭九章涉江：「船容與而不進兮。」

〔七〕玉篇：「遽，急也，疾也。」佳期，相歡會之期。謝莊月賦：「佳期可以還。」

〔八〕謂方將待月出，結侶偕遊。廣韻：「追，隨也。」

〔九〕詩周南芣苢：「采采芣苢。」毛傳：「采采，非一辭也。」採採，同采采。廣韻：「詎，豈也。」詩小雅采緑：「終朝采緑，不盈一匊。」毛傳：「兩手曰匊。」陸機擬涉江采芙蓉：「采采不盈掬，悠悠懷所歡。」匊，同掬。

〔一〇〕延佇，引頸而望也。楚辭離騷：「結幽蘭而延佇。」按説文「眝」段注：「凡辭章言延佇者皆當作眝。」

秋竹曲

朓時爲宣城守

㛹娟綺窗北〔一〕，結根未參差〔二〕。從風既裊裊〔三〕，映日頗離離〔四〕。欲求棗下吹，别有江南枝〔五〕。但能凌白雪，貞心蔭曲池〔六〕。

【注】

〔一〕楚辭東方朔七諫：「便娟修竹兮，寄生乎江潭。」王逸注：「便娟，好貌。」㛹、便，古字通。文選古詩十九首：「交疏結綺窗。」善注：「説文曰：『綺，文繒也。』此刻鏤以象之。」

〔二〕參差，見前鈞天曲注〔八〕。

〔三〕裊裊，同嫋嫋。廣韻：「嫋嫋，弱也。」

〔四〕詩小雅湛露毛傳：「離離，垂也。」

〔五〕兩句謂江南有佳竹，自可爲棗下之吹。古咄唶歌：「棗下纂纂，朱實離離。宛其死兮，化爲枯枝。人生不能行樂，死何以虚謚爲！」江南枝，謂江南所産之竹。文選王褒洞簫賦：「原夫簫管之所生兮，于江南之丘墟。」善注：江圖曰：「慈母山，此山竹作簫笛，有妙聲。」丹陽記曰：「江寧縣慈母山生簫管竹。」王褒賦云「于江南之丘墟」，即此處也。

〔六〕此以秋竹自擬，謂但得與白雪爲鄰，將獨抱貞心，長蔭曲池。古文苑宋玉諷賦：「臣復援琴而鼓之，爲秋竹積雪之曲。」章樵注：「曲名取堅貞之節，不爲物移，以自況也。」楚辭九章哀郢王逸注：「淩，乘也。」凌、淩，古通。

白雪曲①〔一〕

朱孝廉〔二〕

凝雲没霄漢②〔三〕，從風飛且散③。連④翩下⑤幽谷〔四〕，徘徊依井幹〔五〕。既興楚客謡〔六〕，亦動周王歎〔七〕。所恨⑥輕寒⑦質⑧，不迨⑨春歸⑩日〔八〕。

【校】

①〔題〕樂府作白雲歌。②〔没〕文苑作「淩」。③〔飛〕文苑作「驚」。④〔連〕樂府、詩紀、覽翠本、萬曆本、郭本作「聯」。⑤〔下〕文苑、樂府作「避」。⑥〔恨〕郭本作「憾」。⑦〔寒〕樂府注：「一作塞。」⑧〔質〕樂府、詩紀、覽翠本、萬曆本、郭本作「早」。⑨〔迨〕覽翠本作「待」。⑩〔春歸〕樂府、詩紀、覽翠本、萬曆本作「陽春」，樂府注：「一作春光。」文苑作「春光」。

【注】

〔一〕樂府詩集此屬琴曲歌辭。郭茂倩曰：「謝希逸琴論曰：『劉涓子善鼓琴，制陽春白雪曲。』琴集曰：『白雪，師曠所作商調曲也。』唐書樂志曰：『白雪，周曲也。』張華博物志曰：『白雪者，太帝使素女鼓五十絃瑟曲名也。』」

〔二〕朱孝廉，未詳。

〔三〕凝雲，嚴凝之雲氣。霄漢，謂天宇高處。後漢書仲長統傳：「可以陵霄漢出宇宙之外矣。」

〔四〕連翩，盛下貌。張衡思玄賦：「繽連翩兮紛暗曖。」幽谷，深谷。孟子滕文公：「出於幽谷。」

〔五〕莊子秋水司馬彪注：「井幹，井欄也。」又，漢武帝時建高樓，曰井幹。史記武帝本紀索隱：「言築累萬木，轉相交架，如井幹。」借以泛指高樓。

〔六〕文選謝惠連雪賦：「楚謡以幽蘭儷曲。」善注：「宋玉諷賦曰：『臣嘗行至主人，獨有一女，置臣蘭房之中。臣援琴而鼓之，爲幽蘭白雪之曲。』」宋玉，楚人，故稱所製曲爲楚客謡。

〔七〕周王，指周穆王姬滿。滿，昭王之子，在位五十五年，崩，謚曰穆。穆天子傳：「季冬丙辰，天子南遊于黄臺之丘……天子乃休。日中大寒，北風雨雪，有凍人。天子作詩三章以哀民，曰：『我徂黄竹，□員閟寒。帝收九行，嗟我公侯，百辟冢卿，皇我萬民，旦夕勿忘！』」

〔八〕兩句謂雪質輕寒，見日易消，不迨春陽之照。謝惠連雪賦：「君寧見階上之白雪，豈鮮耀於陽春！」

永明樂①〔一〕

第一

帝圖潤②九有③〔二〕，皇風浮四溟〔三〕。永明一爲樂，咸池無復靈〔四〕。

【校】

①〔題〕詩紀作永明樂十首，注：「王融同賦。」　②〔潤〕樂府、覽翠本、萬曆本、郭本作「閏」，郭本

注：「一作開。」詩紀、張本作「開」。③〔有〕覽翠本、萬曆本、郭本作「月」，郭本注：「一作有。」

【注】

〔一〕郭茂倩曰：「南齊書樂志曰：『永明樂歌者，竟陵王子良與諸文士造奏之，人爲十曲。……』按此曲永明中造，故曰永明樂。」按今本南齊書作「永平樂歌」，或誤「明」爲「平」。

〔二〕帝圖，帝王之謀猷。顔延之三月三日曲水詩序：「帝圖弘遠。」易繫辭：「潤之以風雨。」虞翻注：「潤，澤也。」詩商頌玄鳥毛傳：「九有，九州也。」

〔三〕皇風，指天子之德。文選班固東都賦：「揚緝熙，宣皇風。」劉良注：「揚光明之德，布天子之風。」浮四溟，謂流溢四海。説文：「浮，汎也。」廣韻：「溟，海也。」張協雜詩：「雨足灑四溟。」

〔四〕咸池，古樂曲名。禮樂記：「咸池，備矣。」鄭注：「黄帝所作樂名也，堯增修而用之。咸，皆也；池之言施也。」廣韻：「靈，神也，善也。」

第二

民和禮樂富，世清歌頌徽〔一〕。鴻名軼卷領〔二〕，稱首邁垂衣〔三〕。

【注】

〔一〕廣韻：「徽，美也。」

〔二〕謂齊帝大名超越遠古至德之世。鴻名，見卷一侍宴華光殿曲水奉敕爲皇太子作首章注〔二〕。廣韻：「軼，過也。」卷領，衣領外翻，相傳爲遠古服式。淮南子氾論訓：「古者有鍪而綣領以王天下者矣，其德生而不辱，予而不奪。」卷、綣同。

〔三〕稱首，謂居最上。司馬相如封禪書：「……前聖所以永保鴻名而常爲稱首者以此。」邁，超越。垂衣，參卷一三日侍華光殿曲水宴代人應詔首章注〔四〕。

第三

朱臺鬱相望〔一〕，青槐紛馳道①〔二〕。秋雲湛甘露〔三〕，春風散芝草〔四〕。

【校】

①〔紛〕郭本注：「一作分。」詩紀、張本作「分」。

【注】

〔一〕詩秦風晨風毛傳：「鬱，積也。」文選古詩十九首：「洛中何鬱鬱。」又：「兩宮遥相望。」

〔二〕馳道，見前入朝曲注〔四〕。左思吴都賦：「馳道如砥，樹以青槐。」

〔三〕楚辭九章悲回風王逸注：「湛，厚也。」瑞應圖：「甘露，美露也。」古以爲天下昇平，則甘露降。

〔四〕廣韻：「散，布也。」易説：「風以散之。」芝草，亦名靈芝，古以爲瑞草。論衡驗符篇：「土氣和，故芝草生。」又漢書武帝紀注引如淳曰：「王者敬事者老，不失舊故，則芝草生。」

第四

龍樓日月照①〔一〕，淄館風雲清〔二〕。儲光温似玉〔三〕，藩度式如瓊〔四〕。

【校】

①〔月〕覽翠本、郭本作「明」，郭本注：「一作月。」

【注】

〔一〕龍樓，見卷一酬德賦注〔二四〕。此借以指文惠太子長懋。禮記中庸：「日月所照。」

〔二〕戰國時，齊都臨淄稷門下設館，廣集文學游説之士，曰稷下館。史記田敬仲完世家：「宣王喜文學游説之士……是以齊稷下學士復盛，且數百千人。」天中記：「臨淄西門外有古講堂，其柱猶存，齊宣王修文學處也。」建安十九年，曹植徙封臨淄侯。植亦好文學，多接文士。此借以指竟陵王子良。

〔三〕儲光，太子之光儀。儲，參卷一三日侍華光殿曲水宴代人應詔三章注〔二〕。詩秦風小戎：「言念君子，温其如玉。」應劭漢官儀：「太子有玉質。」

〔四〕藩度，藩王之德度。左傳昭公十二年傳：「思我王度，式如玉。」此謂竟陵王令德堅重如瓊玉。如瓊，猶如玉。

第五

化洽鯷海君〔一〕，恩變龍庭長〔二〕。西北鶩環裘，東南盡龜象〔三〕。

【注】

〔一〕謂德化被於極遠之國。説文：「洽，霑也。」鯷海君，東鯷人之君長。漢書地理志：「會稽海外有東鯷人，分二十餘國，以歲時來獻見云。」

〔二〕龍庭長，謂匈奴單于。文選班固封燕然山銘：「焚老上之龍庭。」張銑注：「龍庭，單于祭天所也。」

〔三〕兩句謂四遠紛進方物，見國家聲威之隆。環、裘、鼊、象，見卷一三日侍宴曲水代人應詔五章注〔三〕。

第六

出車長洲苑〔一〕，選旅朝夕川〔二〕。絡絡結雲騎〔三〕，奕奕泛戈船〔四〕。

【注】

〔一〕出車，謂命戎車以事征伐。詩小雅出車：「我出我車，于彼牧矣。」長洲苑，春秋時吴王闔閭遊獵之苑，故址在今江蘇蘇州市南。文選左思吴都賦：「佩長洲之茂苑。」

〔二〕選旅，見從戎曲注〔一〕。朝夕川，即朝夕池。文選左思吴都賦吕延濟注：「吴有朝夕池，謂潮水朝盈夕虚，因爲名焉。」

〔三〕絡絡，猶絡繹，連續不絶。雲騎，謂騎兵衆盛如雲。

〔四〕廣雅釋訓：「奕奕，盛也。」漢書武帝紀注：臣瓚曰：「伍子胥書有戈船，以載干戈，因謂之戈船。」宋祁曰：「戈船，設干戈於船上以禦敵也。」

【集說】

陳胤倩曰：「絡絡」「奕奕」字與「結」字、「泛」字相應，并活。

第七

燕駟遊京洛〔一〕，趙服麗有暉①〔二〕。清歌留上客〔三〕，妙舞送將歸②〔四〕。

【校】

①〔暉〕詩紀、覽翠本、郭本作「輝」。　②〔送〕涵芬本闕。

【注】

〔一〕謂才識智辯之士，受重王公，而遊於京都。史記蘇秦列傳：「（蘇秦）說燕文侯……於是資蘇秦車馬金帛以至趙。……蘇秦爲從約長，并相六國。北報趙王，乃行過雒陽，車騎輜重，諸侯各發使送之甚衆，疑於王者。」阮籍辭蔣太尉辟命奏記：「鄒子居黍谷之陰，而（燕）昭王陪乘。夫布衣窮居之士，王公大人所以屈體而下之者，爲道存也。」此蓋綜二事言之。玉篇：「駟，四馬一乘也。」借指車騎。雒，同洛。京洛，借指京都。

〔二〕趙服，謂戰國時趙武靈王雍十九年，襲胡服以教百姓騎射，外與東胡、樓煩、秦、韓相抗，勁兵遂爲三晉之冠（見戰國策趙策、史記趙世家）。嵇康兄秀才公穆入軍贈詩：「良馬既閑，麗服有暉。」廣雅釋詁：「麗，好也。」說文：「暉，光也。」

〔三〕清歌，歌聲清越。張衡舞賦：「展清聲而長歌。」上客，尊客。史記春申君列傳：「其上客皆躡珠履。」

〔四〕將歸，謂將歸之客。楚辭宋玉九辯：「登山臨水送將歸。」

第八

實相薄五禮〔一〕，妙化開六塵①〔二〕。明祥已玉燭〔三〕，寶瑞亦金輪②〔四〕。

【校】

①〔化〕詩紀、覽翠本、郭本作「花」。②〔寶瑞亦〕涵芬本三字闕。

【注】

〔一〕實相，佛家稱宇宙萬有真相之詞，與真如、實性、實際、真諦同義。法華經方便品：「唯佛與佛，乃能究盡諸法實相。」周禮地官大司徒鄭注：「五禮，謂吉、凶、賓、軍、嘉。」

〔二〕妙化，謂不可思議之神化。文選孫綽遊天台山賦善注：中論曰：「六塵：色、聲、香、味、觸、法。」圓覺經謂佛以色、聲等六塵而説法，衆生以眼、耳等六根而悟解。如眼見經卷而悟解者，色塵説法也；耳聞金口之聲教而悟解者，聲塵説法也。此即所謂「開六塵」。

〔三〕謂祥善之化，光照境内，已致四時之和。書堯典鄭注：「照臨四方謂之明。」爾雅釋詁：「祥，善也。」又釋天：「四時和謂之玉燭。」邢疏：「尸子仁意篇述太平之事云：『燭於玉燭，……四氣和爲正光，此之謂玉燭。』」

〔四〕謂佳兆亦見，如金輪王之感遇金輪。寶瑞，猶言吉兆。金輪，佛家語。釋典言劫初金輪王生，其時有金輪寶自然出現，金輪寶爲金輪王所感得七寶之一。俱舍論：「若王生在刹帝利種……於十五日受齋戒時……東方忽有金輪寶現。其輪千輻，具足轂輞衆相，圓浄如巧匠成，舒妙光明，來應王所。」

第九

生蔑苧蘿性①〔一〕，身與佳惠隆②〔二〕。飛纓入華殿〔三〕，屣步出重宫〔四〕。

【校】

①〔苧蘿〕原作「芊羅」，樂府、詩紀、覽翠本、萬曆本、張本、郭本作「芉蘿」。依涵芬本改。②〔佳〕樂府作「嘉」。

【注】

〔一〕句意自謙無靈秀才質。廣韻：「蔑，無也。」苧蘿性，喻指美質。苧蘿，山名，在今浙江諸暨市南，相傳爲美女西施、鄭旦生地。吴越春秋：「（越王）乃使相於國中，得苧蘿山鬻薪之女，曰西施、鄭旦，飾以羅縠，教以容步，習於土城，臨於都巷。三年學服而獻於吴。……吴王大悦。」

〔二〕佳惠，謂恩遇。賈誼弔屈原賦：「恭承嘉惠兮。」佳、嘉古字通。廣韻：「隆，盛也，豐也。」

〔三〕説文：「纓，冠系也。」華殿，華飾之殿廷。

〔四〕屣步，謂行走匆遽。重宫，猶言深宫。

第十

彩鳳鳴朝陽〔一〕，玄鶴舞清商〔二〕。瑞此永明曲〔三〕，千載今爲皇①。

【校】

①〔今爲皇〕樂府、詩紀、覽翠本、萬曆本、張本、郭本作「爲金皇」。

【注】

〔一〕詩大雅卷阿：「鳳凰鳴矣，于彼高崗。梧桐生矣，于彼朝陽。」朱氏善曰：「鳳凰者，賢才之喻。朝陽者，明時之喻。」

〔二〕玄鶴舞，見鈞天曲注〔九〕。清商，古樂曲。古文苑宋玉笛賦：「吟清商，追流徵。」章樵注：「皆歌曲也。」晉王嘉拾遺記：「師延奏清商、流徵、滌角之音。紂曰：『淳古遠樂，非予可聽。』」

〔三〕廣韻：「瑞，祥瑞也。」論衡指瑞：「王者受富貴之命，故其動出見吉祥異物，見則謂之瑞。」

玉階怨〔一〕

夕殿下珠簾〔二〕，流螢飛復息〔三〕。長夜縫羅衣①，思君此何極〔四〕！

【校】

①〔長夜〕詩紀作「長短」。

【注】

〔一〕樂府詩集此屬相和歌辭楚調曲。李太白集玉階怨王琦注：「題始自謝朓。」玉階，見卷一爲明帝拜録尚書表注〔二〕。

〔二〕王嘉拾遺記：「石虎于太極殿前起樓，高四十丈，結珠爲簾，垂五色玉佩，鏗鏘和鳴。」

〔三〕流螢，謂螢飛如水流飄蕩。

〔四〕何極，無盡之意。楚辭宋玉九辯：「私自憐兮何極！」

【集説】

陳胤倩曰：此首竟是唐絶，其情亦深。長夜縫衣，初悲獨守，歸期未卜，來日方遥，道一夕之情，餘永久之感。

張蔭嘉曰：此宮怨詩，能於景中含情，故言情一句便醒。

沈確士曰：竟是唐人絶句，在唐人中爲最上者。

金谷聚〔一〕

渠椀送佳人①〔二〕，玉桮要上客②〔三〕。車馬一東西，別後思今夕。

【校】

①〔渠〕涵芬本作「璖」。　②〔要〕詩紀、覽翠本、張本、郭本作「邀」。詩紀注：「玉臺作要。」

【注】

〔一〕臧懋循詩所，此屬雜曲歌辭。金谷，水名。水經穀水注：「穀水又東，左會金谷水。水出太白原，東南流，歷金谷，謂之金谷水。東南流，逕晉衛尉卿石崇故居。」謝靈運山居賦自注：「金谷，石季倫之別廬，在河南界，有山川林木池沼水碓。其鎮下邳時，過游賦詩，一代盛集。」題蓋取義於此。

〔二〕渠椀，以硨磲殼作椀。渠，同璖、磲，即硨磲，軟體動物，栖熱帶海中，印度所産尤多，殼厚而大，佛經以爲七寶之一。曹丕、王粲等並有車渠椀賦。曹丕賦序：「車渠，玉屬也。多纖理縟文，生於西國，其俗寶之。」

〔三〕漢書文帝紀：「得玉杯，刻曰『人主延壽』。」桮，同杯。上客，見前永明樂第七注〔三〕。

【集説】

陳胤倩曰：言別之懷，此爲切至。

張蔭嘉曰：只説別時之景，別後尚足繫思，而別時之苦不言顯矣，用筆最妙。

沈確士曰：別離情事，以澹澹語出之，其情自深。蘇、李詩亦不作蹙蹶聲也。

王孫遊〔一〕

緑草蔓如絲①〔二〕，雜樹紅英發〔三〕。無論君不歸，君歸芳已歇〔四〕。

【校】

①〔蔓〕樂府注：「一作夢」；玉臺注：「一作曼」。

【注】

〔一〕樂府詩集此屬雜曲歌辭。郭茂倩曰：「楚辭招隱士曰：『王孫遊兮不歸，春草生兮萋萋。』王孫遊蓋出於此。」

〔二〕玉篇：「蔓，藤生蔓延也。」

〔三〕廣韻：「英，華也。榮而不實曰英也。」沈約郊居賦：「抽紅英於紫蔕。」

〔四〕芳已歇，見江朝請渌水曲注〔三〕。

【集説】

陳胤倩曰：翻新取勝。「王孫芳草」句千古襲用，要以争奇見才。

張蔭嘉曰：上二寫春景，以見急當歸也。下二從不歸兜轉一筆，醒出即歸已晚，而不歸之感愈深，真乃意新筆曲。

銅爵悲〔一〕

落日高城上，餘光入繐帷〔二〕。寂寂深松晚，寧知琴瑟悲〔三〕！

【注】

〔一〕樂府詩集相和歌辭平調曲有銅雀臺。郭茂倩曰：「銅雀臺在鄴城，建安十五年築。其臺最高，上有屋一百二十間，連接榱棟，侵徹雲漢，鑄大銅雀置于樓顛，舒翼奮起，勢若飛動，因名銅雀臺。」此悲魏武事。餘見本卷末同謝諮議詠銅爵臺注〔一〕。

〔二〕餘光，落日殘輝。阮籍詠懷詩：「餘光照我衣。」繐帷，見同謝諮議詠銅爵臺注〔二〕。

〔三〕寂寂，悄無人聲。左思詠史：「寂寂揚子宅。」深松，松陰茂密。古以松爲墓樹，故借指陵墓，此隱斥魏武。詠銅爵臺：「鬱鬱西陵樹，詎聞歌吹聲。」辭異而意同。

江上曲〔一〕

易陽春草出〔二〕，踟蹰日已暮〔三〕。蓮葉向田田①〔四〕，淇水不可渡〔五〕。願子淹桂舟〔六〕，時同千里路。千里既相許②，桂舟復容與〔七〕。江上可採菱③，清歌共南楚〔八〕。

【校】

①〔向〕樂府、詩紀、覽翠本、萬曆本、張本、郭本作「尚」。　②〔許〕涵芬本作「託」。　③〔菱〕涵芬本作「蓮」。

【注】

〔一〕樂府詩集此屬雜曲歌辭。

〔二〕易陽，在易水之北。漢書地理志：「趙國……縣四：邯鄲、易陽、柏人、襄國。」顏注：「在易水之陽。」古文苑枚乘梁王菟園賦：「晚春早夏，邯鄲、襄國、易陽之容麗人及其燕飾子相予雜遝而往欵焉。」蓋其地多美女及遊冶之事。

〔三〕詩邶風静女：「愛而不見，搔首踟躕。」廣韻：「躕，踟躕，行不進貌。」

〔四〕集韻：「向，趣也。」趣，同趨。「蓮葉何田田」，出漢相和曲江南，參卷一思歸賦注〔三〇〕。郗昂樂府解題：「江南，古辭。蓋美芳辰麗景，嬉遊得時也。」

〔五〕詩衛風氓：「淇水湯湯，漸車帷裳。」

〔六〕廣韻：「淹，滯也，久留也。」桂舟，以桂木爲舟。參江朝請渌水曲注〔五〕。

〔七〕容與，見陶功曹採菱曲注〔六〕。

〔八〕南楚，今湖北江陵縣一帶。漢書高帝紀注：孟康曰：「舊名江陵爲南楚。」

【集説】

王船山曰：空中置想，曲折如真。「青青河畔草」之所以獨絶千古也。此猶未墜。

陳胤倩曰：一氣悠揚。

方植之曰：此治遊詩。又曰：此詩比而賦也。

曲池之水①〔一〕

緩步遵莓渚〔二〕，披襟待蕙風〔三〕。芙蕖舞輕蔕②〔四〕，包筍出芳叢③〔五〕。浮雲自西北〔六〕，江海思無窮〔七〕。烏去能傳響，見我緑琴中④〔八〕。

【校】

①〔題〕樂府作曲池水。②〔蔕〕詩紀、覽翠本、萬曆本、張本、郭本作「帶」。③〔包〕張本作「苞」。④〔緑琴〕原注：「一作測琴。」樂府作「測琴」。

【注】

〔一〕樂府詩集此屬雜曲歌辭。楚辭招魂：「坐堂伏檻，臨曲池些。」

〔二〕莓渚，生莓苔之小洲。爾雅釋水：「小洲曰陼。」渚、陼古通。

〔三〕披襟，解襟。廣韻：「披，散也。」蕙風，風氣轉於蕙叢。左思魏都賦：「蕙風如薰。」

〔四〕陸璣毛詩草木鳥獸蟲魚疏（下簡稱陸璣詩疏）：「荷，其花未發爲菡萏，已發爲芙渠。」芙蕖，同芙渠。

〔五〕包筍，同苞筍，指筍。文選左思吴都賦：「苞筍抽節。」吕延濟注：「苞，謂筍皮。」

〔六〕曹丕雜詩：「西北有浮雲，亭亭如車蓋。」

〔七〕謂寄心江海，不盡避世獨往之想。莊子刻意：「就藪澤，處閒曠，釣魚閒處，無爲而已矣。此江海之士，避世之人，閒暇者之所好也。」

〔八〕兩句謂鳥去倘能傳響，將察知我意於琴音之中。楚辭九章思美人：「因歸鳥而致辭兮，羌宿高而難當。」緑琴，即緑綺琴。傅玄琴賦序：「齊桓公有鳴琴曰號鐘，楚莊有鳴琴曰繞梁，中世司馬相如有緑綺，蔡邕有焦尾，皆名器也。」

同謝諮議詠銅爵臺①〔一〕

繐帷飄井幹，樽酒若平生〔二〕。鬱鬱西陵樹，詎聞歌吹聲②〔三〕。芳襟染淚迹，嬋媛空復情③〔四〕。玉座猶寂漠，況乃妾身輕〔五〕。

【校】

①〔題〕文選作同謝諮議銅爵臺詩。玉臺作銅雀臺妓。樂府、詩紀作銅雀妓。張本作銅雀臺同謝諮議賦。②〔歌〕玉臺作「鼓」。③〔媛〕原作「娟」，玉臺同，注：「一作媛。」文選、藝文、涵芬本作「媛」，據改。

【注】録文選李善注。

〔一〕集曰：「謝諮議璟。」魏志曰：「建安十五年冬作銅爵臺。魏武遺令曰：『吾伎人皆著銅爵臺，於臺上施六尺床，下繐帳，朝晡上脯糒之屬。月朝、十五日輒向帳作伎。汝等時時登銅爵臺望吾西陵墓田。』」〔補注〕樂府詩集此屬相和歌辭平調曲。郭茂倩曰：「銅爵臺，一曰銅雀妓。……樂府解題曰：『後人悲其意而爲之詠也。』」

〔二〕鄭玄禮記注曰：「凡布細而疎者謂之繐，今南陽有鄧繐。」淮南子曰：「大構架，興宫室，有雞棲、井幹。」許慎曰：「皆屋構榦也。」司馬彪莊子注曰：「幹，井欄。」然井幹，臺之通稱也。〔補注〕漢書武帝紀顔注：「積木而高於樓，若井榦之形。」蓋即今營建樓館時之高架。幹、榦同。

〔三〕不敢指斥，故以樹言之也。〔補注〕鬱鬱，松柏盛也。

〔四〕楚辭云：「心嬋媛而傷懷兮。」王逸曰：「嬋媛，牽引也。」〔補注〕張銑曰：「妓人悲泣，淚濕香襟而多痕，牽引衣襟，空有哀情，終不見君王也。」

〔五〕易是類謀曰：「假威出坐玉床。」鄭玄曰：「坐玉床，處天之位也。」寡婦賦曰：「懼身輕而施重。」〔補注〕劉良曰：「玉座，玉床也。寂寞，虛無也。言君王玉座尚自虛無若此，況群妾身至輕微，何以爲久長也。」

【集説】

劉坦之曰：玄暉此詩，蓋同謝諮議追詠其事以刺夫雖死猶不能忘情於妓樂，則亦徒然而已，且以妓妾感歎之詞終焉，其警人之意益深遠矣。

孫月峰曰：婉似初唐風調，但未作對聯耳。又曰：輕秀入情，自成一格，須看其全在幾虛字生動。

方伯海曰：通體皆刺操枉爲身後之計，言婉而致微。

鍾伯敬曰：婉約稱情。又曰：要知是深情語，不是敗興語。又曰：「樽酒」句，十九首中妙語。

陳胤倩曰：悠揚有情，微開唐響。

張蔭嘉曰：詩以誚魏武也。前四，以置酒鼓吹託於陵樹不聞，已極婉妙；後四，更以玉座寂寞，從染淚之妾自寬自解中點出，絶不露非笑之痕，何等溫厚！

何義門曰：詩可以怨，作者其知之矣。又曰：前一絶諷充奉陵園之愚，後一絶仍歸忠愛，此篇爲兩得之。又曰：有哀有歎。一味嗤笑，味反短矣。

沈確士曰：笑魏武也，而託之於樹，何等含蓄！可悟立言之妙。

方植之曰：此詩八句，换四層意，作四轉勢，幾於每句作一色筆法。所謂一波三折，驚鴻遊龍，殆盡之矣。何仲言、王子安皆不能過此。杜玉華宫脱化此，但變用散體陽調耳。

謝朓集校注卷三

五言詩

將發石頭上烽火樓〔一〕

徘徊戀京邑①〔二〕，躑躅躧曾阿〔三〕。陵高墀闕近②〔四〕，眺迥風雲多。荆吴阻山岫〔五〕，江海含瀾波③〔六〕。歸飛無羽翼〔七〕，其如離別何④！

【校】

①〔京〕藝文作「皇」。②〔墀闕〕藝文、萬曆本、文集本倒。詩紀、張本作「遲闕」。③〔含〕涵芬本作「合」。④〔離別〕藝文、涵芬本作「別離」。

【注】

〔一〕石頭，即石頭城。文選左思吴都賦劉逵注引山謙之丹陽記云：「石頭城，吴時悉土塢，義熙初，始加磚甓。因山以爲城，因江以爲池，形勢險固，有奇氣，亦謂之石首城也。」又輿地志云：「環七里一百步，在縣西五里，去臺城九里，南抵秦淮口，今清凉寺之西是也。諸葛亮論金陵地形云：『鍾阜龍盤，石城虎踞，真帝王之宅。』正謂此也。」六朝事蹟編類：圖經云：「（烽火樓）在石頭城西南最高處，楊修詩注云：『沿江築臺以舉熢燧，自建康至江陵五千七百里，有警半日而達。……齊武帝登烽火樓詔群臣賦詩。』」

〔二〕京邑，京都。張衡東京賦：「京邑翼翼。」此指建康。

〔三〕廣韻：「躑躅，行不進也。」又：「躧，步也。」玉篇：「曾，重也。」按，通層。爾雅釋地：「大陵曰阿。」

〔四〕陵，通淩。廣韻：「淩，歷也。」墀闕，宮禁。

〔五〕將發建康赴江陵，二地分處荆、吴，故云。

〔六〕江海，書禹貢：「江、漢朝宗於海。」

〔七〕文選古詩十九首：「亮無晨風翼，焉能淩風飛！」

答王世子〔一〕

飛雪天山來，飄聚繩櫺外〔二〕。蒼雲暗九重，北風吹萬籟〔三〕。有酒招親朋，思與清顔會〔四〕。熊席惟爾安，羔裘豈吾帶〔五〕。公子不垂堂，誰肯憐蕭艾〔六〕。

【注】

〔一〕王世子，指豫章王嶷世子子廉。南史齊高帝諸子傳：「子廉，字景藹。初，嶷（武帝第四子）養魚復侯子響爲嗣子。（嶷後有子）子廉封永新侯。（永明六年）子響還本。子廉爲世子。」

〔二〕天山，見卷一雩祭歌黑帝歌二章注〔四〕。繩檽，結繩爲窗檽。

〔三〕九重，謂天宇。漢書禮樂志郊祀歌：「九重開。」顔注：「天有九重。」萬籟，天地間萬殊之聲響。凡孔竅發聲曰籟。

〔四〕清顔，見卷一酬德賦注〔六二〕。

〔五〕熊席，以熊皮爲坐席。吕氏春秋分職：「衛靈公天寒鑿池，宛春諫曰：『天寒起役，恐傷民。』公曰：『天寒乎？』宛春曰：『公衣狐裘，坐熊席，是以不寒。今民衣弊不補，履決不組，君則不寒，民則寒矣。』」詩鄭風羔裘：「羔裘如濡。」毛傳：「羔裘，大夫服也。」

〔六〕漢書爰盎傳：「千金之子不垂堂。」顔注：「垂堂，謂坐堂外邊，恐墜墮也。」此借用，謂世子不垂堂下視。楚辭離騷補注：「蕭艾，賤草，以喻不肖。」此借以自指。兩句希冀王世子有所垂顧。

【集説】

王船山曰：華浄。其華可及，其浄不可及也。

答張齊興〔一〕

荆山嵸百里，漢廣流無極〔二〕。北馳星晷正①，南望朝雲色〔三〕。川隰同幽快，冠冕異今昔〔四〕。子肅兩岐功，我滯三冬職〔五〕。誰知京洛念，髣髴昆山側〔六〕。向夕登城壕，潛池隱復直〔七〕。地迥聞遥蟬，天長望歸翼。清文忽景麗，思泉紛寶飾〔八〕。勿言修路阻，勉子康衢力〔九〕。曾厓寂且寥，歸軫逝言陟〔一〇〕。

【校】

①〔晷〕詩紀、張本、郭本作「斗」。

【注】

〔一〕齊興，郡名，南齊置。讀史方輿紀要：「湖廣鄖陽府，禹貢梁荊二州之界。春秋時，爲麇、庸二國地，後屬於楚……齊置齊興郡。」按郡治在今湖北鄖縣。張名未詳。

〔二〕荊山，在今湖北南漳縣西八十里。左傳昭公四年：「荊山、中南，九州之險也。」文選司馬相如上林賦郭璞注：「巃嵸，高峻貌。」漢，漢水。詩周南漢廣：「漢之廣矣，不可泳思。」

〔三〕説文：「晷，日景也。」次句謂巫山在南。朝雲，參卷二王融巫山高注〔三〕〔四〕。

〔四〕隰，見卷一雩祭歌黄帝歌三章注〔一〕。幽快，清幽快意。冠冕，指仕宦。魏志王昶傳：「今汝先人，世有冠冕。」

〔五〕説文：「肅，持事振敬也。」後漢書張堪傳：「堪拜漁陽太守，……乃於狐奴開稻田八千餘頃，勸民耕種，以致殷富。百姓歌曰：『桑無附枝，麥穗兩岐。張君爲政，樂不可支。』」此借張堪事頌張齊興治績。物兩爲岐。楚辭九章涉江王逸注：「滯，留也。」漢書東方朔傳王先謙補注：「三冬謂三年，猶言三春、三秋耳。」書舜典：「三載考績。」

〔六〕兩句謂不復知念京都，彷彿已居昆山之側，蓋兼彼此言之。京洛，指京都。淮南子詮言訓高

注：「昆山，昆侖也。」昆侖山地處西北，古以爲仙人所居。

〔七〕集韻：「壕，城下池。通作濠。」潛池，深池。爾雅釋言：「潛，深也。」

〔八〕清文，美稱張之贈詩。集韻：「忽，輕也。」景麗，猶言麗景。次句贊張詩思泉湧，紛然如寶飾。黄節注：曹植王仲宣誄：「文若春華，思若流泉。」沈約彌陀佛銘：「物愛彫彩，人榮寶飾。」（見郝立權謝宣城詩注引）

〔九〕詩小雅六月毛傳：「脩，長。」脩、修同。又秦風蒹葭：「遡洄從之，道阻且長。」次句謂期張自勉如甯戚之助齊桓公爲治。説苑尊王：「甯戚，故將車人也。叩轅行歌於康之衢，桓公任以國。」

〔一〇〕曾厓，高崖。廣韻：「寥，空也。」歸軫，歸車。軫，車之通稱。逝，語辭。爾雅釋詁：「陟，陞也。」

酬王晉安①〔一〕

梢梢枝早勁②，塗塗露晚晞〔二〕。南中榮橘柚，寧知鴻雁飛〔三〕！拂霧朝青閣，日旰坐彤闈〔四〕。悵望一途阻，參差百慮依〔五〕。春草秋更緑，公子未西歸〔六〕。誰能久京洛，緇塵染素衣〔七〕。

【校】

①〔題〕詩紀題下注：「王德元。」張本作酬王晉安德元。②〔梢梢〕詩紀、張本、郭本作「稍稍」。

【注】録文選李善注。

〔一〕集曰：「王晉安德元。」王隱晉書曰：「晉安郡，太康三年置，即今之泉州也。」〔補注〕南史三鎮之傳：「（王）晏子德元，有意尚，位車騎長史。」

〔二〕爾雅曰：「梢，梢擢也。」郭璞曰：「謂木無枝柯，梢擢長而殺也。」楚辭曰：「白露紛以塗塗。」王逸曰：「塗塗，厚貌也。」毛萇詩傳曰：「晞，乾也。」〔補注〕梢梢，風動樹木聲。鮑照野鵝賦：「風梢梢而過樹。」

〔三〕列子曰：「吴越之國有木焉，其名曰櫾，碧樹而冬生。」櫾，則柚字也。鴻雁南棲衡陽，不至晉安之境，故曰「寧知」也。

〔四〕左氏傳：趙鞅曰：「日旰矣。」説文曰：「旰，日晚也。」〔補注〕李周翰注：「青閣，朝堂也。彤闈，宫門，謂尚書處也。」

〔五〕蔡邕詩曰：「暮宿何悵望。」周易曰：「一致而百慮。」仲長統詩曰：「百慮何爲？至安在我。」

〔六〕言春草萋萋，故王孫樂之而不反。今春草秋而更緑，公子尚未西歸。楚辭曰：「王孫游兮不歸，春草生兮萋萋。」古詩曰：「秋草萋已緑。」毛詩曰：「誰將西歸。」

〔七〕陸機爲顧彦先贈婦詩曰：「京洛多風塵，素衣化爲緇。」〔補注〕詩鄭風緇衣毛傳：「緇，黑也。」

【集説】

楊用修曰：後人不能解此句（按指「南中榮橘柚，寧知鴻雁飛」）之妙。晉安即閩泉州也。……

樹不凋，雁不到，本是瘴鄉，乃以美言之，此是隱句之妙。

孫月峰曰：首四句王，中四句己，末四句王、己分收，布置分明，語語奇秀。

方伯海曰：因上鴻雁飛，不知爲秋，復以草色更緑提醒之。點綴招隱詩，可謂青出於藍。又曰：情生文，文復生情，風流藴藉，此誠謝家寶樹。

王船山曰：宣城於聲情中外别有玄得，時酣暢出之，遂臻逸品，乃不恤古人風局。顧如此等作，收放含吐，絶不欲奔涌以出，其致自高，非抗之也。自李白以驚人目之，後來一以驚人相求。宣城初不欲驚人，人自驚爾。若故欲驚人者，早已狂怪，達人視之，蝘蜓而已。杜陵乃至以死不休爲誓，亦何著此死緊！

陳胤倩曰：以節序之移，重懷人之切。「南中」二句，深入一層語，故雋。王孫芳草，愈用愈新，若此雖百出不厭。

丁仲祜曰：起二句秋景。「南中」二句晉安。「拂霧」四句言己。末四句指王。

暫使下都夜發新林至京邑贈西府同僚①〔一〕

大江流日夜，客心悲未央〔二〕。徒念關山近②，終知返路長〔三〕。秋河曙耿耿，寒渚夜蒼蒼〔四〕。引領③見京室④，宫雉正相望〔五〕。金波麗鳷鵲，玉繩低建章〔六〕。驅車鼎門外，思見昭丘陽〔七〕。馳暉不可接，何況隔兩鄉〔八〕！風煙有鳥路⑤，江漢限無梁〔九〕。常恐鷹隼擊，時菊委嚴霜⑥〔一〇〕。寄言罻羅者，寥廓已高翔〔一一〕。

【校】

①〔題〕藝文作夜發新林至京邑詩。　②〔念〕藝文作「望」。　③〔領〕六臣本文選注：「善作顧。」　④〔室〕藝文作「邑」。　⑤〔煙〕原注：「近刻作雲。」萬曆本、詩紀、郭本作「雲」。六臣本文選作「霄」，注：「五臣作煙。」　⑥〔時〕南齊書作「秋」。

【注】録文選李善注。

〔一〕蕭子顯齊書曰：謝朓爲隨王子隆文學。子隆在荆州，好辭賦，數集僚友。朓以才文尤被賞愛。長史王秀之以朓年少相動，密以啓聞。世祖敕朓可還都。朓道中爲詩以寄西府。〔補注〕新林，即新林浦。景定建康志：「在城西二十里，闊三丈，深一丈，長十二里。」

〔二〕吕氏春秋曰：「水泉東流，日夜不休。」毛詩曰：「夜未央。」廣雅曰：「央，已也。」

〔三〕古樂府有度關山曲。王粲閑邪賦曰：「關山介而阻險。」顔延年秋胡詩曰：「反路遵山河。」

〔四〕秋河，天漢也。耿耿，光也。毛詩曰：「蒹葭蒼蒼。」〔補注〕吕延濟注：「蒼蒼，秋色也。」

〔五〕潘岳河陽縣詩曰：「引領望京室。」東京賦曰：「京室密清。」周禮曰：「王城隅之制九雉。」古詩曰：「兩宫遥相望。」

〔六〕漢書：歌云：「月穆穆以金波。」王弼周易注曰：「麗，連也。」張揖漢書注曰：「鳷鵲觀在雲陽甘泉宫外。」春秋元命苞曰：「玉衡北兩星爲玉繩星。」漢書曰：「柏梁災，於是作建章宫也。」

〔補注〕鳷鵲觀、建章宮皆漢武時所建。故址分在今陝西淳化縣西北及西安市西，此以借指建康宮觀。又南史宋前廢帝景和元年：「以北邸爲建章宮。」

〔七〕古詩曰：「驅車策駑馬。」帝王世紀曰：「春秋：『成王定鼎于郟鄏。』其南門名定鼎門，蓋九鼎所從入也。」方言曰：「冢大者爲丘，丘南曰陽。」荆州圖記曰：「當陽東有楚昭王墓。登樓賦(曰)所謂西接昭丘也。」

〔八〕馳暉，日也。朓至尋陽詩曰：「過客無留軫，馳暉有奔箭。」毛萇詩傳曰：「鄉，所也。」

〔九〕南中八志曰：「交阯郡，治龍編縣。自興古鳥道四百里。」楚辭曰：「江河廣而無梁。」

〔一〇〕毛萇詩傳曰：「古者鷹隼擊，然後罻羅設。」潘岳河陽詩曰：「時菊耀秋華。」委，猶悴也。楚辭曰：「冬又申之以嚴霜。」

〔一一〕難蜀父老曰：「猶鷦鵬已翔乎寥廓之宇，而羅者猶視乎藪澤。」廣雅曰：「寥，深也。」「廓，空也。」

【集説】

劉坦之曰：曾原謂：「此詩詞實典麗，意亦委折，而氣則溢。」斯言得之。

孫月峰曰：此玄暉最有名詩，音調最響，造語最精陗。然而氣格亦漸近唐。又曰：首二句，昔人謂壓全古，信然。

方伯海曰：清而逸，麗而流，叙事中只是脱口而出，滅盡結構痕迹，仍復截截周到，諸謝中當推此君爲第一。

邵子湘曰：起結超絶，中復綺麗，自是傑作。

鍾伯敬曰：起結俱是近體佳境。

譚友夏曰：起語難删，餘平平。

王船山曰：舊稱朓詩工於發端，如此發端語寥天孤出，正復宛詣，豈不夐絶千古！非但危唱雄聲已也。以危唱雄聲求者，一擊之餘，必得衰颯，千鈞之力，且無以善後，而況其餘哉！太白學此，往往得躓，亦低昂之勢所以然也。「馳暉不可接」，得景逼真，千古遂不經人道，亦復無人知賞。

王貽上曰：古人謂玄暉工於發端，如宣城集中「大江流日夜，客心悲未央」，是何等氣魄！

何義門曰：玄暉俊句爲多，然求其一篇盡善，蓋不易得，如此沉鬱頓挫，固是壓卷之作。又曰：玄暉「一篇之中，自有玉石」等語，鍾記室抑陽之詞，不可據也。其名章，此書（按指文選）尚採掇未盡。

沈確士曰：一起滔滔莽莽，其來無端。望京一段，眷戀不已。又曰：「秋河」六語，應「關山近」；「驅車」六語，應「返路長」。時朓被讒而去，故有末二語。言已翔乎寥廓，羅者無如何也。用長卿難父老篇語意。

成倬雲曰：起句俊偉，直欲上邁陳思；通體亦皆雄健。論詩者言體格卑下，動指齊梁，似此詩置之魏人中，豈復能辨？又曰：史録後四語，謂自荆州還都作，自是實際。然詩止借王長史作收，佳處不盡在此。

方植之曰：一起興象千古，非徒工起調云爾也。若云悲之未央，似江流無已時，比而興也，互文也。……何云「壓卷」，愚謂極才思情文之壯，縱横跌宕，悲慨淋漓，空絶前後，太白、杜、韓，無以尚之。

始出尚書省〔一〕

惟昔逢休明，十載朝雲陛〔二〕。既通金閨籍，復酌瓊筵醴〔三〕。宸景厭照臨①，昏風淪繼體②〔四〕。紛虹亂朝日，濁河穢清濟〔五〕。防口猶寬政，餐荼更如薺〔六〕。英衮暢人謀，文明固天啓〔七〕。青精翼紫軑，黄旗映朱邸〔八〕。還覩司隸章，復見東都禮〔九〕。中區咸已泰，輕生諒昭洒〔一〇〕。趨事辭宫闕，載筆陪旌棨〔一一〕。邑里向疎蕪，寒流自清泚〔一二〕。衰柳尚沈沈③，凝露方泥泥〔一三〕。零落悲友朋，歡娱宴兄弟④〔一四〕。既秉丹石心，寧流素絲涕〔一五〕。因此得蕭散⑤，垂竿深澗底〔一六〕。

【校】

①〔照〕原作「昭」，依六臣本文選、涵芬本改。②〔昏風〕涵芬本作「風昏」。③〔尚沈沈〕萬曆本「尚」作「向」。④〔娱宴〕原作「娱燕」，依涵芬本改。六臣本文選作「虞讌」，三謝詩作「虞宴」。⑤〔因此句〕六臣本文選作「乘此終蕭散」，注：「五臣作因此得蕭散。」

【注】録文選李善注。

〔一〕蕭子顯齊書曰：「脁兼尚書殿中郎。高宗輔政，以脁爲諮議，領記室。」高宗，明帝也。

〔二〕休明，謂齊武皇帝。左氏傳曰：王孫滿曰：「德之休明。」蕭子顯齊書曰「脁解褐豫章王行參軍」，然王故朝也。左思七牧曰：「開甲第之廣衮，建雲陛之嵯峨。」〔補注〕齊武帝建元四年(四八二)，脁解褐，至此明帝建武元年(四九四)逾十年。「十年」，舉其成數。

〔三〕金閨，即金門也。解嘲曰：「歷金門，上玉堂。」應劭漢書注曰：「籍者，爲二尺竹牒，記其年紀、名字、物色，懸之宫門，案省相應，乃得入也。」袁宏夜酣賦曰：「開金扉，坐瓊筵。」漢書：楚元王敬禮穆生等，穆生不嗜酒，王每置酒，常爲穆生設醴也。〔補注〕瓊筵，天子宴群臣之席。

〔四〕宸，北辰，以喻帝位也。厭照臨，謂武帝崩也。繼體，謂鬱林王昭業也。蕭子顯齊書曰：鬱林王，文惠太子長子。武帝崩，王即位。毛詩曰：「明明上天，照臨下土。」尚書曰：「遠耆德，比頑童。時謂亂風。」廣雅：「昏，亂也。」又曰：「淪，没也。」公羊傳曰：「繼文王之體，守文王之法度。」

〔五〕漢書：息夫躬絶命辭曰：「虹蜺曜兮日微。」張晏曰：「虹蜺，邪陰之氣，而有照耀以蔽日月，云讒言流行，忠良浸微也。」戰國策：張儀説秦王曰：「清濟濁河，足以爲阻。」孔安國尚書注曰：「濟水入河，并流十數里，清濁異色，混爲一流。」亦喻讒邪之穢忠正也。

〔六〕言防衆口，實由寬政，雖遇餐荼之苦，更同如薺之甘。時明帝輔政，故曰寬也。國語：召公諫厲王曰：「防人之口，甚於防川。」左氏傳：陳公子完謂齊侯曰：「臣幸若獲宥，及於寬政，君之惠也。」仲長子昌言曰：「有軍興之大役焉，有兇荒之殺用焉。如此，則清修潔皎之士，固當食荼鹽膽，枕藉菁棘。」毛詩曰：「誰謂荼苦，其甘如薺。」〔補注〕兩句謂鬱林王失道，多暴行，厲王防口，較之尚爲寬政；民處其下，茹荼猶未爲苦。

〔七〕英衮，謂明帝也。初爲尚書令，故曰英衮。蕭子顯齊書曰：明帝以太后令廢鬱林王及海陵王而即帝位。周禮曰：「三公自衮冕而下。」漢書音義曰：「暢，通也。」周易曰：「人謀鬼謀，百姓與能。」又曰：「見龍在田，天下文明。」左氏傳曰：晉侯賜畢萬魏。卜偃曰：「以是始賞，天啓之矣。」

〔八〕春秋元命苞曰：「殷紂之時，五星聚房。房者，蒼神之精，周據而興。」然青即蒼也。齊木德，故蒼精翼之。孔安國尚書傳曰：「翼，輔也。」方言曰：「韓楚之間，輪謂之軑。徒計切。」天子之車，以紫爲蓋，故曰紫軑。司馬德操與劉恭嗣書曰：「黄旗紫蓋，恒見東南。終成天下者，揚州之君子。」史記曰：「諸侯朝天子，於天子之所立宅舍曰邸。」漢書曰：「代王入代邸。」諸侯王朱户，故曰朱邸。

〔九〕東觀漢記曰：更始欲北之雒陽，以上（光武劉秀）爲司隸校尉。三輔官府吏東迎雒陽，見更始諸將過者數十輩，皆冠幘而衣婦人之衣，大爲長安所笑。見司隸官屬皆相指視之極望。老吏或垂涕，粲然復見官府儀體，賢者蟻附也。〔補注〕章，謂禮儀。東都，指東漢。

〔一〇〕文賦曰：「佇中區以玄覽。」説文曰：「洒，滌也。」〔補注〕中區，區宇之中。泰，安也。張衡東京賦：「區宇乂寧。」吴摯甫曰：「輕生，爲自稱之辭。」

〔一一〕謂出殿中而爲記室也。漢書曰：「朱博夜寢早起，妻希見面，趨事如是。」慎子曰：「趨事之有司，賤也。」禮記曰：「史載筆，士載言。」司馬彪續漢書曰：「公以下至二千石騎吏四人，皆帶劍棨戟爲前行。」韋昭漢書注曰：「棨，戟也。」

〔一二〕鶡冠子曰：「士之居邑里。」賈逵國語注曰：「蕪，穢也。」説文曰：「泚，清也。且禮切。」

〔一三〕沈沈，茂盛之貌也。毛詩曰：「蓼彼蕭斯，零露泥泥。」廣雅曰：「方，正也。」毛萇曰：「泥泥，沾濡也。」

〔一四〕孔融與曹操書曰：「海内知識，零落殆盡。」虞，與娱通。毛詩序曰：「常棣，燕兄弟也。」

〔一五〕丹石，言不移也。吕氏春秋曰：「石可破而不可奪其堅，丹可磨而不可奪其赤。」韓子曰：「上下相德，守道者皆懷金石之心。」素絲隨染，涕，墨子所悲也。淮南子曰：「墨子見練絲而泣之，爲其可以黄，可以黑。」高誘曰：「閔其化也。」曹顔遠感時詩曰：「素絲與路歧。」

〔一六〕孫惠龜賦曰：「泛舟於清泠之淵，垂竿於巖澗之下。」如淳漢書注曰：「乘，因也。」

【集説】

孫月峰曰：腴鍊。

方伯海曰：丰度凝遠，體質端重，極似顔光禄。

陳胤倩曰：玄暉歷少帝之後，而出守於明帝之朝，措語若斯，甚爲有體。「防口」二句，處亂朝誠有然者。「青精」四句，真有宇宙再清之象。「邑里」數句，蕭瑟。結語質而有致。

何義門曰：二首（指此與下直中書省一首）皆祖述顔光禄。又曰：大意是阿附齊明，無足取也。

直中書省〔一〕

紫殿肅陰陰①，彤庭赫宏敞②〔二〕。風動萬年枝，日華承露掌〔三〕。玲瓏結綺錢，深沈映朱網③〔四〕。紅藥當堦翻，蒼苔依砌上〔五〕。兹言翔鳳池，鳴佩多清響〔六〕。信美非吾室，中園思偃仰〔七〕。朋情以鬱陶，春物方駘蕩〔八〕。安得凌風翰〔九〕，聊恣山泉賞。

【校】

①〔紫殿句〕萬花谷作「紫薇陰肅蕭」。②〔宏〕詩紀、郭本作「弘」。③〔朱〕初學記作「珠」。

【注】録文選李善注。

〔一〕蕭子顯齊書曰：朓轉中書郎。

〔二〕紫殿，紫宫也。漢書成紀曰：「神光降集紫殿。」莊子曰：「至陰肅肅，至陽赫赫。」西都賓曰：「玉階彤庭。」西京賦曰：「赫昈昈以弘敞。」〔補注〕陰陰，幽暗貌。

〔三〕晉宫闕名曰：「華林園有萬年樹十四株。」漢書曰：「日華曜宣明。」又曰：「武帝作柏梁、銅柱、承露盤、仙人掌也。」〔補注〕萬年枝，一説爲冬青樹。一説爲檍木。陳胤倩曰：草木疏曰：

檍木，枝葉可愛，二月開白花似杏，今官園種之。取億萬之義，改名萬歲樹，即此。

〔四〕晉灼甘泉賦注曰：「玲瓏，明見貌也。」東宮舊事曰：「窗有四面，綾綺連錢。」楚辭：「網户朱綴刻方連。」王逸注曰：「網，綺文縷也。綴，緣也。網與罔同，而義異也。」

〔五〕淮南子曰：「窮谷之污，生以蒼苔。」〔補注〕聞人倓注：詩名物疏圖經：「芍藥春生紅芽，作叢，夏開花，有紅白紫數種。」

〔六〕晉中興書曰：荀勗徙中書監，爲尚書令。人賀之，乃發恚云：「奪我鳳凰池，卿諸人何賀我邪？」禮記曰：「君子行則鳴佩玉。」

〔七〕登樓賦曰：「雖信美而非吾土兮。」毛詩曰：「或棲遲偃仰。」

〔八〕尚書：「鬱陶乎予心，顏厚有忸怩。」莊子曰：惠施之材，駘蕩而不得，遂不反。司馬彪曰：「駘蕩，猶施散也。」〔補注〕劉良注：「駘蕩，春光色也。」

〔九〕莊子曰：「鵠巢於高榆之顛，巢折，凌風而起。」毛詩曰：「如飛如翰。」鄭玄曰：「如鳥之飛翰也。」

【集説】

孫月峰曰：調響，寫景好。

方伯海曰：先從殿廷賦起，氣象萬千。又曰：典麗不入濃穠，清新不入寒瘦，此君詩，古秀全在骨。

陳胤倩曰：前段寫内直景物，華贍。「風動」二句，「動」字、「華」字活。「紅藥」二句狀物生動，出句尤佳，然固不佻。結亦得體。投外者必羡近臣，内直者自應作林泉想也。

張蔭嘉曰：此在省思歸之詩，乃爲中書郎時所作。前十，起即點清省中，隨細寫省中之景，而以「兹言」一聯，就省中之人皆艷羡頓住，反喝下文。後六，接落己身。「信美」句，忽將上文一齊撇落，轉出歸思，懷人玩物，恣賞山泉，皆思歸之故也。前路嘖嘖鋪陳，不圖後路煙雲盡掃，筆極不測。

何義門曰：前八句寫中書省，非徒宏麗，尤細意分貼。「紅藥」，承「宏敞」；「蒼苔」，承「陰陰」也。鳳池八句，「直」字内意。用鳳池事妙切中書，不似後人漫泛雜亂填湊。又曰：結語學公幹。又曰：玄暉當禁近之地，而興中園之思，此與陸平原承華之歎何異？故知急流勇退，非尋常意見所能。

觀朝雨①

朔風吹飛雨，蕭條江上來。既灑百常觀，復集九成臺〔一〕。空濛如薄霧，散漫似輕埃。平明振衣坐，重門猶未開〔二〕。耳目暫無擾，懷古信悠哉〔三〕。戢翼希驤首，乘流畏曝鰓〔四〕。動息無兼遂〔五〕，岐路多徘徊。方同戰勝者，去翦北山萊〔六〕。

【校】

①〔題〕藝文作觀雨。

【注】録文選李善注。

〔一〕張景陽七命曰：「表以百常之闕。」西京賦曰：「通天眇以竦峙，勁百常而莖擢。」薛綜曰：「臺名也。」爾雅曰：「觀謂之闕。」呂氏春秋曰：「有娀氏有三佚女，爲九成臺，飲食必以鼓。」

〔二〕楚辭曰：「平明發兮蒼梧。」新序曰：「老古振衣而起。」周易曰：「重門擊柝。」

〔三〕東京賦曰：「慨長思而懷古。」毛詩曰：「悠哉悠哉。」毛萇曰：「悠，思也。」

〔四〕成公綏慰情賦曰：「惟潛龍之勿用，戢鱗翼以匿影。」鄒陽上書曰：「鮫龍驤首奮翼，則浮雲出流。」鵩鳥賦曰：「乘流則逝。」三秦記曰：「河津，一名龍門，兩傍有山，水陸不通，龜魚莫能上。江海大魚，薄集龍門下，上則爲龍；不得上，曝鰓水次也。」

〔五〕動息，猶出處。言出處之情有疑，譬臨歧路而多惑也。淮南子曰：「楊子見逵路而哭之，謂其可以南，可以北。」〔補注〕兼遂，謂兩俱遂意。廣韻：「遂，從志也。」孫鑛曰：「欲退又懷榮，欲進又畏禍，所以無兼遂。」

〔六〕言隱勝仕也。方，猶將也。韓子：子夏曰：「吾入見先王之義則榮之，出見富貴又榮之，二者戰於胸臆，故臞也。今見先王之義戰勝，故肥也。」毛詩曰：「南山有臺，北山有萊。」毛萇曰：「萊，草也。」〔補注〕呂向曰：「朓欲同之（按指子夏），以不仕爲勝，將去翦北山之草。萊，草也，明雖草之賤物，亦不棄也。」

【集説】王船山曰：發端峻甚，遽欲一空今古聲情。所引太高，故後亦難繼，正賴以平緩持之，不致輕蹶。

陳胤倩曰：起六句寫朝雨，如此飄蕭。「動息無兼遂」，語有至理。結總是體所應然。

何義門曰：玄暉之言如此，而卒不免自蹈暴鰓之禍者，蓋清雨曉凉，萬慮俱息，能戰勝俄頃之間，而不覺旋惑於富貴之途也。行之維艱，亦可悲夫！又曰：風致飄然，發端既佳，後亦穩貼。

新亭渚别范零陵雲①〔一〕

洞庭張樂地，瀟湘帝子游〔二〕。雲去蒼梧野，水還江漢流〔三〕。停驂我悵望，輟棹子夷猶②〔四〕。廣平聽方籍，茂陵將見求③〔五〕。心事俱已矣，江上徒離憂〔六〕。

【校】①〔題〕文選作新亭渚别范零陵，藝文作新亭渚别范雲。②〔輟〕初學記作「輟」。③〔將〕藝文作「方」。

【注】録文選李善注。

〔一〕十洲記曰：「丹陽郡新亭，在中興里。吴舊亭也。」梁書曰：「范雲，齊世爲零陵郡内史。」〔補注〕新亭渚：新亭下江渚。新亭，古送客之所。世説新語言語劉孝標注：「新亭，吴舊丘，先基崩淪。隆安中，丹陽尹司馬楚徙創今地。」六朝事迹編類：「宋孝武即位于新亭，僕射王僧達改爲中興亭。城南十五里，俯近江渚。」零陵，齊屬湘州，治所在今湖南永州市北。

〔二〕莊子：北門成問於黄帝曰：「帝張咸池之樂於洞庭之野，吾始聞之懼，復聞之怠。」山海經曰：「洞庭之山，帝之二女居之，是常游於江淵。澧沅風交瀟湘之川。」郭璞曰：「言二女游戲江之淵府，則能鼓動五江，令風波之氣共相交通，言其靈響也。」楚辭湘君曰：「帝子降兮北渚。」王逸曰：「帝，謂堯也。娥皇、女英隨舜不反，死於湘水，因爲湘夫人。」

〔三〕歸藏啓筮曰：「有白雲出自蒼梧，入于大梁。」尚書曰：「江漢朝宗于海。」

〔四〕鄭玄毛詩注曰：「驂，兩騑也。」蔡邕初平詩曰：「暮宿河南，悵望天陰，雨雪滂滂。」楚辭曰：「君不行兮夷猶。」王逸曰：「夷猶，猶豫也。」〔補注〕輟棹，猶言停舟。集韻：「輟，止也。」

〔五〕言范同廣平，而聲聽方向籍；己當居茂陵之下，將於彼而見求。王隱晉書曰：鄭袤，字林叔，爲中郎散騎常侍。會廣平太守缺，宣帝謂袤曰：「賢叔大匠渾垂稱於平陽，魏郡蒙惠化。且盧子家、王子邕繼踵此郡，欲使世不乏賢，故復相屈。」在郡先以德化，善爲條教，百姓愛之。鄭玄毛詩箋曰：「方，向也。」漢書曰：「司馬相如既病免，家居茂陵。」〔補注〕籍，猶籍籍。漢書江都易王傳顏注：「籍籍，喧聒之意。」此以狀聲譽之盛。茂陵，漢武帝陵，在今陝西興平縣東南。

〔六〕楚辭曰：「思公子兮徒離憂。」

【集説】

嚴羽曰：予謂「廣平聽方籍，茂陵將見求」一聯删去，只用八句，尤爲渾然。不知識者以爲何如？

孫月峰曰：淺而浄，意態有餘，音調可風。

邵子湘曰：短章，却起得闊大，正覺别緒黯然。

陳胤倩曰：其詞淹雅，其調嘹喨，雲去水還，用興别意。

張蔭嘉曰：前六，突就范所往地援引故事，寫出雲去水流之感，落到我留子往，愈覺此别神傷。後四，透後言將來升沈各異，聚首末由，妙在明己心事，將「俱已」二字，連范亦拖在内，折到徒抱離憂，陡然咽住。「江上」字，則又補點題中「新亭渚」也。

王貽上曰：謝玄暉「洞庭張樂地」、李太白「黄鶴西樓月」二詩，同是絶唱。

何義門曰：全首以楚辭點綴而成，自然風韻瀟灑，既有興象，兼之故實。又曰：宣城之秀，爲詩中别開蹊徑，此亦由晉魏而變唐之關鍵也。五言始於蘇李，倡於東京，至建安而暢，至太康而綺，至元嘉而矯健。至永平以下，研切聲病，駸駸乎律矣，亦詩家升降之數也。

成倬雲曰：初不用「執手」「酸心」等語，前半就景寫，後半就事寫，中間止用二句點「别」字，章法雋甚。

之宣城郡出新林浦向板橋〔一〕

江路西南永，歸流東北騖〔二〕。天際識歸舟，雲中辨江樹〔三〕。旅思倦摇摇，孤游昔已屢〔四〕。既歡懷禄情，復協滄洲趣〔五〕。囂塵自兹隔，賞心於此遇〔六〕。雖無玄豹姿，終隱南山霧①〔七〕。

【校】

①〔終〕御覽作「且」。

【注】録文選李善注。

〔一〕酈善長水經注：「江水經三山，又湘浦出焉。水上南北結浮橋渡水，故曰版橋浦。江又北經新林浦。」〔補注〕新林浦，見暫使下都注〔一〕。太平寰宇記：「板橋浦，在昇州江寧縣南四十里。」

〔二〕宋孝武之江州詩曰：「山曲蒙幽雨，江路結流寒。」尚書大傳曰：「大水小水，東流歸海也。」上林賦曰：「東西南北，馳騖往來。」〔補注〕玉篇：「騖，奔也。」

〔三〕揚雄交州箴曰：「交州荒裔，水與天際。」應劭風俗通曰：「太山巖石松樹，鬱鬱蒼蒼如雲中。」

〔四〕毛詩曰：「中心摇摇。」謝靈運湖中詩曰：「孤游非情歎。」

〔五〕楊惲書曰：「懷禄貪勢，不能自退。」揚雄檄靈賦曰：「世有黄公者，起於蒼州。精神養性，與道浮遊。」

〔六〕左氏傳曰：景公謂晏子曰：「子之宅，湫隘囂塵。」謝靈運遊南亭詩曰：「賞心惟良知。」

〔七〕列女傳曰：陶答子治陶三年，名譽不興，家富三倍。其妻抱兒而泣。姑怒，以爲不祥。妻曰：「妾聞南山有玄豹，隱霧而七日不食，欲以澤其衣毛，成其文章。至於犬豕，肥以取之，逢禍必矣。」朞年，答子之家，果被盜誅。

【集説】

孫月峰曰：音調特輕俊，語語醒快。又曰：寫景入神，有無限妙致。

方伯海曰：中間二語，可與江文通「層雲萬里生」同爲千古絶調。

鍾伯敬曰：水雲萬里，一副煙江送别圖。

邵子湘曰：玄暉清迥，變於大謝，秀句實足動人。

王船山曰：晉宋以下詩，能不作兩截者鮮矣。然自不虛架冒子，回顧收拾，全用經生徑路也。起處直，轉處順，收處平，雖兩截，因一致矣。語有全不及情而情自無限者，心自爲政，不恃外物故也。「天際識歸舟，雲中辨江樹」，隱然一含情凝眺之人，呼之欲出。從此寫景，乃爲活景。故人胸中無丘壑，眼底無性情，雖讀盡天下書，不能道一句。司馬長卿謂讀千首賦便能作賦，自是英雄欺人。

陳胤倩曰：「天際」二句竟墮唐音。然在選體，則漸以輕離；入唐調則猶用樸勝。末段閒曠之情，迢遞出之，故佳。

何義門曰：「天際」二句襯出江路之永，所謂「賞心」者在此也。又曰：次聯固自警絶，然其得勢，全在上二句，「出」字、「向」字，無不籠罩。結句以廉節自勵，收「之郡」，使事無跡。成倬雲曰：即景抒寫，不作一驚人語，便已悠然意遠。方植之曰：何云：「結句以廉節自厲，收『之郡』，使事無跡。」余謂此即「資此永幽棲」意，借豹隱爲興象耳。玄暉固未必貪賄，而厲志之意，非玄暉胸中所有也。

始之宣城郡〔一〕

下帷闕章句，高談媿名理〔二〕。疎散謝公卿〔三〕，蕭條依掾史〔四〕。簪髮逢嘉惠〔五〕，教義承君子〔六〕。心迹苦未并〔七〕，憂歡將十祀〔八〕。幸沾雲雨慶〔九〕，方轡參多士〔一〇〕。振鷺徒追飛〔一一〕，群龍難隸齒〔一二〕。烹鮮止貪競〔一三〕，共治屬廉恥①〔一四〕。伊余昧損益〔一五〕，何用祇千里〔一六〕。解劍北宫朝〔一七〕，息駕南川涘〔一八〕。寧希廣平詠〔一九〕，聊慕華陰市〔二〇〕。棄置宛洛遊〔二一〕，多謝金門裏〔二二〕。招招漾輕檝〔二三〕，行行趨巖趾〔二四〕。江海雖未從，山林於此始〔二五〕。

【校】

①〔治〕詩紀注：「一作理。」藝文作「理」。

【注】

〔一〕南齊書本傳：「出爲宣城太守。」本集卷一酬德賦：「建武二年，予將南牧。」蓋是年出守宣城。

宣城，晉太康二年置，治宛陵，宋、齊因之。齊屬南豫州，舊治在今安徽宣州市。

〔二〕兩句自謙無學術、名理。下帷，見卷一謝隨王賜左傳啓注〔二〕。玉篇：「闕，少也。」章句，見卷一謝隨王賜左傳啓注〔四〕。名理，古名家言，重在辨名實，推事理。世説新語言語：「裴僕射（頠）善談名理。」

〔三〕疎散，放逸不受拘束。謝靈運過白岸亭詩：「未若長疎散。」謝，見卷一爲王敬則謝會稽太守啓注〔一〇〕。

〔四〕蕭條，寂寥貌。掾史，古代中央及州縣佐治之屬官。六書故：「掾乃屬官通稱。」後漢書楊震傳李賢注：「史，謂府吏也。」

〔五〕簪髮，謂弱冠之年。古者男子及冠，以簪連冠於髮。嘉惠，見卷二永明樂第九注〔二〕。

〔六〕教義，謂以義方相教。君子，以稱豫章王嶷。

〔七〕謂心欲隱而迹猶仕，未相合一。説文：「并，相從也。」謝靈運初去郡：「心迹猶未并。」

〔八〕廣韻：「祀，年也。」

〔九〕雲雨慶，猶言德澤。詩召南殷其靁毛傳：「山出雲雨，以潤天下。」

〔一〇〕方轡，並馬而行。儀禮鄉射禮鄭注：「方，併也。」多士，衆多之士。詩大雅文王：「思皇多士，生此王國。」

〔一一〕詩周頌振鷺：「振鷺于飛。」毛傳：「振振，群飛貌。鷺，白鳥也。」

〔一二〕謂衆賢在朝，如群龍騰驤，已難與比並。説文：「隸，附着也。」左傳隱公十一年杜注：「齒，列也。」

〔一三〕喻己治宣城，不擾民，唯止貪競。老子：「治大國若烹小鮮。」王弼注：「喻不擾也。」

〔一四〕共治，謂任郡守，助天子共治。尹文子大道：「所貴聖人之治，不貴其獨治，貴其能與衆共治。」漢書循吏傳序：「（孝宣）常稱曰：『庶民所以安其田里而亡歎息愁恨之心者，政平訟理也。與我共此者，其唯良二千石乎！』」屬，國語晉語韋注：「屬，注目也。」

〔一五〕詩邶風谷風孔疏：「伊，辭也。」昧損益，謂不明於施政利弊。後漢書蔡邕傳：「迷損益之教。」

〔一六〕用，以。祇千里，謂守一郡。爾雅釋詁：「祇，敬也。」此謂敬守其事。

〔一七〕周禮天官冢宰：「内宰……憲禁令于王之北宮，而糾其守。」鄭注：「明用王之禁令令之守宿衛者。」朓轉中書郎，自謂如宿衛北宮，即卷一酬德賦所謂「我拂劍於郎闈」。今出守宣城，故曰「解劍」。

〔一八〕謂出守宣城。宣城在建康西南。説文：「涘，水厓也。」

〔一九〕廣平詠，參新亭渚别范零陵雲注〔五〕。

〔二〇〕後漢書張楷傳：「楷字公超，……司隸舉茂才，除長陵令，不至官，隱居弘農山中。學者隨之，所居成市。後華陰山南遂有公超市。」

〔二一〕宛洛遊，謂京都之遊。東漢南陽郡，光武舊里。治宛（今河南南陽市），稱爲南都。洛，東漢所都。故以借指京都。文選古詩十九首：「遊戲宛與洛。」

〔三〕多謝，久去之意。廣雅釋詁：「謝，去也。」金門，參始出尚書省注〔三〕。

〔三〕詩邶風匏有苦葉：「招招舟子。」聞一多詩經通義：「招招與調調、刁刁聲同，謂舟子鼓檝時身體屈申動摇之貌也。」

〔四〕行行，躑躅不進貌。後漢書桓典傳：「行行且止，避驄馬御史。」巖趾，猶言山麓。

〔五〕兩句謂未遂放乎江海之願，而寄迹山林，方從此始。江海，見卷二曲池之水注〔七〕。山林，隱者所居。張華招隱詩：「隱士託山林，遯世以保真。」

【集説】

陳胤倩曰：起句命意蕭散。結語超然，有長往之思。中間序旨謙厚，摛文修雅。

宣城郡内登望①〔一〕

借問下車日，匪直望舒圓〔二〕。寒城一以眺，平楚正蒼然〔三〕。山積陵陽阻，溪流春穀泉〔四〕。威紆距遥甸②，巉嵒帶遠天〔五〕。切切陰風暮〔六〕，桑柘起寒烟。悵望心已極，惝怳魂屢遷③〔七〕。結髮倦爲旅，平生早事邊〔八〕。誰規鼎食盛，寧要狐白鮮〔九〕？方棄汝南諾，言税遼東田〔一〇〕。

【校】

①〔題〕文選作郡内登望。三謝詩作郡内登望詩。②〔距〕原作「詎」，依文選、涵芬本、詩紀、郭本改。③〔惝〕三謝詩作「⿰忄敞」。

【注】録文選李善注。

〔一〕蕭子顯齊書曰：「朓出爲宣城太守。」

〔二〕張景陽詩曰：「下車如昨日，望舒四五圓。」〔補注〕楚辭離騷王逸注：「望舒，月御也。」此指月。兩句用張景陽詩意，謂出守宣城，爲時已久。

〔三〕毛詩曰：「翹翹錯薪，言刈其楚。」説文曰：「楚，叢木也。」鄭玄毛詩箋曰：「蒹葭在衆草之中，蒼蒼然也。」〔補注〕楊慎升庵詩話：「楚，叢木也。登高望遠，見木杪如平地，故云『平楚』，猶詩所謂『平林』也。」

〔四〕江賦曰：「幽澗積阻。」沈約宋書曰：「宣城郡，太康中分丹陽立。」陵陽子明得仙於廣陽縣山。戰國策曰：「飲茹溪之流。」漢書曰：「丹陽郡有春穀縣。」水經注曰：「江連春穀縣北，又合春穀水。」

〔五〕威紆，威夷紆餘，流長之貌也。孔安國尚書傳曰：「距，至也。」廣雅曰：「巉嵒，高也。」

〔六〕〔補注〕切切，狀風聲蕭瑟淒厲。

〔七〕蔡邕詩曰：「暮宿悵望。」楚辭曰：「怊惝怳而乖懷。」怊，勑驕切。惝，尺壤切。怳，況往切。

〔補注〕惝怳，失意貌。

〔八〕漢書：「霍光結髮内侍。」論語：子曰：「久要不忘平生之言。」〔補注〕結髮，指弱冠之年，古者男子年二十，總髮加冠。事邊，謂有事於邊陲，指仕於荆州。荆州北鄰魏境。

〔九〕家語曰：「子路南遊於楚，列鼎而食。」晏子春秋曰：「景公被狐白之裘，坐於堂側。」

〔一〇〕續漢書曰：「汝南太守南陽宗資，任用范滂。時人謡曰：『汝南太守范孟博，南陽宗資主畫諾。』」魏志曰：「管寧聞公孫度令行海外，遂至于遼東。」皇甫謐高士傳曰：「人或牛暴寧田者，寧爲牽牛著涼處，自飲食也。」

【集説】

朱元晦曰：蘇子由愛選詩「亭皋木葉下，隴首秋雲飛」，此正是子由慢底句法。某却愛「寒城一以眺，平楚正蒼然」，十字却有力。

方伯海曰：凡古人詩一箇題目，必有所託之意。而一箇題目，又有一箇題目本位。所託之意，又是本位之餘意。從無拋荒本位，徑入餘意者。大約上半多説景，下半多説情。情即從景生出。此篇及前篇（按指觀朝雨）皆照題目寫足本位，下方及歸隱意。故詩之形貌，雖有萬端，法律初無二致。引而伸之，是在善學者。

王船山曰：微有軒舉之勢，要其儒緩，自不失康樂門風。

陳胤倩曰：「寒城」二句，漸近唐人。「積」字深，「流」字活。結意雖數見，然立言之體應爾。

張蔭嘉曰：此因登望而思歸之詩。前四，以在郡日久，落到「登望」。「寒城」十字，領起有力。中八正寫望中之景，一句山，一句水，「威紆」即頂水説，「巉嵒」即頂山説。風暮煙寒，景中帶苦，悵望惝怳，即景引情。後亦表平生倦遠宦，甘淡泊，勒到棄官歸田作收，援古自況，便不單弱。

何義門曰：出語高亮，得登望之佳致，不止以平叙爲能事者。又曰：發端言匪直數月，而已經歲，故下云「心已極」「魂屢遷」也。

沈確士曰：「寒城」一聯格高，朱子亦賞之。

成倬雲曰：此詩又以清矯勝，相題立格，無不工妙，允推作手。

冬日晚郡事隟

案牘時閒暇〔一〕，偶坐觀卉木〔二〕。颯颯滿池荷〔三〕，翛翛蔭窗竹〔四〕。簷隟自周流〔五〕，房櫳閑且肅〔六〕。蒼翠望寒山，崢嶸瞰平陸〔七〕。已惕慕歸心〔八〕，復傷千里目。風霜旦夕甚①，蕙草無芬馥。云誰美笙簧，孰是厭薖軸〔九〕？願言追逸駕②〔一〇〕，臨潭餌秋菊③〔一一〕。

【校】

①〔甚〕涵芬本作「蓬」。　②〔追〕詩紀、張本作「税」。　③〔潭〕涵芬本作「澤」。

【注】

〔一〕案牘，官府文書。

〔二〕偶坐，相對而坐。廣韻：「偶，對也。」

〔三〕颯颯，風聲。楚辭九歌山鬼：「風颯颯兮木蕭蕭。」

〔四〕翛翛，詩豳風鴟鴞：「予尾翛翛。」毛傳：「翛翛，敝也。」此謂冬日竹葉如鳥羽勞敝。

〔五〕周流，猶言周遊。司馬相如上林賦：「步櫚周流。」

〔六〕漢書外戚傳：「房櫳虛兮風泠泠。」顔注：「櫳，疏檻也。」肅，静。

〔七〕崢嶸，同崝嶸。文選宋玉高唐賦：「俯視崝嶸。」善注引廣雅曰：「崝嶸，深直貌。」後漢書光武帝紀李賢注：「俯視曰瞰。」平陸，原野。陶淵明停雲：「平陸成江。」

〔八〕廣韻：「惕，憂也。」慕歸，思歸。廣韻：「慕，思慕。」

〔九〕兩句言己並不羨有笙簧之聽，亦不厭隱居困病之境。云誰，猶云何、如何。詩衛風考槃：「考槃在阿，碩人之薖。」「考槃在陸，碩人之軸。」鄭箋：「薖，飢意。」「軸，病也。」謂賢人隱居，而罹困病。

〔一〇〕逸駕，縱逸之車駕。

〔一一〕玉篇：「餌，食也。」楚辭離騷：「夕餐秋菊之落英。」

【集説】

陳胤倩曰：俱是平調，情景並切。「颯颯」二句，「蒼翠」二句，微有致。結意數見，必索新語，故不覺重複。

何義門曰：山谷快閣一首，括取此意移之七言，而大變其貌，可悟爲詩之理。

後齋迴望

高軒瞰四野〔一〕，臨牖眺襟帶〔二〕。望山白雲裏，望水平原外。夏木轉成帷，秋荷漸如蓋〔三〕。鞏洛常睠然〔四〕，摇心似懸旆〔五〕。

【注】

〔一〕高軒，堂左右長廊之有窗者。左思蜀都賦：「開高軒以臨山。」

〔二〕襟帶，謂地勢，以其回互縈環，如襟如帶。張衡東京賦：「苟民志之不諒，何云巖險與襟帶！」

〔三〕蓋，篷、傘等覆蓋物。楚辭九歌湘夫人：「築室兮水中，葺之兮荷蓋。」

〔四〕鞏，周畿内邑。洛，洛邑，東周所都。合指京畿，此借指建康。睠然，顧戀貌。參卷一思歸賦注〔三〕。

〔五〕摇心，詩王風黍離：「中心摇摇。」懸旆，謂心神不寧，意同懸旌。戰國策楚策：「心摇摇然如懸旌而無所終薄。」旆，爾雅郭注：「旆，謂旗尾。」

【集説】

陳胤倩曰：後四語有秀致。

落日悵望

昧旦多紛喧〔一〕，日晏未遑舍〔二〕。落日餘清陰〔三〕，高枕東窗下〔四〕。寒槐漸如束〔五〕，秋菊行當把〔六〕。借問此何時，涼風懷朔馬〔七〕。已傷慕歸客〔八〕，復思離居者。情嗜幸非多〔九〕，案牘偏爲寡。既乏琅邪政〔一〇〕，方憩洛陽社〔一一〕。

【注】

〔一〕昧旦，欲明未明之時。左傳昭公三年：「昧旦丕顯。」紛喧，紛雜喧擾。

〔二〕日晏，日暮。玉篇：「晏，晚也。」舍，止息。詩小雅何人斯：「亦不遑舍。」鄭箋：「不暇舍息。」

〔三〕陶淵明和郭主簿：「藹藹堂前林，中夏貯清陰。」

〔四〕高枕，謂安卧無事。戰國策齊策：「三窟已就，君姑高枕爲樂矣。」

〔五〕聞人倓注：「槐幹屈蟠，秋日葉落，故其枝如束。」張協雜詩：「密葉日夜疎，叢林森如束。」

〔六〕廣韻：「把，持也。」

〔七〕謂涼風起而使朔馬懷故土。爾雅釋天：「北風謂之涼風。」韓詩外傳：「代馬依北風。」

〔八〕慕歸客，猶言思歸人。參前冬日晚郡事隙注〔八〕。

〔九〕情嗜，猶言物欲。說文：「嗜，喜欲之也。」

〔一〇〕漢書朱博傳：「朱博，字子元，杜陵人也。……遷琅邪太守，……視事數年，大改其俗。……博治郡，常令屬縣各用其豪桀以爲大吏，文武從宜。縣有劇賊及它非常，博輒移書以詭責之，其盡力有效，必加厚賞；懷詐不稱，誅罰輒行，以是豪强慹服。」琅邪，漢郡，治所在東武（今山東諸城市）。

〔二〕洛陽社，即白社。晉書隱逸傳：「董京，字威輦。……初與隴西計吏俱至洛陽，被髮而行，逍遥吟咏，常宿白社中。」太平寰宇記：「白社在洛陽故城建春門東，即董威輦舊居之地。」

【集説】

陳胤倩曰：由喧得寂，樂倍恒常。「寒槐」二句，雅有雋致。結句數見，而語各不同。

望三湖①〔一〕

積水照赬霞〔二〕，高臺望歸翼。平原周遠近，連汀見紆直〔三〕。葳蕤向春秀〔四〕，芸黄共秋色〔五〕。薄暮傷哉人，嬋媛復何極〔六〕！

【校】

①〔三湖〕詩紀「湖」作「河」。

【注】

〔一〕三湖，在今湖北江陵縣城東。荆州記：「江陵城東三里餘，有三湖：倚北湖、倚南湖、廖臺湖，皆其一隅。」

〔二〕赬，同經。説文：「經，赤色也。」宋孝武帝詩：「赬霞照桑榆。」

〔三〕廣韻：「汀，水際平沙也。」又：「紆，曲也。」鮑照觀漏賦：「從江河之紆直。」

〔四〕葳蕤，見卷二芳樹（朓詩）注〔四〕。爾雅釋草：「草謂之榮，不榮而實謂之秀。」

〔五〕芸黄，謂草木枯黄。詩小雅苕之華：「苕之華，芸其黄矣。」孔疏：「芸爲極黄之貌。」

〔六〕嬋媛：見卷二同謝諮議詠銅爵臺注〔四〕。

【集説】

陳胤倩曰：短章誦至結句，言外有情，便可存。

遊山

託養因支離〔一〕，乘閑遂疲蹇〔二〕。語默良未尋〔三〕，得喪云誰辨〔四〕。幸涖山水都〔五〕，復值清冬緬〔六〕。凌崖必千仞，尋谿將萬轉①。堅崿既崚嶒〔七〕，迴流復宛澶〔八〕。杳杳雲竇深〔九〕，淵淵石溜淺〔一〇〕。傍眺鬱篻簩〔一一〕，還望森柟楩②〔一二〕。荒陬被葴莎〔一三〕，崩壁帶苔蘚。鼯狖叫層嵁〔一四〕，鷗鳧戲沙衍〔一五〕。觸賞聊自觀，即趣咸已展〔一六〕。經目惜所遇〔一七〕，前路欣方踐③。無言蕙草歇〔一八〕，留垣芳可搴〔一九〕。尚子時未歸〔二〇〕，邴生思自免④〔二一〕。求志昔所欽⑤〔二二〕，勝迹今能選〔二三〕。寄言賞心客〔二四〕，得性良爲善〔二五〕。

【校】

①〔谿〕張本、郭本作「壑」。　②〔森〕涵芬本作「深」。　③〔欣〕涵芬本闕。　④〔邴〕涵芬本闕。

⑤〔求志〕詩紀、萬曆本、郭本「求」作「永」。

【注】

〔一〕莊子人間世：「夫支離其形者，猶足以養其身，終其天年，又況支離其德者乎！」司馬彪注：「形體支離不全貌。」

〔二〕廣韻：「遂，安也。」疲蹇，疲病。釋名：「蹇，跛蹇也，病不能執事役也。」

〔三〕謂語默出處之間，其理猶未能得。易繫辭：「子曰：『君子之道或出或處，或默或語。』」

〔四〕得喪，猶得失。易文言：「知得而不知喪，其唯聖人乎！」

〔五〕山水都，謂宣城郡。郡多佳山水。文選張衡東京賦薛綜注：「都，聚會也。」

〔六〕廣韻：「緬，遠也。」

〔七〕崿，同崿，見卷二登山曲注〔一〕。集韻：「崚嶒，山貌」。

〔八〕宛澶，同宛潬。漢書司馬相如傳補注：「宛潬，猶蜿蜒，狀水勢之緜遠。」

〔九〕楚辭九章懷沙王逸注：「杳杳，深冥貌。」廣韻：「竇，穴也。」

〔一〇〕廣雅釋訓：「淵淵，深也。」溜，水流。淺，猶云淺淺。楚辭九歌湘君：「石瀨兮淺淺。」王逸注：「淺淺，流疾貌。」

〔一一〕文選左思吴都賦：「篻簩有叢。」劉逵注：「篻竹大如戟槿，實中强勁，交趾人鋭之爲矛，甚利。簩竹，有毒，夷人以爲觚，刺獸，中之則必死。」

〔一二〕柟梗，廣韻：「柟，木名。」按即今楠木。爾雅釋木邢疏：「梗……南方大木之名也。」

〔一三〕説文：「隩，水隈厓也。」爾雅釋草：「葴，馬藍。」莎，一名薃，即香附子。

〔一四〕廣韻：「鼯，似鼠，一曰飛生。」孫卿子曰：「鼯鼠五技而窮。」又：「狖，獸名，似猨。」層嵁，猶言高山。正韻：「嵁巖，不平貌。」

〔一五〕鷗梟，廣韻：「鷗，水鳥。説文云：『水鴞也。』」又：「梟，野鴨。」沙衍，淺水中之沙洲。穆天子傳：「天子乃遂東征，南絶沙衍。」

〔一六〕即趣，謂就己意趣所得。爾雅釋言：「展，適也。」郭注：「得自中展者皆適意也。」

〔一七〕增韻：「惜，愛也。」

〔一八〕南方草木狀：「蕙草，一名薰草，氣如蘼蕪，可以止癘。」歇，見卷二渌水曲注〔三〕。

〔一九〕集韻：「搴，取也。」

〔二〇〕後漢書逸民傳：「向平，字子長，隱居不仕，性尚中和，好通老、易。……建武中，男女娶嫁既畢，敕斷家事勿相關，當如我死也。於是遂肆意，與同好北海禽慶俱遊五嶽名山，竟不知所終。」向，皇甫謐高士傳作「尚」。此借以自喻。

〔二一〕邴生，西漢邴曼容（名丹）。免，謂免官。漢書龔勝傳：「（邴）漢兄子曼容，亦養志自修，爲官不肯過六百石，輒自免去。」

〔二二〕求志，謂求能自守平生之志。論語季氏：「隱居以求其志。」爾雅釋詁：「欽，敬也。」

〔二三〕勝迹，幽勝之行踪。

〔二四〕賞心客，心有所愛賞之人。

〔二五〕得性，謂守志任真，得其本性。謝靈運道路憶山中：「得性非外求。」

【集説】

陳胤倩曰：此首蕩漾蒼蔚，有賦家之心。

成倬雲曰：不矜才，不使氣，按部就班，負聲振采，自成一篇工整文字。

賽敬亭山廟喜雨①〔一〕

夕帳懷椒糈②〔二〕，蠲景潔膋薌〔三〕。登秋雖未獻〔四〕，望歲佇年祥〔五〕。潭淵深可厲〔六〕，狹斜車未方③〔七〕。蒙籠度絶限④〔八〕，出没見林堂〔九〕。秉玉朝群帝⑤〔一〇〕，樽桂迎東皇〔一一〕。排雲接虬蓋⑥〔一二〕，蔽日下霓裳〔一三〕。會舞紛瑶席〔一四〕，安歌遶鳳梁〔一五〕。百味芬綺帳，四座沾羽觴⑦〔一六〕。福被延氓澤⑧〔一七〕，樂極思故鄉。登山騁歸望，原雨晦茫茫〔一八〕。胡寧昧千里，解珮拂山莊〔一九〕。

【校】

①〔題〕藝文無「山」字。②〔帳〕詩紀、張本、郭本作「悵」。③〔斜〕詩紀、張本、郭本作「邪」。④〔蒙籠〕詩紀、張本作「朦朧」。⑤〔秉〕藝文作「執」。⑥〔虬〕藝文作「孔」。⑦〔座〕藝文作「望」。⑧〔泯〕詩紀、張本、郭本作「民」。

【注】

〔一〕史記封禪書索隱：「賽，謂報神福也。」

〔二〕夕帳，謂臨夕設帳，將以迎神。楚辭離騷：「巫咸將夕降兮，懷椒糈而要之。」王逸注：「椒，香物，所以降神。糈，精米，所以享神。」

〔三〕廣韻：「蠲，潔也，明也。」膋薌，皆祭品。膋，同膫。説文：「膫，牛腸脂也。」説文新附：「薌，穀氣也。」禮記曲禮：「黍曰薌合，粱曰薌萁。」

〔四〕登秋，秋穀成熟。爾雅釋詁：「登，成也。」

〔五〕望歲，見卷一爲隨王東耕文注〔四〕。

〔六〕詩邶風匏有苦葉：「深則厲。」毛傳：「以衣涉水爲厲，謂由帶以上也。」

〔七〕狹斜，狹路。車未方，謂不能並車而行。方，參始之宣城郡注〔一〇〕。樂府相和歌辭清調曲：「相逢狹路間，道隘不容車。」

〔八〕蒙籠，同蒙蘢。文選孫綽遊天台山賦：「被荒榛之蒙蘢。」呂向注：「林密貌。」

〔九〕林堂，謂林中廟堂。

〔一〇〕玉，古祀神時所用圭璧等瑞玉。

〔一一〕樽桂，謂樽注桂酒。樽，同尊。漢書禮樂志郊祀歌：「尊桂酒。」應劭曰：「桂酒，切桂置酒中也。」東皇，即太一星，文選九歌東皇太一吕向注：「太一，星名，天之尊神，祠在楚東，以配東帝，故云東皇。」

〔一二〕虬蓋，以虬龍作文飾之車蓋。説文：「虬，龍無角者也。」

〔一三〕霓裳，以虹霓爲裳，神仙所服。楚辭九歌東君：「青雲衣兮白霓裳。」

〔一四〕楚辭九歌東君：「展詩兮會舞。」補注：「會舞，猶合舞也。」

〔一五〕安歌，見卷一七夕賦注〔一六〕。列子湯問：「昔韓娥東之齊，匱糧，過雍門，鬻歌假食。既去，而餘音繞梁欐，三日不絶。」借以喻歌之感人。鳳梁，繪飾彩鳳之梁。

〔一六〕羽觴，見卷二送遠曲注〔六〕。

〔一七〕延氓澤，謂增長民之福澤。爾雅釋詁：「延，長也。」方言：「氓，民也。」

〔一八〕韻會：「茫茫，廣大貌。」

〔一九〕兩句謂不因原雨茫茫而減故鄉之思，將解印珮而放乎山莊。胡寧，何曾。詩小雅四月鄭箋：「寧，猶曾也。」廣韻：「昧，暗昧。」千里，黄節注：淮南子：「湯之時，七年旱，以身禱雨桑林，而四海之雲湊，千里之雨至。」（見郝立權謝宣城詩注引）按，亦謂故鄉千里。古歌：「離家千里客。」拂，放也。淮南子齊俗訓：「拂於四達之衢。」

【集説】陳胤倩曰：九歌之遺，秀雅可誦。「出没」句佳，能寫登臨所見之狀。

祀敬亭山廟

翦削兼太華〔一〕，峥嶸跨玄圃①〔二〕。貝闕眂阿宫②〔三〕，薜帷陰網户〔四〕。參差時未來〔五〕，徘徊望澧浦〔六〕。椒醑若馨香③〔七〕，無絶傳終古〔八〕。

【校】①〔嶸〕詩紀作「⿰山寧」。　②〔阿〕原注：「何疑河。」　③〔醑〕詩紀、張本作「糈」。

【注】〔一〕翦削，猶言刻削，謂山之峻峭。廣韻：「翦，截也。」吕氏春秋權勳高注：「兼，並也。」太華，即華山，在陝西省東部。山海經西山經：「太華之山，削成而四方，其高五千仞，其廣十里。」

〔二〕説文：「峥嶸，山峻貌。」玉篇：「跨，越也。」玄圃，即縣圃。玄、縣古字通。楚辭離騷王逸注：「縣圃，神山，在崑崙之上。淮南子曰：『崑崙縣圃，維絶乃通天。』」

〔三〕貝闕，以紫貝爲飾之宫闕。楚辭九歌河伯：「紫貝闕兮朱宫。」王逸注：「言河伯所居，以紫貝作闕。」又：「紫貝，水蟲名。」説文：「眂，古視字，瞻也。」阿，水邊也。穆天子傳：「天子飲于河水之阿。」注：「阿，水崖也。」

〔四〕薜帷，以薜荔爲帳帷。楚辭九歌湘夫人：「罔薜荔兮爲帷。」薜荔，香草。陰，通蔭。集韻：「蔭，草木蔭翳也。」網户，謂鏤刻其户如網狀紋。楚辭招魂：「網户朱綴。」

〔五〕楚辭九歌湘君：「望夫君兮未來。」

〔六〕九歌湘君：「遺余褋兮醴浦。」醴，一作澧。王逸注：「水經云：『澧水出武陵充縣，注於洞庭。』」

〔七〕椒醑，椒，見上篇注〔二〕。埤蒼：「醑，美酒也。」漢書武帝紀顔注：「若，豫及之辭也。」玉篇：「馨，香遠聞也。」書明陳：「黍稷非馨，明德惟馨。」

〔八〕楚辭九歌禮魂：「春蘭兮秋菊，長無絶兮終古。」

遊敬亭山①〔一〕

兹山亘百里，合沓與雲齊〔二〕。隱淪既已託，靈異居然棲②〔三〕。上干蔽白日，下屬帶迴谿〔四〕。交藤荒且蔓，樛枝聳復低〔五〕。獨鶴方朝唳，飢鼯此夜啼〔六〕。泄雲已漫漫③，夕雨亦淒淒④〔七〕。我行雖紆組，兼得尋幽蹊〔八〕。緣源殊未極，歸徑窅如迷〔九〕。要欲追奇趣，即此陵丹梯〔一〇〕。皇恩竟已矣，兹理庶無睽〔一一〕。

【校】

①〔題〕文選、三謝詩作敬亭山詩。 ②〔居〕六臣本文選注：「善本作俱字。」 ③〔泄〕六臣本文選作「渫」，注：「五臣作泄。」 ④〔夕〕六臣本文選、藝文、萬曆本作「多」。六臣本文選注：「五臣作夕。」

【注】録文選李善注。

〔一〕宣城郡圖經曰：「敬亭山，宣城縣北十里。」

〔二〕方言曰：「亘，竟也。」賈誼旱雲賦曰：「遂積聚而合沓，相紛薄而慷慨。」應劭漢書注曰：「沓，合也。」古詩曰：「西北有高樓，上與浮雲齊。」〔補注〕呂向注：「合沓，高貌。」

〔三〕桓子新論曰：「天下神人五：……二曰隱淪。」海賦曰：「棲百靈。」〔補注〕居然，安然。詩大雅生民：「居然生子。」

〔四〕子虛賦曰：「日月蔽虧，交錯糾紛，上干青雲，罷池陂陁。」七發曰：「依絶區兮臨迴谿。」

〔五〕毛萇詩傳曰：「木曲曰樛。」〔補注〕詩周南樛木毛傳：「荒，奄也。」按謂掩覆。

〔六〕八王故事曰：陸機歌曰：「欲聞華亭鶴唳，不可得也。」〔補注〕飢鼯，參遊山注〔一四〕。

〔七〕魏都賦曰：「窮岫渫雲，日月常翳。」楚辭涉江曰：「山峻高以蔽日兮，下幽冥以多雨。」

〔八〕揚子雲解嘲曰：「紆青拖紫。」説文曰：「紆，屈也。……一曰，縈也。」又曰：「組，綬也。」幽蹊，山徑也。楚辭王褒九懷陶壅曰：「道幽路兮九疑。」

〔九〕聲類曰：「窅，遠望也，於鳥切。」〔補注〕窅，深遠貌。

〔一〇〕丹梯，謂山也。朓鼓吹登山曲曰：「暮春春服美，遊駕陵丹梯。升嶠既小魯，登巒且悵齊。」謝靈運登石門最高頂詩曰：「共登青雲梯。」

〔一一〕西京賦曰：「皇恩溥。」周易曰：「睽，乖也。」王粲從軍行詩曰：「兹理不可違。」〔補注〕兹理，謂陵丹梯而追奇趣。

【集説】

孫月峰曰：是康樂構法，而下語更清妙。又曰：人、仙、峰、谿、草、木、鳥、獸、雲、雨，布置一一有次第，便是唐律所祖。

方伯海曰：俱從山之高處寫，逐步换形，末以幽栖應上「隱淪」「靈異」作結。

陳胤倩曰：應是初至此山，故發端鄭重。六句中千巖萬壑，舉在楮上。「泄雲」二句，轉入時景，以述今遊。「緣源」二句，極寫窅深，與起意相應。

何義門曰：「兹山」領起，直入有勢。以「即此陵丹梯」叫轉，警絶。前四句總寫，一半寫景，一半寫情。唐人律詩作法，俱是此種。又曰：玄暉詩有凌霄摩空之態，宜太白之賞心也。

成倬雲曰：起語不平，以下便處處聱牙佶屈，結構具在胸中，固不可率爾涉筆。

方植之曰：前十二句山，「我行」八句游山之情，章法分明。大致亦同康樂、明遠，但音節易之以和耳，精警似遜之。

賦貧民田

假遇非將迎①〔一〕，靖共延殊慶②〔二〕。中歲歷三臺〔三〕，旬月典邦政〔四〕。會③是共治④情〔五〕，敢忘卹貧病〔六〕。將無富教理⑤，孰有知方性〔七〕。敦本抑工商〔八〕，均業省兼并〔九〕。察壤見泉脈〔一〇〕，覘星視農正〔一一〕。黍稷緣高殖〔一二〕，穭稌即卑盛⑥〔一三〕。舊埒新塍分〔一四〕，青苗白水映。遥樹匝清陰⑦，連山周遠淨。即此風雲佳，孤觴聊可命。既微三載道⑧，庶藉兩岐詠〔一五〕。俾爾倉廩實，余從谷口鄭〔一六〕。

【校】

①〔假遇〕原注：「一作佳譽。」詩紀同。郭本作「假譽」，注：「譽，一作遇。」②〔靖共〕原注：「一作静拱。」涵芬本、詩紀同。郭本作「静拱」，注：「拱，一作共。」③〔會〕原注：「一作曾。」詩紀、張本作「曾」。④〔治〕涵芬本注：「一作怡。」嘉靖本作「怡」。⑤〔理〕原作「禮」，注：「何云：當作理。」嘉靖本作「理」，據改。⑥〔穭〕原注：「一作稉。」詩紀、吴汝綸古詩鈔注：「一作秔。」⑦〔樹〕萬曆本、文集本、名家集本、郭本作「柳」。⑧〔既〕萬曆本、文集本、名家集本作「即」。

【注】

〔一〕假遇，猶嘉遇，美盛之際遇。詩大雅假樂毛傳：「假，嘉也」。遇，遇合。黄節注：論衡：「不求自至，不作自成，是名爲遇。」（郝立權謝宣城詩注引）將迎，送迎。爾雅釋詁：「將，送也。」

〔二〕靖共，靖，通静。共，通恭。謂静而且恭，以守其位。詩小雅小明：「靖共爾位，正直是與。」廣韻：「延，進也。」

〔三〕中歲，中年。三臺，漢以尚書、御史、謁者爲三臺。海陵王延興元年（四九四），西昌侯蕭鸞輔政，朓官尚書殿中郎，時年三十一。

〔四〕旬月，謂十閲月。漢書車千秋傳：「旬月取宰相封侯。」典邦政，謂守宣城。南齊書本傳：「又掌中書詔誥，除秘書丞，未拜，仍轉中書郎。出爲宣城太守。」

〔五〕會，領會。韓非子解老：「其智深，則其會遠。」共治，見始之宣城郡注〔一四〕。

〔六〕正韻：「卹，憂也，愍也。」卹，同恤。周禮地官司徒：「大司徒之職……以保息六養萬民……四曰恤貧，五曰寬疾……」

〔七〕兩句謂若無富而且教之治，民將無知方之性。論語子路：「子適衛，冉有僕。子曰：『庶矣哉！』冉有曰：『既庶矣，又何加焉？』曰：『富之。』曰：『既富矣，又何加焉？』曰：『教之。』」知方，見卷一遊後園賦注〔一四〕。理，治也。説文徐鍇注：「治玉、治民皆曰理。」

〔八〕敦本，謂重農。廣韻：「敦，厚也。」漢書文帝紀：二年，詔曰：「夫農，天下之本也。」按古以農爲本，工商爲末。

〔九〕均業，均民之田業。兼并，并吞他人産業。漢書食貨志鼂錯論貴粟疏：「此商人所以兼并農人，農人所以流亡者也。」

〔一〇〕察壤，察辨土物之宜。周禮地官司徒：「大司徒之職……辨十有二壤之物而知其種，以教稼穡樹藝。」國語周語韋注：「脈，理也。」泉脈，泉所從來處。鮑照從登香爐峰：「金澗測泉脈。」

〔一一〕謂覘星象、視候鳥以施農事。農正，古農官。少皞氏以鳥名名督視農桑之官，左傳昭公十七年「九扈爲九農正」是也。又，説文：「雇，九雇，農桑候鳥，扈(止)民不婬者也。」雇，同扈。此農正謂示農時之鳥。

〔一二〕本草綱目：李時珍曰：「稷與黍，一類二種也。黏者爲黍，不黏者爲稷。稷可作飯，黍可釀酒。」

〔一三〕文選張衡南都賦：「冬稌夏穱，隨時代熟。」劉良注：「稌，稻；穱，麥也。」

〔一四〕説文段注：「埒者，庳垣，亦所以爲界，稻田中作介畫以蓄水，取義於此。」塍，同堘。集韻：「堘，稻田畦也。」

〔一五〕韻會：「微，無也。」三載道、兩岐詠，參見前答張齊興注〔五〕。漢書食貨志：「衣食足而知榮辱，廉讓生而爭訟息，故三載考績。」

〔一六〕管子牧民：「倉廩實而知禮節。」蔡邕月令章句：「穀藏曰倉，米藏曰廩。」皇甫謐高士傳：「鄭樸，字子真，谷口人也。修道静默，世服其清高。成帝時，元舅大將軍王鳳以禮聘之，遂不屈。揚雄盛稱其德曰：『谷口鄭子真，耕於巖石之下，名振京師。』」

【集説】

陳胤倩曰：語並得體，田間景物描寫，差不寂寞。結押「鄭」字，亦雅。

與江水曹至濱干戲①〔一〕

山中上芳月，故人清樽賞。遠山翠百重②，迴流映千丈〔二〕。花枝聚如雪，蕪絲散猶網③〔三〕。別後能相思，何嗟異封壤④〔四〕。

【校】

①〔題〕藝文作與江水曹。玉臺作別江水曹。詩紀、張本「濱干」倒。②〔百〕玉臺吴兆宜注：「一作不。」③〔蕪絲散猶網〕詩紀注：「一作垂藤散似網。」玉臺作「垂藤散似網」。藝文作「垂藤散猶網」。④〔封〕玉臺作「風」，注：「一作封。」藝文作「風」。

【注】

〔一〕南齊書江祏傳：「江祏字弘業，濟陽考城人也。……竟陵王征北參軍，尚書水部郎。」濱干，城郊江濱。管子小問注：「干，江邊地也。」

〔二〕迴流，縈折之江流。迴，同回。説文：「回，轉也。」

〔三〕小爾雅：「蕪，草也。」

〔四〕封壤，猶封疆，疆界。

【集説】

方植之曰：「『別後』二句收，用意用筆，深曲有味。又緊承上四句景及山月、清樽言之，思此景此情也。

送江水曹還遠館[一]

高館臨荒途，清川帶長陌[二]。上有流思人[三]，懷舊望歸客。塘邊草雜紅，樹際花猶白。日暮有重城[四]，何由盡離席[五]。

【注】

〔一〕江水曹，見前篇注〔一〕。

〔二〕廣雅釋詁：「陌，道也。」

〔三〕流思人，猶言遠思人。爾雅釋言：「流，覃也。覃，延也。」

〔四〕重城，謂大城中有小城相重疊。左思吳都賦：「重城結隅。」

〔五〕離席，猶言别筵。聞人倓注：「言城門將閉，己當返駕，不得終宴也。」

【集説】

王船山曰：晉宋之不能不變而唐，勢也。宣城即不墜素業，而已墮風會中矣。然以此置唐人詩中，則其深遠高逸，又似鶴立鸛鷺之表。

陳胤倩曰：結句留連不能盡興之意，頗復情長。

方植之曰：此詩先叙遠館並景起二句，右丞取作律句，更妙。收二句，言餞送不能久留。

送江兵曹檀主簿朱孝廉還上國〔一〕

方舟泛春渚〔二〕，攜手趨上京〔三〕。安知慕歸客①〔四〕，詎億山中情②〔五〕。香風蕊上發，好鳥葉間鳴。揮袂送君已〔六〕，獨此夜琴聲。

【校】

①〔慕〕張本、郭本作「暮」。郭本注：「一作慕。」②〔億〕原注：「近刻作憶。」涵芬本、詩紀、張本作「憶」。郭本作「意」。

【注】

〔一〕南齊書孝義傳：「江泌，字士清，濟陽考城人也。……歷仕南中郎行參軍。」又文學傳：「檀超字悦祖，高平金鄉人也。……除驃騎參軍、寧蠻主簿，鎮北諮議。」朱孝廉，未詳。卷二有朱孝廉白雪曲。上國，謂京都建康。

〔二〕方舟，説文：「方，併船也。」爾雅釋水：「大夫方舟。」

〔三〕上京，京都。

〔四〕慕歸，見前冬日晚郡事隙注〔八〕。「慕歸客」與下「山中情」皆自指。

〔五〕廣韻：「億，度也。」山中情，謂山中人之情。楚辭九歌山鬼：「山中人兮芳杜若。」

〔六〕揮袂，謂舉手爲別。玉篇：「袂，袖也。」

【集説】

鍾伯敬曰：自待待人，皆置之極幽孤之境。

譚友夏曰：「聞君此夜琴」，佳景也。「獨此夜琴聲」，苦境也。一吟之而神往，一吟之而神傷，各極其妙。妙於作聞琴詩，才華事實，無用處矣。

張蔭嘉曰：前四叙事，述彼之捨己群去，有悵恨意。後四補景，述己之送彼獨留，有傲岸意。詩境清超。

方植之曰：此篇無甚佳勝。

臨溪送別

悵望南浦時〔一〕，徙倚北梁步〔二〕。葉下涼風初①，日隱輕霞暮。荒城迥易陰，秋溪廣難渡。沫泣豈徒然，君子行多露〔三〕。

【校】

①〔葉下〕詩紀、張本、郭本作「葉上」，廣文選作「華夏」。

【注】

〔一〕南浦，見卷二送遠曲注〔二〕。

〔二〕楚辭嚴忌哀時命：「獨徙倚而彷徉。」王逸注：「徙倚，猶低徊也。」北梁，見卷二送遠曲注〔一〕。

〔三〕沬泣，悲泣涕淚覆面而下。説文：「沬，洒面也。」詩召南行露：「豈不夙夜，謂行多露。」孔疏：「行人豈不欲早夜而行也，有是可以早夜而行之道，所以不行者，以爲道中之露多，懼早夜之濡己，故不行耳。」兩句謂己之沬泣，豈出徒然，亦傷念别者冒險難而行耳。蓋露婉戒之意。

【集説】

譚友夏曰：「『荒城迥易陰』，即唐人『幽州無夕陽』之意。但唐句淒，此句渾。」

成倬雲曰：起結將正意點清，中間寫景處即有情在。唐人每用之，殆效法於此。

將遊湘水尋句溪〔一〕

既從陵陽釣〔二〕，挂鱗驂赤螭〔三〕。方尋桂水源①〔四〕，謁帝蒼山垂〔五〕。辰哉且未會〔六〕，乘景弄清漪〔七〕。瑟汩瀉長淀②〔八〕，潺湲赴兩岐〔九〕。輕蘋上靡靡〔一〇〕，雜石下離離〔一一〕。寒草分花映，戲鮪乘空移〔一二〕。興以暮秋月，清霜落素枝。魚鳥余方翫，纓緌君自縻〔一三〕。及茲暢懷抱，山川長若斯〔一四〕。

【校】

①〔源〕原作「原」，依詩紀、張本改。　②〔淀〕涵芬本闕，文集本作「澱」。

【注】

〔一〕王應麟通鑑地理通釋：「湘水出全州清湘縣陽朔山，東入洞庭北至衡州衡陽縣入江。」江南通志：「句溪在寧國府城（按即宣城）東五里，溪流迴曲，形如句字。源出籠叢、天目諸山，東北流二百餘里，合衆流入江。」

〔二〕列仙傳：「陵陽子明釣得白龍，懼，放之。後得白魚，腹中有書，教子明服食之法。子明遂上黄山，採五石脂，沸水服之。三年，龍來迎去。」按宣城郡内有陵陽山，子明曾修道於此。朓爲郡守，故詩句云然。

〔三〕謂將挂龍鱗、以赤螭爲驂而飛昇。楚辭九章涉江：「駕青虯兮驂白螭。」

〔四〕桂水源，指桂陽縣，治所在今湖南郴州市。漢書地理志：「桂陽郡，縣十一：……桂陽……」注引應劭曰：「桂水所出，東北入湘。」

〔五〕謁帝，謂謁祭南岳之神。參下篇忝役湘州與宣城吏民别「汨徂奉南岳」句。

〔六〕廣韻：「辰，時也。」説文：「會，合也。」

〔七〕梁元帝纂要：「日光曰景。」清漪，見卷二泛水曲注〔八〕。

〔八〕瑟汨，流水聲。謝靈運長谿賦：「飛急聲之瑟汨。」玉篇：「淀，淺水也。」

〔九〕韻會：「潺湲，水流貌。」楚辭九歌湘夫人：「觀流水兮潺湲。」清一統志：「宛溪源出（宣城）縣東南嶧山，流繞城東爲宛溪，受石子澗諸水。至縣東北里許，與句溪合。」此所謂「赴兩岐」也。

〔一〇〕靡靡，柔弱貌。又相依倚貌。陸機擬青青河畔草詩：「靡靡江離草。」

〔一一〕離離，羅列分明之貌。詩小雅湛露傳疏：「離離，猶歷歷也。」

〔一二〕爾雅釋魚郭注：「鮪，鱣屬也。……狀似鱣而小。」

〔一三〕纓緌，繫冠之帶，仕宦者所服。禮記內則孔疏：「結纓頷下以固冠，結之餘者，散而下垂，謂之緌。」廣韻：「縻，繫也。」方植之曰：「『余』『君』皆自指。」

〔一四〕方植之曰：「二句倒裝句法。言山川不改而人不能久常，當及茲暢懷抱也。」

【集説】

陳胤倩曰：忽發遠想，言遂擬高蹈，時偶未能，且作茲遊也，命意超超。「輕蘋」四句，清姿濯濯。「戲鮪乘空移」，語頗尖儁，似傷古詩渾厚氣格。然正以尖儁之極，唐人不能道，翻有類於建安，但差輕耳。「纓緌君自縻」，語亦有致，與起意相合。

方植之曰：只言未遂仙隱，且作茲遊，因即寫其景，着筆甚輕。

忝役湘州與宣城吏民別〔一〕

弱齡倦簪履〔二〕，薄晚忝華奥〔三〕。閑沃盡地區〔四〕，山泉諧所好〔五〕。幸遇昌化穆〔六〕，惇俗罕驚暴①〔七〕。四時從偃息〔八〕，三省無侵冒〔九〕。下車遽暄席，紆紱始黔竈②〔一〇〕。榮辱未遑敷③〔一一〕，德禮何由導〔一二〕？汨徂奉南岳〔一三〕，兼秩典邦號〔一四〕。疲馬方云驅〔一五〕，鉛刀安可操〔一六〕。遺惠良寂寞，恩靈亦匪報〔一七〕。桂水日悠悠〔一八〕，結言幸相勞〔一九〕。吐納貽爾和〔二〇〕，窮通勖所蹈〔二一〕。

【校】

①〔惇〕原注：「一作淳。」涵芬本、詩紀、郭本同。張本作「淳」。②〔紱〕萬曆本、詩紀、張本、郭本作「服」。③〔遑〕涵芬本作「皇」。

【注】

〔一〕南齊書州郡志：「湘州，鎮長沙郡。……晉永嘉元年分荆州置。」治所在今湖南長沙市。朓役湘州史傳無載。

〔二〕弱齡，猶言弱冠。陶淵明始作鎮參軍經曲阿：「弱齡寄事外。」倦簪履，謂厭於仕途。簪以固冠，履以飾足，仕宦者所服。借指任官。

〔三〕薄晚，以日之西薄喻年事稍長。謝靈運善哉行：「晼晚西薄。」華奥，指宣城郡。宣城在建康西南。集韻：「奥，室西南隅，人所安息也。」

〔四〕閑沃，土地廣大而肥沃。廣韻：「閑，大也。」

〔五〕玉篇：「諧，合也。」

〔六〕昌化，昌盛之化。廣韻：「穆，和也。」

〔七〕惇俗，風俗淳厚。説文：「惇，厚也。」驚暴，謂驚擾、暴亂。

〔八〕從偃息，謂人人各就其所而憩息。陶淵明桃花源詩：「日入從所憩。」

〔九〕論語學而：「曾子曰：『吾日三省吾身。』」增韻：「冒，貪也。」左傳昭公三十一年：「貪冒之民。」

〔一〇〕兩句謂守郡已稍久。下車，見卷一思歸賦注〔二〕。紆紱，意同繫綬。暄席，坐久席暖。黔竈，居稍久而竈突爲黑。文選班固答賓戲：「聖哲之治，棲棲遑遑，孔席不暖，墨突不黔。」暖，同暖。

〔一一〕謂未暇施榮辱之教。廣韻：「敷，施也。」管子牧民：「倉廩實則知禮節，衣食足則知榮辱。」

〔一二〕論語爲政：「道之以德，齊之以禮，有恥且格。」

〔一三〕汩徂，謂其往疾若水流。楚辭九章懷沙：「汩徂南土。」

〔一四〕增韻：「秩，職也，官也。」

〔一五〕疲馬，用以自喻。

〔一六〕自謙才力微薄。淮南子齊俗訓：「鉛不可以爲刀。」謂鉛刀鈍而無所用。

〔一七〕兩句謂無遺惠於民，亦無以報君國恩靈。靈，威靈。曹操自明本志令：「奉國威靈。」

〔一八〕悠悠，見卷二沈約臨高臺注〔二〕。

〔一九〕結言，相結以言。公羊傳桓公三年：「古者不盟，結言而退。」

〔二〇〕吐納，吐故納新。莊子刻意：「吹呴呼吸，吐故納新，爲壽而已矣。」

〔二一〕謂窮困顯達，各就所蹈而自勉。陶淵明歲暮和張常侍：「窮通靡攸慮。」

休沐重還丹陽道中①〔一〕

薄遊第從告，思閑願罷歸〔二〕。還邛歌賦似，休汝車騎非〔三〕。灞池不可別，伊川難重違〔四〕。

汀葭稍靡靡，江菼復依依②〔五〕。田鵠遠相叫③，沙鴇忽争飛④。雲端楚山見⑤，林表吴岫微⑥〔六〕。試與征徒望，鄉淚盡沾衣〔七〕。賴此盈樽酌，含景望芳菲〔八〕。問我勞何事，霑沐仰清徽〔九〕。志狹輕軒冕〔一〇〕，恩甚戀閨闈⑦。歲華春有酒，初服偃郊扉〔一一〕。

【校】

①〔題〕文選、藝文作休沐重還道中。②〔菼〕藝文作「葉」。③〔鵠〕六臣本文選、初學記、三謝詩作「鶴」。④〔鴇〕藝文作「鴈」。初學記作「鳥」。⑤〔雲端〕傅校作「林端」。⑥〔林表〕傅校作「雲表」。⑦〔闈〕六臣本文選作「重」，注：「五臣作闈。」初學記作「庭」。

【注】録文選李善注。

〔一〕休，假也。沐，洗也。漢書：「張安世休沐未嘗出。」如淳曰：「五日得下一沐。」

〔二〕孫綽子曰：「或問賈誼不遇漢文，將退耕於野乎？薄游於朝乎？」漢書曰：蘇林曰：「第，且也。」又曰：「高祖嘗告歸之田。」李斐曰：「休謂退之名也。」又：「韋賢乞骸骨罷歸。」

〔三〕漢書曰：司馬相如家貧，素與臨邛令相善，於是相如往，舍臨邛都亭。是時，卓文君新寡，好音，相如以琴心挑之。相如時從車騎，雍容閑雅甚都。文君心悦而好之，恐不得當也。范曄後漢書曰：許劭，汝南人，爲郡功曹。同郡袁紹去濮陽令歸，車徒甚盛。將入郡界，曰：「吾輿服豈可使許子將見？」遂以單車歸家。

〔四〕枚乘集有臨灞池遠訣賦。潘岳關中記曰：「霸陵，文帝陵也。上有池，有四出道以寫水。」應劭曰：「三川，今河南郡。」韋昭曰：「有河、洛、伊。」

〔五〕毛詩曰：「葭菼揭揭。」毛萇曰：「葭，蘆也。菼，薍也。」高唐賦曰：「薄草靡靡。」韓詩曰：「楊柳依依。」〔補注〕靡靡，見前將遊湘水尋句溪注〔一〇〕。依依，輕柔貌。

〔六〕枚乘樂府詩曰：「美人在雲端。」表，猶外也。

〔七〕古詩曰：「淚下沾衣裳。」〔補注〕征徒，隨行徒從。

〔八〕嵇康秀才詩曰：「旨酒盈罇。」陸機曰：「日出東南隅，清川含藻景。」

〔九〕〔補注〕謂沾被恩澤，並持清操。清徽，清正之風操。

〔一〇〕管子曰：「先王制軒冕以著貴賤。」〔補注〕左傳閔公二年杜注：「軒，大夫車。」説文：「冕，大夫以上冠也。」軒冕，指官職。

〔一一〕楚辭曰：「進不入以離尤兮，退將復修吾初服。」顔延之贈王太常詩曰：「郊扉常晝閉。」〔補注〕初服，未仕前之服。

【集説】

孫月峰曰：以生拗見致。又曰：琢磨入細。

方伯海曰：詩妙處總由能發人遠想，説出只是眼前，他人却説不出，「楚山」「吴岫」二語是也。

陳胤倩曰：通體言情，其旨婉，其辭逸。

何義門曰：「還邛」，義取家徒四壁，言遊宦以來，徒有相如之四壁，無袁紹之兼輛，所以思歸耳。

重闈之戀，非其誠也。

方植之曰：觀玄暉自言，見其胸中殊無決志，非徒智及而仁不能守，安在其能戰勝哉！此豈足與陶公同歲而語？「恩甚戀閨闈」，饕榮之飾詞耳。

移病還園示親屬〔一〕

疲策倦人世〔二〕，斂性就幽蓬〔三〕。停琴佇涼月，滅燭聽歸鴻。涼蒹①乘暮晰②〔四〕，秋華臨夜空。葉低知露密，崖斷識雲重。折荷葺寒袂〔五〕，開鏡眄衰容〔六〕。海暮騰清氣③〔七〕，河關祕棲沖〔八〕。煙衡時未歇〔九〕，芝澗去相從④〔一〇〕。

【校】

①〔蒹〕原注：「近刻薰。」涵芬本、萬曆本、詩紀、張本、郭本作「薰」。②〔晰〕涵芬本作「晣」。

③〔海暮〕原注：「疑。」④〔澗〕詩紀、張本、郭本作「蘭」。

【注】

〔一〕漢書公孫弘傳顏注：「移病，謂移書言病也。一曰以病移居。」

〔二〕疲策，謂如馬之疲於驅策。說文：「策，馬箠也。」

〔三〕斂性，謂收斂其心性。說文：「斂，收也。」幽蓬，蓬蒿深密處，隱者所居。本卷高齋視事：「安得掃蓬徑。」

〔四〕爾雅釋草郭注：「蒹，似萑而細，高數尺，蘆葦也。」集韻：「晰，明也。」

〔五〕玉篇：「葺，修補也。」楚辭離騷：「製芰荷以爲衣。」

〔六〕說文：「眄，一曰衺視也。秦語。」

〔七〕楚辭九歌大司命：「乘清氣兮御陰陽。」

〔八〕河關，同關河。見卷二出藩曲注〔四〕。棲沖，謂棲隱沖素。

〔九〕衡，通蘅，杜蘅。見卷一杜若賦注〔一〕。

〔一〇〕謂將事隱遯，或採芝於深谷，或垂釣於澗底。古今樂録：「四皓隱居，高祖聘之，不出。作歌曰：『漠漠高山，深谷逶迤。曄曄紫芝，可以療飢。唐虞世遠，吾將安歸！駟馬高蓋，其憂甚大。富貴而畏人兮，不若貧賤之肆志。』」垂釣於澗，參前始出尚書省注〔一六〕。

【集說】

鍾伯敬曰：恬細淵潤，別有異氣在筆墨外。

陳胤倩曰：「涼薰」二句，六朝語之倩者。「乘暮」字、「空」字，佳。「葉低」二句，雋。

張蔭嘉曰：首二，直點「移病還園」起。「停琴」六句，接寫幽居秋夜之景，琢句多佳。「折荷」四句，申叙幽居之事。「騰清氣」，「祕棲沖」，正所以養病也。後二，思與幽人過從，拍到示親屬意作結。

方植之曰：此詩甚平，但句法清新而已。「涼薰乘暮晰」，「晰」讀如「明星晢晢」之晢，言當晚暮而仍見秋花，月下如空也，此二句寫月光實妙。又曰：通身寫園中景，而「棲沖」不脱疾。

出下館①

麥候始清和〔一〕，涼雨銷炎燠〔二〕。紅蓮搖弱荇〔三〕，丹藤繞新竹。物色盈懷抱〔四〕，方駕娛耳目〔五〕。零落既難留〔六〕，何用存華屋〔七〕！

【校】

①〔題〕詩紀、古詩鈔注：「一作夏日。」初學記作夏日詩。

【注】

〔一〕麥候，猶言麥秋，指孟夏。禮記月令：「孟夏之月，農乃登麥。」清和，氣清時和。曹丕槐賦：「伊暮春之既替，即首夏之初期。天清和而温潤，氣恬淡以安治。」

〔二〕炎燠，炎熱。詩小雅小明：「日月方奥。」毛傳：「奥，煖也。」按燠，同奥。

〔三〕荇，即荇菜、莕菜。陸璣詩疏：「（荇）接余，白莖，葉紫赤色，正圓，徑寸餘。浮在水上，根在水底，與水深淺等。」

〔四〕物色，謂風物景色。顔延之秋胡詩：「物色桑榆時。」

〔五〕方駕，兩車相並而行。後漢書馬防傳：「臨洮道險，車騎不得方駕。」

〔六〕楚辭離騷王逸注：「零落，皆墮也。草曰零，木曰落。」此言春花零落難留，而慨年命易往，故下句云然。

〔七〕曹植箜篌引：「生存華屋處，零落歸山丘。」

【集説】

陳胤倩曰：以物色之推遷，爰興懷於時序，造感不遥，而在情已切。

游東田〔一〕

慼慼苦無悰①，攜手共行樂〔二〕。尋雲陟累榭，隨山望菌閣〔三〕。遠樹曖仟仟②，生煙紛漠漠③〔四〕。魚戲新荷動〔五〕，鳥散餘花落。不對芳春酒，還望青山郭〔六〕。

【校】

①〔慼慼〕原作「戚戚」，依李善注文選改。②〔仟仟〕原作「阡阡」，六臣本文選同，並注：「善本作仟仟字。」涵芬本亦作「仟仟」，據改。藝文作「芊芊」。③〔生〕藝文作「山」。

【注】録文選李善注。

〔一〕朓有莊在鍾山，東游還作。〔補注〕南史鬱林王紀：「文惠太子（長懋）立樓館於鍾山下，號曰東田，太子屢遊幸之。」

〔二〕楚辭曰：「愁鬱鬱之無快，居慼慼而不解。」漢書廣陵王胥歌曰：「出入無悰爲樂亟。」韋昭曰：「悰，樂也。」魏文帝折楊柳行曰：「端坐苦無悰，駕遊博望山。」悰，裁宗切。楊惲報孫會宗書曰：「人生行樂耳，須富貴何時！」

〔三〕羊祜請伐吴表曰：「高山尋雲霓。」楚辭曰：「層臺累榭臨高山。」王逸曰：「層、累，皆重也。」尚書曰：「隨山刊木。」楚辭曰：「菌閣兮蕙樓。」

〔四〕廣雅曰：「芊芊，盛也。」仟與芊同。〔補注〕生煙，謂新生之煙。謝靈運撰征賦：「覩生煙而知墟。」漠漠，布散貌。陸機君子有所思行：「街巷紛漠漠。」

〔五〕〔補注〕漢樂府相和曲江南：「魚戲蓮葉間。」

〔六〕言野外昭曠，取樂非一，若不對兹春酒，則還望彼青山。魏武帝短歌行曰：「對酒當歌。」陸機悲哉行曰：「遊客芳春林。」毛詩曰：「爲此春酒。」

【集説】

孫月峰曰：淺顯工縟，是初唐源本。

方伯海曰：字字清新。

鍾伯敬曰：出口如不欲重，惟恐傷之。又曰：「落」字根「散」字，説得花鳥相關有情。

陳胤倩曰：「魚戲」二句，生動飛舞。寫景物之最勝者，調亦未墮。

張蔭嘉曰：此賦遊以適興之詩，前四以寫憂尋樂説起，點清出遊東田。「累榭」「菌閣」，指山莊言。中四，寫遊時所見初夏之景。兩遠兩近。後二，則以無春酒，遽言歸，寄慨收住。

何義門曰：短章以淡遠取致，筆情輕秀，累句澀字，一例屏除。又曰：節候已過，强事登望，正以見其戚戚無歡也。呼應無迹，古人所以高。

成倬雲曰：句句描寫，却是一氣融結，足徵力厚。又曰：「魚戲」「鳥散」二語，已近陳隋體格，然語自渾成。

方植之曰：起四句迤邐平叙。「遠樹」四句，寫景華妙，千古如新。收結首二句，善曰云云（見注〔六〕）是也。絶不矜奇，而人自不能及。

秋夜講解〔一〕

四緣去誰肇〔二〕，七識習未央〔三〕。沈沈倒營魄①〔四〕，苦蔭蹙愁腸〔五〕。琴瑟徒爛漫〔六〕，姱容空滿堂〔七〕。春顏遽幾日〔八〕，秋壟終茫茫〔九〕。孰云濟沈溺〔一〇〕，假願託津梁〔一一〕。惠唱摛泉湧〔一二〕，妙演發金相〔一三〕。空有定無執〔一四〕，賓實固兩忘②〔一五〕。自來乘首夏，及此申暮霜〔一六〕。雲物清晨景〔一七〕，衣巾引夕涼。風振蕉蓬裂〔一八〕，霜下梧楸傷③〔一九〕。六龍且無借〔二〇〕，三相寧久長〔二一〕。何時接靈應〔二二〕，及子同舟航〔二三〕。

【校】

①〔沈沈〕原注：「一作淵淵。」詩紀、郭本同。文集本、名家集本作「淵淵」。　②〔兩〕萬曆本、詩紀、張本、郭本作「相」。　③〔霜下句〕原注：「一作露下梧桐傷。」涵芬本、詩紀、郭本同。張本作「露下梧楸傷」。

【注】

〔一〕講解，解釋經義。此謂佛家講經説法。

〔二〕四緣，釋氏謂因緣、次第緣、緣緣、增上緣爲四緣。一因緣，謂六根爲因，六塵爲緣。如眼根對於色塵時，識即隨生。餘根亦然。是名因緣。二次第緣，謂心心所法，次第無間，相續而起，名次第緣。三緣緣，謂心心所法，由託緣而生起，是自心之所緣慮，名爲緣緣。四增上緣，謂六根能照境發識，有增上力用，諸法生時，不生障礙，名增上緣（見大明法數）。爾雅釋詁：「肇，始也。」

〔三〕七識，即第七識，佛家語，亦稱「末那識」。末那，梵語，義譯爲「意」，「意」謂思量。此識以思量爲自性，與他識以了别爲自性者不同。唯識論四曰：「是識聖教别名末那，恒審思量勝餘識故。」未央，參前暫使下都夜發新林至京邑贈西府同僚注〔二〕。

〔四〕沈沈，盛貌。老子河上公注：「營魄，魂魄也。」

〔五〕苦蔭，謂患苦日影之移、年光之逝。左傳昭公元年：「趙孟視蔭曰：『朝夕不相及，誰能待五（稔）？』」蔭，日影。廣韻：「蹙，迫也。」

〔六〕爛漫，音聲放佚貌。劉向列女傳：「（桀）造爛漫之樂。」

〔七〕姱容，美容。楚辭招魂：「姱容修態，絙洞房些。」又九歌少司命：「滿堂兮美人。」

〔八〕春顔，謂年少時容顔。

〔九〕集韻：「壟，冢也。」茫茫，廣大貌。文選古詩十九首：「四顧何茫茫，東風摇百草。」

〔一〇〕沈溺，謂深陷于困厄痛苦中。司馬相如難蜀父老：「拯民於沈溺。」

〔一一〕廣韻：「假，借也。」亦「藉」意。津梁，渡河津之梁筏，釋氏以津梁喻佛理真諦。

〔一二〕惠唱，和順之梵唱。説文：「摛，舒也。」泉湧，如泉之湧，源源不絕。陸雲南征賦：「雄聲泉湧。」

〔一三〕妙演，美妙之演述。金相，美質。詩大雅棫樸：「金玉其相。」毛萇傳：「相，質也。」

〔一四〕謂於空、有，皆無所執。釋氏稱凡夫之迷情，執爲有實我、實法，曰「有執」；執無爲因果之事法，涅槃之妙體，曰「無執」。

〔一五〕謂名、實皆忘。賓，謂名，與實相對。莊子逍遥遊：「名者，實之賓也。」

〔一六〕廣韻：「申，重也。」楚辭宋玉九辯：「冬又申之以嚴霜。」

〔一七〕雲物，見卷一高松賦注〔一〇〕。

〔一八〕玉篇：「蕉，芭蕉。」集韻：「蓬，草名，馬舄也。」按，馬舄，即車前。

〔一九〕埤雅：「楸梧早脱，故楸謂之秋。楸，美木也。」

〔二〇〕六龍，指日。古代神話謂羲和爲日御車，駕以六龍。

〔二一〕法華相藥草喻品：「如來説法，一相一味，所謂解脱相、離相、滅相。」文句七上曰：「解脱相者，無生死相。離相者，無涅槃相。滅相者，無相亦無曰相。」

〔二二〕靈應，謂神靈感應。傅玄有女篇：「靈應萬世合。」

〔二三〕同舟航，謂同假舟筏以濟彼岸，登樂土。佛家語。

秋夜

秋夜促織鳴〔一〕，南鄰擣衣急〔二〕。思君隔九重〔三〕，夜夜空佇立〔四〕。北窗輕幔垂〔五〕，西户月光入。何知白露下〔六〕，坐視階前溼①。誰能長分居，秋盡冬復及！

【校】

①〔階前〕玉臺作「前堦」。

【注】

〔一〕促織，爾雅釋：「蟋蟀，一名蛬，今促織也。」宋均曰：「趣織，蟋蟀也。立秋女功急，故趣之。」按，趣，通促。

〔二〕楊慎鉛丹録：字林曰：「直舂曰擣。古人擣衣，兩女子對立執一杵，如舂米然。今易作卧杵，對坐擣之，取其便也。」

〔三〕九重，謂間隔重深。九，虚數。

〔四〕佇立，久立。詩邶風燕燕：「瞻望弗及，佇立以泣。」

〔五〕説文：「幔，幕也。」

〔六〕白露，秋露。禮記月令：「孟秋之月，……涼風至，白露降。」

【集説】

陳胤倩曰：一氣宕逸。「西户月光入」，質語不文，「入」字生動。「何知白露下」，寫露亦拙，然得神。四句寫景，特爲結二語，故有情。

張蔭嘉曰：此詩亦可作思家解，然作擬閨怨解爲妥。前四點清秋夜，就秋聲引入懷人佇立。中四，寫佇立所見夜景。「何知」十字，賦物最工。後二，醒出不堪久别之情，爲題中「秋」字透後作收。

方植之曰：起四句叙。「北窗」四句景，而五、六又於景中見情，甚妙。收句敷衍耳。

春思

茹溪發春水〔一〕，阯山起朝日〔二〕。蘭色望已同，萍際轉如一。巢燕聲上下〔三〕，黄鳥弄儔匹〔四〕。
邊郊阻遊衍〔五〕，故人盈契闊〔六〕。夢寐藉假簧①〔七〕，思歸賴倚瑟〔八〕。幽念漸鬱陶〔九〕，山
楹永爲室〔一〇〕。

【校】

①〔藉〕萬曆本、詩紀、張本、郭本作「借」。

【注】

〔一〕茹溪即茹水，在今湖南臨澧縣西，九澧之一。水經澧水注：「茹水出龍茹山，水色清澈，漏石分

沙。莊辛説楚襄王所謂飲茹溪之流者也。茹水東注澧水。」

〔二〕阰山，楚辭離騷王逸注：「阰，山名。」補注：「山在楚南。」

〔三〕詩邶風燕燕：「燕燕于飛，下上其音。」毛傳：「飛而上曰上音，飛而下曰下音。」

〔四〕黄鳥，陸璣詩疏：「黄鳥，黄離留，即黄鶯。」儔匹，朋侶。楚辭東方朔七諫王逸注：「二人爲匹，四人爲儔。」古樂府傷歌行：「悲聲命儔匹。」

〔五〕邊郊，時與元魏爲敵國，荆雍迤北爲魏境，故云。遊衍，見卷一遊後園賦注〔九〕。

〔六〕契闊，詩邶風擊鼓：「死生契闊。」通釋：「契闊，……猶云合離聚散耳。」

〔七〕假簧，見卷一酬德賦注〔四七〕。

〔八〕倚瑟，謂和瑟聲而歌。史記張釋之傳索隱：「案謂歌聲合於瑟聲，相依倚也。」

〔九〕幽念，幽深之思。書五子之歌：「鬱陶乎予心。」孔傳：「言哀思也。」

〔一〇〕謂將築室而隱。楚辭嚴忌哀時命：「鑿山楹而爲室兮。」王逸注：「言己雖窮，猶鑿山石以爲室柱。」説文：「楹，柱也。」借指房屋。卓氏藻林：「山楹，山房也。」鮑照登廬山：「薄旅次山楹。」

【集説】

王船山曰：平善。

陳胤倩曰：起四句水光日色，流動衍漾，致甚佳。

治宅

結宇夕陰街〔一〕，荒途橫九曲①〔二〕。迢遰南川陽〔三〕，迤邐西山足〔四〕。闢館臨秋風，敞窗望寒旭〔五〕。風碎池中荷，霜翦江南菉〔六〕。既無東都金〔七〕，且稅東皋粟〔八〕。

【校】

①〔荒途〕萬曆本、詩紀、張本、郭本作「荒幽」。傅校：「抄本作荒幽。」

【注】

〔一〕結宇，猶言構室。三輔黄圖：「長安八街九陌，有香室街、夕陰街。」此借指。

〔二〕九曲，阮籍詠懷詩：「逍遥九曲間。」九曲，指九曲瀆，在洛陽東（見水經穀水注）。此係借指，或當時建康亦有是地名，所未詳也。

〔三〕迢遰，同迢遞。文選左思吴都賦張銑注：「迢遞，長也。」

〔四〕集韻：「迤邐，旁行連延也。」西山，當謂鍾山西麓。

〔五〕類篇：「敞，開也。」

〔六〕廣韻：「翦，殺也。」爾雅釋草：「菉，王芻。」郭注：「蓐也，今呼鴟脚莎。」蓋今青蒿。

〔七〕疏廣字仲翁，爲太子太傅。兄子受，爲太子少傅。在位五歲，廣謂受曰：「五聞知足不辱，知止不殆。功成身退，天之道也。宦成名立，如此不去，懼有後悔。」遂上疏乞骸骨，宣帝許之。加賜黃金二十斤，太子贈以五十斤。公卿大夫故人邑子，設祖道供帳東都門外，送者車數百輛，辭決而去（見漢書疏廣傳）。

〔八〕廣韻：「稅，斂也。」文選潘岳秋興賦善注：「水田曰皋。東者，取其春意。」阮籍奏記詣蔣公：「方將耕於東皋之陽，輸黍稷之稅，以避當塗者之路。」

【集說】

陳胤倩曰：「風碎」二句亦太尖。結頗雅逸。雅與逸頗難兼，雅在用詞，逸在命旨。

方植之曰：起二句敘題，「迢遰」六句寫東都收結。玄暉多此調，此亦無勝。

冬緒羈懷示蕭諮議虞田曹劉江二常侍①〔一〕

去國懷丘園〔二〕，入遠滯城闕〔三〕。寒燈耿宵夢②〔四〕，清鏡悲曉髮。風草不留霜，冰池共如月。寂寞此閑帷，琴樽任所對。客念坐嬋媛〔五〕，年華稍菴薆〔六〕。夙慕雲澤遊〔七〕，共奉荆臺績③〔八〕。一聽春鶯喧，再視秋虹没④。疲驂良易返〔九〕，恩波不可越⑤〔一〇〕。誰慕臨淄鼎，常希茂陵渴⑥〔一一〕。依隱幸自從，求心果蕪昧〔一二〕。方軫歸歟願〔一三〕，故山芝未歇〔一四〕。

【校】

①〔題〕皎然詩式作羈緒示蕭諮議。文鏡秘府論作冬序羈懷。②〔耿〕文鏡秘府論作「耻」。

③〔績〕原作「續」，注：「一作績。」詩紀作「績」，注：「一作續。」張本作「績」，據改。傅校：「抄作

續。」④〔虹〕原注：「近刻作鴻。」⑤〔恩〕原注：「一作思。」詩紀、郭本同。⑥〔常〕涵芬本作「當」。

【注】

〔一〕聞人倓注：梁武帝諱衍，初仕齊，累遷隨王鎮西諮議參軍。南齊書：虞玩之字茂瑶。泰始中除晉熙國郎中令，尚書起部郎，通直郎。又：劉善明，平原人，累遷散騎常侍，領長水校尉。又：江祀字景明，爲南郡王國常侍。

〔二〕去國，猶言出都。易賁卦孔疏：「丘謂丘墟，園謂園圃。唯草木所生，是質素之處，非華美之所居。」蓋隱者所居。

〔三〕滯城闕，謂對帝居所在，滯留不去。國語周語韋注：「滯，積也。」

〔四〕耿，古通炯。廣韻：「炯，光也，明也。」

〔五〕客念，羈旅之思。坐，猶自。説文通訓定聲：「坐爲自然之詞。」嬋媛，見卷二同謝諮議詠銅爵臺注〔四〕。

〔六〕謂漸入盛年。年華，年歲。菴藹，同菴藹。文選左思蜀都賦劉良注：「菴藹，茂盛貌。」

〔七〕雲澤，即雲夢澤。吕氏春秋直諫高注：「雲夢澤，在南郡華容也。」

〔八〕荆臺，在荆州，楚人游觀之地。説苑正諫：「楚昭王欲之荆臺游。……王曰：『荆臺乃吾地也。』」此以代荆州。廣韻：「績，功業也。」

〔九〕疲驂，自謙乏才力。詩鄭風大叔于田鄭箋：「在旁曰驂。」

〔一〇〕恩波，謂恩澤之深，指所受顧重於隨郡王子隆。

〔一一〕兩句謂不慕顯貴，但願稱疾閒居。漢書主父偃傳：「主父偃，齊國臨菑人也。……偃曰：『我阨日久矣，丈夫生不五鼎食，死則五鼎烹耳。』」張晏注：「五鼎食，牛羊豕魚麋也，諸侯五，卿大夫三。」司馬相如傳：「相如口吃而善著書，常有消渴病……常稱疾閒居，不慕官爵。」

〔一二〕兩句謂幸能如東方朔之依違朝隱，而求之於心，則殊荒落昏暗。漢書東方朔傳贊：「依隱玩世。」注引如淳曰：「依違朝隱，樂玩其身於一世也。」說文：「蕪，薉也。」廣韻：「昧，暗昧也。」

〔一三〕廣韻：「軫，動也。」歸歟願，望歸之心。論語公冶長：「子在陳曰：『歸與歸與！』」歟、與同。

〔一四〕芝，紫芝。參前移病還園示親屬注〔一〇〕。

【集説】

鍾伯敬曰：謝詩驚人處當於此等處求之。「風草不留霜，冰池共如月」二句亦可作謝詩評。其他如「日出衆鳥散」「斂性就幽蓬」「滅燭聽歸鴻」「秋華臨夜空」「折荷戢寒袂」「微風吹好音」「落日飛鳥還」「國小暇日多」「竹外山猶影」「高琴時以思」「輕鳴響澗音」「遊蜂花上食」「揮袂送君已，獨此夜琴聲」「葉下涼風初」「墮珥答琴心」皆遠勝「澄江靜如練」等句，因太白偶然拈出，千古耳食得聲耳。

陳胤倩曰：此在郡既久，故慨然動歸思。「一聽」二句，誠使人若不可耐。「恩波不可越」語，得體。

方植之曰：此詩序述委婉，情文斐靡，一往情深，似劉公幹。

懷故人①

芳洲有杜若〔一〕，可以慰佳期②。望望忽超遠③〔二〕，何由見所思？我行未千里④，山川已間之。離居方歲月〔三〕，故人不在兹。清風動簾夜，孤月照窗時。安得同攜手，酌酒賦新詩〔四〕。

【校】

①〔題〕詩紀注：「懷，一作贈。」玉臺作贈故人。淵鑑類函作贈友人詩。②〔慰〕太平御覽作「訂」，涵芬本、詩紀、張本、郭本作「贈」。③〔忽〕原作「或」，依玉臺、涵芬本、詩紀、張本、郭本改。④〔我行〕詩紀、張本、郭本作「行行」。

【注】

〔一〕楚辭九歌湘君：「采芳洲兮杜若。」王逸注：「芳洲，香草叢生水中之處。」

〔二〕禮問喪鄭注：「望望，瞻望之貌也。」忽超遠，楚辭九歌國殤：「平原忽兮路超遠。」王逸注：「一云平原路兮忽超遠。」

〔三〕文選古詩十九首：「同心而離居。」又：「歲月忽已晚。」

〔四〕陶淵明移居：「登高賦新詩。」

【集説】

吴旦生曰：九歌：「采芳洲兮杜若。」謝玄暉詩：「芳洲采杜若。」蓋用此語，而勝韻不減本辭，乃古人筆妙也。

王船山曰：宣城有空淺一格詩，此類是也。空者善涵，淺者微至，原五言極境，但頗爲音製浮亮所累。不爾，十九首亦復去人不遠。

陳胤倩曰：起語流逸，其意欲倣漢人。結語佻薄，其體竟淪唐代，以「夜」字、「時」字押句末語太近故也。

方植之曰：一往清綺。然傷平，無奇處。

夜聽伎二首①

瓊閨釧響聞〔一〕，瑶席芳塵滿〔二〕。要取洛陽人〔三〕，共命江南管〔四〕。情多舞態遲，意傾歌弄緩〔五〕。知君密見親②，寸心傳玉盌③〔六〕。

【校】

①〔題〕玉臺作聽妓。　②〔見〕涵芬本作「相」。　③〔盌〕玉臺作「腕」。

【注】

〔一〕瓊閨，閨室之美稱，謂以美玉爲飾。説文：「釧，臂環也。」

〔二〕瑶席，華貴之席。楚辭九歌東皇太一：「瑶席兮玉瑱。」芳塵，香塵。席滿芳塵，謂娱遊久歇。謝靈運石門新營所住：「芳塵凝瑶席。」

〔三〕博雅：「要，約也。」洛陽人，謂洛城美女。陸機擬東城一何高：「京洛多妖麗。」鮑照學古：「會得兩少妾，同是洛陽人。」

〔四〕江南管，謂簫笛之屬。參卷二秋竹曲注〔五〕。

〔五〕歌弄，謂歌唱、奏樂。

〔六〕見親，相親。詩褰裳序孔疏：「見者，自彼加己之辭。」寸心，見卷二鼓吹曲泛水曲注〔一〇〕。

其二

上客光四座〔一〕，佳麗直千金〔二〕。挂釵報纓絶〔三〕，墮珥答琴心〔四〕。蛾眉已共笑①〔五〕，清香復入衿〔六〕。歡樂夜方静，翠帳垂沈沈〔七〕。

【校】

①〔蛾〕涵芬本、萬曆本作「娥」。

【注】

〔一〕上客，見卷二永明樂第七注〔三〕。

〔二〕佳麗，猶言佳麗人。見卷二王融芳樹注〔一〕。

〔三〕司馬相如美人賦：「臣之東鄰，有一女子。……玉釵挂臣冠，羅袖拂臣衣。」説苑復恩：「楚莊王賜群臣酒，日暮酒酣，燈燭滅，乃有人引美人之衣者，美人援絶其冠纓，告王曰：『今者燭滅，有引妾衣者，妾援得其冠纓持之，趣火來上，視絶纓者。』……（王）乃命左右曰：『今日與寡人飲，不絶冠纓者不懽。』群臣百有餘人皆絶去其冠纓而上火，卒盡懽而罷。」

〔四〕史記淳于髡傳：「若乃州閭之會，男女雜坐，行酒稽留……前有墮珥，後有遺簪。」玉篇：「珥，珠在耳。」史記司馬相如傳：「卓王孫有女文君新寡，好音，故相如……以琴心挑之。」

〔五〕楚辭離騷王逸注：「蛾眉，好貌。」按，蛾爲「娥」之假借。方言：「娥，好也。秦晉之間好而輕者謂之娥。」

〔六〕方言：「衿謂之交。」郭注：「衣交領也。」

〔七〕翠帳，見卷一擬宋玉風賦注〔三〕。

【集説】

譚友夏曰：上歌艷在親暱，下歌艷在幽静。

京路夜發

擾擾整夜裝①，肅肅戒徂兩〔一〕。曉星正寥落，晨光復泱漭②〔二〕。猶沾餘露團〔三〕，稍見朝霞上。故鄉邈已夐，山川修且廣〔四〕。文奏方盈前，懷人去心賞〔五〕。敕躬每跼蹐，瞻恩惟震蕩〔六〕。行矣倦路長，無由税歸鞅〔七〕。

【校】

①〔夜〕萬曆本、名家集本作「衣」。　②〔泱〕詩紀、萬曆本、張本、郭本作「瀁」。

【注】録文選李善注。

〔一〕枚乘七發曰：「擾擾若三軍之騰裝。」尚書曰：「戎車三百兩。」廣雅曰：「擾擾，亂也。」毛詩曰：「肅肅宵征。」許慎淮南子注曰：「裝，束也。」〔補注〕毛萇詩傳：「肅肅，疾貌。」儀禮聘禮鄭注：「戒，猶命也。」徂兩，遠行之車。後漢書吴祐傳李賢注：「車有兩輪，故稱兩。」亦以指車。

〔二〕寥落，星稀之貌也。字書曰：「泱漭，不明之貌。」

〔三〕毛詩曰：「野有蔓草，零露團兮。」〔補注〕劉良注：「團，露垂貌。」

〔四〕班固燕山銘曰：「夐其邈兮亘地界。」陸機赴洛詩曰：「遠遊越山川，山川脩且廣。」

〔五〕曹子建聖皇篇曰：「侍臣首文奏，陛下體仁慈。」毛詩曰：「嗟我懷人。」鮑照白頭吟曰：「心賞猶難恃。」

〔六〕孝經鉤命決曰：「敕躬未濟。」毛詩曰：「謂天蓋高，不敢不跼。謂地蓋厚，不敢不蹐。」楚辭曰：「心怵惕而震蕩。」〔補注〕敕躬，謂謹持其身。廣雅釋言：「敕，謹也。」文選張衡東京賦善注：「跼蹐，恐懼之貌也。」

〔七〕陸機贈弟詩曰：「行矣怨路長。」説文曰：「鞅，頸靼也。」又曰：「靼，柔革也。」鞅，於兩切。靼，都達切。〔補注〕方言：「舍車曰稅。」稅歸鞅，謂脱車駕而不復出。

【集説】

孫月峰曰：意趣全在此點景四語（「曉星……」）上，數虛字何等斟酌！

方伯海曰：中間寫夜發，字字是夜發，故詩文不切處，便是陳言。又曰：玄暉詩，多用單句直入，却不前突後竭，是其力量過人處。

陳胤倩曰：「擾擾」「肅肅」字，寫夜發殊肖。「曉星」四句，景色儼然，心倦路長，即事已顯。

張蔭嘉曰：此官宣城之詩。前亦點清夜發，即夜發寫所見之景。中四，分兩層：一層在地方上顧後瞻前，一層在事上料前念後；皆正寫在途懷抱。後四則以循分供職自勉作收，而遊倦難歸，決絶之中，仍含惆悵。

何義門曰：字字是「夜發」，細心熨貼，是永明以後之格也，便爲唐人律詩之所自出。

吴槎客曰：「曉星正寥落，晨光復泱漭。猶沾餘露團，稍見朝霞上。」此謝玄暉京路夜發詩也。……小謝詩繪晨光之熹微，真所謂霏藍翕黛中時有爽氣。

晚登三山還望京邑①〔一〕

灞涘望長安②，河陽視京縣〔二〕。白日麗飛甍，參差皆可見〔三〕。餘霞散成綺，澄江静如練③〔四〕。喧鳥覆春洲④，雜英滿芳甸〔五〕。去矣方滯淫，懷哉罷歡宴〔六〕。佳期悵何許，淚下如流霰〔七〕。有情知望鄉，誰能鬒不變⑤〔八〕？

【校】

①〔題〕藝文無「還」字。②〔灞〕原作「霸」，依文選、涵芬本、詩紀、張本改。③〔静〕文鏡秘府論作「浄」。④〔喧〕六臣本文選注：「五臣作喧。」詩紀、萬曆本、郭本注：「一作喧。」三謝詩、文集本、名家集本作「喧」。⑤〔鬒〕六臣本文選注：「善本作縝字。」

【注】録文選李善注。

〔一〕山謙之丹陽記曰：「江寧縣北十二里，濱江有三山相接，即名爲三山，舊時津濟道也。」

〔二〕王粲七哀詩曰：「南登灞陵岸，迴首望長安。」潘岳河陽縣詩曰：「引領望京室，南路在伐柯。」

〔補注〕説文：「涘，水厓也。」

〔三〕吴都賦曰：「飛甍舛互。」李尤洪池銘曰：「漸臺中起，列館參差。」

〔四〕〔補注〕説文：「綺，文繒也。」練，經濯治之潔白絹帛。

〔五〕〔補注〕芳甸，遍生花草之郊野。

〔六〕邯鄲湛贈伍處玄詩曰：「行矣去言，別易會難。」王粲七哀詩曰：「何爲久滯淫？」毛詩曰：「懷哉懷哉，曷月余旋歸哉！」〔補注〕國語晉語韋注：「滯，廢也。淫，久也。」滯淫，猶言淹留。

〔七〕楚辭曰：「與佳人期兮夕張。」又曰：「涕淫淫而若霰。」〔補注〕何許，猶何所。阮籍詠懷詩：「良辰在何許？」

〔八〕盧諶與劉琨書曰：「苟曰有情，孰能不懷！」廣雅曰：「縝，黑也。」古詩曰：「還顧望舊鄉。」張載七哀詩曰：「憂來令髮白。」毛萇詩傳曰：「鬒，黑髮也。」縝，與鬒同。

【集説】

方伯海曰：秀處在骨，是左、國擅長處。

鍾伯敬曰：右丞以田園作應制語，玄暉以山水作都邑詩，非惟不墮清寒，愈見曠遠。

王船山曰：折合處速甚，所謂羚羊掛角者。如此，雖有蹤如無蹤也。佳句率成，故足動供奉知賞。

陳胤倩曰：一起一結，情緒相應，法既密而志復顯。又曰：發端結響，每獲驪珠。

何義門曰：灞涘、河陽，皆去京師咫尺，然已隔限中外，雖白日昭昭，而佳期猶杳，所由顧望懷戀，不能遽去也。「餘霞」二句，乃望之極。「喧鳥」「雜英」自比，曾不如微禽纖草猶得其所耳。發端既非若癡人掉書袋，以下亦非止於流連景物，誦詩者固當論其世也。

成倬雲曰：著色鮮妍，自成繽紛古藻，絶去癡肥，亦殊頑艷。

方植之曰：（篇末）述懷歸之情，雖仕大郡而志切懷歸，亦徒作雅言耳。以爲不得志而然歟？高懷而然歟？厭濁世亂邦而欲去之歟？若在承平盛時，則足以基讒禍也。

高齋視事〔一〕

餘雪映青山，寒霧開白日。曖曖江村見〔二〕，離離海樹出〔三〕。披衣就清盥〔四〕，憑軒方秉筆〔五〕。列俎歸單味，連駕止容膝〔六〕。空爲大國憂〔七〕，紛詭諒非一〔八〕。安得掃蓬徑①〔九〕，銷吾愁與疾②〔一〇〕！

【校】

①〔掃蓬〕郭本注：「一作歸蓬。」張本作「掃荒」。②〔銷〕詩紀、萬曆本、張本作「鎖」。

【注】

〔一〕光緒宣城縣志古蹟：「高齋，在府治内。謝朓守宣城建，以其踞陵陽之椒，故謂之高齋。」視事，謂治官事，理案牘。左傳襄公二十五年：「崔子稱疾不視事。」

〔二〕曖曖，昏昧貌。陶淵明歸園田居：「曖曖遠人村。」

〔三〕離離，見前將遊湘水尋句溪詩注〔二〕。

〔四〕清盥，洗濯。説文：「盥，澡手也。」

〔五〕秉筆，謂執筆治事。

〔六〕兩句謂足已而已，不蘄有餘。單味，單一食物。韓詩外傳：「楚莊王使使者齎金百斤，聘北郭先生。……閨人曰：『今日結駟列騎，所安不過容膝；食前方丈，所安不過一肉。』」

〔七〕大國，指宣城郡。宣城在齊爲近畿大郡，故云。

〔八〕紛詭，紛雜欺詐。玉篇：「詭，欺也。」説文：「諒，信也。」

〔九〕蓬徑，蓬草叢生之徑，隱者居處。漢趙岐三輔決録：「張仲蔚，平陵人也，與同郡魏景卿俱隱身不仕，……所居蓬蒿没人。」

〔一〇〕文選江淹恨賦善注：「銷，猶散也。」

【集説】

鍾伯敬曰：誰想視事詩如此清適？然真名士作官，有此不爲異。

譚友夏曰：與靈運俱妙於出景，但彼以確而能清，此似清而實確。清與確皆能驚人，好奇者往往失之。

王船山曰：此尤全體康樂，名士自有風軌，不在輕車捷步也。

陳胤倩曰：視事時曠然望遠，殊有勝情。結句「鎖」字稍欠穩妥，不若作「觸」。

張蔭嘉曰：此因視事可厭而思歸之詩。前六，先寫高齋所見雪後之景，落出就盥秉筆，點清「視事」，便有與之不稱意在。後六，隨以人欲易足一拓，轉到案牘可厭，而以安得歸家，鎖愁與疾作結，筆有餘勁。

沈確士曰：起四句寫雪後，入神。

方植之曰：不及直中書省華妙奇艷，而句勢用意略同。

郡内高齋閑望答吕法曹吕僧珍爲齊王法曹①〔一〕

結構何迢遰，曠望極高深〔二〕。窗中列遠岫，庭際俯喬林〔三〕。日出衆鳥散，山暝孤猨吟。已有池上酌，復此風中琴〔四〕。非君美無度，孰爲勞寸心〔五〕。惠而能好我，問以瑶華音〔六〕。若遺金門步，見就玉山岑②〔七〕。

【校】

①〔題〕詩式「内」作「中」。李善注文選「望」作「坐」。　②〔玉〕原作「此」，注：「一作玉。」涵芬本作「此」，注：「此，一作玉。」依六臣本文選、詩紀、萬曆本、張本、郭本改。

【注】録文選李善注。

〔一〕郡是宣城郡。　〔補注〕吕僧珍（？——五一一），字元瑜，東平范人也。世居廣陵，家甚寒微。隨王子隆爲荆州刺史，僧珍任防閤。梁書、南史有傳。爲法曹，史失載。

〔二〕結構，謂結連構架以成屋宇也。魯靈光殿賦曰：「觀其結構。」廣雅曰：「曠，遠也。」高深，謂江山也。魏武帝善哉行曰：「山不厭高，海不厭深。」吴都賦曰：「曠瞻迢遰。」〔補注〕吕延濟注：「迢遞，高也。」迢遞，同迢遰。

〔三〕曹子建詩曰：「歸鳥赴喬林。」

〔四〕石崇思歸引曰：「華池，酌玉觴。」嵇康贈秀才詩曰：「習習和風，吹我素琴。」

〔五〕毛詩曰：「彼其之子，美無度。」又曰：「勞心忉忉。」列子：文子謂叔龍曰：「吾見子之心矣，方寸之地虚矣。」〔補注〕詩魏風汾沮洳孔疏：「其美信無限度矣，非尺寸可量也。」

〔六〕毛詩曰：「惠而好我，攜手同行。」毛萇曰：「惠，愛也。」鄭玄曰：「言愛仁而又好我。」毛詩曰：「雜佩以問之。」毛萇曰：「問，遺也。」楚辭曰：「折疎麻兮瑶華，將以遺兮離居。」〔補注〕瑶華音，稱美吕贈詩之辭。瑶華，玉華。

〔七〕解嘲曰：「歷金門，上玉堂。」穆天子傳曰：「癸巳，至群玉之山，容氏所守，先王之所謂册府。」郭璞曰：「即山海經玉山，西王母所居者。」皇甫謐釋勸曰：「排閶闔，步玉岑。」〔補注〕見就，猶相就。參夜聽伎首章注〔六〕。説文：「岑，山小而高。」方植之曰：「末云見詩如相見也。」

【集説】

孫月峰曰：儘清妙，然風格已漸入唐。

方伯海曰：清新中逸氣遄飛。

邵子湘曰：宣城得康樂之靈秀，而變以輕清，令人心怡神曠。

鍾伯敬曰：語似陶，亦似王、孟。「日出衆鳥散」，陶詩中妙語。

陳胤倩曰：此詩嘹亮自然，調高節古，遠追漢魏，無足多讓。

何義門曰：化艱爲易，去重就輕，以其略浮詞而取真色，所琢鍊者在意象物情之間耳。

謝朓集校注卷四

五言詩

直石頭〔一〕

蕭　衍〔二〕

率土皆王土①〔三〕，安知全高尚〔四〕？東龔棄黍稷，西遊入卿相〔五〕。屬逢利建始〔六〕，投分參末將〔七〕。尺寸功未施②〔八〕，河山賞已諒〔九〕。攝官因時暇〔一〇〕，曳裾聊起望〔一一〕。鬱盤地勢遠〔一二〕，參差百雉壯〔一三〕。翠壁絳霄際〔一四〕，丹樓青霞上。夕池出濠渚，朝雲生疊嶂。籠鳥易爲恩③〔一五〕，屠羊無飾讓〔一六〕。泰階端且平〔一七〕，海水本無浪。小臣何日歸，頓轡從閑放〔一八〕。

【校】

①〔王土〕丁福保輯全梁詩「土」作「士」。　②〔寸〕原作「一」，依全梁詩改。　③〔恩〕涵芬本作「思」。

【注】

〔一〕石頭，見卷三將發石頭上烽火樓注〔一〕。

〔二〕梁書武帝本紀記建武二年，魏寇司州，蕭衍爲冠軍將軍、軍主，退敵有功。「軍罷，以高祖爲右軍晉安王司馬、淮陵太守。還，爲太子中庶子，領羽林監。頃之，出鎮石頭。」餘見卷三冬緒羈懷示蕭諮議注〔一〕。

〔三〕詩小雅北山：「溥天之下，莫非王土。率土之濱，莫非王臣。」毛傳：「率，循；濱，涯也。」

〔四〕全高尚，謂自全高尚之德而不仕。易蠱：「不事王侯，高尚其事。」

〔五〕兩句謂舍耕植之事而入仕。禮坊記：「君子仕則不稼。」東皐，猶東畝。皐，田中高處。戰國時，秦昭王使謁者王稽於魏，稽問於魏人鄭安平曰：「魏有賢人可與俱西遊者乎？」安平言范睢。范睢入秦，説昭王，取卿相（見史記范睢列傳）。

〔六〕廣韻：「屬，會也。」謂適會。利建始，謂明帝蕭鸞建業之始。利建，見卷一侍宴華光殿曲水奉勑爲皇太子作四首注〔一〕。

〔七〕投分，情志相投。文選潘岳金谷集作詩：「投分寄石友。」善注：「分，猶志也。」史記項羽本紀：「范增爲末將。」此自謙微末。

〔八〕尺寸功，謂微功。史記淮陰侯列傳：「一日數戰，無尺寸之功。」增韻：「施，加也。」

〔九〕河山賞，謂以功獲封賞。漢書高惠高后文功臣表序：「封爵之誓曰：『使黄河如帶，泰山若厲，國以永存，爰及苗裔。』於是申以丹書之信，重以白馬之盟。」説文：「諒，信也。」

〔一〇〕攝官，謂暫代其官，意含謙撝。左傳成公二年：「攝官承乏。」

〔一一〕曳裾，猶言攬衣。參卷一酬德賦注〔二五〕。

〔一二〕鬱盤，重厚貌。

〔一三〕左傳隱公元年杜注：「方丈曰堵，三堵曰雉。一雉之牆，長三丈，高一丈。」

〔一四〕絳霄，指天。説文：「絳，大赤也。」後漢書仲長統傳李賢注：「霄，摩天赤氣也。」

〔一五〕此借籠鳥自喻感恩明帝。鷃冠子：「籠中之鳥，空籠不出。」言鳥之感恩。

〔一六〕韓詩外傳：「吴人伐楚，昭王去國，國有屠羊説從行。昭王反國，賞從者，及説，説辭曰：『君失國，臣所失者屠。君反國，臣亦反其屠。臣之禄既厚，又何賞之？』辭不受命。君强之，説曰：『君失國，非臣之罪，故不伏其誅。君反國，非臣之功，故不受其賞。』」此以屠羊説喻己實無功，非矯飾之謙讓。

〔一七〕泰階，星名，亦稱三台，凡六星，兩兩而居，斜上如階，故名。文選左思魏都賦：「令斯民覩泰階之平。」張載注：「泰階者，天之三階也。……三階平則陰陽和，風雨時，歲大登，民人息，天下平，是謂太平。」

〔一八〕兩句示將息駕歸事閑放。小臣，自謙之稱。文選陸機赴洛道中作：「頓轡倚高巖。」善注：「頓，猶舍也。」廣韻：「從，就也。」閑放，閑散無檢束。

和蕭中庶直石頭〔一〕

九河亘積岨〔二〕，三嵕鬱旁眺〔三〕。皇州總地德〔四〕，回江款巖徼〔五〕。井幹艳蒼林〔六〕，雲甍蔽層嶠〔七〕。川霞旦上薄，山光晚餘照。翔集亂歸飛〔八〕，虹蜺紛引曜①〔九〕。君子奉神略〔一〇〕，瞰迥馮重峭〔一一〕。彈冠已籍甚〔一二〕，升車益英妙〔一三〕。功存漢册書②〔一四〕，榮並周庭燎〔一五〕。汲疾移偃息〔一六〕，董園倚談笑〔一七〕。麾旆一悠悠〔一八〕，謙姿光且劭〔一九〕。讌嘉多暇日〔二〇〕，興文起淵調〔二一〕。曰余廁鱗羽〔二二〕，滅影從漁釣〔二三〕。澤渥資投分〔二四〕，逢迎典待詔〔二五〕。詠沼邈含毫，專城空坐嘯〔二六〕。徒慙皇鑒揆〔二七〕，終延曲士誚〔二八〕。方追隱淪訣〔二九〕，偶解金丹要〔三〇〕。若偶巫咸招，帝閽良可叫〔三一〕。

【校】

①〔曜〕涵芬本作「擢」。　②〔册〕涵芬本作「策」。

【注】

〔一〕參上篇注〔二〕。

〔二〕書禹貢：「九河既導。」此借指江水。漢書地理志注引應劭注：「江自廬江尋陽分爲九。」方言：「亘，竟也。」説文：「岨，石戴土也。」

〔三〕漢書司馬相如傳顏注：「三嵕，三峰聚之山也。」此借指建康西南之三山。三山，見卷三晚登三山還望京邑注〔一〕。

〔四〕皇州，謂帝都。説文：「總，聚束也。」地德，即坤德，指載物。易坤：「坤厚載物，德合無疆。含弘光大，品物咸亨。」

〔五〕回，同迴。廣韻：「迴，曲也。」又：「款，叩也。」巖徼，山崖險要之地。

〔六〕井幹，見卷二同謝諮議詠銅爵臺注〔二〕。説文：「赩，大赤也。」

〔七〕雲甍，謂甍高入雲。爾雅釋山：「嶠，山鋭而高。」

〔八〕翔集，指飛鳥。論語鄉黨：「翔而後集。」邢疏：「此翔而後集一句，以飛鳥喻也。」説文：「翔，回飛也。」又：「雧，群鳥在木上也。」集，雧之省。

〔九〕爾雅釋天邢疏：「虹雙出，色鮮盛者爲雄，雄曰虹；闇者爲雌，雌曰蜺。」

〔一〇〕君子，指蕭衍。神略，猶神謀，以稱天子之謀略。

〔一一〕瞰迥，猶言眺遠。馮，古憑字。玉篇：「馮，乘也，陵也，登也。」峭，同陗。廣韻：「陗，山峻。」此謂山之峻險處。

〔一二〕漢書王吉傳顔注：「彈冠者，言入仕也。」籍甚，見卷一酬德賦注〔三〇〕。

〔一三〕升車，登車。世説新語德行：「陳仲舉……登車攬轡，有澄清天下之志。」

〔一四〕册書，古者施於臣下有所册命之書。漢一天下，於輔弼之臣，論功定封，申以丹書之信（參上篇注〔九〕）。

〔一五〕庭燎，謂於庭中設火以照燎來朝之臣夜入者。左傳襄公三十一年：「諸侯賓至，甸設庭燎。」

〔一六〕漢書汲黯傳：「遷爲東海太守。黯學黄老言，治官民好清静，擇丞史任之，責大旨而已，不細苛。黯多病，卧閤内不出。」偃息，猶息偃。詩小雅北山：「或息偃在牀。」説文段注：「凡仰仆曰偃。」

〔一七〕漢書董仲舒傳：「弟子以次相授業，或莫見其面，蓋三年不窺園，其精如此。」

〔一八〕麾旆，謂揮旗以示號令。爾雅釋天郭注：「旆，帛續旐末爲燕尾者。」悠悠，閒暇之貌。詩小雅車攻：「悠悠旆旌。」

〔一九〕易繫辭：「謙尊而光。」孔疏：「謂尊者有謙而更光明。」劭，美也。

〔二〇〕讌嘉，猶宴樂。爾雅釋詁：「嘉，樂也。」説文：「暇，閒也。」

〔二一〕興文，發爲文章。周禮考工記鄭注：「興，發也。」曹植贈徐幹：「興文自成篇。」淵調，謂風調淵遠。

〔二二〕曰，語首助詞，無義。廁鱗羽，謂列於僚友。

〔二三〕滅影，猶言戢影，謂息影閑居。

〔二四〕澤渥，德澤豐厚。投分，見上篇注〔七〕。

〔二五〕逢迎，謂受招接。廣韻：「逢，迎也。」又：「典，主也。」待詔，謂待詔命，掌文翰。明帝即位，朓轉中書郎。

〔二六〕兩句自謙才薄，居中書則含毫邈然，守一郡但坐嘯無功。沼，指池，謂鳳凰池，爲禁苑中池沼，中書省所在之地。通典：「魏晉以來，中書令掌贊詔命，記會時事，典作文書。以其地在樞近，多承寵任，是以人固其位，謂之鳳凰池焉。」詠沼，謂居中書省。文選陸機文賦：「或含毫而邈然。」張銑注：「邈然，謂文遲成也。」廣韻：「專，擅也。」專城，謂任守宰，擅一城。古樂府陌上桑：「四十專城居。」此指守宣城。坐嘯，見本卷在郡卧病呈沈尚書注〔一〇〕。

〔二七〕皇鑒，天子之鑒察。爾雅釋言：「揆，度也。」此謂度己之才器。

〔二八〕正韻：「延，及也。」莊子秋水釋文引司馬彪注：「曲士，鄉曲之士也。」廣韻：「誚，責也。」

〔二九〕隱淪，見卷三遊敬亭山注〔三〕。説文新附：「訣，法也。」

〔三〇〕金丹，古方士之説，化黄金爲液，煉以成丹，服之長生。抱朴子金丹：「金液入口，則其身皆金色，老子受之于元君，是爲金丹。」

〔三一〕兩句謂若得巫咸之招，將同叩天帝之門。文選揚雄甘泉賦：「選巫咸兮叫帝閽。」劉良注：「巫咸，古神巫之名。帝閽，天門也。」

經劉瓛墓下〔一〕

隨郡王蕭子隆〔二〕

升堂子不謬〔三〕，問道余未窮〔四〕。如何辭白日〔五〕，千載隔音通〔六〕。山門一已絶〔七〕，長夜緬難終〔八〕。初松切暮鳥〔九〕，新楊摧曉風①。榛闗向蕪密〔一〇〕，泉途轉銷空〔一一〕。

【校】

①〔曉〕藝文作「晚」。

【注】

〔一〕劉瓛（四三四——四八九），字子珪，沛國相（今安徽濉溪縣西北）人。性謙率通美，方直有清德，不樂仕進。少篤學，博通五經，儒學冠於當時，尤長於禮，京師士子貴遊多從之受業。家寒儉，屋瓦穿漏。永明七年，竟陵王子良表請爲之立館，病卒。入梁，謚曰貞簡先生。見南齊書、南史本傳。

〔二〕蕭子隆（四七四——四九四），字雲興，齊武帝第八子，封隨郡王。有文才，武帝嘗謂尚書令王儉曰：「我家東阿也。」永明八年，爲鎮西將軍，荊州刺史，九年赴鎮。鬱林王立，蕭鸞輔政，子隆素以才貌見憚，遂見殺。年二十一。見南齊書武十七王傳。

〔三〕論語先進：「子曰：『由也升堂矣。』」廣韻：「謬，差也。」句意贊劉瓛能究儒說閫奧。

〔四〕列子說符：「嚴恢曰：『所爲問道者爲富。』」張湛注：「問，猶學也。」漢書賈誼傳：「帝入太學，承師問道。」

〔五〕辭白日，謂亡歿。

〔六〕音通，猶音信、音耗。

〔七〕山門，墓門。宋書袁顗傳：宋明帝與顗書：「山門蕭瑟，松庭誰掃？」

〔八〕長夜，謂幽冥。廣韻：「緬，遠也。」漢書外戚傳：武帝李夫人賦曰：「奄脩夜之不暘。」脩，長也。

〔九〕切，謂鳴聲哀切。

〔一〇〕廣雅釋木：「木叢生曰榛。」關，墓門。周禮春官巾車：「及墓呼啓關陳車。」爾雅釋詁：「蕪，豐也。」

〔一一〕泉途，謂葬九泉之下。謝莊宋孝武宣貴妃誄：「（皇帝）悼泉途之已宮。」廣韻：「銷，滅也。」

登山望雷居士精舍同沈右衛過劉先生墓下作并序①〔一〕

竟陵王蕭子良〔二〕

沛國劉子珪〔三〕，學優未仕②，跡邇心遐〔四〕，履信體仁，古之遺德〔五〕。潛舟迅景〔六〕，滅賞淪輝〔七〕。言念芳猷〔八〕，式懷嗟述〔九〕。屬舍弟隨郡有示來篇，彌縝久要之情〔一〇〕，益深宿草之歎〔一一〕。升望西山〔一二〕，率爾爲答〔一三〕。雖因事雷生，實申悲劉子云爾。

漢陵淹館蕪③〔一四〕，晉彌洙風闕④〔一五〕。五都聲論空〔一六〕，三河文義絶〔一七〕。興禮邁前英⑤，談玄踰往哲〔一八〕。明情日夜深，徽音歲時滅〔一九〕。垣⑥井總已平⑦，煙雲從容裔〔二〇〕。爾嘆牛山悲〔二二〕，我悼驚川逝〔二三〕。

【校】

①〔題〕詩紀注：「一作同隨王經劉先生墓下作。」全齊詩依一作。 ②〔未〕原作「來」，涵芬本同。萬曆本作「未」，注：「一作來。」依詩紀、郭本、八代詩選改。 ③〔陵〕涵芬本作「嘆」。 ④〔彌〕藝文、詩紀、八代詩選、全齊詩作「殄」，詩紀、全齊詩注：「一作彌」。 ⑤〔興〕八代詩選作「典」。 ⑥〔垣〕藝文作「柏」。 ⑦〔總已〕藝文作「忽以」。

【注】

〔一〕雷居士，即雷次宗（三八六——四四八）。次宗，字仲倫，豫章南昌人。少入廬山，事沙門釋慧遠，篤志好學，尤明三禮、毛詩。隱退不受徵辟。宋元嘉中至都下，開館雞籠山，聚徒教授。朝廷尋又爲築室鍾山西巖下，謂之招隱館。歿於鍾山。見南齊書、南史本傳。

〔二〕蕭子良，略見卷一酬德賦注〔二四〕。

〔三〕劉子珪，見上篇注〔一〕。

〔四〕跡邇心遐，謂行跡不離塵俗而志意高遠。

〔五〕德，疑當爲「直」。德，古文作「悳」，形近致誤。遺直，謂能守直道，有古人遺風。左傳昭公十四年：「仲尼曰：『叔向，古之遺直也。』」

〔六〕潛舟，意同藏舟。莊子大宗師：「夫藏舟於壑，……謂之固矣。然而夜半有力者負之而走，昧者不知也。」成疏：「夫藏舟船於海壑，正合其宜。……然而造化之力，負擔而趨，變故日新，驟如逝水。」蓋以喻人之生命，隨造化運轉，倏然而逝。景，日光。

〔七〕滅賞淪輝，意指亡歿。

〔八〕謂追念芳美之道。言，語首助詞。

〔九〕式，語首助詞。嗟述，嗟歎、稱述。

〔一〇〕禮聘義鄭注：「縝，緻也。」謂密緻。論語憲問：「久要不忘平生之言。」孔注：「久要，舊約也。」

〔一一〕禮檀弓：「朋友之墓，有宿草而不哭焉。」鄭注：「宿草，謂陳根也。」

〔一二〕西山，謂鍾山西麓。參注〔一〕。

〔一三〕率爾，輕遽貌。論語先進：「子路率爾而對。」

〔一四〕漢陵，謂漢室陵夷。淹館，指淹中傳禮之館。漢書藝文志：「禮古經者，出於魯淹中。」注引蘇林曰：「里名也。」蕪，謂荒蕪。説文：「蕪，薉也。」又：「荒，蕪也。」

〔一五〕爾雅釋言：「彌，終也。」洙風，謂洙泗禮樂餘風。水經洙水注：「北爲洙瀆，南則泗水，夫子教於洙泗之間。今於城北二水之中，即夫子所居也。」按，城謂曲阜縣城。

〔一六〕五都，見卷一爲録公拜揚州恩教注〔六〕。聲論，意同言論。鬼谷子反應陶弘景注：「聲，即言也。」

〔一七〕古以河東、河内、河南爲三河。史記貨殖列傳：「夫三河在天下之中，若鼎足，王者所更居也。」文義，文辭之涵義。

〔一八〕兩句贊劉瓛長於禮而善談玄。前英、往哲，互文見義。

〔一九〕徽音，美好之德音。詩大雅思齊：「太姒嗣徽音。」鄭箋：「徽，美也。」

〔二〇〕容裔，見卷二泛水曲注〔五〕。

〔二一〕韓詩外傳：「齊景公遊於牛山之上，而北望齊，曰：『美哉國乎！使古而無死者，則寡人將去此而何之？』俯而泣沾襟。」

〔二二〕論語子罕：「子在川上曰：『逝者如斯夫，不舍晝夜。』」

奉和

虞　炎〔一〕

下帷聞昔儒〔二〕，窺園信且逸〔三〕。聚學叢烟郊①，栖遁事環蓽②〔四〕。戢景謝歸年〔五〕，税駕空悠日〔六〕。庭露已沾衣，松門向蕭瑟〔七〕。憫憫神念周〔八〕，依依惠言密〔九〕。

【校】

①〔叢〕詩紀作「從」。　②〔遁〕原注：「宋作道。」涵芬本作「道」。

【注】

〔一〕虞炎，會稽人。生卒年不詳。永明中，以文學與沈約俱爲文惠太子長懋所賞遇，愛顧殊常。官至驍騎將軍。梁書、南史有傳。

〔二〕下帷，見卷一謝隨王賜左傳啓注〔二〕。

〔三〕窺園，參和蕭中庶直石頭注〔一七〕。

〔四〕栖遁，謂避世隱遁。山海經郭璞注：「山居爲栖。」環葦，喻指貧寒而事儒業。禮儒行：「儒有一畝之宫，環堵之室。」又同篇鄭注：「篳門，柴門，荆竹織門也。」

〔五〕戢景，猶言息影，謂退而閒居。廣韻：「戢，止也。」

〔六〕史記李斯列傳索隱：「税駕，猶解駕，言休息也。」

〔七〕松門，墓門。仲長統昌言：「古之葬，植松柏梧桐以識墓。」

〔八〕憫憫，憂念貌。同閔閔。左傳昭公三十二年：「閔閔焉如農夫之望歲。」神念，稱竟陵王悼念之情。

〔九〕依依，思戀之貌。楚辭王逸九思傷時：「志戀戀兮依依。」惠言，惠愛之言，指竟陵王原作。

奉和

柳惲〔一〕

西河寂高業〔二〕，北海望清塵〔三〕。曾徽誰與寄〔四〕？尚德在伊人〔五〕。遺文重昭晰〔六〕，絶緒復紛綸〔七〕。露華白朝日①，蘭生無久春〔八〕。芳猷動淵思〔九〕，撫軾履高辰〔一〇〕。山風起寒木，野雀亂秋榛②。隴草時易宿〔一一〕，素軌邈難遵〔一二〕。

【校】

①〔白〕涵芬本作「向」。　②〔秋〕涵芬本作「秧」。

【注】

〔一〕柳惲（四六五——五一七），字文暢，河東解人。少好學，立行貞素。善尺牘，工詩。竟陵王引爲法曹參軍。入梁，遷吴興太守。梁書、南史有傳。

〔二〕史記仲尼弟子列傳：「卜商，字子夏。……孔子既没，子夏居西河教授，爲魏文侯師。」按西河，戰國魏地，在今河南安陽市。高業，指儒家之業。句喻劉瓛亡歿。

〔三〕後漢書鄭玄傳：「鄭玄，字康成，北海高密人也。……經傳洽熟，稱爲純儒。」清塵，意猶高風。不敢斥言尊者，故指其行後所起之塵言之。清，尊美之辭。

〔四〕曾，通層。玉篇：「重也，累也。凡物之重者通曰層。」爾雅釋詁邢疏：「徽者，美善也。」

〔五〕論語憲問：「尚德哉若人。」詩秦風蒹葭：「所謂伊人，在水一方。」伊人，是人。此指劉瓛。

〔六〕昭晰，見卷一謝隨王賜左傳啓注〔一〕。

〔七〕絶緒，垂絶之學説統緒。後漢書井丹傳：「五經紛綸井大春。」李賢注：「紛綸，猶浩博也。」

〔八〕兩句喻劉瓛溘然云逝，如露晞蘭摧。薤露歌：「薤上露，何易晞！」

〔九〕芳猷，見蕭子良原作注〔八〕。淵思，淵深之思。

〔一〇〕禮曲禮鄭注：「撫，猶據也，據式小俛，崇敬也。」式，同軾。高辰，猶言秋辰。

〔一二〕參蕭子良原作注〔一二〕。

〔一三〕素軌，清素之軌範。方言：「軌，道也。」

奉和①

沈約

表閭欽逸軌〔一〕，軾墓禮貞魂〔二〕。化塗終眇默〔三〕，神理曖猶存〔四〕。塵經未輟幌②〔五〕，高衡已委門〔六〕。日蕪子雲舍〔七〕，徒望董生園〔八〕。華陰無遺市〔九〕，楚席有虚樽③〔一〇〕。玄泉倘能慰〔一一〕，長夜且勿論〔一二〕。

【校】

①〔題〕藝文作經劉瓛墓詩。張本作奉和竟陵王經劉瓛墓。②〔經〕詩紀、張本注：「一作駕。」涵芬本、郭本作「駕」。③〔虚〕原作「靈」，注：「當作虚。」據改。

【注】

〔一〕史記留侯世家：「武王入殷，表商容之閭。」索隱引崔浩云：「表者，標榜其里門。」説文：「欽，一曰敬也。」逸軌，超逸之軌範。

〔二〕禮檀弓：「子路曰：『吾聞之也，過墓則式。』」式，同軾，謂憑車前横木以示敬。蔡邕獨斷：「清心自守曰貞。」

〔三〕化塗，謂幽冥之途。淮南子精神訓高注：「化，猶死也。」眇默，遠貌。顔延之還至梁城作：「眇默軌路長。」

〔四〕神理，神妙之理。文選王儉褚淵碑文：「曖有餘輝。」劉良注：「曖，光也。」

〔五〕塵經，謂久不展誦，經籍生塵。廣韻：「輟，止也，已也。」玉篇：「幌，帷幔也。」

〔六〕衡，古文橫字。橫木爲門曰衡門。見卷一臨海公主墓誌銘注〔九〕。此謂門上橫木。廣韻：「委，棄也。」

〔七〕蕪，見蕭子良原詩注〔一四〕。漢書揚雄傳：「揚雄字子雲。……家素貧，耆酒，人希至其門，時有好事者，載酒肴從游學。」

〔八〕董生園，參前和蕭中庶直石頭注〔一七〕。

〔九〕參卷三始之宣城郡注〔二〇〕。

〔一〇〕此借用楚元王常爲穆生設醴事（見卷三始出尚書省注〔三〕）。謂雖爲瓛設醴，而徒湛空觴。

〔一一〕玄泉，猶言幽壤，張衡東都賦：「玄泉洌清。」

〔一二〕長夜，見蕭子隆經劉瓛墓下注〔八〕。

奉和竟陵王同沈右率過劉先生墓

嘉樹因枝條〔一〕，琢玉良可寶①〔二〕。若人陵曲臺〔三〕，垂帷茂淵道〔四〕。善誘宗學原〔五〕，鳴鍾霽幽抱〔六〕。仁焉徂宛洛〔七〕，清徽夜何早〔八〕！歲晚結松陰，平原亂秋草。不有至言揚〔九〕，終滯西山老〔一〇〕。

【校】

①〔琢〕原作「瑑」，涵芬本同。依詩紀、萬曆本、張本、郭本、全齊詩改。

【注】

〔一〕嘉樹，美異之木。楚辭九章橘頌：「后皇嘉樹。」

〔二〕琢玉，經雕治之玉。禮樂記：「玉不琢，不成器。」

〔三〕若人，指劉瓛。陵，通淩。廣韻：「淩，歷也。」曲臺，漢書藝文志注引晉灼曰：「天子射宫也。」按射宫，即辟雍、大學。

〔四〕垂帷，猶下帷。束皙讀書賦：「垂帷帳以隱几，披紈素而讀書。」爾雅釋詁：「茂，勉也。」淵道，謂淵深之儒道。

〔五〕論語學而：「夫子循循然善誘人。」廣韻：「宗，尊也。」學原，學之本原。

〔六〕謂以義相教而使幽塞之懷得開。鳴鍾，猶擊鐘。鬻子上禹政：「禹之治天下也，以五聲聽。門懸鐘、鼓、鐸、磬而置鞀，以待四海之士，爲銘於簨簴曰：『……教寡人以義者擊鐘。』」逄行珪注：「鐘，金聲也，合於義，故教義者擊鐘也。」説文：「霽，雨止也。」此喻開朗。

〔七〕論語微子：「孔子曰：『殷有三仁焉。』」此以指劉瓛。史記伯夷列傳索隱：「徂者，往也，死也。」文選古詩十九首善注：「漢書南陽郡有宛縣；洛，東都也。」宛洛，此借指建康。

〔八〕清徽，謂清操。夜，喻亡歿。參蕭子隆經劉瓛墓下注〔八〕。

〔九〕至言，猶善言。周禮考工記鄭注：「至，猶善也。」説苑君道：「聞天下之至言，而恐不能行。」

〔一〇〕廣韻：「滯，凝久也。」史記伯夷列傳：伯夷叔齊「隱於首陽山，采薇而食之，及餓且死，作歌。其辭曰：『登彼西山兮，采其薇矣』」。

離夜①

玉繩隱高樹〔一〕，斜漢耿層臺②〔二〕。離堂華燭盡，別幌清琴哀〔三〕。翻潮③尚知限④〔四〕，客思眇難裁⑤〔五〕。山川不可夢⑥，況及故人杯⑦〔六〕。

【校】

①〔題〕張本作離夜同江丞王常侍作。②〔耿〕全齊詩注：「一作映。」藝文作「映」。③〔潮〕涵芬本作「浪」。④〔限〕藝文、詩紀作「恨」。⑤〔眇〕萬曆本、郭本作「耿」。⑥〔夢〕詩紀、全齊詩作「盡」。⑦〔及〕原注：「一作乃。」涵芬本、郭本同。詩紀、張本作「乃」。

【注】

〔一〕春秋元命苞：「玉衡北兩星爲玉繩。」按玉衡，北斗七星之第五星。

〔二〕斜漢，謂銀河斜掛。謝莊月賦：「斜漢左界。」楚辭離騷王逸注：「耿，光也。」又：「明也。」層臺，重臺。老子：「九層之臺，起于累土。」

〔三〕離堂，離別處之堂室。與「別幌」意互見。華燭，華美之燭炬。班固西都賦：「精曜華燭。」

〔四〕古傳江潮翻湧，至柴桑（古縣，治所在今江西九江市西南）而盡，所謂「尚知限」也。文選郭璞江賦：「淪餘波乎柴桑。」善注：「廣雅曰：『淪，没也。』餘波，濤之餘波也。言濤之餘波，至柴桑而盡也。」

〔五〕博雅：「眇，遠也。」淮南子主術訓高注：「裁，度。」謂量度。

〔六〕兩句謂離別之後，山川尚不可夢想而得，況能與故人共舉杯乎！

【集説】

方植之曰：此詩通身爲行者自述之辭，短篇極則。又曰：離夜篇章法宏放，縱蕩汪洋。

同前

江　丞①〔一〕

石泉行可照〔二〕，蘭杜向寒風②〔三〕。離歌上春日〔四〕，芳思徒以空〔五〕。情遽曉雲發③，心在夕河終〔六〕。幽琴一罷調，清醑誰復同④〔七〕？

【校】

①〔江丞〕古文苑作「江丞孝嗣」。詩紀作「江孝嗣」。　②〔寒〕涵芬本、詩紀、萬曆本、郭本作「含」。

③〔曉〕涵芬本作「晚」。　④〔清〕涵芬本闕。

【注】

〔一〕江丞，依古文苑、詩紀爲江孝嗣。本卷有江孝嗣北戍琅邪城詩，朓和詩題亦作「江丞」。孝嗣事跡未詳。

〔二〕文選曹丕與吴質書善注：「行，猶且也。」

〔三〕蘭杜，謂蘭草、杜若，皆香草。

〔四〕離歌，言别之歌。初學記：梁元帝纂要：「正月孟春，亦曰上春。」

〔五〕芳思，芳美之思。

〔六〕玉篇：「遽，急也，疾也。」説文：「在，存也。」心在，中心存想。兩句意謂别情遽生，如曉雲勃發；我心思存，與夕河共長。

〔七〕清醑，參卷三祀敬亭山廟注〔七〕。

同前　王常侍①〔一〕

月没高樓曉，雲起扶桑時〔二〕。燭筵曖無色②〔三〕，行住惘相悲③〔四〕。當軒已凝念，況乃清江湄〔五〕？懷人忽千里〔六〕，誰緩鬢徂絲④〔七〕。

【校】

①〔王常侍〕詩紀、全齊詩作「王侍常」。　②〔曖〕詩紀作「緩」。　③〔行住句〕涵芬本作「行往惘想

悲」。　④〔徂〕涵芬本作「組」。

【注】

〔一〕王常侍，未詳。

〔二〕淮南子天文訓：「（日）拂于扶桑，是謂晨明。」東方朔十洲記：「扶桑在碧海中，葉似桑樹，長數千丈，大二千圍，兩兩同根，更相依倚，是名扶桑。」

〔三〕廣韻：「曖，日不明。」此謂暗昧。

〔四〕行住，行謂行者，住謂居者。集韻：「憫，憂也。」

〔五〕説文：「湄，水草交爲湄。」

〔六〕懷人，謂所思之人。詩周南卷耳：「嗟我懷人。」毛傳：「懷，思。」

〔七〕此極言别緒傷人，意猶曹丕短歌行「人亦有言，憂令人老。嗟我白髮，生一何早」。

餞謝文學①〔一〕

沈右率

漢池水如帶〔二〕，巫山雲似蓋〔三〕。瀄汨背吴潮②〔四〕，潺湲横楚瀨〔五〕。一望沮漳水③〔六〕，寧思江海會〔七〕？以我徑寸心〔八〕，從君千里外。

【校】

①〔題〕詩紀、張本作餞謝文學離夜。藝文、古文苑、文苑英華作别謝文學。　②〔潮〕古文苑校勘記：

「九卷本潮作湖。」 ③〔沮〕萬曆本、郭本作「阻」。

【注】

〔一〕南齊書謝朓傳：「（朓）轉王儉衛軍東閣祭酒，太子舍人、隨王鎮西功曹，轉文學。」又百官志：「諸王師、友、文學各一人。」作者沈右率，即沈約。

〔二〕漢池，即漢水。左傳僖公四年：「楚國……漢水以爲池。」

〔三〕巫山，見卷二王融巫山高注〔三〕。蓋，車蓋。魏志文帝紀裴注引魏書曰：「帝生時有雲氣，青色，而圜如車蓋。」

〔四〕文選嵇康琴賦李注：「㴭汩，去疾貌。」

〔五〕説文：「瀨，水流沙上也。」

〔六〕沮漳，二水名，皆在今湖北境内。漳水合沮水東南流，經江陵縣入于江。沮，古亦作雎。左傳哀公六年：「江、漢、雎、漳，楚之望也。」此借指荆楚。

〔七〕謂遠别之後，豈復能如衆水之會於江海？經傳釋詞：「寧，猶豈也。」

〔八〕徑寸心，意同寸心。參卷一思歸賦注〔一〕。

同前　虞別駕①〔一〕

差池燕始飛〔二〕，羃歷草初輝〔三〕。離人悵東顧，遊子去西歸②。清潮已駕渚③〔四〕，溽露復沾衣〔五〕。一乖當春聚〔六〕，方掩故園扉。

【校】

①〔虞別駕〕古文苑作「虞駕部炎」，詩紀作「虞炎別駕」。②〔去〕古文苑、詩紀、全齊詩作「愴」。

③〔駕〕古文苑作「架」。

【注】

〔一〕虞別駕，名炎。見前奉和蕭子良登山望雷居士精舍注〔一〕。

〔二〕差池，猶參差，不齊一。詩邶風燕燕：「燕燕于飛，差池其羽。」

〔三〕羃歷，覆被分布貌。文選左思吴都賦：「羃歷江海之流。」

〔四〕廣韻：「駕，乘也。」

〔五〕溽露，繁露。説文段注：「謂之溽者，濃也，厚也。」

〔六〕廣韻：「乖，睽也，離也。」

同前　范通直①〔一〕

陽臺霧初解〔二〕，夢渚水裁緑②〔三〕。遠山隱不見③，平沙斷還續。分絃饒苦音，別唱多悽曲〔四〕。爾拂後車塵，我事東皋粟〔五〕。

【校】

①〔范通直〕古文苑作「范通直雲」，詩紀作「范雲通直」。　②〔水〕原作「冰」，依古文苑、詩紀、萬曆本、郭本改。　③〔不〕古文苑、詩紀、萬曆本、郭本作「且」。

【注】

〔一〕范通直，名雲，見卷二當對酒注〔二〕。

〔二〕陽臺，見卷二王融巫山高注〔四〕。

〔三〕夢渚，雲夢澤中洲渚。雲夢澤見卷三冬緒羈懷示蕭諮議虞田曹劉江二常侍注〔七〕。裁，通才、纔，始也。

〔四〕分絃，謂別時絃奏，與「別唱」意互見。廣韻：「饒，飽也，餘也。」

〔五〕兩句謂朓將拂去後車之塵，而蒙舉拔；己將躬耕於東皋。後車，副車。曹丕與吴質書：「文學托乘於後車。」東皋，見卷三治宅注〔八〕。

同前①　王中書〔一〕

所知②共歌笑③〔二〕，誰忍別笑歌！離軒思黄鳥〔三〕，分渚薆青莎〔四〕。翻情結遠旆〔五〕，灑淚與煙波④。春江夜明月，還望情如何！

【校】

①〔題〕張本作餞謝文學離夜。 ②〔知〕古文苑作「供」。 ③〔歌笑〕涵芬本「笑」作「吹」。傅校：「抄本作歌吹，從古文苑。」 ④〔烟〕古文苑、詩紀、張本作「行」。

【注】

〔一〕王中書，即王融。見卷二巫山高注〔一〕。

〔二〕所知，謂相知之人。

〔三〕離軒，謂言別處之軒檻，與下句「分渚」意互見。詩小雅緜蠻：「緜蠻黃鳥，止于丘阿。道之云遠，我勞如何！」思黃鳥，寓別後相思爲勞之意。

〔四〕集韻：「蔓，草木盛貌。」青莎，見卷一三日侍華光殿曲水宴代人應詔七章注〔三〕。

〔五〕謂別緒飛揚，隨遠行之旆共翻捲。旆，見前和蕭中庶直石頭注〔八〕。

同前

蕭記室①〔一〕

執手無還顧〔二〕，別渚有西東〔三〕。荆吴渺何際②〔四〕？煙波千里通。春篁方解籜③〔五〕，弱柳向低風④。相思將安寄？悵望南飛鴻〔六〕。

【校】

①〔蕭記室〕古文苑作「蕭記室琛」，詩紀作「蕭琛記室」。 ②〔渺〕古文苑、詩紀作「眇」。 ③〔篁〕

古文苑、詩紀作「篬」。詩紀注：「一作篁。」④〔向〕原注：「一作尚。」涵芬本、郭本同。

【注】

〔一〕蕭記室（四七八——五二九），名琛，字彦瑜，南蘭陵人。明悟有才辯。起家齊太學博士。王儉爲丹陽尹，辟爲主簿，累遷尚書左丞。梁書、南史有傳。

〔二〕執手，握手不忍言別。文選李陵與蘇武詩：「執手野踟躕。」

〔三〕别渚，言離别處之江渚。

〔四〕荆吴，見卷三將發石頭上烽火樓注〔五〕。渺，通淼，遠貌。

〔五〕廣韻：「篁，竹名。」類篇：「篬，竹皮也。」

〔六〕南飛鴻，荆州在建康西南，意欲託南飛之鴻以寄音書。

同前

劉中書〔一〕

汀洲千里芳〔二〕，朝雲萬重色①。悠然在天隅②〔三〕，之子去安極〔四〕！春潭無與窺，秋臺共誰陟③？不見一佳人，徒望西飛翼〔五〕。

【校】

①〔重〕涵芬本、詩紀、萬曆本作「里」。②〔悠然〕古文苑作「悠悠」。③〔共誰〕詩紀、八代詩選作「誰共」。

【注】

〔一〕劉中書，名繪。見卷二有所思注〔二〕。

〔二〕汀洲，水中平洲。廣韻：「汀，水際平沙也。」

〔三〕爾雅釋詁：「悠，遠也。」

〔四〕之子，指朓。詩周南桃夭：「之子于歸。」

〔五〕西飛翼，荆州在西，欲託飛鳥以寄意。

和別沈右率諸君①

春夜別清樽，江潭復爲客〔一〕。歎息東流水〔二〕，如何故鄉陌。重樹日芬藴②〔三〕，芳洲轉如積〔四〕。望望荆臺下〔五〕，歸夢相思夕③。

【校】

①〔題〕諸明本作和沈右率諸君餞謝文學別，詩紀作和沈右率諸君餞謝文學，張本作答沈右率諸君餞別。②〔日〕古文苑作「始」。③〔歸夢〕原注「一作轉坐」。郭本注：「夢，一作坐。」涵芬本注：「一作轉望。」

【注】

〔一〕楚辭九章抽思：「泝江潭兮……」王逸注：「潭，淵也。楚人名淵曰潭。」此借指楚地。

〔二〕 呂氏春秋圜道：「水泉東流，日夜不休。」

〔三〕 重樹，猶言密樹。鮑照凌煙樓銘序：「重樹窮天。」芬藟，同菶藟。玉篇：「菶藟，盛貌。」

〔四〕 廣韻：「積，委積也。」

〔五〕 望望，見卷三懷故人注〔二〕。

【集説】

王船山曰：惜字惜句，其自賞有如此者，非此則又何以爲玄暉？

卧疾叙意

王秀之〔一〕

貞悔不少期〔二〕，福極固難豫〔三〕。疾藥雖一途，遂以千百慮。景仄念徂齡〔四〕，帶緩每危曙〔五〕。循躬雖已兹①〔六〕，況復歲將暮。層冰日夜多，飛雲密如霧。歸鴻互斷絶，宿鳥莫能去。輟我丘中瑟②〔七〕，良田一嗟故。隱淪迹有違，宰官功未樹〔八〕。何用攬余情③？恨恨此故路④〔九〕。豈言勞者歌⑤？且曰幽人賦〔一〇〕。

【校】

①〔雖〕原注：「一作既。」涵芬本、郭本同，詩紀、萬曆本作「既」。②〔瑟〕詩紀、八代詩選、全齊詩作「琴」。③〔攬〕詩紀作「攬」。④〔恨恨〕八代詩選作「悢悢」。⑤〔豈言〕涵芬本作「言豈」。

【注】

〔一〕王秀之（四四二——四九四），字伯奮，琅邪臨沂人。起家著作佐郎，太子舍人。齊武帝時，出爲輔國將軍、隨王鎮西長史、南郡内史。南齊書、南史有傳。

〔二〕書洪範：「曰貞曰悔。」孔傳：「内卦曰貞，外卦曰悔。」孔疏：「貞，正也。……鄭玄云：『悔之言晦，晦猶終也。』」按，易卦之下體三爻爲内卦，上體三爻爲外卦。句意謂貞悔之變，難可預期。少，稍微。

〔三〕極，「谻」之假借字。史記司馬相如列傳集解：「谻，疲極也。」集韻：「谻，音劇，倦也。」豫，同預。

〔四〕景仄，猶言日斜。喻年已逾中。説文：「仄，側傾也。」徂齡，已逝年華。

〔五〕謂病體瘦損，傷來日無多，每見曙色而自危。並上句深寫「慮」字。

〔六〕循躬，摩撫其體。循，通揗。説文：「揗，摩也。」

〔七〕爾雅釋詁：「輟，已也。」丘中瑟，謂絃歌樂道於丘山之中。尚書大傳：「子夏讀書畢，孔子問曰：『吾子何爲於書？』子夏曰：『書之論事，昭昭若日月焉。所受於夫子者弗敢忘。退而窮居河濟之間，深山之中，壤室，編蓬爲户，彈琴瑟以歌先王之風，有人亦樂之，無人亦樂之，上見堯舜之道，下見三王之義，可以忘死生矣。』」

〔八〕兩句傷己違栖隱之志，而功業無成。隱淪，謂隱居。參卷三遊敬亭山注〔三〕。宰官，官也。

〔九〕兩句謂因何而亂我情哉？徒以見此來時之路而抱恨無已。一切經音義引蒼頡篇：「用，以也。」詩小雅何人斯：「祇攪我心。」毛傳：「攪，亂也。」古詩爲焦仲卿妻作：「恨恨那可論。」

〔一〇〕兩句總結題中「叙意」。公羊傳宣公十五年何注：「飢者歌其食，勞者歌其事。」班固作幽通賦，以致命遂志，其辭有云：「夢登山而迥眺兮，覿幽人之髣髴。」（見漢書叙傳）此借用其意。

和王長史卧病

崥岫款崇崖〔一〕，派別朝洪河〔二〕。兔園文雅盛〔三〕，章臺冠蓋多〔四〕。淵襟眷睿岳〔五〕，燮贊動甿歌①〔六〕。顧影慙騑服〔七〕，載筆旅江沱〔八〕。縞衣紛可獻②〔九〕，琴言曖已和③〔一〇〕。青皋向還色〔一一〕，春潤視生波〔一二〕。巖垂變好鳥〔一三〕，松上改陳蘿。日與歲眇邈，歸恨積蹉跎④〔一四〕。願緝吴山杜，寧袂楚池荷〔一五〕？清風豈孤劭〔一六〕？功遂懷增阿〔一七〕。勿藥良有暢〔一八〕，荏苒芳未過〔一九〕。幸留清樽味，言藉故田莎〔二〇〕。

【校】

①〔燮〕涵芬本作「燮」。②〔紛〕詩紀作「分」。③〔曖〕涵芬本注：「一作暖。」郭本注：「一作藹。」④〔恨積〕原注：「一作限稍。」萬曆本同。涵芬本注：「一作根稍。」「根」當爲「限」之誤。詩紀、張本「積」下注：「一作稍。」郭本作「憾稍」，注：「一作限積。」

【注】

〔一〕崥岫，謂低平之山。廣韻：「崥，山足。」爾雅釋山：「山有穴爲岫。」款，至也。張衡西京賦：「繞黄山而款牛首。」

〔二〕派别，水之分流。説文：「派，别水也。」左思吴都賦：「百川派别，歸海而會。」洪河，大河。此與上崇崖，皆喻指隨郡王。

〔三〕西京雜記：「梁孝王好營宫室苑囿之樂，作曜華之宫，築兔園。……王日與宫人、賓客弋釣其中。」按梁孝王武，漢景帝之弟。好文學，多聚文人游士鄒陽、枚乘等。兔園故址在今河南商丘市東。

〔四〕左傳昭公七年：「楚子成章華之臺。」太平寰宇記謂臺在江陵縣東三十三里。冠蓋，冠服、車蓋，借指仕宦者。班固西都賦：「冠蓋如雲。」

〔五〕句意稱美長史受眷顧於隨王。淵襟，深懷。詩邶風燕燕：「其心塞淵。」毛傳：「淵，深也。」玉篇：「睿，聖也，知也。」岳，一方諸侯之長。尚書堯典孔傳：「四岳……分掌四岳之諸侯。」此以指隨王。

〔六〕説文：「燮，和也。」書大禹謨孔傳：「贊，佐也。」甿歌，田歌。

〔七〕眺自慚才短，而得與並列也。後漢書章帝紀李賢注：「夾轅者爲服馬，服馬外爲騑馬。」

〔八〕書禹貢鄭注：「水出江爲沱。」

〔九〕左傳襄公二十九年：「（吴公子季札）聘於鄭，見子産，如舊相識。與之縞帶，子産獻紵衣焉。」縞帶，白色生絹所製之帶。紵衣，麻縷織成之衣。

〔一〇〕琴言，謂琴音所表之情意。文選王儉褚淵碑文善注：「曖，温貌。」與上句皆以喻相與情誼之深。

〔一一〕句謂春來水岸漸轉青蒼。漢書賈山傳顔注：「皋，水邊淤地也。」

〔一二〕生波，新生之波。

〔一三〕垂，通陲。廣韻：「陲，邊也。」謝靈運登池上樓：「園柳變鳴禽。」

〔一四〕歸恨，猶歸思。説文：「蹉跎，失時也。」阮籍詠懷詩：「娱樂未終極，白日忽蹉跎。」

〔一五〕兩句謂心念東歸而不願久留荆楚也。楚辭離騷：「緝荷葉以爲衣兮，襲芙蓉以爲裳。」

〔一六〕孤劭，獨出而美。

〔一七〕增阿，同曾阿、層阿。參卷三將發石頭上烽火樓注〔三〕。

〔一八〕易無妄：「無妄之疾，勿藥有喜。」孔疏：「若其自然之疾，非己之疾，非己所致，疾當自損，勿須藥療而有喜也。」

〔一九〕文選張華勵志詩吕延濟注：「荏苒，猶漸進也。」

〔二〇〕謂將藉故田之莎而相與舉樽。言，句首助詞。藉，謂坐卧於其上。

行園

沈約

寒瓜方卧壟〔一〕，秋菰亦滿陂〔二〕。紫茄紛爛漫〔三〕，緑芋鬱參差〔四〕。初菘向堪把〔五〕，時韭日離離。高梨有繁實，何減萬年枝〔六〕！荒渠集野雁〔七〕，安用昆明池〔八〕？

【注】

〔一〕壟，見前蕭衍直石頭注〔五〕。

〔二〕博雅：「菰，蔣也。其米謂之胡菰。」説文：「陂，池也。」

〔三〕類篇：「茄，菜也，子可食。茄葉似萵蔘葉而青，子熟於夏秋之間，大如秤錘，有紫色者，有白色者，及其熟也，色正黄。」爛漫，光色紛披貌。文選王延壽魯靈光殿賦：「流離爛漫。」

〔四〕説文：「芋，大葉實根駭人，故謂芋也。」詩秦風晨風集傳：「鬱，茂盛貌。」

〔五〕玉篇：「菘，菜名。」

〔六〕萬年枝，見卷三直中書省注〔三〕。

〔七〕説文：「渠，水所居也。」

〔八〕昆明池，見卷二泛水曲注〔四〕。

和沈祭酒行園〔一〕

清淮左長薄〔二〕，荒徑隱高蓬〔三〕。回潮日夕上，寒渠左右通。霜畦紛綺錯〔四〕，秋町鬱蒙茸〔五〕。環梨縣已紫〔六〕，珠榴拆且紅①〔七〕。君有棲心地〔八〕，伊我歡既同〔九〕。何用甘泉側，玉樹望青葱〔一〇〕？

【校】

①〔拆〕詩紀、萬曆本、郭本作「折」。

【注】

〔一〕沈祭酒，即沈約。明帝時，遷國子祭酒。

〔二〕清淮，謂秦淮水。左，邊也。楚辭招魂：「路貫廬江兮左長薄。」又九章涉江王逸注：「草木交錯曰薄。」

〔三〕説文：「隱，蔽也。」

〔四〕廣韻：「畦，菜畦。」後漢書班固傳西都賦李賢注：「綺錯，交錯也。」

〔五〕西京賦薛綜注：「町，謂畎畝也。」史記晉世家集解：服虔曰：「蒙茸，以言亂貌。」

〔六〕環梨，同圓梨。正字通：「環，通作圜。」圜，同圓。縣，同懸。

〔七〕珠榴，即石榴，榴子多如球。集韻：「拆，開也，裂也。」

〔八〕棲心地，止息其心之地，指園。本卷沈約答謝宣城有云：「晚沐卧郊園。」玉篇：「棲，同栖，鳥棲也。」

〔九〕詩邶風孔疏：「伊，辭也。」

〔一〇〕謂其地已勝甘泉。文選揚雄甘泉賦:「翠玉樹之青葱。」甘泉,見卷二郊祀曲注〔三〕。

【集説】

陳胤倩曰:秀句可摘,結語蒼蒨。

北戍琅邪城〔一〕

江孝嗣〔二〕

驅馬一連翩〔三〕,日下情不息〔四〕。芳樹似佳人,惆悵余何極!薄暮苦羈愁,終朝傷旅食〔五〕。丈夫許人世〔六〕,安得顧心臆〔七〕。按劍勿復言〔八〕,誰能耕與織!

【注】

〔一〕太平寰宇記:「齊武帝永明六年移琅琊郡於白下,在江寧縣北十八里。」按,白下,在今南京市西北金川門外。

〔二〕江孝嗣,眺和詩稱「江丞」,餘未詳。

〔三〕連翩,迅急貌。何劭遊仙詩:「連翩御飛鶴。」

〔四〕日下,猶言日昃。

〔五〕儀禮燕禮:「尊士旅食於門西。」鄭注:「旅,衆也。士衆食,謂未得正禄,所謂庶人在官者也。」

〔六〕許人世,謂許身於國。

〔七〕韻會:「臆,通作意。」

〔八〕按劍，猶撫劍。史記蘇秦列傳：「蘇秦曰：『韓士按劍，仰天太息。』」

和江丞北戍琅邪城

春城麗白日，阿閣跨層樓〔一〕。滄江忽渺渺①〔二〕，驅馬復悠悠〔三〕。京洛多塵霧〔四〕，淮濟未安流〔五〕。豈不思撫劍〔六〕，惜哉無輕舟〔七〕。夫君良自勉〔八〕，歲暮勿淹留。

【校】

①〔滄〕涵芬本、郭本作「蒼」。

【注】

〔一〕文選古詩十九首善注：「尚書中候曰：『昔黄帝軒轅，鳳皇巢阿閣。』周書曰：『明堂咸有四阿。』然則閣有四阿，謂之阿閣。」按，周禮冬官考工記鄭注：「四阿，若今四柱屋。」

〔二〕渺渺，微遠貌。管子内業：「渺渺乎如窮無極。」

〔三〕詩鄘風載馳：「驅馬悠悠。」毛傳：「悠悠，遠貌。」

〔四〕多塵霧，謂多風塵之警。陸機爲顧彦先贈婦：「京洛多風塵。」

〔五〕謂北土未安。淮濟，淮水、濟水，古與江、河並稱「四瀆」。

〔六〕撫劍，孟子梁惠王：「夫撫劍疾視，曰：『彼惡敢當我哉！』」

〔七〕曹植雜詩：「願欲一輕濟，惜哉無方舟！」

〔八〕夫君，見卷一酬德賦注〔六六〕。此指江丞。

【集説】

王船山曰：駿馬馳平皋，幾於無影。

方植之曰：頓挫往復。

昧旦出新亭渚〔一〕

徐勉〔二〕

驅車凌早術〔三〕，山華映初日。攬轡且徘徊〔四〕，復值清江謐〔五〕。杳藹楓樹林①〔六〕，參差黄鳥匹〔七〕。氣物宛如斯〔八〕，重以心期逸〔九〕。春堤一遊衍，終朝意殊悉〔一〇〕。

【校】

①〔藹〕詩紀、萬曆本作「靄」。

【注】

〔一〕新亭渚，見卷三新亭渚別范零陵雲注〔一〕。

〔二〕徐勉（四六六——五三五），字脩仁，東海郯人。年十八，召爲國子生。起家王國侍郎，補太學博士。累遷領軍長史。善屬文，勤著述。入梁，官至尚書僕射，中衛將軍，卒。梁書、南史有傳。

〔三〕凌，通淩。廣韻：「淩，歷也。」又説文：「術，邑中道也。」

〔四〕攬轡，猶持韁。後漢書范滂傳：「滂登車攬轡，慨然有澄清天下之志。」

〔五〕爾雅釋詁：「謐，静也。」

〔六〕文選張衡南都賦薛注：「杳藹，茂盛貌也。」

〔七〕参卷三春思注〔四〕。

〔八〕氣物，景氣、風物。宛，猶宛然。説文段注：「凡狀貌可見者皆曰宛然。」

〔九〕心期，心所期仰。宋書雷次宗傳：次宗與子姪書：「心之所期，盡於此矣。」

〔一〇〕終朝，詩小雅采緑毛傳：「自旦及食時爲終朝。」説文：「悉，詳盡也。」

和徐都曹出新亭渚①〔一〕

宛洛佳遨遊，春色滿皇州〔二〕。結軫青郊路，迴②瞰滄③江流〔三〕。日華川上動，風光草際浮〔四〕。桃李成蹊徑，桑榆蔭道周④〔五〕。東都已俶載，言歸望緑疇〔六〕。

【校】

①〔題〕藝文作和徐勉出新亭渚，文選、三謝詩作和徐都曹詩。②〔迴〕文選、三謝詩、涵芬本作「逈」。草堂詩箋作「俯」。③〔滄〕文選、張本、郭本作「蒼」。④〔蔭〕六臣注文選作「陰」。

【注】録文選李善注。

〔一〕集云和徐都曹勉昧旦出新渚。〔補注〕南史徐勉傳：「勉字修仁，東海郯人。」「遷臨海王西中郎、田曹行參軍，俄徙署都曹。」

〔二〕古詩曰：「驅車策駑馬，游戲宛與洛。」鮑照結客少年場曰：「表裏望皇州。」〔補注〕宛洛，見奉和竟陵王同沈右率過劉先生墓詩注〔七〕。詩邶風柏舟：「以敖以遊。」小雅鹿鳴毛萇傳：「敖，游也。」敖，同遨。

〔三〕楚辭曰：「結余軫於西山。」周禮曰：「東方謂之青。」蜀都賦曰：「列綺疎以瞰江。」

〔四〕漢書曰：「華曜宣明。」楚辭曰：「光風轉蕙汎崇蘭。」王逸注曰：「光風謂日出而風，草木有光色也。」

〔五〕班固漢書贊曰：諺曰：「桃李不言，下自成蹊。」楚辭曰：「鳴鳩棲於桑榆。」毛詩曰：「有杕之杜，生于道周。」毛萇曰：「周，曲也。」〔補注〕陶淵明歸園田居：「桑榆蔭後簷。」

〔六〕毛詩曰：「以我覃耜，俶載南畝。」毛萇曰：「覃，利也。」王肅曰：「俶，始也。載，事也。言用我之利耜，始事於南畝也。」毛詩曰：「言旋言歸。」賈逵國語注曰：「一井爲疇。」

【集説】

孫月峰曰：大是淺調，只日、風兩語佳耳。

方伯海曰：一幅春遊圖，清新生動。不以摹擬損才。但據大意，是刺其樂遊無節，非美之也。

何義門曰：妙是昧旦即目。又曰：佳處正在字句之間，此所以漸異於古也。

成倬雲曰：風華綺旋，句句皆熨貼而成，何等細密！又曰：「日華」二語，景實難繪，看他自在寫出，能不推爲絶唱！

方植之曰：「日華川上動」二句，千古如新。阮亭不取，失之矣。

入琵琶峽望積布磯①〔一〕

劉繪

江山信多美〔二〕，此地最爲神〔三〕。以兹峰石麗，重在芳樹春。照爛虹蜺雜〔四〕，交錯錦繡陳〔五〕。差池若燕羽〔六〕，崱屴似龍鱗〔七〕。却瞻了非向，前觀復已新②〔八〕。翠微上虧景〔九〕，清莎下拂津③。巉巖如刻削〔一〇〕，可望不可親。昔途首遐路，未獲究清塵〔一一〕。誓將返初服〔一二〕，歲暮請爲鄰。

【校】

①〔題〕詩紀、萬曆本、郭本作入琵琶峽望積布磯呈玄暉。②〔復已〕詩紀、八代詩選作「已復」。

③〔清〕詩紀、八代詩選作「青」。

【注】

〔一〕水經江水注：「江水又東，逕積布山南，俗謂之積布磯，又曰積布圻，庾仲雍所謂高山也。……江水東逕琵琶山南，山下有琵琶灣。」元和志：「積布磯，南臨大江，壘石壁立，形如積布，故名。」按磯在今湖北武穴市西南百餘里。琵琶峽，當即琵琶灣。

〔二〕王粲登樓賦：「雖信美而非吾土兮。」廣韻：「信，誠也。」

〔三〕神，奇妙。易繫辭王弼注：「神也者，變化之極，妙萬物而言，不可以形詰者也。」

〔四〕照爛，明貌。文選司馬相如子虛賦：「照爛龍鱗。」虹蜺，見前和蕭中庶直石頭注〔九〕。

〔五〕説文：「錦，襄色織文也。」徐鍇注：「襄，雜色。」又：「繡，五采備也。」

〔六〕差池，見前虞别駕餞謝文學注〔二〕。

〔七〕文選王延壽魯靈光殿賦：「崱屴嵫釐。」善注：「皆峻險之貌。」

〔八〕却瞻，猶言反顧。却，同卻。廣韻：「卻，退也。」向，昔也。兩句謂却顧前瞻，莫非新奇之景。

〔九〕文選左思蜀都賦劉淵林注：「翠微，日氣之輕縹也。」説文：「景，日光也。」

〔一〇〕廣韻：「巉，險也。」刻削，猶翦削，參卷三祀敬亭山廟注〔一〕。

〔一一〕兩句謂前者謝脁遠適荆漢，亦歷此途，而把晤無從。首，向也。清塵，見前柳惲奉和注〔三〕。

〔一二〕禮曲禮：「約信曰誓。」初服，見卷三休沐重還丹陽道中注〔二〕。曹植七啓：「願反初服，從子而歸。」

和①

昔余侍君子〔一〕，歷此遊荆漢〔二〕。山川隔舊賞〔三〕，朋僚多雨散〔四〕。圖南矯風翮〔五〕，曾非息短翰〔六〕。移疾覯新篇〔七〕，披衣起淵翫〔八〕。惆悵懷昔踐〔九〕，彷彿得殊觀②〔一〇〕。赬紫共彬駮③〔一一〕，雲錦相淩亂〔一二〕。奔星上未窮〔一三〕，驚雷下將半〔一四〕。回潮瀆崩樹〔一五〕，輪囷軋傾岸④〔一六〕。巖篠或傍翻〔一七〕，石箘無修幹⑤〔一八〕。澄澄明浦媚⑥〔一九〕，衍衍清風爛〔二〇〕。江潭良在目，懷賢興累嘆〔三〕。歲暮不我期，淹留絶巖畔。

【校】

①〔題〕藝文作和劉繪琵琶峽望積布磯詩，張本作和劉中書。②〔彷佛〕藝文作「髣像」。③〔赬〕草堂詩箋作「赫」。④〔輪〕涵芬本闕。⑤〔無〕詩紀、郭本、全齊詩作「蕪」。⑥〔媚〕涵芬本作「湄」。

【注】

〔一〕君子，此指隨郡王蕭子隆。

〔二〕荆漢，荆山、漢水。借指荆州。

〔三〕舊賞，往昔所心賞。

〔四〕雨散，謂如雨之散落。論衡説日篇：「雲散水墜，名爲雨矣。」顔延之和謝監：「朋好雲雨乖。」

〔五〕圖南，謀遠徙於南冥。莊子逍遥遊：「（鵬）絶雲氣，負青天，然後圖南，且適南冥也。」矯，通撟。説文段注：「凡舉皆曰撟，古多叚矯爲之。」風翮，凌風之翼。陶淵明乙巳歲三月爲建威參軍使都經錢溪：「清飈矯雲翮。」

〔六〕廣韻：「翰，鳥羽也。」

〔七〕移疾，同移病。參卷三移病還園示親屬注〔一〕。廣韻：「覿，見也。」新篇指劉詩。

〔八〕淵翫，玩賞深至。廣韻：「翫，習也。」

〔九〕文選宋玉九辯劉良注：「惆悵，悲哀也。」昔踐，前所經歷。

〔一〇〕彷佛，同仿佛。説文：「仿佛，相似，視不諟也。」殊觀，殊異之觀。

〔一一〕赬，見卷三望三湖注〔二〕。彬駮，文彩相雜貌。

〔一二〕雲錦，謂雲氣美如錦，指朝霞。

〔一三〕爾雅釋天邢疏：「奔星，即流星也。」

〔一四〕驚雷，震人之雷聲，此喻飛瀑。

〔一五〕漬，説文段注：「謂浸漬也。」

〔一六〕輪囷，屈曲貌。史記鄒陽列傳：「蟠木根柢，輪囷離詭。」集解：「委曲槃戾也。」廣韻：「軋，車輾。」

〔一七〕廣韻：「篠，細竹也。」

〔一八〕説文：「箘，箘簬，竹也。」

〔一九〕澄澄，水静而清也。阮修上巳會詩：「澄澄緑水。」

〔二〇〕衍衍，楚辭東方朔七諫自悲王逸注：「言極疾也。」又九歌雲中君王逸注：「爛，光貌也。」本卷和徐都曹出新亭渚：「風光草際浮。」

〔二一〕累嘆，屢嘆。

【集説】

方植之曰：末句另出一層，言己苟即死無重遊之期，而淹留於此，則永絶此巖畔之遊。文情最妙。

在郡卧病呈沈尚書①〔一〕

淮陽股肱守②，高卧猶在兹〔二〕。況復南山曲，何異幽棲時〔三〕？連陰盛農節，薹笠聚東菑〔四〕。高閣常晝掩〔五〕，荒階少諍辭。珍簟清夏室，輕扇動涼颸〔六〕。嘉魴聊可薦，緑蟻方獨持③〔七〕。夏李沉朱實〔八〕，秋藕折輕絲。良辰竟何許？夙昔夢佳期〔九〕。坐嘯徒可積，爲邦歲已朞〔一〇〕。絃歌終莫取，撫机④令⑤自嗤〔一一〕。

【校】

①〔題〕藝文無「卧病」字。②〔陽〕原作「揚」，依文選、三謝詩、涵芬本改。③〔緑蟻〕六臣注文選同，注：「善作淥蟻。」④〔机〕原注：「一作枕。」六臣注文選作「机」，注：「五臣作枕。」涵芬本、郭本作「枕」，注：「一作机。」三謝詩、張本作「枕」。傅校作「枕」。詩紀作「機」。⑤〔令〕原作「今」，三謝詩同。依善注文選改。

【注】録文選李善注。

〔一〕集曰：「沈尚書，約也。」

〔二〕漢書曰：季布爲河東守。上召布曰：「河東吾股肱郡，故時召君耳。」又曰：拜汲黯爲淮陽太守，黯伏地不受印。上曰：「君薄淮陽耶？顧淮陽吏人不相得，吾徒得君重，卧而治之也。」〔補注〕宣城，南朝爲近畿大郡，故曰「股肱守」。南史何遠傳：「（梁）武帝聞其能，擢爲宣城太守。自縣爲近畿大郡，近代未之有也。」

〔三〕謝靈運鄰里相送至方山曰：「資此永幽棲。」

〔四〕胡安道愁霖賦曰：「冀連陰之時退，想雲物之見微。」毛詩曰：「彼都人士，臺笠緇撮。」毛萇曰：「臺所以禦雨。音臺。」爾雅曰：「田一歲曰菑。」

〔五〕殷仲堪詩曰：「荆門晝掩，閑庭晏然。」

〔六〕楚辭曰：「溘飂風而上征。」〔補注〕説文：「篿，竹席也。」

〔七〕毛詩曰：「南有嘉魚。」鄭玄毛詩箋曰：「聊，略也。」釋名曰：「酒有汎齊，浮蟻在上汎汎然也。」鄭玄毛詩箋曰：「方，且也。」〔補注〕説文段注：「魴，即鯿魚也。」

〔八〕魏文帝與吴質書曰：「沈朱李於寒水。」

〔九〕佳，謂沈也。言會面良辰，竟在何許？而令夙昔空夢佳期。阮籍詠懷詩曰：「良辰在何許？凝霜沾衣襟。」許，猶所也。尚書曰：「夙夜浚明有家。」孔安國曰：「夙，早也。浚，深也。早夜思之，須明行之。」楚辭曰：「與佳期兮夕張。」王逸曰：「不敢斥尊者，故言佳也。」

〔一〇〕張璠漢紀曰：「南陽太守弘農成瑨，任功曹岑晊。」時人爲之語曰：「南陽太守岑公孝，弘農成瑨但坐嘯。」瑨，音津。晊，音質。論語：子曰：「善人爲邦百年，可以勝殘去殺矣。」又曰：「苟有用我者，期月而已可也，三年有成。」〔補注〕書堯典孔疏：「匝時而朞，朞即匝也。」

〔一二〕論語曰：「子游爲武城宰，聞絃歌之聲。」陸機赴洛詩曰：「撫机不能寐。」阮籍詠懷詩曰：「嗷嗷令自嗤。」〔補注〕絃歌，謂以禮樂大道化育於民。易渙王弼注：「机，承物者也。」按，通几。

【集説】

孫月峰曰：此猶得康樂遺度，但調微清輕耳。

方伯海曰：讀宣城詩，如挹西山爽氣，煩鬱頓消，但題是卧病，却不見病字意。

陳胤倩曰：序情事備極閒適蕭森之致，爲守容高卧是一層，山曲便幽栖又是一層，來緒宛宛。

何義門曰：出筆清迴，一洗板重之氣，故佳。

答謝宣城①

沈約

王喬飛鳧舃，東方金馬門。從宦非宦侣②，避世不避喧③〔一〕。揆余發皇鑒④，短翮屢飛翻⑤〔二〕。晨趨朝建禮⑥，晚沐卧郊園〔三〕。賓至下塵榻，憂來命緑樽〔四〕。昔賢侔時雨，今守馥蘭蓀〔五〕。神交疲夢寐，路遠隔思存〔六〕。牽拙謬東汜，浮惰反西崐⑦〔七〕。顧循良菲薄，何以儷璵璠〔八〕。將隨渤澥去，刷羽汎清源〔九〕。

【校】

①〔題〕文選「答」作「和」。詩紀作酬謝宣城朓，注：「集云：謝宣城朓臥疾。」張本作酬謝宣城朓臥疾。②〔從宦〕文苑英華作「從宦」，注：「宋本作宦。」③〔不〕六臣本文選作「非」，注：「善作不。」④〔鑒〕詩紀、全梁詩注：「一作覽。」萬曆本、郭本作「覽」。⑤〔翮〕藝文作「羽」。⑥〔朝〕詩紀、全梁詩注：「一作遊。」六臣本文選作「游」。⑦〔反〕六臣本文選、全梁詩作「及」。

【注】録文選李善注。

〔一〕范曄後漢書曰：王喬者，河東人也。顯宗時爲葉令。喬有神術，每月朔望自縣詣臺朝，帝怪其來數而不見車騎，密令太史伺望之。言其臨至，輒有雙鳧東南飛來。於是伺鳧至，舉羅張之，但得一隻舄焉。乃詔尚方診視，則四年中所賜尚書官屬履也。史記曰：武帝時，齊人有東方生，名朔。時坐席中，酒酣，據地歌曰：「陸沉於俗，避世金馬門。」〔補注〕三四分承王喬、東方，亦以指朓與己。

〔二〕楚辭曰：皇鑒揆予于初度。丁儀周成王論曰：振短翮與鸞鳳並翔。〔補注〕「揆余」句參前和蕭中庶直石頭注〔二七〕。

〔三〕漢官典職曰：尚書郎晝夜更直於建禮門内。沐，休沐也。

〔四〕謝承后漢書曰：徐稚，字孺子，豫章人。屢辟公府，不起。時陳蕃爲太守，以禮請署功曹。稚不免之，既謁而退。蕃在郡不接賓，唯稚來，特設一榻，去則懸之。應休璉與曹長思書曰：「紅塵蔽於机榻。」傅玄雜詩曰：「机榻委塵埃。」漢書：東方朔曰：「臣聞銷憂者莫若酒也。」〔補注〕緑樽，酒樽。酒上有緑色泡沫如浮蟻。參原作注〔七〕。

〔五〕字林曰：「侔，齊等也。」孟子曰：君子之所以教者五，有如時雨化之者。今守，即朓也。潘正叔贈河陽詩曰：「流聲馥秋蘭。」王逸楚辭注曰：「蓀，香草名也。」

〔六〕列子曰：夢有六候。此六者，皆魂神所交也。莊子曰：子綦曰：「其寐也魂交，其覺也形開。」説文曰：「交，會也。」毛詩曰：「雖則如雲，匪我思存。」

〔七〕梁書曰：隆昌中，約出爲東陽太守。明帝即位，徵爲五兵尚書。以日之早晏，喻年之少老也。牽拙，牽率庸拙也。東汜，謂湯谷，日之所出也。浮惰，浮名惰懈也。西崐，謂崦嵫，日之所入也。

〔八〕鄭玄毛詩箋曰：「顧，念也。」楚辭曰：「質菲薄而無由。」馬融論語注曰：「菲，薄也。」廣雅曰：「儷，偶也。」左氏傳曰：季平子卒，陽虎將以璵璠斂。杜預曰：「璵璠，美玉也。」〔補注〕正韻：「循，摩也。」顧循，謂省念自察。

〔九〕解嘲曰：「若江湖之雀，渤澥之鳥。」吴都賦曰：「刷蕩漪瀾。」説文曰：「刷，刮也。」劉公幹詩曰：「方塘含清源。」〔補注〕史記司馬相如列傳索隱：「海旁曰勃，斷水曰澥。」按，勃，同渤。

和何議曹郊遊二首〔一〕

春心澹容與〔二〕，挾弋步中林①〔三〕。朝光映紅萼，微風吹好音〔四〕。江垂得清賞，山際果幽尋〔五〕。未嘗遠別離②，知此愜歸心。流泝終靡已〔六〕，嗟行方至今〔七〕。

【校】

①〔弋〕涵芬本、張本作「戈」。　②〔別離〕詩紀、萬曆本、張本、郭本作「離別」。

【注】

〔一〕何佟之（四四九—五〇三），字士威，廬江灊人。少好三禮，起家揚州從事，爲總明館學士。仕齊爲國子助教，都下稱醇儒。建武中，爲鎮北記室參軍，侍皇太子講。當時國家吉凶禮皆取決焉。歷步兵校尉、國子博士，尋遷驃騎諮議參軍。見梁書本傳、南史儒林傳。

〔二〕漢書禮樂志：「澹容與。」顏注：「澹，安也。容與，言閑舒也。」

〔三〕詩鄭風女曰雞鳴孔疏：「弋，謂以繩繫矢而射也。」按此謂弋射之具。詩周南兔罝毛傳：「中林，林中。」

〔四〕好音，謂鳥語。詩魯頌泮水：「懷我好音。」

〔五〕廣韻：「果，剋也。」又，「剋，必也。」幽尋，猶言清遊。

〔六〕說文：「逆流而上曰泝。」

〔七〕詩唐風杕杜：「嗟行之人。」

其二

江皋倦遊客〔一〕，薄暮懷歸者。揚舲浮大川〔二〕，惆悵至日下。靃靡青莎被〔三〕，潺湲石溜瀉〔四〕。寄語持筌簀，舒憂願自假〔五〕。歸途豈難涉？翻同江上夏〔六〕。

【注】

〔一〕江皋，見卷一高松賦注〔二〕。

〔二〕舲，舲船。楚辭涉江王逸注：「舲船，船有窗牖者。」

〔三〕楚辭淮南小山招隱士：「薠草靃靡。」王逸注：「隨風披敷。」廣韻：「被，覆也。」陸倕思田賦：「雜青莎之靃靡。」

〔四〕説文新附：「湲，潺湲，水聲。」石溜，石間水流。廣韻：「溜，水溜。」

〔五〕兩句意在告以藉音樂娱心。持筌簀，見卷一酬德賦注〔四七〕。楚辭九章哀郢：「聊以舒吾憂心。」

〔六〕謂將返歸而同賞江上之夏。增韻：「翻，又通作反。」

和劉西曹望海臺①〔一〕

滄波不可望〔二〕，望極與天平。往往孤山映，處處春雲生。差池遠雁没，颯沓群鳧驚〔三〕。囂塵及簿領，棄捨出重城〔四〕。臨川徒可羡，結網庶時營〔五〕。

【校】

①〔題〕藝文作望海。

【注】

〔一〕詩紀注：「此詩本見謝朓集。選詩拾遺云『鍾憲作』，不知何據，既不能明，姑並存之。」按鍾憲詩題作登群峰標望海。劉西曹，未詳。望海臺，無攷，疑在當時南徐州（亦稱京口）。世説新語言語：「荀中郎在京口，登北固望海……」

〔二〕滄波，謂滄海。

〔三〕文選鮑照舞鶴賦善注：「颯沓，群飛貌。」

〔四〕兩句謂將離煩囂，摒文簿而出重城。囂塵，見卷三之宣城郡出新林浦向板橋注〔六〕。文選劉楨雜詩：「沈迷簿領間。」善注：「簿領，謂文簿而記録之。……莊子司馬彪注曰：『領，録也。』」

〔五〕兩句謂將寄身滄海，以事棲隱。漢書揚雄傳：「雄以爲臨川羨魚，不如歸而結網。」廣韻：「營，造也，度也。」

【集説】

王船山曰：此一發端者，洵爲驚人，然正一往得之。又曰：末四語頗爲累句，乃其勝處亦正在此，寧不相縈回，勿爲鉤鎖也。

和王中丞聞琴〔一〕

涼風吹月露，圓景動清陰〔二〕。蕙氣入懷抱①，聞君此夜琴。蕭瑟滿林聽，輕鳴響澗音〔三〕。

無爲澹容與〔四〕，蹉跎江海心〔五〕。

【校】

①〔氣〕詩紀、萬曆本、張本、郭本作「風」。

【注】

〔一〕王中丞，指王思遠（四五二—五〇〇）。思遠，琅邪臨沂人。八歲喪父，少無仕心。齊建元初，歷竟陵王司徒録事參軍，太子中舍人。爲文惠太子、竟陵王所賞接。武帝詔舉士，竟陵王薦爲吴郡丞，後拜御史中丞，梁書、南史有傳。沈隱侯集有應王中丞思遠詠月詩。

〔二〕曹植贈徐幹詩善注：「圓景，月也。」

〔三〕兩句寫琴音與秋林澗鳴諸天籟渾然爲一。文選宋玉九辯李周翰注：「蕭瑟，秋風貌。」

〔四〕澹容與，見前和何議曹郊遊首章注〔二〕。

〔五〕蹉跎，見前和王長史卧病注〔一四〕。江海心，參卷二曲池之水注〔七〕。

【集説】

王船山曰：沈遠之調，王昌齡學此，乃不能得其適怨清和。

成倬雲曰：清微淡遠，有脩然塵表之致。

和伏武昌登孫權故城〔一〕

炎靈遺劍璽，當塗駭龍戰〔二〕。聖期闕中壤①，霸功興寓縣〔三〕。鵲起登吴臺②，鳳翔陵楚甸〔四〕。襟帶窮巖險，帷帟盡謀選〔五〕。北拒溺驂鑣，西戡收組練③〔六〕。江海既無波④，俯仰流英眄⑤〔七〕。裘冕類禋郊，卜揆崇離殿〔八〕。釣臺臨講閲，樊山開廣讌〔九〕。文物共葳蕤，聲明且葱蒨⑥〔一〇〕。三光厭分景，書軌欲同薦〔一一〕。參差世祀忽⑦，寂寞市朝變〔一二〕。舞館識餘基，歌梁想遺轉⑧〔一三〕。故林衰木平，荒池秋草遍。雄圖悵若兹，茂宰深遐睠〔一四〕。幽客滯江皋，從賞乖纓弁〔一五〕。清卮阻獻酬，良書限聞見〔一六〕。幸藉芳音多，承風采餘絢〔一七〕。于役倘有期，鄂渚同遊衍〔一八〕。

【校】

①〔期〕六臣注文選作「朝」。　②〔吴臺〕吴騫云：「吴臺，本作吴山，今從顔氏家訓。」　③〔戡〕原注：「一作龕。」六臣注文選作「龕」，注：「五臣作戡。」　④〔江海〕江，萬曆本、文集本、名家集本、郭本作「四」，注：「一作江。」　⑤〔眄〕李善注文選、三謝詩作「盻」。六臣注文選、涵芬本作「盼」。　⑥〔明〕海録碎事作「名」。　⑦〔祀〕萬曆本、文集本、名家集本注：「一作代。」三謝詩作「代」。　⑧〔轉〕原注：「一作囀。」三謝詩、涵芬本作「囀」。

【注】録文選李善注。

〔一〕徐勉伏曼容墓誌序曰：「曼容爲大司馬諮議參軍，出爲武昌太守。」〔補注〕南齊書州郡志，武昌郡，屬郢州。按治所在今湖北鄂城。水經江水注引九州記曰：「鄂，今武昌也。孫權以魏黄初元年自公安徙此，改曰武昌縣。……分建業之民千家以益之。至黄龍元年，權還都建業。」

方輿紀要：「吴王城在武昌縣東一里，或云孫吴故宫城遺址也。」

〔二〕炎靈，謂漢也。典引曰：「蓄炎上之烈精。」漢儀禮志：自皇太子即位，中黄門以斬蛇寶劍授。異苑曰：晉惠帝元康三年，武庫火，燒漢高斬白蛇劍。吴書曰：初，黄門張讓等作亂，劫天子出奔，尚璽投井中。春秋保乾圖曰：漢以魏徵當塗在世，名行四方。獻帝紀：太史丞許芝奏：故白馬令李雲上事曰：許昌氣見於當塗高者，魏也。象魏者，兩觀闕是也。當塗而高大者，魏也。當代漢。周易曰：「龍戰於野，其血玄黄。」〔補注〕兩句謂漢失其位，曹魏以武事爭天下。

〔三〕論衡曰：孟子云：五百年有王者興。五百年者，以爲天出聖期也。桓譚陳便宜曰：所謂霸功者，法度明正，百官修治，威令流行者也。蒼頡篇曰：「宇，邊也。」説文曰：「寓，籀文宇字也。」〔補注〕中壤，猶中土、中國。廣韻：「壤，土也。」霸功，指曹操霸業。袁宏三國名臣序贊：「桓桓魏武，外託霸跡。」寓縣，猶言天下。史記始皇本紀集解：「宇，宇宙。縣，赤縣。」

〔四〕莊子曰：鵲上城之垝，巢於高榆之顛。城壞巢折，陵風而起。故君子之居時也，得時則義行，失時則鵲起。司馬彪曰：垝，最高危限之處也。起，飛也。東都賦曰：「龍飛白水，鳳翔參墟。」孫氏初基武昌，後都建鄴，故云吴山、楚甸也。垝，居毁切。〔補注〕兩句謂孫氏初起於吴，後居武昌。

〔五〕西京賦曰：「巖險周固，衿帶易守。」漢書：高祖曰：「運籌策於帷帳之中。」左氏傳：薳啓彊曰：「趙成、中行吴皆諸侯之選也。」鄭玄毛詩箋曰：「選者，謂於倫等之中最上也。」〔補注〕帷帟，猶帷帳。廣雅釋詁：「帟，帳也。」

〔六〕北拒，謂禦曹操；西龕，謂敗劉備也。春秋感精符曰：强傑並侵，戰兵雷合，龍門溺驂。宋均曰：「龍門，魯地名也。時齊與宋、鄭戰，敗，相殺，血溺驂馬。」尚書序曰：「西伯戡黎。」孔安國曰：「戡，勝也。」龕與戡音義同。左氏傳曰：「組甲三百，被練三千。」馬融曰：「組甲，以組爲甲被，練爲甲裏也。」

〔七〕禮斗威儀曰：「其君乘木而王，其政象平，則江海不揚波。」好色賦曰：「竊視盻。」〔補注〕按，作「眄」是。説文：「眄，一曰衺視也。」段注：「自關而西秦晉之間曰眄。薛綜曰：『流眄，轉眼貌也。』」流英眄，謂有意於中原。

〔八〕周禮曰：「王祀昊天上帝，則服大裘而冕；祀五帝亦如之。」又曰：「兆五帝於四郊，四類亦如之。」孔安國尚書傳曰：「類，事類也。」又曰：「精意以享曰禋。」毛詩曰：「卜云其吉，終然允臧。」毛萇曰：「凡建國必卜之。」毛詩曰：「揆之以日，作于楚室。」毛萇曰：「揆，度也。度日出日入以知西東，視定北準極，以正南北。」毛萇詩傳曰：「崇，立也。」西都賦曰：「外則離殿別寢。」〔補注〕類，同禷，説文：「禷，以事類祭天神。」通典禮二注云：「孫權初稱尊號於武昌，祭南郊。」

〔九〕吴志曰：「孫權於武昌臨釣臺，飲酒大歡。」國語：虢文公曰：「一時講武。」公羊傳曰：「大閱者何？簡車馬也。」水經曰：武昌郡治城南有袁山，即樊山也。北背大江，江上有釣臺。顏延年釋奠詩曰：「即宮廣讌。」〔補注〕水經江水注：「（武昌）城西有郊壇，權告天即位於此。」方輿紀要：「吴王城中有安樂宮，宮中有太和殿。」權既徙都，故謂之離殿。

〔一〇〕左氏傳：臧哀伯曰：「夫德儉而有度，文物以紀之，聲明以發之。」〔補注〕文物、聲明，概指禮樂典章制度。文指衣裳上火、龍、黼、黻之文；物指五色所繪山、龍、華蟲之象。聲指鍚、鸞、和、鈴之聲；明指繪日、月、星辰之旗幟。楚辭東方朔七諫王逸注：「葳蕤，盛貌。」葱蒨，茂盛貌。顏延之雜體詩：「丹巘被葱蒨。」

〔一一〕三國名臣頌曰：「三光參分，宇宙暫隔。」禮記：子曰：「今天下車同軌，書同文。」杜預左傳注曰：「薦，獻也。」〔補注〕謂天已厭三分，書軌將同一而歸於晉。史記天官書索隱：「三光，日、月、五星也。」

〔一二〕魏都賦曰：「非有期乎世祀。」忽，謂忽忽然而去也。古出夏北門行曰：「市朝易人，千載墓平。」

〔一三〕蕪城賦曰：「歌堂舞閣之基。」西征賦曰：「覓陛殿之餘基。」歌有繞梁，故曰歌梁。淮南子曰：「秦楚燕趙之歌也，異轉而皆樂。」高誘曰：「轉，音聲也。」〔補注〕歌梁，參卷三賽敬亭山廟喜雨注〔一五〕。

〔一四〕茂宰，謂伏武昌也。言孫氏雄圖，悵然如此，伏氏感之而深遠睠。〔補注〕茂，美也。

〔一五〕幽客，𫖯自謂也。言從賞而乖纓弁遊也。楚辭曰：「朝馳騁兮江皋。」王逸注曰：「澤曲曰皋。」〔補注〕纓弁，冠上紐帶。

〔一六〕良書，謂伏詩也。鄭玄禮記注曰：「巵，酒器也。」毛詩曰：「獻酬交錯。」墨子曰：墨子獻書惠王，王受而讀之，曰：「良書也。」〔補注〕吕延濟注：「良書，謂先王典籍。」

〔一七〕楚辭曰：「聞赤松之清塵，願承風之遺則。」馬融論語注曰：「絢，文貌也。」

〔一八〕毛詩曰：「君子于役，不知其期。」楚辭曰：「乘鄂渚而反顧兮。」王逸注曰：「鄂渚，地名也。」毛詩曰：「昊天曰旦，及爾遊衍。」毛萇曰：「遊，行也。衍，溢也。」鄭玄曰：「常與汝入往遊溢相從也。」〔補注〕鄂渚，武昌側江渚。武昌舊名鄂。參注〔一〕。

【集説】

孫月峰曰：盛陳往事，語鍊而法整，頗似賦，然此等實爲杜詩所祖。

方伯海曰：字字新雋警拔，氣體復凝厚，兼此者難矣。引用故實，簡而該，鍊而流，宜李青蓮折服賞心也。

陳胤倩曰：先寫繁華，後叙蕭索，憑弔之情極暢。

何義門曰：無句不工妙，然比之前人，意味力量自殊，退之所以並掃齊梁也。

沈確士曰：宣城係遥和，非共登城者，玩末二句自見。

方植之曰：此與八公山皆典制大題，宜用杜韓方能勝任，否則子建亦可。此詩傷平，然興象力量，似勝仲言行經孫氏陵。又曰：平叙之作而葳蕤葱倩，俛仰英畤。

夏始和劉孱陵〔一〕

威仰弛蒼郊〔二〕，龍曜表皇隰〔三〕。春色卷遥甸〔四〕，炎光麗近邑〔五〕。白蘋望已騁〔六〕，緗荷紛可襲①〔七〕。徒顧尺波旋，終憐寸景戢〔八〕。對窗斜日過，洞幌鮮飈入〔九〕。浮雲去欲窮，暮鳥飛相及。柔翰縝芳塵，清源非易挹〔一〇〕。迴江難絶濟〔一一〕，云誰暢佇立〔一二〕。良宰勖夜漁，出入事朝汲〔一三〕。績羽余既裳②〔一四〕，更賦子盈粒〔一五〕。椅梧何必零，歸來共棲集〔一六〕。

【校】

①〔緗〕萬曆本、文集本、名家集本、郭本作「湘」。　②〔績〕詩紀作「積」。

【注】

〔一〕南齊書州郡志：孱陵縣屬荆州南平郡。治所在今湖北公安縣南。劉時爲縣令，名未詳。

〔二〕威仰，即靈威仰，青帝神之名。周禮春官小宗伯賈疏：「五帝：蒼曰靈威仰，太昊食焉。」廣韻：「弛，去、離也。」蒼郊，青郊。

〔三〕龍曜，隱指青黄色。雲笈七籤上清黄庭内景經心神章：「膽神龍曜字威明。」梁丘子注：「膽色青黄，故曰龍曜；主於勇捍，故曰威明。外取東方青龍雷震之象也。」廣韻：「皇，美也。」國語周語韋注：「下濕曰隰。」

〔四〕卷，同捲。説文：「捲，一曰捲收也。」左傳襄公二十一年杜注：「郭外曰郊，郊外曰甸。」

〔五〕炎光，夏日之光。淮南子天文訓：「南方火也，其帝炎帝，其佐朱明，執衡而治夏。」

〔六〕楚辭九歌湘君：「登白蘋兮騁望。」

〔七〕説文新附：「緗，帛淺黄色也。」襲，服也。楚辭離騷：「製芰荷以爲衣兮，集芙蓉以爲裳。」

〔八〕兩句皆傷時光流逝。尺波，猶言微波。易履孔疏：「旋，反也。」寸景，猶言寸陰。淮南子原道訓：「聖人不貴尺之璧而重寸之陰，時難得而易失也。」廣韻：「戢，斂也。」陸機長歌行：「寸陰無停晷，尺波豈徒旋？」

〔九〕集韻：「洞，一曰通也。」玉篇：「幌，帷幔也。」

〔一〇〕兩句稱美劉詩。王粲車渠椀賦：「援柔翰以作賦。」翰，筆毫。廣韻：「縝，結也。」芳塵，見卷一思歸賦注〔一七〕。清源，以水源澄清，喻神思之清。楚辭遠遊：「軼迅風於清源兮。」集韻：「挹，或作揖。」廣韻：「挹，酌也。」

〔一一〕漢書成帝紀顔注：「絶，横度也。」

〔一二〕云誰，見卷三冬日晚郡事隙注〔九〕。類篇：「暢，長也。」

〔一三〕兩句頌劉之善教化、勸農事。淮南子泰族訓：「密子治亶父，巫馬期往觀焉，見夜漁者得小即釋之，非刑之所能禁也。」又册府元龜令長教化：「宓子賤治單父，……三年，巫馬期往而觀乎單父。見夜漁者，得則舍之。期歸告孔子曰：『宓子賤之德化至矣。使民闇行若有嚴刑于旁。敢問何以至此？』孔子曰：『丘嘗與言曰：誠乎此者行乎彼，宓子必行此術也。』」按，宓，或作密。單，通亶。墨子尚賢：「賢者之治邑也，蚤出莫入，耕稼樹藝，聚菽粟，是以菽粟多而民足乎食。」

〔一四〕績羽，謂織鳥羽爲毳衣。禮月令：「孟夏之月，其蟲羽。」鄭注：「飛鳥之屬。」詩王風大車：「毳衣如菼。」毛傳：「毳衣，大夫之服。」鄭箋：「古者天子大夫服毳冕以巡行邦國，而決男女之訟。」句意謂時當夏始，余既績羽爲衣裳，將出行邦國。

〔一五〕盈粒，謂五穀充盈，民得米食。詩周頌良耜：「百室盈止。」書益稷：「烝民乃粒。」孔傳：「米食曰粒。」

〔一六〕兩句相約不待秋日桐之零落，歸來共事隱棲。詩小雅湛露鄭箋：「桐也，椅也，同類而異名。」爾雅釋木：「梧，今梧桐。」顏延之秋梧詩：「椅梧傾高鳳。」

和宋記室省中〔一〕

落日飛鳥還①〔二〕，憂來不可極②〔三〕。行樹澄遠陰③，雲霞成異色。懷歸欲乘電〔四〕，瞻言思解翼〔五〕。清揚婉禁居〔六〕，祕此文墨職〔七〕。無嘆阻琴樽，相從伊水側〔八〕。

【校】

①〔還〕詩紀、張本、文集本、郭本、全齊詩作「遠」。②〔極〕古詩鈔作「及」，注：「同極。」③〔行〕

文鏡秘府論、涵芬本同。萬曆本、文集本、名家集本、郭本作「竹」，注：「一作行。」詩紀、張本作「竹」。

【注】

〔一〕後漢書百官志：「記室令史，主上表章，報書記。」宋，名迹未詳。

〔二〕陶淵明歸去來兮辭：「鳥倦飛而知還。」

〔三〕曹操短歌行：「憂從中來，不可斷絶。」

〔四〕乘電，喻行之速。楚辭劉向九歎王逸注：「乘雷電而高舉。」

〔五〕聞人倓曰：「石崇詩：『願假飛鴻翼。』陸雲詩：『假翼鳴鳳條。』案，解宜作假。」

〔六〕詩鄭風野有蔓草：「有美一人，清揚婉兮。」毛傳：「清揚，眉目之間婉然美也。」又齊風猗嗟毛傳：「婉，好眉目也。」禁居，居宫禁之中，指中書省。聞人倓曰：「此詩乃榮之之辭。」

〔七〕文墨職，指掌章表書記文檄之事。劉楨雜詩：「職事相填委，文墨紛消散。」

〔八〕末句謂如浮丘公、王子喬相偕遯世。列仙傳：「王子喬者，周靈王太子晉也。好吹笙作鳳凰鳴，遊伊洛之間，道士浮丘公接以上嵩高山。」

【集説】

元思敬曰：觀夫「落日飛鳥還，憂來不可極」，謂捫心罕屬，而舉目增思；結意惟人，而緣情寄鳥。落日低照，即(目)隨望斷，暮禽還集，則憂共飛來。美哉玄暉，何思之若是也！

王船山曰：簡貴。非簡將不貴，非貴亦何能簡邪？又曰：落日飛鳥遠，合離之際，妙不可言。要此景在日鳥之外，亦在日鳥之間，冥搜得句，至此極矣。過此以往，便入唐宋怪徑中，將使詩如禪謎。

和王著作融八公山①〔一〕

二別阻漢坻，雙崤望河澳〔二〕。茲嶺復巑岏，分區奠淮服〔三〕。東限瑯琊臺，西距孟諸陸〔四〕。阡眠起雜樹，檀欒蔭修竹〔五〕。日隱澗②疑③空，雲聚岫如複。出沒眺樓雉，遠近送春目〔六〕。戎州昔亂華，素景淪伊穀〔七〕。阽危賴宗衮，微管寄明牧〔八〕。長蛇固能翦，奔鯨自此暴〔九〕。道峻芳塵流，業遥年運倏〔一〇〕。平生仰令圖，吁嗟命不淑④〔一一〕。浩蕩別親知，聯翩戒征軸〔一二〕。再遠館娃宮，兩去河陽谷〔一三〕。風烟四時犯，霜露朝夜沐⑤〔一四〕。春秀良已凋，秋場庶能築〔一五〕。

【校】

①〔題〕文選、三謝詩無「融」字。②〔澗〕藝文作「瀾」。③〔疑〕文選、三謝詩作「凝」。④〔吁〕原作「于」，依文選、三謝詩改。⑤〔露〕原注：「一作雨。」文選、三謝詩、萬曆本、郭本作「雨」。

【注】録文選李善注。

〔一〕淮南子曰：淮南王安養士數千人，中有高才八人：蘇非、李上、左吳、陳由、伍被、雷被、毛被、晉昌爲八公。神仙傳曰：雷被誣告安謀反，人告，公曰：「安可以去矣。」乃與登山，即日升天。八公與安所踐石上之馬迹存焉。

〔二〕左氏傳曰：吴子伐楚，子常乃濟漢而陣，自小別至於大別。又曰：秦穆公召孟明西乞白乙，使出師襲鄭。蹇叔之子與師，哭而送之曰：「晉人禦師必於殽，殽有二陵焉。其南陵，夏后皋之墓也；其北陵，文王之所避風雨也。必死是間。余收爾骨焉。」爾雅曰：「小沚曰泜。」又曰：「隩，隈也。」〔補注〕漢書地理志：「安豐縣，禹貢大別山在西南。」按安豐縣，即今安徽霍丘縣。小別山，在今河南光山縣與湖北黄岡市之間。

〔三〕字林曰：「巑岏，鋭山也。」潘岳贈陸機詩曰：「區域以分。」孔安國尚書傳曰：「奠，定也。」〔補注〕淮服，猶言淮域。服，王畿千里以外之地。

〔四〕山海經曰：琅邪臺在渤海間，琅邪之東。孔安國尚書傳曰：「距，至也。」周禮曰：「正東曰青州，其藪曰孟諸。」爾雅曰：「宋有孟諸。」郭璞曰：「今在梁國睢陽縣東北。」然孟諸澤在八公山東，而云「西距」者，謂澤西距山，以避上文耳，謂山在澤東是也。

〔五〕楚辭曰：「遠望兮阡眠。」枚乘兔園賦曰：「修竹檀欒夾池水。」〔補注〕阡眠，茂盛貌。檀欒，竹美貌。

〔六〕王肅家語注曰：「高丈長丈曰堵，三堵曰雉。」吕氏春秋曰：「客出，田駢送之以目。」

〔七〕亂華，謂苻堅也。左氏傳曰：衛侯登城以望，見戎州。公曰：「我姬姓也，何戎之有焉？」又孔子曰：裔不謀夏，夷不亂華。素景，謂晉也。干寶搜神記曰：金者，晉之行也。漢書曰：穀水出穀陽谷，東北入洛也。禹貢曰：伊洛瀍澗既入于河。孔安國傳曰：「伊水出陸渾山。」

〔八〕宗衮，謝安也。明牧，謝玄也。晉中興書曰：時盜賊强盛，侵寇無已。朝議求文武良將可以鎮北方者，衛將軍謝安曰：「唯兄子玄可堪此任。」於是拜建武將軍、兖州刺史，領廣陵相，監江北諸軍事。漢書：賈誼上書曰：「安有天下阽危者若是。」臣瓚曰：「臨危曰阽，或曰：阽，屋檐也。」論語：子曰：「微管仲，吾其被髮左衽矣。」〔補注〕宗衮，同姓之稱。洪邁容齋隨筆：「安石於玄暉爲遠祖，以其爲相，故曰宗衮。」

〔九〕八公山，謝玄敗苻堅之處也。虵，同蛇。長蛇，喻融；奔鯨，喻堅也。群謝録曰：玄領徐州，苻堅傾國大出。玄爲前鋒，射傷苻堅，陣殺苻融。左氏傳：申包胥如秦乞師曰：「吴爲封豕長蛇，以荐食上國。」又楚子曰：「古者明王伐不敬，取其鯨鯢而封，以爲大戮。」杜預曰：「鯨鯢，大魚名。以喻不義之人吞食小國也。」暴，原注：「蒲卜切。」

〔一〇〕陸機大暮賦曰：「播芳塵之馥馥。」莊子：老聃曰：「予年運而往矣，將何以戒我乎？」

〔一一〕平生，朓自謂也。左氏傳：汝叔齊曰：「君子能知其過，必有令圖。令圖，天贊也。」薛君韓詩章句曰：「吁嗟，歎辭也。」毛詩曰：「子之不淑。」楊泉五湖賦曰：「底功定績，蓋寓令圖。」毛萇詩傳曰：「咨，嗟也。」毛詩曰：「子之不淑，云如之何！」〔補注〕兩句自嗟命之不善，不能如前賢建功業。

〔二〕楚辭曰：「志浩蕩而傷懷。」思玄賦曰：「繽連翩兮紛暗曖。」〔補注〕浩蕩，心無所主貌。儀禮聘禮鄭注：「戒，命也。」征軸，猶言行車。

〔三〕方言曰：「吳有館娃之宮。」石崇思歸引序曰：「肥遯於河陽别業。」

〔四〕曹植亟出行曰：「蒙霧犯風塵。」淮南子曰：「禹沐淫雨，櫛疾風。」高誘曰：「以雨爲沐浴也，以疾風爲梳篦也。」魏書：公令曰：「沐浴霜露，二十餘年。」

〔五〕孫子曰：「秋霜被不凋其秀。」毛詩曰：「九月築場圃。」〔補注〕兩句謂華年已逝，將告歸以事農圃。

【集説】

張蔭嘉曰：宣城詩多流利，而此二章（按，另一爲和伏武昌）皆排比鋪陳，另是一種。然清氣在骨，終不以詞華掩也。

何義門曰：玄暉詩短章絶佳，而長篇殊少警采，此鍾嶸所以有意鋭才弱之嘆。

沈確士曰：小謝詩俱極流利，而此篇及和伏武昌作，典重質實，俱宗仰康樂。

方植之曰：以此較韓杜長篇，何啻遜之。固知此等不必用齊梁矣。又曰：此詩但盡題意，不出齊梁靡弱，平鋪無奇。姚薑塢先生云：元長爲著作，必在齊初，此朓少作也。

和王主簿季哲怨情①〔一〕

掖庭聘絶國，長門失歡宴②〔二〕。相逢詠蘼蕪，辭寵悲團扇③〔三〕。花叢亂數蝶，風簾入雙燕④。徒使春帶賒〔四〕，坐惜紅顔變⑤。平生一顧重⑥，宿昔千金賤〔五〕。故人心尚爾⑦，故心人不見⑧〔六〕。

【校】

①〔題〕文選、三謝詩無「季哲」字。全齊詩注：「和，一作同。」玉臺作「同王主簿怨情」。②〔門〕涵芬本作「夜」。③〔團〕原注：「一作班。」涵芬本、詩紀同。六臣本文選作「班」，注：「五臣作團字。」④〔雙燕〕六臣本文選注：「五臣作飛燕。」三謝詩作「飛燕」。紀容舒曰：「此句正以雙字互映見意，作飛爲誤。」⑤〔顔〕六臣本文選、萬曆本、張本、郭本作「粧」。三謝詩作「裝」。⑥〔平生〕六臣本文選、涵芬本作「生平」。⑦〔爾〕全齊詩注：「或作永。」玉臺作「永」。⑧〔故心人不見〕原注：「一作故人心不見。」詩紀、郭本同。李善注文選作「故人心不見」。

【注】録文選李善注。

〔一〕集云：王主簿名季哲。

〔二〕漢書元帝紀曰：賜單于待詔掖庭王嬙爲閼氏。應劭曰：「名嬙，小字昭君。」娶女曰聘。據單于而言也。琴道：雍門周曰：「一赴絶國。」掖庭，王昭君所居也。長門，陳皇后所居也。南都賦曰：「接歡宴於日夜。」〔補注〕漢元帝竟寧元年（前三三年），匈奴呼韓邪單于來朝，自言願爲漢氏婿以自親，帝敕以宮女五人賜之。昭君乃請掖庭令求行，遂嫁單于，號寧胡閼氏（見漢書匈奴傳、後漢書南匈奴傳）。絶國，絶遠之國。掖庭，宮中旁舍，妃嬪所居之處。漢武帝陳皇后，長公主嫖女也。帝即位，立爲皇后，擅寵嬌貴十餘年，後以罪上璽綬罷，退居長門宮（見漢書外戚傳）。

〔三〕古樂府詩曰：「上山採蘼蕪，下山逢故夫。」班婕妤怨歌行曰：「新裂齊紈素，皎潔如霜雪。裁爲合歡扇，團團似明月。」〔補注〕爾雅釋草郭注：「蘼蕪，香草，葉小如萎狀。」（邢疏：「言如萎蕤之狀也。」）

〔四〕賒，緩也。〔補注〕謂體瘦致衣帶寬緩。古樂府歌：「離家日趨遠，衣帶日趨緩。」

〔五〕鄭玄毛詩箋曰：「顧，迴首也。」列女傳曰：楚成鄭子瞀者，楚成王之夫人也。初，成王登臺，子瞀不顧。王曰：「顧，吾與汝千金。」子瞀遂行，不顧。曹植詩曰：「一顧千金重，何必珠玉錢？」阮籍詠懷詩曰：「宿昔同衾裳。」

〔六〕古樂府曰：「相去萬餘里，故人心尚爾。」鄭玄毛詩箋曰：「尚，猶也。」字書曰：「爾，詞也。」〔補注〕呂向曰：「故人心尚爾，謂君心不回也。故心人不見，謂婦人之心戀於夫也，忠臣之志懇於君也。」

【集説】

孫月峰曰：比茂先情詩態更妍，語更麗，但漸入纖巧，古意稍減。

方伯海曰：此篇詩明是宮怨，五臣注硬扯入忠臣放逐，殊欠理解。

何義門曰：漸入纖靡，然風致自妙。

贈王主簿二首〔一〕

日落窗中坐，紅妝好顔色〔二〕。舞衣襞未縫〔三〕，流黄覆不織〔四〕。蜻蛉草際飛〔五〕，游蜂花上食。一遇長相思，願寄連翩翼〔六〕。

【注】

〔一〕王主簿，見上篇注〔一〕。

〔二〕妝臺記：「始皇宫中，悉好神仙之術，乃梳神仙髻，皆紅妝翠眉，漢宫尚之。」紅妝，謂以紅色作妝飾。

〔三〕襞，衣之摺疊，俗謂之襉。文選司馬相如子虚賦：「襞積褰縐。」吕向注：「縫綴貌。」

〔四〕流黄，間色。環濟要略：「間色有五：紺、紅、縹、紫、流黄也。」其色黄而近緑（見説文「莀」段注），此以指此色之絹。古樂府相逢行：「中婦織流黄。」

〔五〕埤雅：「蝍蜓，六足四翅，其翅輕薄如蟬，晝取蚊蝱食之。遇雨即多，好集木上款飛。一名蜻蛉。」

〔六〕謂願託連翩飛鳥以寄相思。連翩，鳥飛貌。何劭遊仙詩：「連翩御飛鶴。」

其二

清吹要碧玉〔一〕，調絃命緑珠〔二〕。輕歌急綺帶，含笑解羅襦〔三〕。餘曲詎幾許？高駕且踟躕〔四〕。徘徊韶景暮①〔五〕，惟有洛城隅〔六〕。

【校】

①〔韶景暮〕詩紀、張本注：「一作憐暮景。」

【注】

〔一〕清吹，見卷二送遠曲注〔九〕。樂府詩集清商曲有碧玉歌。郭茂倩引樂苑曰：「碧玉歌者，宋汝南王所作也。碧玉，汝南王妾名。」

〔二〕晉書石崇傳：「崇有妓曰緑珠，美而艷，善吹笛。」

〔三〕解羅襦，見卷二范雲當對酒注〔四〕。

〔四〕王僧達答顏延年：「君子聳高駕。」古樂府陌上桑：「五馬立踟躕。」

〔五〕韶景，指春景。集韻：「韶，美也。」

〔六〕洛城，洛陽。此借指建康。曹植贈丁廙：「嘉賓填城闕，豐膳出中廚。吾與二三子，曲宴此城隅。」此化用其意。

同王主簿有所思①〔一〕

佳期期未歸，望望下鳴機〔二〕。徘徊東陌上，月出行人稀。

【校】

①〔題〕張本作有所思同王主簿賦

【注】

〔一〕王主簿，見前和王主簿季哲怨情注〔一〕。有所思，參卷二劉繪有所思注〔一〕。

〔二〕望望，見和别沈右率諸君注〔五〕。機，謂織機。集韻：「織具謂之機杼。機以轉軸，杼以持緯。」

【集説】

陳胤倩曰：即景含情，意在言外，法同唐絶，而調稍高。

張蔭嘉曰：先寫情，後寫景，則景中無非情矣。詩境超甚。

沈確士曰：即景含情，怨在言外。

成倬雲曰：詞盡意不盡，斷句正宗。

落日同何儀曹煦①〔一〕

參差複殿影〔二〕，氛氳綺羅雜〔三〕。風入天淵池〔四〕，芰荷摇復合〔五〕。遠聽雀聲聚，回望樹陰沓〔六〕。一賞桂尊前〔七〕，寧傷蓬鬢颯〔八〕！

【校】

①〔題〕涵芬本「煦」作「照」。

【注】

〔一〕何煦，未詳。齊高帝建元四年，有司奏置國學，於祭酒、博士、助教下設户曹、儀曹各二人，五品。見南齊書百官志。

〔二〕複殿，殿宇複沓重疊。謝莊宋明堂歌：「複殿留景。」

〔三〕氛氳，見卷一祭大雷周何二神文注〔二〕。説文段注：「綺，謂繒之有文者也。」

〔四〕天淵池，見卷一三日侍華光殿曲水宴代人應詔六章注〔四〕。

〔五〕楚辭離騷王逸注：「芰，蔆也。荷，芙蕖也。」按，蔆，同菱。

〔六〕廣韻：「沓，重也，合也。」

〔七〕桂尊，謂樽中置桂酒。參卷三賽敬亭山廟喜雨注〔二〕。一説，以桂木爲酒尊。

〔八〕蓬鬢，鬢髮散亂如蓬。詩衛風伯兮：「首如飛蓬。」颯，鬆亂貌。

【集説】

陳胤倩曰：六句摹景如畫。

和紀參軍服散得益〔一〕

金液稱九轉①〔二〕，西山歌五色〔三〕。鍊質乃排雲〔四〕，濯景終不測〔五〕。雲英亦可餌②〔六〕，且駐羲和力〔七〕。能令長卿卧〔八〕，暫故遇真識〔九〕。

【校】

①〔轉〕萬曆本、文集本、名家集本作「𨍏」。　②〔餌〕文集本作「飢」。

【注】

〔一〕紀參軍，未詳。散，指五石散，亦曰寒食散。五石，謂丹砂、雄黄、白礬、曾青、磁石。世説新語言語：「何平叔云：『服五石散，非唯治病，亦覺神明開朗。』」劉孝標注引秦丞祖寒食散論曰：「寒食散之方，雖出漢代，而用之者蓋寡，靡有傳焉。魏尚書何晏首獲神效，由是大行於世，服者相尋。」

〔二〕金液，道家所傳服之不老不死之金精。葛洪神仙傳：「老子有丹八石，玉醴、金液。」九轉，見卷一酬德賦注〔七三〕。

〔三〕曹丕折楊柳行：「西山一何高，高高殊無極。上有兩仙僮，不飲亦不食。與我一丸藥，光耀有五色。」此借以指服散。

〔四〕鍊質，道家語，謂服食還丹、金液，以修練形體。抱朴子金丹：「老子之訣言云：『子不得還丹、金液，虚自苦耳。』夫丹之爲物，燒之愈久，變化愈妙，黄金入火，百煉不消，埋之畢天不朽，服此二物，練人身體，故能令人不老不死。」排雲，謂排雲氣而登仙。郭璞遊仙詩：「神仙排雲出。」

〔五〕濯，美也。詩大雅文王有聲釋文：「濯，韓詩云：美也。」

〔六〕雲英，謂甘露。曹植承露盤頌：「下潛醴水，上受雲英。」玉篇：「餌，食也。」

〔七〕楚辭離騷：「吾令羲和弭節兮，望崦嵫而勿迫。」王逸注：「羲和，日御也。」

〔八〕長卿，司馬相如字。漢書司馬相如傳：「相如既病免，家居茂陵。」

〔九〕暫故，未詳。故，疑「教」之誤字。教，使也。真識，猶言至道。此指道家與方士合流後所倡服食求長生之道。

新治北窗和何從事〔一〕

國小暇日多〔二〕，民淳紛務屏〔三〕。闢牖期清曠〔四〕，開簾候風景〔五〕。泱泱日照溪〔六〕，團團雲去嶺①〔七〕。岧嶤蘭橑峻〔八〕，駢闐石路整〔九〕。池北樹如浮，竹外山猶影〔一〇〕。自來彌弦望②〔一一〕，及君臨箕潁〔一二〕。清文蔚且詠〔一三〕，微言超已領③〔一四〕。不見城壕側〔一五〕，思君朝夕頃。迴舟方在辰〔一六〕，何以慰延頸〔一七〕。

【校】

①〔去〕涵芬本作「出」。②〔望〕原注：「一作缺。」涵芬本及諸明本、郭本並同。③〔超〕原注：「一作怡。」涵芬本及諸明本、郭本並同。

【注】

〔一〕何從事，卷五聯句中屢見，蓋宣城郡署中僚屬。其人未詳。

〔二〕國，指宣城郡。暇日多，見和蕭中庶直石頭注〔二〇〕。

〔三〕紛務，謂紛雜官事。論語堯曰孔注：「屏，除也。」

〔四〕清曠，清遠。廣雅釋詁：「曠，遠也。」謝靈運山居賦：「棲清曠於山川。」

〔五〕風景，謂風氣、日光。晉書羊祜傳：「羊祜樂山水，每風景，必造峴山，置酒閒詠。」

〔六〕文選潘岳射雉賦：「天泱泱以垂雲。」善注：毛詩曰：「英英白雲。」毛萇曰：「英英，白雲貌。」泱與英，古字通。

〔七〕團團，圓貌。班婕妤怨歌行：「裁爲合歡扇，團團似明月。」

〔八〕一切經音義：「岧嶢，山並立貌也。」曹植九愁賦：「登岧嶢之高岑。」蘭橑，以木蘭爲椽。楚辭九歌湘夫人：「桂棟兮蘭橑。」説文：「橑，椽也。」

〔九〕駢闐，聚會連屬也。同駢田。劉楨魯都賦：「其園囿苑沼，駢田接連。」

〔一〇〕影，謂隱現。

〔一一〕彌弦望，謂時之久。玉篇：「彌，徧也。」弦望，言月之圓缺。論衡四諱：「猶八日，月中分謂之弦；十五日，日月相望謂之望。」

〔一二〕箕潁，箕山、潁水，古避世者許由所居之地，皆在今河南省境。參卷一侍宴華光殿曲水奉敕爲皇太子作五章注〔四〕。

〔一三〕清文，稱美何詩。漢書叙傳顏注：「蔚，文采盛也。」玉篇：「詠，長言也。」

〔一四〕微言，漢書藝文志：「精微要妙之言耳。」

〔一五〕詩邶風静女：「愛而不見，搔首踟躕。」城壕側，猶言城隅。參前贈王主簿次首注〔六〕。

〔一六〕詩小雅小弁毛傳：「辰，時也。」

〔一七〕延頸，喻企盼殷切。吕氏春秋順説：「天下丈夫女子莫不延頸舉踵而願安利之。」

【集説】

鍾伯敬曰：思路清密，淵然浛然。又曰：往往以排語寫出妙思，康樂亦有之。然康樂排得可厭，却不失爲古詩；玄暉排得不可厭，業已浸淫近體。

王船山曰：宣城固以逸句雄古今，而世所傳者，皆其輕俊之作，遂令奕葉風流，幾同薄俗，不知其有此淵密之篇，固本地風光也。又曰：漢魏作者，惟以神行，不藉句端著語助爲經緯。陶謝以降，神有未至，頗事虚引爲運動。顧其行止合離，斷不與文字爲緣。如此作「及君」二字，用法活遠，正復令淺人迷其所謂。唯然，歌詠初終猶覺去樂理未遠。後人用此者，一反一側，一呼一諾，一伏一起，了了與經生無異，而絲竹管絃蟬聯暗换之妙，湮滅盡矣，反不如俚歌填詞之猶存風雅也。悲夫！

方植之曰：此等非玄暉高製，然必細心讀之，乃知高青邱之學有功力，不似他人但襲取其顯者。

成倬雲曰：筆致閒曠，意興飛騰，層次井井中自成起伏，是着意經營之作。

同羇夜集〔一〕

積念隔炎涼〔二〕，驤言始今夕〔三〕。已對濁樽酒，復此故鄉客。霜月始流砌〔四〕，寒蛸早吟隙①〔五〕。幸藉京華遊，邊城諓良席〔六〕。樵採咸共同〔七〕，荆莎聊可藉〔八〕。恐君城闕人，安能久松柏〔九〕！

【校】

①〔蜻〕涵芬本、詩紀、萬曆本、張本、郭本作「蛸」。

【注】

〔一〕同羈，同事羈旅之人，蓋指西府僚友。廣韻：「羈，寄也。」

〔二〕積念，謂積久思鄉之念。古詩：「誰謂我無憂？積念發狂癡。」炎涼，猶言寒暑。

〔三〕黄節曰：「驤言，造詞。猶本集觀朝雨之『驤首』，蓋仰昂言之也。」（見郝立權謝宣城詩注引）按，意猶騁辭、高談。

〔四〕廣韻：「砌，階砌也。」

〔五〕蜻，蜻蛚。方言：「蜻蛚，楚謂之蟋蟀，南楚之間，謂之蟲王孫。」

〔六〕邊城，指江陵。荆州迤北爲北魏境，故云。

〔七〕左思詠史詩：「買臣困樵採。」

〔八〕左傳襄公二十六年：「（楚）伍舉與聲子相善也，……伍舉奔鄭，將遂奔晉。聲子將如晉，遇之於鄭郊，班荆相與食，而言復故。」説文：「荆，楚也。」謂布荆於地，藉之以坐。莎，草名，蓋連類而及。

〔九〕謂恐朋輩不能久處山野。城闕，猶言京師。京師，帝王宫闕所在，故稱城闕。論語子罕：「歲寒，然後知松柏之後凋也。」

【集説】

王船山曰：温其如玉，詎亦可以驚人相詫。

陳胤倩曰：閒曠蕭疎，押「隙」字韻有致。結句以山野傲之，即從「幸藉」句生出。

謝朓集校注卷五

五言詩

奉和隨王殿下

其一

玄冬寂修夜，天圍静且開〔一〕。亭皋霜氣愴，松宇清風來〔二〕。高琴時以思，幽人多載懷①〔三〕。幸藉汾陽想，嶺首正徘徊〔四〕。

【校】

①〔載〕詩紀、萬曆本、張本、郭本、全齊詩作「感」。

【注】

〔一〕漢書揚雄傳：「玄冬季月。」顏注：「北方色黑，故曰玄冬。」修夜，長夜。楚辭嚴忌哀時命：「愁修夜而宛轉兮。」天圍，猶天宇、天界。

〔二〕亭皋，水邊平地。漢書司馬相如傳補注：「亭，當訓平。皋，水旁地，故以平言。」鮑照蕪城賦：「稜稜霜氣。」説文：「愴，悲也。」松宇，謂結宇松下。

〔三〕關尹子三極篇："人之善琴者，……有思心則聲遲遲然。"幽人，見卷一擬宋玉風賦注〔一七〕。楊樹達詞詮："載，語中助詞，無義。"

〔四〕汾陽想，謂棲隱之想。汾陽，參卷一高松賦注〔三〕。

其二

高秋夜方静，神居肅且深①〔一〕。閑階塗廣露〔二〕，涼宇澄月陰。嬋娟影池竹〔三〕，疎蕪散風林。淵情協爽節，詠言興德音〔四〕。闇道空已積，遷直愧蓬心②〔五〕。

【校】

①〔深〕張本作"清"。　②〔遷〕詩紀、萬曆本、張本、郭本、全齊詩作"干"。

【注】

〔一〕神居，神人所居。司馬相如美人賦："門閤晝掩，曖若神居。"此敬稱隨王居處。

〔二〕楚辭劉向九嘆："白露紛以塗塗兮。"王逸注："塗塗，厚貌。"

〔三〕嬋娟，見卷二劉繪巫山高注〔六〕。影，古作景，映也。

〔四〕淵情，淵遠之情。爽節，指秋日，秋日氣爽。詠言，猶云言志。阮籍詠懷詩："詠言著斯篇。"詩邶風谷風："德音莫違。"集傳："德音，美譽。"

〔五〕闇道，謂君子之道。禮中庸："君子之道，闇然而日章。"孔疏："言君子以其道德深遠謙退，初視未見，故曰闇然。"莊子逍遥遊："夫子猶有蓬之心也夫。"成玄英疏："蓬，草名，拳曲不直也。……既有蓬心，未能直達玄理。」此自謙未能直達於道。

其三

愴愴緒風興，祁祁族雲布〔一〕。嚴氣集高軒，稠陰結寒樹〔二〕。日月謬論思，朝夕承清豫〔三〕。徒藉小山文，空揖章臺賦〔四〕。

【注】

〔一〕愴愴，悲楚。楚辭王褒九懷：「心愴愴兮自憐。」又九章涉江：「欸秋冬之緒風。」王逸注：「緒，餘也。」祁祁、族雲，並見卷一雩祭歌赤帝歌其三注〔一〕。

〔二〕嚴氣，嚴凝之氣。禮鄉飲酒義：「天地嚴凝之氣，始於西南，而盛於西北。」稠陰，猶盛陰。說文：「稠，多也。」

〔三〕日月，謂日日月月。博雅：「謬，誤也。」此含自謙之意。論思，見卷一侍宴華光殿曲水奉敕爲皇太子作四章注〔三〕。清豫，謂清謐暇豫。爾雅釋詁：「豫，樂也。」

〔四〕小山文，指楚辭招隱士。王逸招隱士序：「昔淮南王安博雅好古，招懷天下俊偉之士，自八公之徒，咸慕其德而歸其仁。……小山之徒閔傷屈原……故作招隱士之賦，以章其志也。」章臺，即章華臺。左傳昭公七年：「楚子（指靈王）成章華之臺，願與諸侯落之。」故址在今湖北監利縣西北。章臺賦，即章華賦。後漢書文苑傳：「邊讓字文禮。……少辯博，能屬文，作章華賦。雖多淫麗之辭，而終之以正，亦如相如之諷也。」按賦有句云：「建皇佐之高勳，飛仁聲之顯赫。」漢書王莽傳注：「揖，謂讓而不當也。」

其四

星回夜未艾，洞房凝遠情〔一〕。雲陰滿池榭，中月縣高城〔二〕。喬木含風霧，行雁飛且鳴。平臺盛文雅，西園富群英〔三〕。芳慶良永矣，君王嗣德聲〔四〕。眷此伊洛詠，載懷汾水情〔五〕。顧己非麗則①，恭惠奉仁明②〔六〕。觀淄詠已失，憮然愧簪纓〔七〕。

【校】

①〔己〕涵芬本、詩紀、萬曆本、張本、郭本作「已」。　②〔仁〕詩紀作「神」。

【注】

〔一〕星回，見卷一高松賦注〔三〕。詩小雅庭燎：「夜未艾。」毛傳：「艾，久也。」洞，深也。楚辭招魂：「姱容修態，絙洞房些。」

〔二〕郭璞逸詩：「羽蓋停雲陰。」中月，中天之月。

〔三〕漢書梁孝王傳：「（孝王）大治宮室，爲復道，自宮連屬於平臺，三十餘里。……招延四方豪傑，自山東游士莫不至，齊人羊勝、公孫詭、鄒陽之屬。」按：平臺故址在今河南省商丘市東北。文選曹丕芙蓉池作：「乘輦夜行游，逍遥步西園。」張銑注：「鄴都之西園。」按園在銅雀臺西。齊隨郡王山居序：「西園多士，平臺盛賓，鄒馬之客咸在，伐木之歌屢陳。是用追芳昔娱，神遊千古，故亦一時之盛事。」兩句皆以贊隨郡王盛招文學之士。

〔四〕芳慶，謂美盛之事，指平臺、西園盛事。德聲，德行、聲望。

〔五〕伊洛，參卷四和宋記室省中注〔八〕。何劭遊仙詩：「羨昔王子喬，友道發伊洛。」汾水情，謂隱棲之情。汾水，參卷一高松賦注〔三〕。

〔六〕法言吾子：「詩人之賦麗以則。」恭惠，猶言恭承嘉惠。文選賈誼弔屈原文：「恭承嘉惠。」李周翰注：「謂承天子命也。」仁明，慈愛明察。此以稱頌隨郡王。

〔七〕兩句謂自鑒所作陋劣，憮然有愧於所職。新序：「齊王聘田巴先生而將問政焉。對曰：『政在正身。正身之本，在於群臣。王召臣，臣改制鬌飾，問於妾奚若。妾愛臣，諛臣曰佼。臣臨淄水而觀，然後自知醜惡也。』」憮然，見卷二王融巫山高注〔七〕。簪纓，古仕宦者冠飾。

其五

肅景遊清都，修簪侍蘭室①〔一〕。累榭疎遠風〔二〕，廣庭麗朝日。穆穆神儀靜，愔愔道言密〔三〕。一湌繫靈表，無吝科年曆〔四〕。

【校】

①〔侍〕涵芬本、萬曆本作「待」。

【注】

〔一〕肅景，端肅其身影，景，同影。列子周穆王：「清都紫微，鈞天廣樂，帝之所居。」清都，指天帝所居，亦以指京都。蘭室，見卷一高松賦注〔二〇〕。

〔二〕累，重疊之意。楚辭招魂：「層臺累榭。」淮南子時則訓高注：「臺有屋曰榭。」疎，同疏。説文：「疏，通也。」

〔三〕禮曲禮孔疏：「穆穆，威儀多貌。」神儀，尊美隨王姿儀。左傳昭公十二年杜注：「愔愔，安和貌。」道言，悟道之言。

〔四〕後漢書孔融傳：「一飡之惠必報。」此謂得一飡仙家之饌。文選禰衡鸚鵡賦：「偉靈表之可嘉。」此謂仙靈之表，隱以稱隨王。晉書禮志：漢儀：「太史每歲上其年歷。」按，曆、歷同。張玄晏與孫相公啓：「一忝班行，八移年曆。」此泛指年祀。兩句以遊仙表意，希一飡仙家之饌，並冀科以長生久視之年曆，隱以向隨王申攀附之情。

其六

神心遺魏闕，沖想顧汾陽①〔一〕。肅景懷辰豫，捐玦翦山楊②〔二〕。時惟清夏始，雲景曖含芳〔三〕。月陰洞野色〔四〕，日華麗池光。草合亭皋遠③，霞生川路長。端坐聞鶴引，静瑟愴復傷〔五〕。懷哉泉石思，歌詠鬱璠相〔六〕。塘春多迭駕④，言從伊與商〔七〕。衮職眷英覽，獨善伊何忘。願輟東都遠，宏道侍云梁⑤〔八〕。

【校】

①〔沖〕詩紀、張本、郭本、全齊詩作「中」。②〔楊〕詩紀、全齊詩作「楊」，注：「一作楊。」③〔合〕張本、全齊詩作「含」。④〔塘春〕詩紀、張本、郭本作「春塘」。⑤〔云〕涵芬本作「雲」。

【注】

〔一〕神心，沖想，皆以稱隨王心志。魏闕，見卷一三日侍宴曲水代人應詔五章注〔二〕。

〔二〕肅景，見上篇注〔一〕。詩齊風東方未明毛傳：「辰，時也。」辰豫，猶時樂，謂及時行樂。捐玦，猶解佩。詩小雅南山有臺：「北山有楊。」翦山楊，意猶「去翦北山萊」。參卷三觀朝雨注〔六〕。

〔三〕文選王儉褚淵碑文善注：「曖，温貌。莊子曰：曖然似春。」

〔四〕後漢書梁冀傳李賢注：「洞，通也。」

〔五〕鶴引，指别鶴操。樂府詩集琴曲歌辭有别鶴操。崔豹古今注音樂：「别鶴操，商陵牧子所作也。娶妻五年而無子，父兄將爲之改娶。妻聞之，中夜起，倚户而悲嘯。牧子聞之，愴然而悲，乃援琴而歌，後人因爲樂章焉。」王嘉拾遺記：「條陽山，……器則有……員山静瑟……。員山，其形員也，有大林，雖疾風震地，而林木不動，以其木爲瑟，故曰『静瑟』。」

〔六〕詩王風揚之水：「懷哉懷哉。」集傳：「懷，思。」孔稚圭褚伯玉碑：「泉石依情，煙霞在抱。」璚相，猶玉相。詩大雅棫樸：「金玉其相。」毛傳：「相，質也。」句謂隨郡王有歌詠文章之事，正以其有鬱然如玉之質。

〔七〕迭駕，即逸駕。迭、逸古通。伊，伊水。參卷四和宋記室省中注〔八〕。商，商山，在今陜西商縣東南，漢四皓隱處。

〔八〕四句明己有高蹈之意，但蒙衮職眷顧，不忍獨善其身，故願輟其下都還家之請，隨侍隨王以宏其道。詩大雅烝民鄭箋：「衮職者，不敢斥王之言也。」此指齊武帝。句謂武帝選己以輔隨王。孟子盡心：「窮則獨善其身。」隨王居荆州，建康在東，故以東都稱之。云，古雲字。郭璞遊仙詩：「雲生梁棟間，風出窗户裏。」雲梁，指有道者之居，謂隨王府。

其七

清房洞已静，閑風伊夜來〔一〕。雲生樹陰遠，軒廣月容開。宴私移燭飲，遊賞藉琴臺〔二〕。風猷冠淄鄴，衽舄愧唐枚〔三〕。

【注】

〔一〕伊，語中助詞。

〔二〕宴私，見卷一遊後園賦注〔九〕。琴臺，鼓琴之臺。

〔三〕風猷，謂風教道德。宋書文帝紀：「風猷宣於蕃牧。」淄，參卷二永明樂第四注〔二〕。鄴，漢縣，故城在今河北臨漳縣西南。建安中，曹操父子居此，宏獎文學。一時文士麕集，鄴下文章，盛於天下。類篇：「衽，衣襟也。」博雅：「舄，履也。」唐謂唐勒。史記屈原列傳：「屈原既死之後，楚有宋玉、唐勒、景差之徒者，皆好辭而以賦見稱。」枚，謂枚乘，參卷四和王長史卧病注〔三〕。句謂有衽舄之榮而才遜唐枚。

其八

方池含積水〔一〕，明流皎如鏡①。規荷承日泫，彯鱗與風泳〔二〕。上善叶淵心，止川測動性〔三〕。幸是芳春來②，側點游濠盛〔四〕。

【校】

①〔明流句〕詩紀、萬曆本、張本、郭本、全齊詩作「明月流皎鏡」。　②〔芳〕詩紀、張本、郭本、全齊詩作「方」。

【注】

〔一〕劉楨雜詩：「方塘含白水。」

〔二〕廣韻：「規，圓也。」又：「泫，泫然，涕流貌。」謝靈運從斤竹澗越嶺溪行詩：「花上露猶泫。」彯鱗，輕捷遊魚。彯，通飄。

〔三〕上善，指水。老子：「上善若水，水善利萬物而不争。」叶，協之古文。廣韻：「協，和也，合也。」詩邶風燕燕：「其心塞淵。」毛傳：「淵，深也。」止川，猶言止水。莊子德充符：「仲尼曰：『人莫鑑於流水，而鑑於止水。』」

〔四〕兩句謂芳春已來，得隨侍如與曾點偕游，並有莊惠游於濠梁盛事。吕氏春秋達鬱高注：「側，猶在左右也。」點，曾點，字晳。論語先進：「……（點）曰：『莫春者，春服既成，冠者五六人，童子六七人，浴乎沂，風乎舞雩，詠而歸。』夫子喟然歎曰：『吾與點也。』」莊子秋水：「莊子與惠子遊於濠梁之上，莊子曰：『儵魚出游從容，是魚樂也。』惠子曰：『子非魚，安知魚之樂？』莊子曰：『子非我，安知我不知魚之樂？』」

其九

浮雲西北起〔一〕，飛來下高堂。合散輕帷表，飄舞桂臺陽〔二〕。遥階收委羽①，平池如夜光②〔三〕。眷言金玉照，顧慙蘭蕙芳〔四〕。

【校】

①〔收〕涵芬本作「妝」。　②〔池〕詩紀、張本、郭本、全齊詩作「地」。

【注】

〔一〕曹丕雜詩：「西北有浮雲，亭亭如車蓋。」

〔二〕拾遺記：「（昭帝）元鳳二年，於淋池之南起桂臺，以望遠氣。」此借指隨王所居。

〔三〕委羽，山名。淮南子地形訓：「北方曰積冰，曰委羽。……燭龍在雁門北，蔽于委羽之山，不見日。」高注：「委羽，北方山名也。」此以指積冰。楚辭天問王逸注：「夜光，月也。」又玉璧名。

〔四〕兩句謂眷念隨王恩顧之重，而自愧無蘭蕙芳質。金玉，喻貴重。揚雄甘泉賦：「發蘭蕙與芎藭。」

其十

睿心重離拆①〔一〕，歧路清江隈。四面寒飈舉，千里白雲來。川長别管思〔二〕，地迥翻旗回。還顧昭陽闕，超遠章華臺〔三〕。置酒巫山日，爲君停玉梧〔四〕。

【校】

①〔坼〕原注：「近刻作析。」詩紀、張本、郭本、全齊詩作「析」。萬曆本作「折」。涵芬本作「拆」。

【注】

〔一〕睿心，明智之心，以稱隨郡王。離坼，謂分别。説文：「坼，裂也。」

〔二〕别管思，謂别時管吹，聲含悲思。

〔三〕昭陽，昭丘之陽。説文：「闕，門觀也。」文選王粲登樓賦善注：荆州圖記曰：「當陽東南七十里有楚昭王墓。」登樓則見，所謂昭丘。按昭陽闕，指荆州。超遠，遠也。章華臺，見其三注〔四〕。

〔四〕水經江水注：「江水歷（巫）峽東，逕新崩灘……其下十餘里，有大巫山。」地近荆州，故及之。吴摯甫曰：「君者，玄暉自謂也。」

【集説】

王船山曰：諧音令度，固不輕詔。

十一

桂樓飛絶限，超遠向江歧〔一〕。輕雲①霽②廣甸，微風散清漪〔二〕。連連絶雁舉，眇眇青煙移③〔三〕。嚴城亂芸草〔四〕，霜塘凋素枝。氣爽深遥矚，豫永聊停曦〔五〕。即④己⑤終可悦，盈思且若斯⑥〔六〕。

【校】

①〔雲〕張本作「寒」。②〔霽〕涵芬本作「齊」。③〔眇眇〕詩紀、張本、郭本、全齊詩作「渺渺」。④〔即〕原注：「一作印。」萬曆本同。涵芬本作「印」，注：「一作即。」⑤〔已〕涵芬本、詩紀、萬曆本、張本、郭本、全齊詩作「已」。⑥〔思〕詩紀、張本、郭本、全齊詩作「尊」。

【注】

〔一〕桂樓，以桂木爲樓，美言之。飛絶限，謂樓高絶遠難至。江歧，江干歧路。

〔二〕清漪，見卷二泛水曲注〔八〕。

〔三〕連連，不絶貌。絶雁，謂絶塞之雁。眇眇，見卷二出藩曲注〔六〕。

〔四〕抱朴子：「鮑生曰：『人君恐姦釁之不虞，故嚴城以備之。』」韻會：「嚴，戒也。」芸草，黄草。詩小雅苕之華孔疏：「芸爲極黄之貌。」

〔五〕孟子梁惠王：「豫，亦遊也。」永，通詠。書舜典：「歌永言。」孔傳：「歌詠其義，以長其言。」玉篇：「曦，日色也。」停曦，猶言駐曦。沈約上巳華光殿七言：「朱顔始洽景將移，安得壯士駐奔曦！」

〔六〕即已，謂即就已意之所適。盈思，謂思緒積懷。

十二

炎光闕風雅，宗霸拯時淪〔一〕。龍德待雲霧，令圖方再晨〔二〕。歲遠荒城思，霜華宿草陳〔三〕。

英威遽如是，徘徊歧路人〔四〕。

【注】

〔一〕炎光，指晉室。司馬氏稱典午，午在南方，南方爲火。又司馬氏出自重黎，重黎爲火正。故曰「炎光」。玉篇：「闕，少也。」風雅，謂文章教化。左傳成公二年孔疏：「霸，把也，言把持王者之政教。」宗霸，指謝玄。玄字幼度。太元八年（三八三）以精兵八千大敗苻堅於淝水，以功封康樂縣公（見晉書本傳）。爲朓之族曾祖，故曰宗霸。曾佐荆州刺史桓温幕，見渚宫舊事。

〔二〕易乾文言：「子曰：『龍德而隱者也。……雲從龍。』」此借以喻君臣相遇。令圖，猶善謀。陸機辨亡論：「睿心因於令圖。」

〔三〕宿草，見卷四蕭子良登山望雷居士精舍注〔二〕。

〔四〕英威，英異之兵威。後漢書光武紀贊：「英威既振，新都自焚。」歧路人，謂將别之人。此以自指。

十三

念深沖照廣，業闡清化玄〔一〕。端儀穆金殿，敷教藻瓊筵①〔二〕。船湛輕帷藹，磬轉芳風旋〔三〕。卷巒栖道樹，方津棹法舷〔四〕。歸興憑大造，昭塗良易筌〔五〕。

【校】

①〔敷〕詩紀、萬曆本、名家集本缺。文集本作「文」。

【注】

〔一〕沖照，沖虛之鑒照，以稱隨王。爾雅釋詁：「業，事也。」易豐孔疏：「闡者，弘廣之言。」清化，清明之教化。李密陳情表：「沐浴清化。」廣韻：「玄，幽遠也。」

〔二〕端儀，端莊之儀型。穆，猶穆穆。爾雅釋詁：「穆穆，美也。」金殿，華麗莊嚴之殿宇。敷教，布施教化。書舜典：「敬敷五教在寬。」藻，謂文飾。瓊筵，見卷三始出尚書省注〔三〕。

〔三〕方言：「湛，安也。」廣韻：「藹，晻藹，樹繁茂。」此以狀輕帷沈沈低垂。説文：「磬，樂石也。」轉，通囀。集韻：「囀，聲轉。」

〔四〕卷，同捲。説文：「一曰：捲，收也。」道樹，道旁之樹。又釋氏稱菩提樹曰道樹，因佛於樹下成道也。大集經：「憐愍衆生趣道樹。」方津，猶方流。文選顏延之贈王太常善注引尸子曰：「凡水其方折者有玉，其圓折者有珠也。」法舷，猶法船。釋氏謂佛法可使衆生渡生死海至於涅槃之岸，故喻之爲船。宋書天竺迦毗黎國傳：「無上法船，濟諸沈溺。」

〔五〕歸興，歸時之意念。左傳成公十三年杜注：「造，成也。」昭塗，幽塗之反，猶言顯軌。王僧達和琅玡王依古「顯軌莫殊轍，幽途豈異魂」可證。易筌，謂易得於言筌之外。莊子外物：「筌者所以在魚，得魚而忘筌。言者所以在意，得意而忘言。」筌，取魚竹器。

十四

分悲玉瑟斷〔一〕，別緒金樽傾。風入芳帷散，釭華蘭殿明〔二〕。想折中園草，共知千里情。

行雲故鄉色，贈子一離聲①〔三〕。

【校】

①〔子〕詩紀、張本、郭本、全齊詩作「此」。郭本注：「一作子。」

【注】

〔一〕分悲，別時興悲。斷，謂曲終音絶。

〔二〕廣韻：「釭，鐙也。」蘭殿，以木蘭爲殿，美言之。

〔三〕行雲，流雲。張協雜詩：「行雲思故山。」樂府清商曲辭石城樂：「惡聞苦離聲。」鮑照東門行：「倦客惡離聲，離聲斷客情。」

十五

年華豫已滌，夜艾賞方融〔一〕。新萍時合水，弱草未勝風〔二〕。閨幽瑟易響，臺迥月難中。春物廣餘照，蘭萱佩未窮〔三〕。

【注】

〔一〕年華，猶時光。豫，同預。廣韻：「預，先也。」大戴禮夏小正正月：「寒日滌凍塗。」傳：「滌也者，變也，變而煖也。」夜艾，夜盡將旦。參其四注〔一〕。爾雅釋詁：「融，長也。」

〔二〕謂新萍在水，因風時相會合。本卷詠風：「新萍合且離。」

〔三〕説文：「餘，饒也。」餘照，隱喻隨王恩澤。易繫辭：「同心之言，其臭如蘭。」萱，參卷一酬德賦注〔五三〕。

十六

漣漪映餘雪①〔一〕，嚴城限深霧。清寒起洞門〔二〕，東風急池樹。神居望已肅，徘徊舉沖趣〔三〕。棲遲如歸詠②，丘山不可屢〔四〕。

【校】

①〔漣〕詩紀、張本、全齊詩作「連」。　②〔棲遲如歸詠〕原作「棲歸如遲詠」，「遲」下注：「宋作歸，」譌，此姑從近刻。」逯欽立校：「歸，當作遲。」可從，據改。

【注】

〔一〕文選左思吴都賦劉逵注：「風行水成文曰漣漪。」

〔二〕漢書董賢傳顔注：「洞門，謂門門相當也。」

〔三〕神居，見其二注〔一〕。沖趣，沖遠之趣。

〔四〕詩陳風衡門毛傳：「棲遲，游息也。」棲，同棲。歸詠，猶言詠而歸。參其八注〔四〕。陶淵明歸園田居：「性本愛丘山。」書益稷孔傳：「屢，數也。」

詠風①

徘徊發紅萼，葳蕤動緑蓰〔一〕。垂楊低復舉，新萍合且離。步檐行袖靡，當户思衿披〔二〕。

高響飄歌吹〔三〕，相思子未知。時拂孤鸞鏡，星鬢視參差〔四〕。

【校】

①〔題〕涵芬本目録作詠春風。

【注】

〔一〕楚辭東方朔七諫補注：「葳蕤，草木垂貌。」又離騷王逸注：「葹，枲耳也。」按，亦稱卷耳。

〔二〕説文：「靡，披靡也。」廣韻：「披，開也，分也。」

〔三〕歌吹，歌唱鼓吹之聲。鮑照蕪城賦：「歌吹沸天。」

〔四〕白帖：「孤鸞見鏡，覩其影謂之雌，必悲鳴而舞。」星鬢，鬢際髮白如星。藝文類聚左思白髮賦：「星星白髮，生於鬢垂。」

【集説】

吴摯甫曰：此嗟卑歎老之旨。一本評云：此傷久不遇。

詠竹

前窗一叢竹①，青翠獨言奇〔一〕。南條交北葉，新筍雜故枝。月光疎已密，風來起復垂。青扈飛不礙，黄口得相窺〔二〕。但恨從風籜②，根株長别離③〔三〕。

【校】

①〔前窗〕藝文、詩紀、張本、郭本、全齊詩作「窗前」。②〔恨〕郭本作「憾」。③〔株〕涵芬本作「枝」。

【注】

〔一〕淮南子脩務訓高注：「非常曰奇。」

〔二〕青扈，即桑扈。扈，同鳸。爾雅釋鳥：「桑鳸，竊脂。」郭注：「俗謂之青雀，觜曲食肉，好盜脂膏，因名云。」黄口，幼雀。説苑敬慎：「孔子見羅者，其所得者皆黄口也。孔子曰：『黄口盡得，大爵獨不得，何也？』羅者對曰：『黄口從大爵者不得，大爵從黄口者可得。』」

〔三〕説文徐鍇注：「在土曰根，在土上曰株。」

詠薔薇

低枝詎勝葉〔一〕，輕香幸自通。發萼初攢紫，餘采尚霏紅〔二〕。新花對白日，故蕊逐行風。參差不俱曜，誰肯盼①微②叢。

【校】

①〔盼〕詩紀、萬曆本、張本、郭本作「眄」。②〔微〕詩紀、萬曆本、文集本、全齊詩作「薇」。

【注】

〔一〕謂葉繁枝低，幾欲不勝。廣韻：「詎，豈也。」

〔二〕蒼頡篇：「攢，簇聚也。」漢書司馬相如傳：「攢立叢倚，連卷欐佹。」詩邶風北風毛傳：「霏，甚貌。」

詠蒲

離離水上蒲〔一〕，結水散爲珠。閒廁秋菡萏，出入春鳧雛〔二〕。初萌實雕俎，暮蕊雜椒塗〔三〕。所悲塘上曲①，遂鑠黄金軀〔四〕。

【校】

①〔塘〕原注：「宋作堂。」類聚、涵芬本、萬曆本、文集本、名家集本作「堂」。

【注】

〔一〕離離，見卷二秋竹曲注〔五〕。樂府相和歌辭塘上行：「蒲生我池中，其葉何離離。」

〔二〕閒廁，雜列之意。詩陳風澤陂毛傳：「菡萏，荷華也。」詩大雅鳧鷖毛傳：「鳧，水鳥也。」

〔三〕初萌，指蒲芽。説文：「萌，草木芽也。」雕俎，有雕采之四脚小盤。按，蒲蒻，古以爲菜殽，實之俎豆。周禮天官醢人：「加豆之實，……深蒲，醓醢。」鄭注引鄭司農云：「深蒲，蒲蒻入水深，故曰深蒲。」又詩大雅韓奕：「其蔌維何？維筍及蒲。」椒塗，古者后妃居室，以椒和泥塗壁，取其温芳。

〔四〕塘上曲，即塘上行。樂府詩集：鄴都故事曰：「魏文帝甄皇后，中山無極人。袁紹據鄴，與中子熙娶后爲妻。後太祖破紹，文帝時爲太子，遂以后爲夫人。後爲郭皇后所譖，文帝賜死後宫，臨終爲詩曰：『蒲生我池中，緑葉何離離……』歌録曰：塘上行古辭，或云甄皇后造。」塘上行：「衆口鑠黄金，使君生别離。」史記張儀傳：「衆口鑠金，積毁銷骨。」説文：「鑠，銷金也。」

詠兔絲〔一〕

輕絲既難理，細縷竟無織。爛漫已萬條，連綿復一色〔二〕。安根不可知〔三〕，縈心終不測。所貴能卷舒，伊用蓬生直〔四〕。

【注】

〔一〕兔絲，亦作菟絲，草名。舊説在草曰兔絲，在木曰松蘿。陸璣詩疏：「今菟絲蔓蓮草上生，黄赤如金，今合藥菟絲子是也。」

〔二〕爛漫，見卷四沈約行園注〔三〕。連綿，不絶貌。謝靈運過始寧墅：「洲縈渚連緜。」

〔三〕吕氏春秋精通：「人或謂兔絲無根也。兔絲非無根也，其根不屬也，茯苓是也。」

〔四〕淮南子俶真訓：「盈縮卷舒，與時變化。」爾雅釋詁：「伊，維也。」郭注：「發語詞。」荀子勸學：「蓬生麻中，不扶自直。」

詠落梅①

新葉初冉冉②，初蕊新菲菲③〔一〕。逢君後園讌，相隨巧笑歸〔二〕。親勞君玉指④，摘以贈南威〔三〕。用持插雲髻⑤，翡翠比光輝〔四〕。日暮長零落，君恩不可追。

【校】

①〔題〕玉臺作落梅。②〔初〕玉臺注：「一作何。」③〔菲菲〕原作「霏霏」。玉臺、涵芬本同。依詩紀、萬曆本、張本、郭本改。④〔玉〕玉臺注：「一作王。」全齊詩注：「或作王。」⑤〔持〕原作「時」，依涵芬本、詩紀、萬曆本、張本、郭本改。

【注】

〔一〕説文：「冉，毛冉冉也。」段注：「冉冉者，柔弱下垂之皃。」菲菲，花美貌。左思吴都賦：「曄兮菲菲。」

〔二〕後園讌，參卷一遊後園賦注〔一〕。詩衛風碩人：「巧笑倩兮。」

〔三〕玉指，美言人之手指。南威，春秋時美女。文選曹植七啓善注引戰國策：「晉文公得南威，三日不聽朝。」按今本戰國策魏策作南之威。

〔四〕雲髻，謂髻髮濃密如雲。曹植洛神賦：「雲髻峩峩。」一切經音義引字林：「髻，結髮也。」翡翠，美石。班固西都賦：「翡翠火齊，流耀含英。」

遊東堂詠桐〔一〕

孤桐北窗外，高枝百尺餘①。葉生既婀娜②，葉落更扶疎〔二〕。無華復無實，何以贈離居〔三〕？裁爲圭與瑞③，足可命參墟〔四〕。

【校】

①〔尺〕初學記、藝文作「丈」。　②〔葉〕藝文作「枝」。　③〔瑞〕初學記、藝文作「璋」。

【注】

〔一〕東堂，未詳所在。本卷聯句有侍筵西堂落日望鄉，以詩意推之，或亦在宣城郡治内。

〔二〕廣韻：「娜，婀娜，美貌。」曹植洛神賦：「華容婀娜。」扶疎，同扶疏。說文段注：「扶疎，謂大木枝柯四布。」

〔三〕離居，指離居之人。屈原九歌大司命：「折疏麻兮瑶華，將以遺兮離居。」

〔四〕兩句借周成王桐葉封弟故事以詠桐。史記晉世家：「成王與叔虞戲，削桐葉爲珪以與叔虞，曰：『以此封君。』史佚因請擇日立叔虞。成王曰：『吾與之戲爾。』史佚曰：『天子無戲言。』……於是遂封叔虞於唐。」圭，同珪。說文：「圭，瑞玉也。上圜下方……以封諸侯。」又段注：「瑞爲圭璧璋琮之總稱。」參墟，參星之次。國語晉語韋注：「墟，次也。」文選張衡東京賦：「鳳翔參墟。」薛注：「北爲參墟分野。」按，北謂河以北，指叔虞所封。周武王后邑姜方孕太叔，武王夢帝謂己：「余命而子曰虞，將與之唐，屬諸參，而蕃育其子孫。」及成王滅唐，而封太叔。唐有晉水，叔虞子燮爲晉侯。故參爲晉星。（見左傳昭公元年及漢書地理志）唐、晉，並今山西省地。

【集説】

吴摯甫曰：此殆爲明帝之翦除宗室而發。

詠牆北梔子①〔一〕

有美當階樹，霜露未能移〔二〕。金蕡發朱采〔三〕，映日以離離②。幸賴夕陽下，餘景及西枝③。還思照淥水，君階無曲池④〔四〕。餘榮未能已，晚實猶見奇〔五〕。復留傾筐德，君恩信未貲〔六〕。

【校】

①〔題〕藝文作牆北梔子樹詩。　②〔以〕詩紀作「已」。　③〔西〕藝文作「四」。　④〔君階〕草堂詩箋「階」作「家」。

【注】

〔一〕廣韻：「梔子，木實可染黃。」

〔二〕詩鄭風野有蔓草：「有美一人。」移，謂改易其色。廣韻：「移，易也。」陶淵明形影神：「草木得常理，霜露榮憔之。」

〔三〕金蕡，謂黄色果實。詩周南桃夭：「有蕡其實。」毛傳：「蕡，實貌。」

〔四〕曲池，見卷二曲池之水注〔一〕。

〔五〕餘榮，殘花。説文：「華，榮也。」華、花同。奇，見前詠竹注〔一〕。

〔六〕謂不以傾筐盡取之。傾筐，畚屬。傾，同頃。詩召南摽有梅：「摽有梅，頃筐塈之。」鄭箋：「頃筐取之。」未貲，猶不貲，謂無可計量。參卷一思歸賦注〔五〕。

同詠樂器

琵琶①

王　融

抱月如可明〔一〕，懷風殊復清。絲中傳意緒，花裏寄春情〔二〕。掩抑有奇態，淒鏘多好聲②〔三〕。芳袖幸時拂③，龍門空自生〔四〕。

【校】

①〔題〕古文苑作沈右率座賦三物爲詠，次爲此篇。玉臺作詠琵琶。②〔淒鏘〕古文苑、詩紀、萬曆本、張本淒作「悽」。玉臺作「悽愴」。③〔時拂〕初學記作「持拂」。

【注】

〔一〕琵琶之形類月，故以爲喻。

〔二〕謂琵琶與琴瑟同類，藉絃絲以通意合好。

〔三〕掩抑，彈奏時止息遏制之貌。淒鏘，見卷一七夕賦注〔九〕，此以狀琵琶聲。

〔四〕芳袖，美言琵琶女之袖。龍門，山名，在山西河津縣西北、陝西韓城市東北。古傳龍門之桐，可以爲琴瑟。周禮春官大司樂：「龍門之琴瑟。」兩句謂龍門之桐，以爲琵琶，幸得芳袖之時拂，否則爲空自生耳。

篪①〔一〕

沈約

江南簫管地，妙響發孫枝〔二〕。殷勤寄玉指〔三〕，含情舉復垂。雕梁再三繞，輕塵四五移〔四〕。曲中有深意，丹誠君詎知②〔五〕。

【校】

①〔題〕古文苑作沈右率座賦三物爲詠，三爲此篇。玉臺、張本作詠篪。　②〔誠〕古文苑作「心」。

【注】

〔一〕詩小雅何人斯：「仲氏吹篪。」孔疏引郭璞曰：「篪以竹爲之，長尺四寸，圍三寸，一孔上出，徑三分，橫吹之。」又引世本云：「蘇成公作篪。」

〔二〕江南句，參卷二秋竹曲注〔五〕。孫枝，意同孫竹。周禮春官大司樂：「孫竹之管。」鄭注：「孫竹，竹枝根之末生者。」謂以此爲篪，可發妙音。

〔三〕玉指，見前詠落梅注〔三〕。

〔四〕雕梁，飾以文采之梁。再三繞，參卷三賽敬亭山廟喜雨注〔一五〕。古琴疏：「華元獻楚王以繞梁之琴，鼓之，其聲嫋嫋，繞於梁間。」「輕塵」句，狀篪音清亮。劉向別録：「魯人虞公發聲清，晨歌動梁塵。」

〔五〕丹誠，猶丹情、赤心。魏志曹植傳：「承答聖問，拾遺左右，乃臣丹誠之至願，不離於夢想者也。」

琴①

洞庭風雨榦，龍門生死枝〔一〕。雕刻紛布濩，沖響鬱清危②〔二〕。春風摇蕙草③，秋月滿華池④〔三〕。是時操別鶴⑤，淫淫客淚垂⑥〔四〕。

【校】

①〔題〕初學記作詠琴詩。張本作同詠樂器得琴。　②〔危〕原注：「一作卮。」涵芬本同。詩紀、萬曆本、張本、全齊詩作「卮」。　③〔蕙〕原注：「一作綺。」涵芬本、萬曆本、文集本、郭本同。　④〔華〕初學記作「階」。　⑤〔操別鶴〕初學記作「別鶴叫」。　⑥〔淫淫〕初學記作「侵淫」。

【注】

〔一〕兩句謂琴所取材。崔駰七依：「洞庭之椅，依峻岸而旁生。」枚乘七發：「龍門之桐，高百尺而無枝，……其根半死半生。……於是背秋涉冬，使琴摯斫斬以爲琴。」椅、桐二木，皆琴瑟之材。詩鄘風定之方中：「椅桐梓漆，爰伐琴瑟。」

〔二〕文選左思蜀都賦張銑注：「布濩，繁密貌。」廣韻：「沖，和也。」莊子盜跖李頤注：「危，高也。」

〔三〕華池，見卷二朓詩芳樹注〔一〕。

〔四〕操，謂奏弄。別鶴，指別鶴操，見前奉和隨王殿下其六注〔五〕。楚辭九章哀郢王注：「淫淫，流貌也。」

【集説】

吴摯甫曰：言春秋佳日，不堪離别之思。

同詠坐上器玩①

竹檳榔盤〔一〕

沈約

梢風有勁質②，柔用道非一〔二〕。平織方以文，穹成圓且密③〔三〕。薦羞雖百品，所貴浮天實〔四〕。幸承歡醑餘，寧辭嘉宴畢〔五〕。

【校】

①〔題〕藝文、張本作詠竹檳榔盤。②〔梢〕詩紀、萬曆本、郭本作「稍」。③〔穹〕藝文作「穿」。

【注】

〔一〕左思吴都賦劉淵林注引薛瑩荆陽已南異物志曰：「檳榔樹高六七丈，正直無枝，葉從心生，大如楯。其實作房從心中出，一房數百實，實如雞子，皆有殼，肉滿殼中，正白，味苦澀。得扶留藤與石賁灰合食之，則柔滑而美。交趾、日南、九真皆有之。」

〔二〕梢風，指竹。梢，古通捎。文選揚雄羽獵賦善注：「捎，拂也。」柔，通揉。説文段注：「凡木曲者可直、直者可曲爲柔。考工記多言揉。」句謂揉竹爲器，爲用實多。

〔三〕經傳釋詞：「以，猶而也。」周禮冬官考工記韗人鄭注：「穹，謂鼓木腹穹隆者。」

〔四〕周禮天官籩人鄭注：「薦、羞，皆進也。未食未飲曰薦，既食既飲曰羞。」浮天實，指檳榔。誇言檳榔之實繁而樹高。浮天，見卷一臨楚江賦注〔六〕。

〔五〕兩句謂盤盛檳榔，進以消食。宋劉穆之娶江嗣女。穆之往，食畢，求檳榔。江氏兄弟戲之曰：「檳榔消食，君乃常飢，何忽須此？」（見南史劉穆之傳）歡酳，猶言歡酌。

烏皮隱几①〔一〕

蟠木生附枝，刻削豈無施〔二〕？取則龍文鼎，三趾獻光儀〔三〕。勿言素韋潔，白沙尚推移〔四〕。曲躬奉微用〔五〕，聊承終宴疲。

【校】

①〔題〕張本作同詠坐上玩器得烏皮隱几。

【注】

〔一〕隱几，供憑倚之小几。隱，同㥯。説文：「㥯，有所依據也。」

〔二〕漢書鄒陽傳：「蟠木根柢，輪囷離奇。」顔注：「蟠木，屈曲之木也。」附枝，分枝。後漢書張堪傳：

「桑無附枝。」次句謂可施刻削以爲器。

〔三〕取則，取以爲法。龍文鼎，鏤爲龍紋之鼎。班固兩都賦寶鼎詩：「寶鼎見兮色紛緼，煥其炳兮被龍文。」「三趾」句，謂隱几三足，呈其光儀。廣韻：「趾，足也。」光儀，光景容儀。禰衡鸚鵡賦：「侍君子之光儀。」

〔四〕兩句言烏皮之足取。素韋，白色皮革。廣韻：「韋，柔皮也。」淮南子脩務訓高注：「推移，猶轉易也。」荀子勸學：「白沙在涅，與之俱黑。」

〔五〕詩衛風氓鄭箋：「躬，身也。」曲躬，以狀隱几之形。

同詠坐上所見一物①

幔〔一〕

王　融②

幸得③與珠④綴，羃歷君之楹〔二〕。月映不辭卷，風來輒自輕。每聚金爐氣，時駐玉琴聲〔三〕。但⑤願置⑥樽酒，蘭釭當夜明⑦〔四〕。

【校】

①〔題〕古文苑作沈右率座賦三物爲詠，首爲此篇。玉臺、張本、全齊詩作詠幔。②〔王融〕古文苑作「謝文學朓」。③〔得〕全齊詩作「待」，注：「或作得。」④〔珠〕古文苑作「君」，注：「朓集作珠。」⑤〔但〕玉臺作「俱」，注：「一作但。」⑥〔置〕玉臺作「致」，注：「一作置。」⑦〔當〕萬花谷

作「常」。

【注】

〔一〕玉篇：「幔，帳幔也。」

〔二〕王嘉拾遺記：「貫細珠爲簾幌，朝下以蔽景，夕捲以待月。」羃歷，見卷四虞別駕餞謝文學詩注〔三〕。説文：「楹，柱也。」

〔三〕金爐，金製薰爐。漢官典職：「尚書郎給女史二人，著潔衣服，執香爐燒薰。」玉琴，琴有玉飾。

〔四〕蘭釭，以蘭膏所燃之燈。説文段注：「俗謂膏燈爲釭。」

簾　虞炎

青軒明月時，紫殿秋風日①〔一〕。曈曨引光輝②，晻曖映容質〔二〕。清露依檐垂③，蛸絲當户密〔三〕。褰開誰共臨？掩晦獨如失〔四〕。

【校】

①〔秋〕涵芬本作「金」。②〔曈曨〕詩紀、全齊詩作「朣朧」。③〔檐〕初學記作「簾」。

【注】

〔一〕青軒，軒施青漆爲飾。紫殿，見卷三直中書省注〔一〕。

〔二〕文選陸機文賦善注引埤蒼曰：「曈曨，欲明也。」晻曖，昏暗貌。張衡南都賦：「晻曖蓊蔚。」

〔三〕蛸絲，蠨蛸所吐絲。詩豳風東山：「蠨蛸在户。」廣韻：「蛸，蠨蛸，喜子。」按即蟢子。

〔四〕搴開，謂捲簾。史記叔孫通列傳集解：張晏曰：「搴，卷也。」卷，同捲。掩晦，謂掩閉。失，意同亡。江淹別賦：「居人愁卧，怳若有亡。」

席①〔一〕

柳惲

照日汀洲際，摇風緑潭側。雖無獨繭絲②，幸有青袍色〔二〕。羅袖少輕塵，象床多麗飾〔三〕。願君蘭夜飲③，佳人時宴息④〔四〕。

【校】

①〔題〕玉臺作詠席。②〔絲〕玉臺、詩紀作「輕」。③〔蘭夜〕玉臺注：「一作夜闌。」藝文作「夜闌」。④〔宴〕藝文作「安」。

【注】

〔一〕爾雅釋草郭注：「今西方人呼蒲爲莞蒲。……中莖爲蒚，用之爲席。」詩小雅斯干鄭箋：「莞，小蒲之席也。」

〔二〕璽，同繭。獨璽絲，一繭之絲。列子湯問：「詹何以獨繭絲爲綸。」句謂蒲雖無絲之用，而亦可以織而爲席。青袍，古仕宦者之服。此謂蒲草色青似之。古詩：「青袍似春草。」

〔三〕象床，床以象牙爲飾。

〔四〕蘭夜，參卷一七夕賦注〔四〕。此疑當依藝文類聚作「夜闌」。蔡琰胡笳十八拍：「更深夜闌兮夢汝來斯。」廣韻：「闌，晚上。」宴息，安寢止息。易隨：「君子以嚮晦入宴息。」

同前①

本生朝夕②池③，落景照參差〔一〕。汀洲蔽杜若④，幽渚奪江蘺〔二〕。遇君時採擷，玉座奉金卮〔三〕。但願羅衣拂，無使素塵彌〔四〕。

【校】

①〔題〕張本作同詠坐上所見一物得席。②〔朝夕〕全齊詩注：「一作潮汐。」初學記、詩紀、張本作「潮汐」。③〔池〕初學記作「地」。④〔汀〕藝文作「河」。

【注】

〔一〕朝夕，即潮汐。漢書枚乘傳：「遊曲臺，臨上路，不如朝夕之池。」落景，落日。

〔二〕奪，古作敓。説文：「敓，强取也。」此謂排攘之。楚辭離騷王逸注：「江離，香草名。」蘺，同離。

〔三〕廣韻：「擷，捋取。」玉座，君王御座。參卷二同謝諮議詠銅爵臺注〔五〕。

〔四〕素塵，灰塵。玉篇：「彌，偏也。」

詠竹火籠〔一〕　沈　約①

結根終南下〔二〕，防露復披雲。雖爲九華扇，聊可滌炎氛〔三〕。安能偶狐白，鶴卵織成文〔四〕。覆持鴛鴦被，百和吐氛氳〔五〕。忽爲纖手用〔六〕，歲暮待羅裙②。

【校】

①〔沈約〕詩紀作「無名氏」。②〔待〕詩紀、萬曆本、郭本作「侍」，注：「一作待。」

【注】

〔一〕火籠，覆罩熏爐之籠，亦稱熏籠。東宮舊事：「太子納妃，有漆畫熏籠二，大被熏籠三，衣熏籠三。」熏爐，古以熏香、取暖。

〔二〕終南，山名，在今陝西西安市南，亦稱南山。

〔三〕九華扇，以用竹篾結成九層之華文得名。曹植九華扇賦序：「昔吾先君常侍，得幸漢桓帝，時賜尚方竹扇。其扇不方不圓，其中結成文，名曰九華扇。」炎氛，謂暑氣。

〔四〕狐白，指裘，集狐腋純白毛而成，特輕暖。禮玉藻：「君衣狐白裘。」鶴卵句，謂火籠由竹篾編織成文，淺碧如鶴卵色。兩句以協韻倒。

〔五〕古詩十九首：「文綵雙鴛鴦，裁爲合歡被。」百和，即百和香。漢武帝内傳：「至七月七日，燔百和之香。」

〔六〕古詩十九首：「纖纖擢素手。」

同前

庭雪亂如花，井冰粲成玉①〔一〕。因炎入貂袖②，懷温奉芳褥。體密用宜通，文邪性非曲③〔二〕。本自江南墟，嬋娟修且緑④〔三〕。暫承君玉⑤指⑥，請謝陽春旭〔四〕。

【校】

①〔冰〕原作「水」，依玉臺、藝文、詩紀、張本改。②〔貂〕御覽作「豹」。③〔邪〕藝文、御覽作

「斜」。　④〔本自二句〕玉臺無。　⑤〔玉〕藝文作「王」。　⑥〔指〕全齊詩作「旨」。

【注】

〔一〕太平御覽引韓詩外傳：「凡草木花多五出，雪花獨六出。」粲，鮮明貌。詩唐風葛生：「角枕粲兮。」

〔二〕邪，同衺。廣韻：「衺，不正也。」

〔三〕「本自」句，謂竹出江南。參卷二秋竹曲注〔五〕。嫂娟，見同上注〔一〕。

〔四〕謂陽春日出，此器即摒却勿用。説文：「謝，辭去也。」集韻：「旭，日始出也。」

【集説】

陳胤倩曰：宣城工於詠物，姿態疏秀，造情不遠，而寄意可風。

詠鏡臺①

玲瓏類丹檻②，苕亭似玄闕③〔一〕。對鳳懸清冰④，垂龍掛明月⑤〔二〕。照粉拂紅粧，插花理雲髮⑥〔三〕。玉顔徒自見〔四〕，常畏君情歇⑦。

【校】

①〔題〕玉臺作鏡臺。張本並下詠燈、詠燭總題雜詠三首。　②〔檻〕初學記作「楹」。　③〔苕亭〕御覽作「孤高」。　④〔懸清冰〕初學記、御覽作「臨清水」。　⑤〔垂〕御覽作「乘」。　⑥〔理〕玉臺作「埋」，注：「一作理。」　⑦〔常畏〕御覽作「畏見」。古詩鈔作「常謂」，注：「一作畏。」

【注】

〔一〕韻會：「玲瓏，明貌。」此謂雕鏤空明。丹檻，闌檻而施丹漆者。苕亭，猶亭苕。文選張衡西京賦薛注：「亭亭苕苕，高貌也。」淮南子道應訓高注：「玄闕，北方之山也。」

〔二〕對鳳、垂龍，鏡臺之飾。庾信鏡賦「龍垂匣外，鳳倚花中」可證。清冰、明月，並以喻鏡。

〔三〕雲髮，狀髮之繁密。詩鄘風君子偕老：「鬒髮如雲。」

〔四〕玉顏，猶玉容。宋玉神女賦：「苞温潤之玉顏。」

【集説】

吴摯甫曰：此美惡自知，人情難測也。一本評云：殆有憂生之嗟。

詠燈①

發翠斜漢裏②，蓄寶宕山峰〔一〕。抽莖類仙掌③，銜光似燭龍〔二〕。飛蛾再三繞，輕花四五重〔三〕。孤對相思夕④，空照舞衣縫⑤。

【校】

①〔題〕玉臺作鐙。②〔漢〕原作「溪」，涵芬本同。依玉臺、張本、郭本改。③〔類〕全齊詩注：「或作數。」④〔對〕原注：「一作樹。」涵芬本同。⑤〔舞〕初學記作「無」。

【注】

〔一〕首句謂燈發翠光於銀漢斜拖時。列仙傳：「主柱與道士共上宕山，言此有丹砂，可得數萬斤。

宕山長吏知而上山封之，砂流出，飛如火。乃聽柱取焉。」

〔二〕仙掌，即仙人掌。漢書郊祀志：「武帝作柏梁、銅柱、承露仙人掌之屬。」顔注：「仙人以手掌擎盤承甘露也。」山海經大荒北經：「西北海之外，有章尾山，有神人面而蛇身，而赤，直目正乘（眹），其瞑乃晦，其視乃明，不食不寢不息，風雨是謁，是燭九陰，是謂燭龍。」

〔三〕飛蛾，即燈蛾。古今注魚蟲：「飛蛾善拂燈，一名火花，一名慕光。」花，謂燈花。一切經音義引西京雜記：「陸賈曰：『燈火花，得錢財。』」

詠燭

杏梁賓未散，桂宮明欲沈〔一〕。曖色輕帷裏，低光照寶琴①〔二〕。徘徊雲髻影②，灼爍綺疏金③〔三〕。恨君秋月夜④，遺我洞房陰〔四〕。

【校】

①〔寶〕傅校：「一作瑶。」涵芬本同。②〔髻〕詩紀作「氣」。③〔灼爍〕詩紀、萬曆本、張本、郭本「灼」作「的」。郭本「爍」作「皪」。傅校：「疑當作的皪。」④〔月夜〕玉臺作「夜月」。

【注】

〔一〕杏梁，以文杏爲屋梁。文選司馬相如長門賦：「飾文杏以爲梁。」此以指華麗宫室。桂宫，見卷一擬宋玉風賦注〔二〕。

〔二〕曖色，昏暗之色。廣韻：「曖，日不明。」寶琴，飾以寶玉之琴。

〔三〕雲髻，見前詠落梅注〔四〕。文選左思蜀都賦：「暉麗灼爍。」劉良注：「灼爍，光采貌。」綺疏金，謂窗牖刻鏤映燭光如金色。後漢書梁冀傳：「窗牖皆有綺疎青瑣。」李賢注：「綺疎，謂鏤爲綺文也。」按，疎，同疏。

〔四〕洞房，見奉和隨王殿下其四注〔一〕。

詠邯鄲故才人嫁爲廝養卒婦①〔一〕

生平宫閤裏②，出入侍丹墀〔二〕。開笥方羅縠，窺鏡比蛾眉③〔三〕。初别意未解，去久日生悲。顦顇不自識〔四〕，嬌羞餘故姿。夢中忽彷彿，猶言承讌私〔五〕。

【校】

①〔題〕樂府無「詠」字。②〔生平〕郭本作「半生」。③〔蛾〕涵芬本作「娥」。

【注】

〔一〕樂府詩集屬雜曲歌辭。臧懋循詩所屬齊曲歌辭。張本列樂府。邯鄲，戰國時趙都，今河北邯鄲市。宋書后妃傳：「晉武帝採漢、魏之制……有美人、才人、中才人，爵視千石以下。」史記張耳陳餘列傳：「有廝養卒。」集解引韋昭曰：「析薪爲廝，炊烹爲養。」

〔二〕生平，猶平生。論語憲問孔注：「平生，猶少時。」文選張衡西京賦：「青瑣丹墀。」善注引漢官典職曰：「以丹漆地，故稱丹墀。」

〔三〕兩句言才人顔色之美。笥，竹器。書説命：「惟衣裳在笥。」廣韻：「方，比也。」漢書司馬相如傳補注：「羅乃繒之文理交錯者，今俗謂之起花。」文選曹植洛神賦善注：「縠，今之輕紗，薄如霧也。」詩衛風碩人：「螓首蛾眉。」通釋：「蛾眉，亦娥眉之假借。方言曰：『娥，好。』廣雅曰：『娥，美也。』」

〔四〕玉篇：「顦顇，憂貌。」按，同憔悴。

〔五〕彷彿，同髣髴，似有而不分明之貌。傅玄雜詩：「纖雲時髣髴。」讌私，同宴私，見卷一遊後園賦注〔九〕。

【集説】

胡震亨曰：朓蓋設言其事，寓臣妾淪擲之感。楊升庵以爲此卒即御趙王武臣歸者，恐未必然。

陳胤倩曰：清怨細訴，如哀絃低語，六朝有此一種。

詠瀂鵜①〔一〕

蕙草含初芳，瑶池曖晚色〔二〕。得厠鴻鸞影，晞光弄羽翼〔三〕。

【校】

①〔題〕原作詠溪鵜，涵芬本同。依類聚、詩紀、張本、郭本改。

【注】

〔一〕爾雅翼：「鸂鶒，亦鴛鴦之類，其色多紫。」陳藏器本草拾遺：「鸂鶒，水鳥，形小如鴨，毛有五采。」

〔二〕瑶池，以玉飾池。此以美稱池沼。後漢書周燮傳贊：李賢注：「曖，猶翳也。」

〔三〕陸璣詩疏：「鴻，羽毛光澤純白，似鶴而大，長頸。」藝文類聚引決疑注：「象鳳多青色者，鸞也。」韻會：「晞，通作希。」晞光，同希光。參卷一臨楚江賦注〔三〕。

聯句

阻雪①〔一〕

積雪皓陰池〔二〕，北風鳴細枝。九逵密如繡〔三〕，何異遠別離②！朓 風庭舞流霰，冰沼結文澌③〔四〕。飲④春雖以燠⑤，欽賢紛若馳〔五〕。江秀才革 珠霙條間響⑥，玉霤檐下垂⑦〔六〕。杯酒不相接，寸心良共知〔七〕。王丞融 飛雲亂無緒，結冰明曲池。雖乖促席讌，白首信勿虧〔八〕。王蘭陵僧孺 飄素瑩簷溜，嚴結噎通岐⑧〔九〕。鐏罍如未澣，況乃限音儀〔一〇〕。謝洗馬昊⑨ 原隰望徙倚，松筠竟不移〔一一〕。隱憂恧萱樹，忘懷待山卮〔一二〕。謝中郎緩⑩ 初昕逸翮舉，日昃駑馬疲〔一三〕。幽山有桂樹，歲暮方參差⑪〔一四〕。沈右率約

【校】

①〔題〕詩紀、張本、全齊詩作阻雪連句遥贈和。②〔異〕原作「爲」，依古文苑、詩紀、張本改。③〔沼〕詩紀、全齊詩注：「一作池。」古文苑作「池」。④〔飲〕郭本作「餘」。⑤〔雖以燠〕原作「離以燠」，依古文苑、詩紀、張本、郭本、全齊詩改。⑥〔霙〕古文苑作「雲」。⑦〔霤〕詩紀作「溜」。⑧〔巖〕詩紀、萬曆本、郭本、全齊詩作「巗」。⑨〔謝洗馬昊〕昊，原作「吴」，涵芬本作「異」，依詩紀改。⑩〔謝中郎緩〕詩紀、萬曆本、郭本作「劉中書繪」。⑪〔方〕古文苑作「空」。

【注】

〔一〕古文苑卷九章樵注：「舊本止載江革、王融二首，姓名又差。今添入倡首謝朓、殿後沈約二絶，足成聯句一篇。外有王蘭陵、謝昱、謝緩三首，詞意不相殊絶，弗載。」

〔二〕皓，同晧。廣韻：「晧，光也，明也。」

〔三〕説文：「逵，九達道也。」三輔黄圖引三輔決録：「長安城面三門，四面十二門，皆通達九逵，以相經緯。」繡，先雕切，通綃。玉篇：「綃，素也。」按生帛曰素。

〔四〕詩小雅頍弁：「如彼雨雪，先集維霰。」集傳：「霰，雪之始凝者也。」文澌，謂冰初結時，遇風而成文。風俗通：「冰流曰澌。」

〔五〕爾雅釋言：「燠，煖也。」説文：「欽，一曰敬也。」

〔六〕珠霙，謂雪華如珠。埤雅：「雪寒甚則爲粒，淺則成華，華謂之霙。」説文：「霤，屋水流也。」玉靁，指冰箸如玉。

〔七〕兩句謂以阻雪不能接杯酒，此心則共相知。陶淵明擬古之一：「未言心相醉，不在接杯酒。」

〔八〕兩句謂雖不能促近坐席以共宴飲，將久要至於白首。廣韻：「乖，睽也，離也。」東方朔六言：「合樽促席相娛。」潘岳金谷集作詩：「白首同所歸。」廣韻：「虧，缺也。」

〔九〕詩召南羔羊毛傳：「素，白也。」此以指雪。瑩，見卷一謝隨王賜左傳啓注〔五〕。嚴結，謂冰雪嚴凍。說文：「噎，飯窒也。」引申爲阻塞之義。通岐，通途。廣韻：「岐，岐路。」

〔一〇〕謂久不飲而罇罍積塵，如未澣濯。罇，同罍。說文：「罍，龜目酒尊，刻木作雲雷之象。」詩周南葛覃鄭箋：「澣，謂濯之耳。」限音儀，謂以阻雪音容相隔。

〔一一〕楚辭嚴忌哀時命：「獨徙倚而彷徉。」王逸注：「徙倚，猶低佪也。」篇海：「筠，竹膚之堅質也，竹無心，其堅强在膚。」禮禮器：「其在人也，如竹箭之有筠也，如松柏之有心也。二者居天下之大端矣，故貫四時而不改柯易葉。」

〔一二〕謂心懷隱憂，覩萱樹而自慚。說文：「恧，慚也。」萱樹，見卷一酬德賦注〔五三〕。山卮，猶山杯，山中所釀濁酒。廣韻：「卮，酒器。」

〔一三〕廣韻：「昕，日欲出也。」逸翮，輕捷速飛之鳥。郭璞遊仙詩：「逸翮思拂霄。」說文段注：「昃，日在西方則景側也。」初昕、日昃，分喻人之華年與暮齒。

〔一四〕楚辭淮南小山招隱士：「桂樹叢生兮山之幽，……攀援桂枝兮聊淹留。」王逸注：「配托香木，誓同志也。」爾雅釋木郭注：「桂樹……叢生巖嶺，枝葉冬夏常青。」

還塗臨渚

緑水纈清波〔一〕，青山繡芳質。落景皎晚陰，殘花綺餘日。何從事白沙澹無際〔二〕，青山眇如一。傷此物運移，惆悵望還律〔三〕。吴郎白水田外明，孤頂松上出①。即趣佳可淹，淹留非下秩。府君遥和〔四〕

【校】

①〔頂〕詩紀、萬曆本、張本、郭本作「嶺」。郭本注：「一作頂」。

【注】

〔一〕正字通：「纈，結也。結繒絲爲文也。」

〔二〕廣韻：「澹，水貌，又恬静。」

〔三〕物運移，謂萬物運化，隨時遷移。後漢書曹褒傳贊：「物運遷回，情數萬化。」古以十二律配月。還律，謂歲月遒盡，律亦將還也。

〔四〕即趣，謂就賞當前之趣。爾雅釋詁：「淹留，久也。」下秩，猶言下位。後漢書馮衍傳贊：「榮微下秩。」府君，即謝朓，下各篇同。

【集説】

陳胤倩曰：爾時聯句，每各作發端之興，不取章法相承。白沙白水，並寫山川。語俱有致。

紀功曹中園〔一〕

蘭庭①仰②遠風，芳林接雲崿〔二〕。傾葉順清飈，修莖佇高鶴。何從事

連綿夕雲歸，晻曖日將落〔三〕。寸陰不可留，蘭墀豈停酌〔四〕？吴郎

丹櫻猶照樹，緑筠方解籜〔五〕。求志能兩忘③，即賞謝丘壑〔六〕。府君

【校】

①〔庭〕詩紀、張本、郭本作「亭」。②〔仰〕涵芬本作「迎」。③〔求〕詩紀、萬曆本、張本、郭本、全齊詩作「永」。

【注】

〔一〕紀功曹，參本卷閑坐、侍筵西堂落日望鄉，知其名晏，餘未詳。

〔二〕蘭庭，植蘭之庭。仰，通卬。廣雅釋詁：「卬，嚮也。」雲崿，崖高入雲。崿，見卷二登山曲注〔一〕。

〔三〕玉篇：「曖，晻曖，暗貌。」

〔四〕陰，日影。寸陰，指短暫時光。淮南子原道訓：「聖人不貴尺之璧而重寸之陰。」蘭墀，意同蘭

階，美言之。

〔五〕説文新附：「筠，竹皮也。」此以指竹。籜，筍殼。

〔六〕求，謂有求於世；志，謂志在栖隱。兩皆忘之。王羲之答許詢詩：「争先非吾事，静照在忘求。」即賞，謂即目爲欣，足以賞怡，故可謝丘壑也。

閑坐

雨洗花葉鮮，泉漫芳塘溢〔一〕。藉此閑賦詩，聊用蕩羇疾。陳郎霢霂微雨散〔二〕，葳蕤蕙草密。預藉芳筵賞，沾生信昭悉〔三〕。紀功曹晏紫葵窗外舒〔四〕，青荷池上出。既闔潁川扇①，且卧淮南秩〔五〕。府君流風薄晚陰②，行雲掩朝日。念③此蘭蕙客④，徒有芳菲質〔六〕。何從事

【校】

①〔扇〕詩紀、張本作「扉」。②〔薄〕詩紀、萬曆本、張本、郭本作「蕩」。③〔念〕張本、郭本作「余」，郭本注：「一作念。」④〔客〕涵芬本作「容」。

【注】

〔一〕漫，盈滿。芳塘，謂塘植荷芰。

〔二〕説文：「霢霂，小雨也。」段注：「霢霂者，溟濛之轉語。」

〔三〕兩句謂春日得預芳筵，感物我皆得其生。沾，享有之意。

〔四〕陶淵明和胡西曹示顧賊曹詩：「曄曄榮紫葵。」

〔五〕兩句借古兩郡守以爲喻。潁川，指漢宣帝時潁川郡太守黄霸。霸治郡，力行教化而後誅罰，以外寬内明得吏民心，郡中大治，田者讓畔，道不拾遺（見漢書循吏傳）。説文：「扇，扉也。」闔扇，謂理郡多暇。秩，謂禄廪。淮南秩，用汲黯事。見卷四在郡卧病呈沈尚書注〔二〕。

〔六〕蘭蕙客，謂席間才質清美之士。芳菲，以花草芳香爲喻。

侍筵西堂落日望鄉

沈病已綿緒①〔一〕，負官别鄉憂。高城悽夕吹②，時見國煙浮〔二〕。曹丞漢漢輕雲晚③，颯颯高樹秋〔三〕。鄉山不可望，蘭卮且獻酬〔四〕。府君旻高識氣迥，泉停知潦收④〔五〕。幸遇⑤慶筵⑥渥，方且沐恩猷⑦〔六〕。紀功曹晏芸黄先露早，騷瑟驚暮秋⑧〔七〕。舊城望已肅，況乃客悠悠〔八〕。何從事

【校】

①〔緒〕原注：「一作綿。」涵芬本、萬曆本、郭本同。②〔悽〕詩紀、萬曆本、張本、郭本、全齊詩作「淒」。③〔雲〕郭本注：「一作風。」④〔停〕詩紀、張本、郭本、全齊詩作「渟」。⑤〔遇〕涵芬本作「預」。⑥〔筵〕原作「延」，涵芬本同。萬曆本、郭本作「筵」，注：「一作延。」依詩紀、張本、全齊詩改。⑦〔且〕原注：「一作將。」涵芬本、萬曆本、郭本同。⑧〔瑟〕原注：「一作屑。」涵芬本、萬

曆本、郭本同。

【注】

〔一〕沈病，久病。此猶上篇「羇疾」。沈，積久之義。綿緒，猶綿綿，不絕之意。

〔二〕國煙，謂城邑炊煙。

〔三〕漠漠，瀰漫貌。颯颯，風聲。

〔四〕蘭卮，以木蘭爲酒器，美言之。獻酬，相酬也。班固東都賦：「獻酬交錯。」

〔五〕説文：「旻，秋天也。」又：「潦，雨水也。」

〔六〕爾雅釋詁：「渥，厚也。」又釋詁邢疏：「猷者，以道而謀也。」

〔七〕芸黄，見卷三望三湖注〔五〕。騷瑟，風聲。

〔八〕禮記月令鄭注：「肅，謂枝葉肅栗。」客悠悠，謂客行未已。

祀敬亭山春雨

水府衆靈出，石室寶圖開〔一〕。白雲帝鄉下，行雨巫山來〔二〕。府君歌風贊靈德〔三〕，舞蹈起輕埃。高軒乍留吹，玄羽或徘徊〔四〕。何從事福降群仙下，識逸百神該〔五〕。青鳥飛層隙，赤鯉泳瀾隈〔六〕。齊舉郎

【注】

〔一〕文選木華海賦善注引劉劭趙都賦曰：「其東則有天浪水府，百川是理。」衆靈，猶言百神。海賦：「栖衆靈。」石室，見卷一酬德賦注〔六七〕。

〔二〕謂白雲下自天帝之鄉。莊子天地：「乘彼白雲，至于帝鄉。」行雨，見卷二王融巫山高注〔四〕。

〔三〕山海經大荒西經郭注：「風，曲也。」

〔四〕文選左思蜀都賦善注：「高軒，堂左右長廊之有窗者。」吹，歌吹。玄羽，指玄鶴，見卷二鈞天曲注〔九〕。

〔五〕廣韻：「該，備也。」

〔六〕漢武故事：「七月七日，忽有青鳥飛集殿前。東方朔曰：『此西王母欲來。』有頃，王母至，三青鳥挾持王母旁。」層隙，猶言高樓。説文：「隙，壁際也。」赤鯉，亦稱赤驥。爾雅翼：「兖州人謂赤鯉爲赤驥，取馬之名，以其靈仙所乘，能越飛江湖故也。」説文：「隈，水曲也。」

往敬亭路中

山中芳杜緑，江南蓮葉紫。芳年不共遊〔一〕，淹留空若是。府君渌水豐漣漪，青山多繡綺〔二〕。新條日向抽，落花紛已委〔三〕。何從事弱蔓既青翠，輕莎方靃靡〔四〕。鷺鷗没而遊①，麏麚騰復倚〔五〕。齊舉郎春岸望沈沈，清流見瀰瀰〔六〕。幸藉人外遊，盤桓未能徙〔七〕。陳郎

鶩柮把瓊芳，隨山訪靈詭〔八〕。榮楯每嶙峋，林堂多碕礒〔九〕。府君

【校】

①〔鷗〕原作「鳲」。涵芬本作「鴖」。萬曆本、文集本、名家集本作「鳥」。詩紀、張本、郭本作「鷗」，傅校作「鷗」。據改。

【注】

〔一〕芳年，芳華之年。

〔二〕漣漪，見奉和隨王殿下其十六注〔一〕。繡綺，謂如五采文繒。淮南子主術訓高注：「五采具曰繡也。」漢書地理志顏注：「綺，文繒也，即今之所謂細綾也。」

〔三〕委，積也。廣韻：「委，……亦委積。」

〔四〕蓤，草名。謝靈運山居賦：「畦町所藝……蓼蕺蓤薺。」霍靡，見卷四和何議曹郊遊二首之二注〔三〕。

〔五〕詩大雅鳧鷖毛傳：「鷖，鳧屬。」釋文引蒼頡篇：「鷖，鷗也。一名水鴞。」麕，同麞。說文：「麞，麛也。」麚同麚。說文：「麚，牡鹿也。」

〔六〕文選司馬相如上林賦善注：「沈沈，深貌也。」詩邶風新臺毛傳：「瀰瀰，盛貌。」

〔七〕人外遊，遊於塵俗之外。後漢書陳寵傳：「（尹）勤……屏居人外，荆棘生門。」文選張衡西京賦薛綜注：「盤桓，便旋也。」疊韻謰語。玉篇：「徙，遷也。」

〔八〕鶩枻，猶言馳舟。廣韻：「枻，楫枻。」借以指舟。瓊芳，謂瓊漿、芳醴，皆酒之美稱。靈詭，猶言神奇。

〔九〕説文段注：「檐之兩頭軒起爲榮。」又：「楯，闌檻也。」嶙峋，重深無厓之貌。漢書揚雄傳：「岭巆嶙峋。」楚辭淮南小山招隱士：「嶔岑碕礒兮。」補注：「碕礒，石貌。」

【集説】

方植之曰：此詩全見齊梁人句法。

附録一

佚文

蒲生行〔一〕

蒲生廣湖邊，託身洪波側。春露惠我澤，秋霜縟我色〔二〕。根葉從風浪，常恐不永植〔三〕。攝生各有命〔四〕，豈云智與力。安得遊雲上，與爾同羽翼。

【注】

〔一〕見樂府詩集卷三十五。此屬相和歌辭清調曲。郭茂倩曰：「鄴都故事曰：『魏文帝甄皇后，中山無極人。……太祖破（袁）紹，文帝時爲太子，遂以后爲夫人。後爲郭皇后所譖，文帝賜死後宮，臨終爲詩曰：蒲生我池中，緑葉何離離……』」

〔二〕説文：「縟，繁采色也。」

〔三〕集韻：「植，樹立也。」

〔四〕攝生，猶言持生、養生。老子：「善攝生者，陸行不遇兕虎，入軍不被甲兵。」

【集説】

鍾伯敬曰：（三四兩句）説秋霜不衰颯。二「我」字待物如人。

譚友夏曰：蒲言託身已奇矣，又發出攝生、智力大議論，淵博可敬。

陳胤倩曰：得樂府古情，「根葉」二句大佳。

吴摯甫曰：（七八兩句）轉接純在空際。

別王僧孺①〔一〕

首夏實清和〔二〕，餘春滿郊甸。花樹雜爲錦，月池皎如練〔三〕。如何當此時②，別離言與面③。留雜已鬱紆〔四〕，行舟亦遥衍④〔五〕。非君不見思，所悲思不見。

【校】

①〔題〕古文苑、詩紀、張本並作別王丞僧孺。詩紀注：「古文苑作王融。」②〔當〕詩紀作「於」，注：「一作當。」③〔面〕古文苑同，注：「一本作讌。」藝文、詩紀、張本、郭本作「宴」。④〔留雜兩句〕郭本無。「雜」，詩紀、張本作「褋」。

【注】

〔一〕見藝文類聚卷二十九，題謝脁作。古文苑卷九題王中書融作。郭本列逸詩，缺「首夏」「留雜」兩韻。王僧孺（四六五—五二二），東海郯人。仕齊爲太學博士，晉安郡丞，遷尚書左丞，兼御史中丞。工於詩文。見梁書、南史本傳。

〔二〕謝靈運遊赤石進帆海：「首夏猶清和。」張衡歸田賦：「仲春令月，時和氣清。」

〔三〕卷三晚登三山還望京邑：「澄江静如練。」

〔四〕古文苑章樵注：「留雜，别時相遺送物也。詩：『雜佩以贈之。』」按，雜，疑「襟」之誤。雜，古作「襍」，形近輾轉致誤。留襟，謂留者之襟懷。與下「行舟」爲對。

〔五〕遥衍，猶摇漾、摇曳，雙聲謰語，飄颻貌。鮑照代櫂歌行：「摇曳高帆舉。」

【集説】

王船山曰：温其如玉，詎亦可以驚人相詑？

陳胤倩曰：寫景有以比物而愈顯者，則用比語更雋，若「澄江如練」是也。偶得此句，不嫌屢用。

又曰：以風景之繁華，感别離之蕭瑟。「如何」二句，一往淒其，并知上文景中有情，讀之改觀易慮。

又曰：結語極輕而情自至，六朝人自有此種語。古風已漓，然又非初唐所及。

爲鄱陽王讓表〔一〕

玄天蓋高〔二〕，九重寂以卑聽；皎日著明，三舍迴於至感〔三〕。

【注】

〔一〕見文鏡秘府論西卷文二十八種病。鄱陽王鏘，齊高帝第七子，建元元年（四七九）夏六月，封鄱陽王。四年，世祖即位，以鏘爲使持節、督雍梁南北秦四州郢州之竟陵司州之隨郡軍事、北中郎將、寧蠻校尉、雍州刺史。見南齊書高祖十二王傳。

〔三〕玄天，天之泛稱。詩小雅正月：「謂天蓋高。」九重，亦指天。漢書禮樂志郊祀歌顏注：「天有九重。」史記宋世家：「（司星）子韋曰：『天高聽卑。』」謂天居高能聽下民之言。此以喻人君之聽下。

〔三〕淮南子覽冥訓：「魯陽公與韓構難，戰酣，日暮，援戈而撝之，日爲之反三舍。」文選郭璞遊仙詩善注引許慎曰：「二十八宿，一宿爲一舍。」

春遊〔一〕

置酒登廣殿，開襟望所思。春草行已歇，何事久佳期？

【注】

〔一〕見玉臺新詠卷十。

至潯陽詩〔一〕

過客無留軫，馳暉有奔箭〔二〕。

【注】

〔一〕見文選朓暫使下都夜發新林至京邑詩李善注。

〔二〕奔箭，喻去之速。沈約長歌行：「留懽恨奔箭。」

失題〔一〕

夜條風淅淅〔二〕，晚葉露凄凄。

【注】

〔一〕見合璧事類別集卷五十四。

〔二〕淅淅，風細聲。謝惠連七月七日夜詠牛女詩：「淅淅振條風。」

附録二

一、版本卷帙

郡齋讀書志

謝朓集十卷。

右齊謝朓玄暉也，陽夏人。明帝初，自中書郎出爲東海太守。東昏時，爲江祏黨譖害之。朓少好學，有美名，文章清麗，善草隸，尤長五言詩。沈約嘗云：「二百年來，無此詩也。」文選所録朓詩僅二十首，集中多不載，今附入。

直齋書録解題

謝宣城集五卷。

齊中書郎陳郡謝朓玄暉撰。集本十卷，樓炤知宣州，止以上五卷賦與詩刊之。下五卷皆當時應用之文，衰世之事，可采者已見本傳及文選，餘視詩劣焉，無傳可也。

四庫全書提要

謝宣城集五卷

齊謝朓撰。朓字玄暉，陳郡陽夏人。事蹟具南齊書本傳。案朓以中書郎出爲宣城太守，以選復爲中書郎，又出爲晉安王鎮北諮議、南東海太守、行南徐州事，遷尚書吏部郎，被誅。其官實不止於宣城太守，然詩家皆稱謝宣城，殆以北樓吟咏爲世盛傳耶？據陳振孫書録解題，稱「朓集本十卷，樓炤知宣州，止以上五卷賦與詩刊之，下五卷皆當時應用之文，衰世之事，可采者已見本傳及文選，餘視詩劣焉，無傳可也」。考鍾嶸詩品，稱「朓極與予論詩，感激頓挫過其文」，則振孫之言審矣。張溥刻百三家集，合朓詩賦五卷爲一卷。此本五卷即紹興二十八年樓炤所刻，前有炤序，猶南宋佳本也。本傳稱朓長於五言詩，沈約嘗云「二百年來無此詩」。鍾嶸詩品乃稱其「微傷細密，頗在不倫。一章之中，自有玉石」；又稱其「善自發端，而末篇多躓」，過毁過譽，皆失其真。趙紫芝詩曰：「輔嗣易行無漢學，玄暉詩變有唐風。」斯於文質升降之間，爲得其平矣。

二、舊刻序跋

樓序

南齊吏部郎謝朓，長五言詩，其在宣城所賦，藻繢尤精，故李太白詠「澄江」之句而思其人，杜少陵亦曰「詩接謝宣城」也。余至郡視事之暇，裒取郡舍石刻並宣城集所載謝詩，纔得二十餘首。繼得蔣公之奇所集小謝詩，以昭亭廟、疊嶂樓、綺霞閣所刻及文選、玉臺新詠、本集所有，合成一編，共五十八篇，自謂備矣。然小謝有全集十卷，但世所罕傳。如（宋）〔齊〕海陵王墓誌，集中有之，而筆談乃曰：「此銘集中不載。」蓋雖存中之博，亦未之見也。而余家舊藏偶有之。考其上五卷賦與樂章之外，詩乃百有二首，而唱和聯句、他人所附見者不與焉，以是知蔣公所謂本集者非全集矣。於是屬之僚士，參校謬誤，雖是正已多，而有無他本可證者，故猶有闕文，鋟版梓傳之，目曰謝宣城詩集。其下五卷，則皆當時應用之文，衰世之事，其可采者已載於本傳、文選，餘視詩劣焉，無傳可也，遂置之。紹興丁丑秋七月朔東陽樓炤題。

洪跋

謝公詩名重天下，在宣城所賦爲多，故杜少陵以謝宣城稱之，在宣城宜有公之集矣。後公六百五十餘年，樞密樓公始克鋟之木。距今又六十四年，字畫漫毀，幾不可讀，是用再刻於郡齋，以永其傳。嘉定庚辰冬十二月望，鄱陽洪伋識。

康序

宣城集舊十卷，宋以後止傳其詩賦五卷，其五卷者皆當時雜文，不如詩，故不傳也。劉侯知武功之二年，一日來滸西別業，見宣城集，歎曰：「古之言詩者，以曹、劉、鮑、謝，今曹、鮑刻本矣，顧獨無劉、謝，幸親與見謝，今已不刻，如後世絶之者自余爲何！」刻成，予撫卷太息曰：「嗟乎！宣城詩盛傳於當時，及於後世，且千百年也。由昭代以來，且百有數十年也，亦莫不咸愛其詩，思見其集，顧奚無一人刻，彼豈弗知不愛也？利私見誇耀、掩昧希乏爲勝爾。即多差謬，隨王鼓吹曲與樂府所載頗異，他何可言哉！」或曰：「此集本或其質直。」蓋不然。自開成以來，詩人務以奇靡鑽研爲巧，雖當世名作如李杜，弗學之矣，又安肯軼代越世哉？故雖刻本亦少，好古之士，或往往抄録備種數爾，固無由不謬也。劉侯名紹，字繼先，濮人。正德辛未六月庚辰武功康海序。

黎跋

宣城集者，集宣城守謝朓作也。謝之作盛於當時，及於後世，竊疑近時罕刻本以傳之。丙申冬，秋卿于曹峰有事是地，出是集以授予，覽乃刻自武功，喜欲新之，而宣庠貢生遂呈抄本以校。夫集以宣城名，其刻於宣城宜也，顧乃刻於武功者，亦足以見愛慕人心之所同。宜刻于宣城，而宣城久無傳者，豈其秘録私藏，珍重獨得也耶？於是付諸梓，期與宣城並傳不朽。噫！謝公芳聲流布，迄今耿耿不磨，其所以傳之者，恐不待託於物。但因託之物者，或可以爲所傳之證也。其於所以傳之者，未必無助。嘉靖丁酉秋七月任丘警庵黎晨跋。

梅序

宣城故殷肱郡，蓋玄暉、太白賓之而地紀益章。余登敬亭，其上有謝李祠云。彼太白目無往古，迺獨中好玄暉，不啻其口出。自後世布侯于唐體，而于古寖失其原，其六代以還靡靡爾，此所謂拶齊盟而臨滕薛五十里之國，敢不敝賦是從，要以其精鑿于致而藻繢于詞，去輓近不㫑壤哉！謝氏康樂、玄暉稱最著，玄暉風華映人，發端矯厲，評者以其調俳而氣今，康樂語俳而氣實古，不佞頗有味乎其言。及按史所爲脁傳，進若不能舉，退若弗勝類，非玉巵無當者。而亂之生也，則言語以爲階。即以概于王敬則，或亦大義所在耳。其卒以不免，自唯天道之不可昧，豈中固有所市而陽名高也者乎？非不佞敢知矣。叙曰：脁齊時爲宣城内史，史佚載，人迄今號謝宣城云。謝宣城集五卷，郡司理史公以不佞糾其遺謬，授副墨之子。先繇宋樓東陽，而嘉靖中任丘黎侯，凡三爲役矣。司理公屬書離辭，壹意古昔，兹役也，唯其有之。然此詩賦爾，它文五卷，余讀其辭隨王箋與敬皇后哀册，未嘗不賞其整縟也。東陽顧一切弁髦之，嗟夫！文之難與言也殆如此。萬曆己卯臯月梅鼎祚禹金序。

張題辭

李青蓮論詩，目無往古，惟于謝玄暉三四稱服，泛月登樓，篇詠數見，至欲攜之上華山，問青天。余讀青蓮五言詩，情文駿發，亦有似玄暉者，知其興歎難再，誠心儀之，非臨風空憶也。梁武帝絶重謝詩，云：「三日不讀，即覺口臭。」簡文與湘東書，推爲「文章冠冕，述作楷模」。劉孝綽日置几案，沈休文每稱未有，其見貴當時，又復如是。今反覆誦之，益信古人知言。雖漸啓唐風，微遜康樂，要已高步諸謝矣。隨王賞愛，晤對不舍，長史間之，殊痛離割。集中文字，亦惟文學辭箋、西府贈詩，兩篇獨絶，蓋中情深者爲言益工也。會稽孔顗粗有才筆，未立聲名。玄暉愛其讓表，不難折簡手寫，齒牙奬成。寧忍重背婦翁，生懟寡妻？然王公甫誅，二江搆害，出反之譏，頗挂時論。嗚呼！康樂、宣城，其死等爾！康樂死于玩世，憐之者猶比于孔北海、嵇中散。宣城死于畏禍，天下疑其反覆，即與吕布、許攸，同類而共笑也。一死輕重，尤貴得所哉！婁東張溥題。

郭序

詩至齊梁而靡，論者謂其調俳而詞縟，寖失漢魏古穆之遺，顧小謝獨以清麗見稱，與康樂、惠連齊名，謂之「三謝」。建武時嘗出守宣城，郡署踞陵陽之巔，有樓巍然，俯瞰城外。太白詩云「人烟寒橘柚，秋色老梧桐。誰念北樓上，臨風懷謝公」者是也。唐刺史獨孤霖改爲疊嶂樓，歷今數百年，宣人猶呼謝公樓云。乃蕭子顯、李延壽所著史傳，并不記朓守宣城事，而集中視事高齋、敬亭賽祀諸詩，皆守宣時作，然則古人宦蹟，史所失載者多矣。集凡五卷，刻板燬於兵燹，予求其全帙數年，不可得。歲丁亥，方攝邑篆，孝廉梅君耦長出藏本詒予曰：「是不刻且佚。」予尋覽一過，蓋前明萬曆時司理史公元熙同其令祖禹金先生校刻者也。先是，嘉靖丁酉，郡守黎公晨得武功舊刻，參以玉臺新詠、文選諸書彙梓其詩，而文置不録。頃耦長復從其令叔勿菴所裒輯其文若干首，釐爲六卷。予斥俸授諸梓，而屬耦長董其役，庶幾謝集稍完整。予聞宣城故多典籍，如唐之太真集、廬嶽集，宋吳棫之韻補，周紫芝之竹坡詩話、太倉稊米集，皆僅存其名。夫徵文考獻，以永將來，固官於是者所有事也。予愧力薄，未能網羅放失，次第板行，於後之賢者，實幾幾有厚望焉。時康熙丁亥清和月閩陽郭威釗撰。

吴跋

一

案直齋書録解題云：「謝宣城集原本十卷，宋樓炤知宣州，止以上五卷賦與詩刊之，下五卷皆當時應用文字，衰世之事，可采者已見本傳及文選，餘視詩劣焉，以爲雖無傳可也。」故今宣城集止五卷。明時有數刻，予所見嘉靖丁酉任邱黎晨刊本，其間紕繆舛錯殊多，又正德辛未康海序劉紹刊本，以爲世本隨王鼓吹曲與樂府多差謬，不知其所謂勘正本差謬正復不少，如鼓吹曲中第一首芳樹，乃誤以爲再賦者次于前，他人詩或在再和中者，亦誤次于前，并以王融之巫山高爲宣城詩，而第五卷中同詠樂器、坐上器物諸篇，溷亂錯謬，尤不勝更僕數。至明人集録漢魏六朝諸集，固無論也。惜梓垂成而學士已去秋偶從盧紹弓學士借得舊藏宋本，視明刻迥異，因即授剞劂，刊入愚谷叢書。歸道山，不及更相與訂其亥豕矣。昔人評三謝詩，玄暉差薄，近有唐風。顧予讀宣城集，尤不能無慨于中者，昔鄭雍糾妻祭仲女，厲公與謀殺仲，爲婦所泄而死，讀春秋者猶憐之。朓之告王敬則，要亦迫于事之所不得已。然敬則之敗甫踰年，而朓亦誅死，豈非天哉！夫士生衰世，不幸又遇懿戚之變，故宜高舉遠引以避其禍。朓既昧乎明哲保身之誡，徒貽「刑于寡妻」之譏。顧其詩有曰：「雖無玄豹姿，終隱南山霧」，何竟不能自踐其言邪？因取本傳冠諸集端，而爲之跋。嘉慶元年春王正月十有八日吴騫槎客氏。

二

予以嘉慶丙辰重梓宣城集，用盧學士依宋校本。明年夏過吴趨，顧千里茂才爲言黄蕘圃孝廉有兩宋本宣城集俱佳，蕘圃因即録其序跋目録見遺，予喜過望。細讀之，蓋即陳直齋所云東陽樓炤原本，而鄱陽洪伋嘉定庚辰重刻者也。宋本全書體格較此稍異，每葉二十行，行十八字，目次行款，亦多不同。亟取序跋補刊入集，并書顛末以著良友之惠云。丁巳天中前一日騫載跋。

二、諸家評論

鍾嶸詩品　齊吏部謝朓，其源出于謝混，微傷細密，頗在不倫。一章之中，自有玉石。然奇章秀句，往往警遒，足使叔源失步，明遠變色。善自發詩端，而末篇多躓，此意鋭而才弱也。至爲後進士子之所嗟慕。朓極與余論詩，感激頓挫過其文。

梁簡文帝與湘東王書　至如近世謝朓、沈約之詩，任昉、陸倕之筆，斯實文章之冠冕，述作之楷模。

皎然詩議　宣城公情致蕭散，詞澤義精，至於雅句殊章，往往驚絶。何水部雖謂格柔而多清勁，或常態未剪，有逸對可嘉。風範波瀾，去謝遠矣。

黄庭堅與王復觀書　南陽劉勰嘗論文章之難云：「意翻空而易奇，文徵實而難工（按文心雕龍神思作「巧」）」，此語亦是。沈謝輩爲儒林宗主，時好作奇語，故後生立論如此。

唐庚子西語録　江左諸謝詩文見文選者六人，希逸無詩，宣遠有詩不工，今取靈運、惠連、玄暉詩合六十四篇爲三謝詩。是三人者，詩至玄暉，語益工，然蕭散自得之趣亦復稱減，漸有唐風矣，于此可以觀世變也。

葛立方韻語陽秋　陶潛、謝朓詩，皆平淡有思致，非後來詩人怵心劌目琱琢者所爲也。老杜云

「陶謝不枝梧，風騷共推激。紫燕自超詣，翠駮誰剪剔」是也。大抵欲造平淡，當自組麗中來，落其華芬，然後可造平淡之境。如此，則陶謝不足進矣。

陳傅良止齋文集 近讀古樂府，始知後作者皆有所本。至李謫仙絶出衆作，真詩豪也，然古詞務協律而猶未工。（陳）仲孚嘗問詩工所從始。予謂謝玄暉。杜子美云：「謝朓每篇堪諷誦。」蓋嘗得法於此耳。李（太白）云：「解道澄江静如練，令人却憶謝玄暉。」與子美同意。

嚴羽滄浪詩話 謝朓之詩，已有全篇似唐人者，當觀其集方知之。

劉克莊江西詩派小序 （呂）紫微公作夏均父集序云：「學詩當識活法，所謂活法者，規矩備具，而能出於規矩之外，變化不測，則亦不背於規矩也。是道也，蓋有定法而無定法，無定法而有定法，知是者，可以與語定法矣。謝玄暉有言：『好詩流轉圜美如彈丸。』此真活法也……」所引謝宣城「好詩流轉圜美如彈丸」之語，余以宣城詩考之，如錦工機錦，玉人琢玉，極天下巧妙，窮巧極妙，然後能流轉圜美。近時學者往往誤認彈丸之喻，而趨於易，故放翁詩云：「彈丸之論方誤人。」

王世貞藝苑卮言 玄暉不唯工發端，撰造精麗，風華映人，一時之傑。青蓮目無往古，獨三四稱服，形之詞詠。登九華山云：「恨不攜謝朓驚人詩來。」特不如靈運者，匪直材力小弱，靈運語俳而氣古，玄暉調俳而氣今。

胡應麟詩藪 世目玄暉爲唐調之始，以精工流麗故。然此君實多大篇，如遊敬亭山、和伏武昌、劉中丞之類，雖篇中綺繪間作，而體裁鴻碩，詞氣沖澹，往往靈運、延之逐鹿。後人但亟賞工麗，此類不復檢摭，要之非其全也。

鍾惺古詩歸 謝玄暉靈妙之心，英秀之骨，幽恬之氣，俊慧之舌，一時無對。似撮康樂、淵明之勝，而似皆有不敵處曰厚，然是康樂以下，諸謝已上。

何良俊四友齋叢説 詩自左思、潘、陸之後，至義熙、永明間又一變。然以三謝爲正宗，蓋所謂芙蓉出水者，不但康樂爲然。如惠連秋懷、玄暉「澄江浄如練」等句，皆有天然妙麗處。若顔光禄、鮑參軍雕刻組績，縱得成道，亦只是羅漢果。

陸時雍詩鏡總論 謝朓清綺絶倫，每苦氣竭，其佳處則秀色天成，非力所構。詩品謂其微傷細密，非也。其病乃在材不繼耳。若情事關生，形神相配，雖秋毫畢具，愈見精奇，累幅連篇，深知博大，詩之臧否，不係疏密間也。

吴淇選詩定論 齊之詩，以謝朓爲稱首，其詩極清麗新警，字字得之苦吟。較之梁，唯江淹髣髴近之，而沈約、任昉輩皆所不逮，遂以開唐人一代之先，然漢魏之遺音，寖以微闕。何大復曰：「文靡於隋，韓力振之，而古文亡於韓；詩弱於陶，謝力振之，而古詩亡於謝。」則齊固古詩與唐詩中間一大關鍵也。

葉燮原詩 六朝詩家，惟陶潛、謝靈運、謝朓三人最傑出，可以鼎立。三家之詩不相謀。陶潛澹遠，靈運警秀，朓高華。各闢境界開生面，其名句無人能道。

王士禎師友詩傳録 詩騷以下，風會遞遷，乃自然之理，必至之勢。齊梁後拘限聲病，喜尚形似，鍾嶸嘗以譏謝玄暉、王元長矣，然二公豈失爲一代文宗耶？

田雯古歡堂雜著 玄暉含英咀華，一字百煉乃出。如秋山清曉，霏藍翕黛之中，時有爽氣。齊之作者，公居其冠。劉後村謂「餘霞散成綺，澄江静如練」，皆吞吐日月，摘躡星辰之句。故李白登華山落雁峰云：「恨不攜謝朓驚人詩，搔首問青天。」其服膺如此。

陳祚明采菽堂古詩選 玄暉去晉漸遥，啓唐欲近，天才既儁，宏響斯臻，斐然之姿，宣諸逸韻，輕倩和婉，佳句可賡。然佳既在兹，近亦由是；古變爲律，風始攸歸。至外是平調單詞，亦必秀琢，按章使字，法密旨工，後人哦傳警句，未究全文，知其造語之悠揚，不知其謀篇之深造也。發端結想，每獲驪珠，結句幽尋，亦鏗湘瑟，而詩品以爲末篇多躓，理所不然。夫宦轍言情，旨投思遁，賦詩見志，固應歸宿是懷。仰希逸流，貞觀丘壑，以斯託興，趣頗蕭然，恒見其高，未見其躓。但嫌篇篇一旨，或病不鮮，幸造句各殊，豈相妨誤？蓋玄暉密於體法，篇無越思，揆有作之情，定歸是柄，如耕者之有畔焉，踰是則不安矣。至乃造情述景，莫不取穩善調理，在人之意中，詞亦衆所共喻，而寓目之際，林木山川，能役字模形，稱增儁致。大抵運思使事，狀物選詞，亦雅亦安，無放無累，篇篇可誦，蔚爲大家，首首無奇，未云驚代，希康樂則非倫，在齊梁誠首傑也。

沈德潛説詩晬語 齊人寥寥，謝玄暉獨有一代，以靈心妙悟，覺筆墨之中，筆墨之外，別有一段深情名理，元長王融諸人，未齊肩背。

又古詩源 康樂每板拙，玄暉多清俊，然詩品終在康樂下，能清不能厚也。

黄子雲野鴻詩的　玄暉句多清麗，韻亦悠揚，得於性情獨深；雖去古漸遠，而擺脱前人習弊，永元中誠冠冕也。

又　凡詩有不足之病，即以前人對病之法治之。……病在陳腐，療之以宣城。……若此者不可悉數，在學者審擇所處而已。

喬億劍谿説詩　知能率高于能鍊，則知謝不如陶，柳不如韋矣。知能拉雜過於能潔，則知小謝不如鮑矣。

成書多歲堂古詩存　玄暉在齊爲獨出，即在晉宋，諸名家而外，亦罕其敵，可謂健於文者。詩至齊梁，原漢魏三唐一大轉關處，謝詩上攀魏晉，下開陳隋，至清新諸什，又盛唐之嚆矢也。

焦循易餘籥録　……一變於晉之潘陸、宋之顔謝，易樸爲雕，化奇作偶。然晉宋以前，未知有聲韻也。沈約卓然創始，指出四聲。自時厥後，變蹈厲爲和柔，宣城、水部，冠冕齊梁，又開潘陸顔謝所未有矣。齊梁者，樞紐於古律之間者也。

李調元雨村詩話　詩文綺麗，盛於六朝，而就各代言之，亦有首屈一指之人。如……齊則以謝朓玄暉爲第一，名句絡繹，俱清俊秀逸，武帝、簡文帝所不及也。

闕名静居緒言　玄暉、明遠，凌厲顧盼，並駕一時，工單詞隻句者，不能望其顔色。然謝詩腴，鮑詩雋；謝詩尚有入時處，鮑詩如樂府諸篇，鏗金戛玉，騞騞古音，其後作者，漸有氣弱格降之嘆。

方東樹昭昧詹言　玄暉别具一副筆墨，開齊梁而冠乎齊梁，不第獨步齊梁，直是獨步千古。蓋前乎此，後乎此，未有若此者也。本傳以清麗稱之，休文以奇響推之，而詳著之曰：「調與金石諧，思逐風雲上。」太白稱其清發驚人，玄暉自云圓美流暢如彈丸，以此數者求之，其於謝詩，思過半矣。

又　玄暉詩如花之初放，月之初盈，駘蕩之情，圓滿之輝，令人魂醉。祇是思深，語意含蓄，不肯説煞説盡；至其音響亦然。

又　大抵下字必典而不空率，造語必新而不襲熟，凝重有法，思清文明，而不爲輕便滑易。同一用事，而尤必擇其新切者；同一感寄，而恒含蓄；同一寫景，而必清新。古之作者皆同，而玄暉尤極意芊緜倩麗。其於曹公之蒼涼悲壯，子建之質厚高古，蘇、李、阮公之激蕩慓忽，淵明之脱口自然，仲宣之跌宕壯闊，公幹之緊健親切，康樂、明遠之工巧驚奇，皆不一襲似，故爾克自成一家，退之所謂力去陳言，如是。然玄暉於公幹、康樂、明遠三家，時相出入，綿情纏綿似公幹，琢句似謝、鮑。

潘德輿養一齋詩話　唐子西曰：「三謝詩，至玄暉語益工。」趙師秀詩：「玄暉詩變有唐風。」皆謂玄暉薄於康樂。不知康樂之厚以排垛耳。鍾嶸知其爲蕪詞累而登諸上品，何也？寧取玄暉，不取康樂，玄暉之雋骨，與鮑明遠之逸氣，可謂六朝健者。

劉熙載藝概　謝玄暉詩以情韻勝，雖才力不及明遠，而語皆自然流出，同時亦未有其比。

施補華峴傭説詩　謝玄暉名句絡繹，清麗居宗，雖不如魏晉諸賢之厚，然較之陰鏗、何遜、徐陵、庾信，骨幹堅强多矣。其秀氣成采，江郎五色筆尚不能逮，唐人往往效之，不獨太白也。「玄暉詩變有唐風」，真確論矣。

附録三

南齊書本傳南史傳附

謝朓字玄暉，陳郡陽夏人也。祖述，吴興太守。父緯，散騎侍郎。

朓少好學，有美名，文章清麗。解褐豫〔章〕王太尉行參軍，度隨王東中郎府，轉王儉衛軍東閤祭酒，太子舍人、隨王鎮西功曹，轉文學。

子隆在荆州，好辭賦，數集僚友，朓以文才，尤被賞愛，流連晤對，不捨日夕。長史王秀之以朓年少相動，密以啓聞。世祖敕曰：「侍讀虞雲自宜恒應侍接。朓可還都。」〔南史曰：長史王秀之以朓年少相動，欲以啓聞，朓知之，因事求還。〕朓道中爲詩寄西府曰：「常恐鷹隼擊，秋菊委嚴霜。寄言罻羅者，寥廓已高翔。」遷新安王中軍記室。朓牋辭子隆曰：「……」〔南史曰：時荆州信去倚待，朓執筆便成，文無點易。〕

尋以本官兼尚書殿中郎。隆昌初，敕朓接北使，朓自以口訥，啓讓不當，不見許。高宗輔政，以朓爲驃騎諮議，領記室，掌霸府文筆。又掌中書詔誥，除祕書丞，未拜，〔南史無此句。〕仍轉中書郎。出爲宣城太守，以選復爲中書郎。

建武四年，〔南史無「出爲宣城……」十七字。〕出爲晉安王鎮北諮議，南東海太守，行南徐州事。啓王敬則反謀，上甚(善)〔嘉〕賞之。遷尚書吏部郎。朓上表三讓，中書疑朓官未及讓，以問祭酒沈約。約曰：「宋元嘉中，范曄讓吏部，朱脩之讓黄門，蔡興宗讓中書，竝三表詔答，具事宛然。近世小官不讓，遂成恒俗，恐此有乖讓意。王藍田、劉安西竝貴重，初(不)自〔不〕讓，今豈可慕此不讓邪？孫興公、孔顗竝讓記室，今豈可三署皆讓邪？謝吏部今授超階，讓别有意，豈關官之大小？撝讓之美，本出人情。若大官必讓，便與詣闕章表不異。例既如此，謂都自非疑。」朓又啓讓，上優答不許。

朓善草隸，長五言詩，沈約常云「二百年來無此詩也」。敬皇后遷祔山陵，朓撰哀策文，齊世莫有及者。

東昏失德，江祏欲立江夏王寶玄，末更回惑，與弟祀密謂朓曰：「江夏年少輕脱，不堪負荷神器，不可復行廢立。始安年長入纂，不乖物望。非以此要富貴，政是求安國家耳。」遥光又(遺)〔遣〕親人劉渢密致意於朓，欲以爲肺腑。朓自以受恩高宗，非渢所言，不肯答。少日，遥光以朓兼知衛尉事，朓懼見引，即以祏等謀告左興盛，〔南史曰：又説劉暄曰：「始安一旦南面，則劉渢、劉晏居卿今地，但以卿爲反覆人爾。」暄陽驚，馳告始安王及江祏，始安欲出朓爲東陽郡，祏固執不與。先是，朓常輕祏爲人，祏嘗詣朓，朓因言有一詩，呼左右取，既而便停。祏問其故，云：「定復不急。」祏以爲輕己。後祏及弟祀、劉渢、劉晏俱候朓，朓謂祏曰：「可謂帶二江之雙流。」以嘲弄之。祏轉不堪，至是構害之。詔暴其過惡，收付廷尉。〕興盛不敢發言。祏聞，以告遥光，遥光大怒，乃稱敕

（見）〔召〕朓，仍回車付廷尉，與徐孝嗣、祏、暄等連名啓誅朓曰：「謝朓資性險薄，大彰遠近。王敬則往構凶逆，微有誠効，自爾昇擢，超越倫伍。而谿壑無厭，著於觸事。比遂扇動内外，處處姦説，妄貶乘輿，竊論宮禁，間謗親賢，輕議朝宰，醜言異計，非可具聞。無君之心既著，共棄之誅宜及。臣等參議，宜下北里，肅正刑書。」詔：「公等啓事如此，朓資性輕險，久彰物議。直以彫蟲薄伎，見齒衣冠。昔在渚宮，構扇蕃邸，日夜縱諛，仰窺俯畫。及還京師，飜自宣露，江、漢無波，以爲己功。素論於兹而盡，縉紳所以側目。去夏之事，頗有微誠，賞擢曲加，踰邁倫序，感悦未聞，陵競彌著。遂復矯構風塵，妄惑朱紫，詆貶朝政，疑間親賢。巧言利口，見醜前志，涓流纖蘖，作戒遠圖。宜有少正之刑，以申去害之義。便可收付廷尉，肅明國典。」又使御史中丞范岫奏收朓，下獄死。時年三十六。〔南史曰：臨終謂門賓曰：「寄語沈公：君方爲三代史，亦不得見没。」〕

朓初告王敬則，敬則女爲朓妻，常懷刀欲報朓，朓不敢相見。及爲吏部郎，沈昭略謂朓曰：〔南史曰：及當拜吏部，謙挹尤甚，尚書郎范縝嘲之曰：〕「卿人地之美，無忝此職。但恨今日刑于寡妻。」朓臨敗歎曰：「我不殺王公，王公由我而死。」〔南史曰：及臨誅，歎曰：「天道其不可昧乎！我雖不殺王公，王公因我而死。」〕朓好獎人才，會稽孔顗粗有才筆，未爲時知，孔珪嘗令草讓表以示朓，朓嗟吟良久，手自折簡寫之，謂珪曰：「士子聲名未立，應共獎成，無惜齒牙餘論。」其好善如此。朓及殷叡素與梁武以文章相得，帝以大女永興公主適叡子鈞，第二女永世公主適朓子謨。及帝爲雍州，二女並暫隨母向州。及武帝即位，二主始隨内還。武帝意薄謨，又以門單，欲更適張弘策子，弘策卒，又以與王志子諲，而謨不堪歎恨，爲書狀如詩贈主，主以呈帝，甚蒙矜歎，而婦終不得還。尋用謨爲信安縣，稍遷王府諮議。時以爲沈約早與朓善，爲制此書云。」

宣城郡志良吏列傳（萬曆初重修）

謝朓，字玄暉，陽夏人。少好學，敷藻清麗。明帝時，以中書郎出爲宣城内史。每視事高齋，吟嘯自若，而郡亦告治。初，朓嘗有言：「烟霞泉石，惟隱遁者得之，宦遊而癖此者鮮矣。」及領宣城，境中多佳山水，雙旌五馬，遊歷殆遍，風流文采，飈炳一時。詩曰：「高閣常晝掩，荒階少諍詞。」又云：「既懽懷禄情，復協滄洲趣。」其標致可想見之。人至今稱謝宣城云。

附録四

謝朓事跡詩文繫年

謝朓，字玄暉。

南齊書本傳（下簡稱齊傳）、南史本傳（下簡稱南傳）並云：「謝朓，字玄暉。」

陳郡陽夏人。

宋書州郡志：「豫州刺史：陳郡太守，漢高立爲淮陽國，章帝元和三年更名，晉初并，梁王肜薨，還爲陳。永初郡國有扶溝、陽夏。」南齊書州郡志：「豫州……北陳郡：陽夏。」按，陽夏，隋改太康縣，今河南太康縣。齊傳、南傳並云：「陳郡陽夏人。」蓋敘朓祖籍所在。

高祖據，晉太傅謝安次兄，早卒。高祖母王氏。

世説新語言語：「謝太傅寒雪日内集」條注引續晉陽秋曰：「朗字長度，安次兄據之長子。」按朗，朓之伯曾祖。又紕漏：「謝虎子嘗上屋熏鼠」條注：「虎子，據小字。據字玄道，尚書褒第二子。年三十三亡。」晉書謝朗傳亦載：「朗字長度，父據，早卒。……總角時，病新起，體甚羸，未堪勞，于叔父謝安前與沙門支遁講論，遂至相苦。其母王氏再遣信令還，安欲留使竟論，王氏因出云：『新婦少遭艱難，一生所寄惟在此兒。』遂流涕攜朗去。安謂坐客曰：『家嫂辭情慷慨，恨不使朝士見之。』」又世説文學：「林道人詣謝公」條注引謝氏譜曰：「朗父據，取太康王韜女，名綏。」

曾祖允，宣城内史。

宋書謝景仁傳：「父允，宣城内史。」按，景仁，朓祖父述長兄。

祖述，吴興太守。祖母范氏，宣城太守曄之姊。

宋書謝景仁傳：「述字景先。……景仁愛其第三弟甝而憎述。……尚書僕射殷景仁、領軍將軍劉湛並與述爲異常之交。美風姿，善舉止。湛每謂人曰：『我見謝道兒，未嘗足。』道兒，述小字也。……述有心虚疾，性理時或乖謬。……補吴興太守，在郡清省，爲吏民所懷。（元嘉）十二年卒，時年四十六。……三子：綜、約、緯。」又范曄傳：「曄外甥謝綜，雅爲曄所知。……（曄、綜等以謀逆）將出市（伏誅），綜母以子弟自蹈逆亂，獨不出視。曄語綜曰：『姊今不來，勝人多也。』」

父緯，正員郎中，散騎侍郎。母，宋文帝第五女長城公主。

宋書謝景仁傳：「緯尚太祖第五女長城公主。太宗泰始中，至正員郎中。」齊傳：「父緯，散騎侍郎。」

宋孝武帝大明八年甲辰（四六四），謝朓生。

齊傳南傳並載：東昏侯永元元年（四九九），朓「下獄死，時年三十六」。上推知以是年生。

宋書謝景仁傳記朓父緯兩兄綜、約以舅范曄謀反伏誅，「緯素爲約所憎，免死，徙廣州，孝建中（四五四—四五六）還京師。……太宗泰始中（四六五—四七一），至正員郎中」。其間似居家京師。又文選朓遊東田詩李善注：「朓有莊在鍾山。」或爲舊業。是朓當生于建康或其附近。故其和別沈右率諸君詩曰：「歎息東流水，如何故鄉陌！」京路夜發詩曰：「故鄉邈以夐。」詩文中以建康爲故鄉如此類者不一而足。

是歲，與朓平生關及諸人年之可考者，略爲：

伏曼容　四十五歲　　范岫　二十五歲

沈約　二十四歲　　王秀之　二十三歲

豫章王嶷　二十一歲　　孔（稚）珪　十八歲

何佟之　十六歲　　范雲　十四歲

王儉、王思遠十三歲　　宗夬、張欣泰九歲

文惠太子長懋、劉繪七歲

蕭衍生于同年。

宋前廢帝永光元年、景和元年、明帝泰始元年乙巳（四六五），二歲。

柳惲、王僧孺、崔慰祖生。

泰始二年丙午（四六六），三歲。

江革、徐勉、鍾嶸〔一〕生。鮑照卒。

泰始三年丁未（四六七），四歲。

王融生。

泰始六年庚戌（四七〇），七歲。

陸倕生。

泰始七年辛亥（四七一），八歲。

齊傳、南傳並載：「少好學，有美名，文章清麗。」古者八歲入小學，姑繫于此。

元徽二年甲寅（四七四），十一歲。

隨郡王蕭子隆生。

元徽五年、宋順帝昇明元年丁巳（四七七），十四歲。

到洽生。

昇明二年戊午（四七八），十五歲。

蕭琛生。

齊高帝建元四年壬戌（四八二），十九歲。

〔一〕依段熙仲説，見鍾嶸與詩品考年及其他（文學評論叢刊第五輯）

南史高帝本紀載：「建元四年三月壬戌，高帝崩。是日，太子即皇帝位，大赦。……庚午，以司空豫章王嶷爲太尉。」齊傳云：「（朓）解褐豫章王太尉行參軍。」在是年。

齊武帝永明二年甲子（四八四），二十一歲。

南齊書武帝本紀載：「二年春正月乙亥……以征北將軍竟陵王子良爲護軍將軍兼司徒。」又：「永明四年正月甲子，以……護軍將軍兼司徒竟陵王子良進號車騎將軍。」是二、三兩年，子良皆擁護軍之號。朓七夕賦題注：「奉護軍王命作。」當作于此兩年間，姑繫此年。

永明三年乙丑（四八五），二十二歲。

南齊書禮志載：「永明三年正月，詔立學，創立堂宇，召公卿子弟及員外郎之胤，凡置生二百人（通典禮典、册府元龜五七七皆作「二百二十人」），其年秋中悉集。」梁書江革傳云：「少孤貧，……十六喪母，以孝聞。服闋，與（第四弟）觀俱詣太學，補國子生，齊中書郎王融、吏部謝朓雅相欽重。朓嘗宿衛還，過候革，時大雪，見革弊絮單席，而耽學不倦，嗟歎久之，乃脱所著襦，並手割半氈與革充卧具而去。」革生于泰始二年（四六六），母服闋，以是年入太學，時正相合。朓過候革，贈襦割氈，事當在是年或翌年冬。

周顒卒。

永明四年丙寅（四八六），二十三歲。

南齊書武十七王傳載：是年，隨郡王子隆「遷爲持節、督會稽東陽新安臨海永嘉五郡、東中郎將、會稽太守」。齊傳云：「（朓）度東中郎府。」在是年。

永明五年丁卯（四八七），二十四歲。

南史竟陵文宣王子良傳載：「（永明）五年，正位司徒，給班劍二十人，侍中如故。移居雞籠山西邸。」又梁書武帝本紀載：「竟陵王子良開西邸，招文學，高祖與沈約、謝朓、王融、蕭琛、范雲、陸倕等並遊焉。號曰八友。」朓與於西邸之遊，在此后三四年間（朓以九年春去荆州）。朓擬宋玉風賦原注：「奉司徒教作。」高松賦原注：「奉司徒竟陵王教作。」考嚴可均輯全齊文收王儉和竟陵王子良高松賦、王融擬風賦，全梁文收沈約高松賦、擬風賦，當皆子良正位司徒、西邸宏開後同時之作。而王儉以永明七年五月卒（詳下），則朓兩賦當作于此二三年間，姑繫此年。

永明六年戊辰（四八八），二十五歲。

南齊書王儉傳載：「永明元年，進號衛軍將軍。……三年領國子祭酒，……是歲省總明觀，于儉宅開學士館，悉以四部書充儉家，又詔儉以家爲府。……五年，即本號開府儀同三司，固讓。六年，重申前命。」儉以是年開府。齊傳云：「（朓）轉王儉衛軍東閣祭酒。」蓋是年事。

梁書鍾嶸傳載：「嶸，齊永明中爲國子生，明周易，衛軍王儉領祭酒，頗賞接之。」嶸入太學，蓋亦在永明三年。朓轉衛軍東閣祭酒，與嶸益多接觸機緣。詩品云：「（朓）至爲後進士子之所嗟慕。朓極與余論詩，感激頓挫過其文。」論詩往還，當在此際。

永明七年己巳（四八九），二十六歲。

杜若賦原注云：「奉隨王教作，時年二十六於坐獻。」作于是年無疑。又遊後園賦題注亦云：「奉隨王教作。」蓋相距不遠之作。

答王世子一首。考世子爲豫章王嶷長子子廉。嶷初無子，養武帝第四子子響爲嗣子。後有子，表留爲嫡。永明六年，有司奏「子響宜還本」（參南齊書武十七王傳）。「子響還本，子廉爲世子。……（永明）十一年卒。」（見南史齊高帝諸子傳）又考資治通鑑齊紀記：永明七年冬十二月，「豫章王嶷……啓求還第，上令其世子子廉代鎮東府」。詩寫北風飛雪之景，申希求垂顧之情，當此時之作。

永明樂十章。王融集亦有同題十章。藝文類聚卷四十三有沈約謝齊竟陵王示永明樂歌啓，集存永明樂一章。考南齊書樂志載：「永平樂歌者，竟陵王子良與諸文士造奏之，人爲十曲。」蓋誤「明」爲「平」。歌當同作于此前後三四年間，未能確指，姑繫于此。

南齊書武帝本紀記是年「五月乙巳，尚書令、衛將軍、開府儀同三司王儉薨」。

永明八年庚午（四九〇），二十七歲。

南齊書武十七王傳載：「八年，（隨郡王子隆）代魚復侯子響爲使持節、都督荆雍梁寧南北秦六州、鎮西將軍、荆州刺史。」通鑑齊紀繫子響誅死、命子隆爲荆州刺史于八月壬辰。齊傳記朓任「隨王鎮西功曹，轉文學」，在是時。

奉和竟陵王同沈右率過劉先生墓詩一首。南齊書劉瓛傳記瓛歿于永明七年。隨郡王經劉瓛墓下詩有云：「初松切暮鳥，新楊摧曉風。」竟陵王詩有云：「徽音歲時滅。」柳惲和詩有云：「野雀亂秋榛，蘢草時易宿。」朓詩有云：「歲晚結松陰。」並可見爲是秋同時之作。

臨高臺一首，題下注：「時爲隨王文學。」總題曰同沈右率諸公賦鼓吹曲名先成爲次，乃居京時作。詩寫千里思歸，長憶故鄉，蓋出設想。詩有「四面動清風，朝夜起寒色」之句，沈約、王融之作，亦有「寒露」「秋風」之語，當是年歲暮一時之作。

琴（同詠樂器）、烏皮隱几（同詠坐上器玩）、席（同詠坐上所見一物）、詠竹火籠……，同賦者爲沈約、王融、虞炎、柳惲，可見皆盤桓西邸時所作，並繫于此。

永明九年辛未（四九一），二十八歲。

南齊書武十七王傳載：「八年，……翌年，（隨王子隆）親府州事。」朓實隨隨王赴荆州鎮，其行乃在春日，此自虞炎、范雲、王融、蕭琛、劉繪餞謝文學之作與朓和詩多寫春景可見。

芳樹一首，亦與沈約、王融等同賦鼓吹曲之作，總標同前再賦。諸作多及「烟花」「萱風」，別離相思，疑朓將去京前會聚之作。

和別沈右率諸君、離夜皆離京前傷別之作。將發石頭上烽火樓亦同時作，詩云「荆吴阻山岫，江海含瀾波」，可見。

鼓吹曲十首，爲赴荆道中作。樂府詩集卷二十（題作齊隨王鼓吹曲）云：「齊永明八年謝朓奉鎮西隨王教於荆州道中作。」蓋誤九年爲八年。

在荆深被隨王賞接，並受命抄撰群書。齊傳云：「子隆在荆州，朓尤被賞接，不舍日夕。」又梁書庾於陵傳云：「齊隨王子隆爲荆州，（於陵）爲主簿，使與謝朓、宗夬抄撰群書。」

時與朓同受隨王賞納者，又有張欣泰。南齊書張欣泰傳載：「（討巴東王子響）事平，欣泰徙爲隨王子隆鎮西中兵，改領河東内史。子隆深相愛納，數與談宴，州府職局，多使關領，意遇與謝朓相次。典籤密以啓聞，世祖怒，召還都。」召還情況與朓亦相類。且其人「少有志節，……好隸書，讀子史」，又：「通涉雅俗，交結多是名素。」亦能詩，詩品評爲「希古勝文，鄙薄俗製，賞心流亮，不失雅宗」。惜書闕有間，史傳詩文，不見相與交往之迹。

永明十年壬申（四九二），二十九歲。

是年居荆州。

和王長史卧病詩當作于是年春初。詩云：「青皋向還色，春潤視生波。巖垂變好鳥，松上改陳蘿。」可見。王秀之卧病叙意原詩，則客冬之作。詩云：「……況復歲將暮。層冰日夜多，飛雲密如霧。歸鴻互斷絶……」皆歲晏臘盡之景。吟詠酬和，情意款洽，見共事不久，尚未至於密啓進讒。

春思詩當作于同時或次年春。茹溪、陎山，皆荆地所有；「邊郊思歸」，亦作者心情。

望三湖詩，當是年秋作。詩云：「葳蕤向春秀，芸黄共秋色。」蓋曾見葳蕤向春之秀，而復覩「芸其黄矣」之景也。冬緒羈懷示蕭諮議虞田曹劉江二常侍詩，當作于是冬，其云「一聽春鶯喧，再視秋鴻没」，可見。

和伏武昌登孫權故城詩末云：「幽客滯江皋，從賞乖纓弁。……于役倘有期，鄂渚同遊衍。」知爲居荆時作。其云「滯江皋」，當非初至之年作，而爲是年或翌年作，姑繫于此。

通鑑齊紀：「十年夏四月辛丑，豫章文獻王嶷卒。」

永明十一年癸酉（四九三），三十歲。

南齊書武帝本紀載：「秋七月戊寅，大漸。……是日上崩，年五十四。」又鬱林王本紀載：「世祖崩，太孫鬱林王即位（史載皇太子長懋以是年正月薨）。八月壬午，以尚書左僕射西昌侯鸞爲尚書令。……十一月辛亥，立臨汝公昭文爲新安王。」齊傳云：「長史王秀之以朓年少相動，密以啓聞。世祖敕曰：『侍讀虞雲自宜恒應侍接，朓可還都。』」朓之至都，當已在世祖亡殁之後。其贈西府同僚詩云：「秋河曙耿耿，寒渚夜蒼蒼。」已秋深之景。齊傳云：「遷（南傳作「仍除」）新安王中軍記室。」乃在十一月。齊傳又云：「尋以本官兼尚書殿中郎。」則爲受蕭鸞接遇之始。

贈西府同僚詩作于下都道中。辭隨王牋作于遷新安王中軍記室之日，牋所謂「即日被尚書召，以朓補新安王記室參軍」是也。又謂「惟待青江可望，候歸艎于春渚」，亦見時在冬中。

臨楚江賦寫歲嚴遠行，憂心無際，攢笳極浦，弭鷁江潯之境，全爲别時情狀。「願希光兮秋月，庶永照于遺簪」，與辭隨王牋「如其簪履或存」云云，意有相通，則當亦去荆賦别之作。

奉和隨王殿下十六首，皆言荆州事，乃隨藩時作。其十「睿心重離坼」一首，所寫亦有與餞、賦近者，蓋亦下都時作。

秋，王融于鬱林王即位十餘日後於獄賜死（參通鑑齊紀）。

齊鬱林王隆昌元年、恭王延興元年、明帝建武元年甲戌（四九四），三十一歲。

通鑑齊紀：「（建武元年）春正月，丁未，改元隆昌。……秋七月，壬辰，……（帝）行至西弄，弒之。……癸巳，（蕭鸞）以太后令追廢帝爲鬱林王，又廢何后爲王妃，迎立新安王昭文。……丁酉，新安王即皇帝位，時年十五。以西昌侯鸞爲驃騎大將軍、録尚書事、揚州刺史、宣城郡公。大赦，改元延興。……冬十月辛亥，皇太后令曰：『……帝可降封海陵王。』癸亥，高宗即皇帝位，大赦，改元（建武）。」

齊傳云：「隆昌初，敕接北使，朓自以口訥，啓讓不當，不見許。」按南監本南齊書及南史無「不當不」三字，史記乖錯，其接與否，已不可知。南齊書魏虜傳云：「會世祖崩。……並遣使弔國諱。」知「北使」乃來弔武帝之喪者。

齊傳又云：「（朓）爲驃騎諮議，領記室，掌霸府文筆。」時蓋在七月海陵既立、蕭鸞受封之後。齊傳繼云：「又掌中書詔誥。」則當在鸞即帝位之後。其間且有「長兼中書侍郎」之銜〔一〕（詳後）。

〔一〕歐陽修集古録南齊海陵王墓銘：「此誌題云：『長兼中書侍郎』，而據傳，朓未嘗爲中書侍郎，史之闕也。」

爲王敬則謝會稽太守啓作于七月改元前。按南齊書王敬則傳載：「世祖崩，遺詔改加侍中。高宗輔政，密有廢立意。隆昌元年，出敬則爲使持節、都督會稽東陽臨海永嘉新安五郡軍事、會稽太守，本官如故。」可見。敬則，玄暉妻父。

爲明帝拜録尚書表、爲明帝讓封宣城公表當作于七月。按文選有任昉爲齊明帝讓宣城公第一表，脁乃繼此而作。爲宣城公拜章則作于略後。

鬱林王墓誌銘作于七月。南齊書鬱林王本紀載：「秋七月，二十二日壬辰，（帝）出西弄，殺之……殯葬以王禮。」

爲百官勸進齊明帝表作于十月。明帝以十月癸亥即位。

海陵王墓誌銘作于十一月。南齊書海陵王本紀載：「建武元年，十一月，稱王有疾，數遣御師占視，乃殞之。」沈括夢溪筆談卷二有云：「予家藏海陵王墓誌，謝脁文，稱『兼中書侍郎』。」歐陽修集古録卷四跋海陵王墓誌則云：「此誌題云：『長兼中書侍郎謝脁撰。』」（黄伯思東觀餘論跋海陵志後謂「志但云『脁立』」）則知此時脁有「長兼中書侍郎」之銜。

始出尚書省詩作于是秋。按通鑑齊紀：「夏四月戊子，竟陵文宣王子良以憂卒。」又：「八月癸酉，（鸞）遂殺子隆。」王融則已以客秋死。詩云：「零落悲友朋。」見其懷舊深情。又云：「邑里何疎蕪，寒流自清泚。衰柳尚沈沈，凝露方泥泥。」固寫實景，並見其一時情懷。

建武二年乙亥（四九五），三十二歲。

齊傳繼「又掌中書詔誥」後，記「除秘書丞，未拜，仍轉中書郎」，時當在去冬。

直中書省詩謂「紅藥當堦翻，蒼苔依砌上。……朋情以鬱陶，春物方駘蕩」，知春深正居中書省。觀朝雨詩謂「平明振衣坐，重門猶未開」，當亦直中書時作。作雩祭歌八首。考南齊書禮志云：「建武二年旱，有司議雩祭依明堂。」又樂志云：「建武二年，雩祭明堂，謝朓造辭，一依謝莊，唯世祖四言也。」按禮月令：「仲夏之月……大雩帝。」是朓五月尚居京師，作祭歌。

後此，朓出爲宣城太守，時不出夏日。翌夏作在郡卧病呈沈尚書詩云「爲邦歲已朞」，可知。出守之先，沈約曾贈五言。酬德賦序云：「建武二年，予將南牧，見贈五言。予時病，既以不堪莅職，又不獲復詩。」時約方官東陽太守。

晚登三山還望京邑、京路夜發、之宣城郡出新林浦向板橋皆出守時作。始之宣城郡、高齋視事、宣城郡内登望、後齋迴望、遊敬亭山、遊山、賽敬亭山廟喜雨、落日悵望、冬日晚郡事隙、郡内高齋獨坐答吕法曹等詩，皆作于涖宣之後。

和王著作融八公山詩一首。融原作不存。考南史王融傳云：「永明末，武帝欲北侵，使毛惠秀畫漢武北伐圖，融因上疏，開張北侵之議。」事在永明七、八年，詩或同時之作。朓詩有「浩蕩別親知，連翩戒征軸。再遠館娃宫，兩去河陽谷」之句，疑守宣日追和之作，姑繫于此。

同賦雜曲名秋竹曲題下注：「時爲宣城守。」同賦者檀秀才、江朝請、陶功曹、朱孝廉皆郡中僚友，詩當作于是年，蓋檀、朱次年春日已還京矣（見後）。

建武三年丙子（四九六），三十三歲。

居宣城郡。春作送江兵曹檀主簿朱孝廉還上國，詩言「方舟泛春渚，攜手赴上京」，可見。賦貧民田詩言：「旬月典邦政。」又云：「黍稷緣高植，穭稌即卑盛。舊埒新塍分，青苗白水映。遥樹匝青影，連山周遠近。」皆寫春末夏初景事，可見其作時。祀敬亭山廟詩與祀敬亭山春雨、往敬亭山路中兩聯句，當春日一時之作。在郡卧病呈沈尚書作于是夏，詩言「珍簟清夏室，輕扇動涼飔」「夏李沈朱實，秋藕折輕絲」可見。約有和作。和劉繪入琵琶峽望積布磯詩有「移疾覯新篇」「淹留絶巖畔」之句，或是時所作，姑繫于此。將遊湘水尋句溪、忝役湘州與吏民别兩詩，並秋末之作。前詩云「輿以暮秋月，清霜落素枝」，可見。其遊湘及遊湘之由，史傳無考，前詩謂「謁帝蒼山垂」，後詩謂「汩徂奉南岳」，可見當爲受命奉祀南岳之故。

建武四年丁丑（四九七），三十四歲。

齊傳於叙朓「出爲宣城太守」之後，記「以選復爲中書郎」，乃在湘遊返京之後，時在去冬或今春。齊傳又云：「建武四年，出爲晉安王鎮北諮議、南東海太守、行南徐州事。」思歸賦云：「自下車于江海，涉青春于是時。」時當在季春（詳後）。和蕭中庶直石頭詩一首。考梁書武帝本紀記建武二年，魏寇司州，蕭衍爲冠軍將軍、軍主，退敵有功。「還爲太子中庶子，領羽林監，出鎮石頭。」又南史齊本紀：「（建武）四年冬十月，（魏）又寇司雍二州，甲戌，遣太子中庶子……禦之。」其間衍皆鎮石頭，詩以作于三年爲多。朓和詩當作于守宣歸來復爲中書郎之後，出守南東海之前，故有「澤渥資投分，逢迎典待詔。詠沼遡含毫，專城空坐嘯」之句。姑繫於此。

侍宴華光殿曲水奉敕爲皇太子作、三日侍華光殿曲水宴代人應詔、三日侍宴曲水代人應詔四言三篇，當作于是年禊日，後此乃去南徐州。

酬德賦序云：「（建武）四年，予忝役朱方，又致一首。……其夏還京師，且事讌言，未遑篇章之思。」見離京前沈約又曾贈詩，夏還京師，得相與晤叙。

休沐重還丹陽道中，乃歸京師後還丹陽道中之作。詩云：「汀葭稍靡靡，江菼復依依。田鵠還相叫，沙鴇忽爭飛。」皆夏日景物。

朓識到洽，並深相賞好，乃在至南徐州後。梁書到洽傳載：「洽年十八，爲南徐州迎西曹行事。……謝朓文章盛于一時，見洽深相賞好，日引與談論，每謂洽曰：『君非直名人，乃亦兼資文武。』」

餉諸葛璩穀教當作於是年。梁書諸葛璩傳云：「諸葛璩……世居京口。……陳郡謝朓爲東海太守，教曰：……」正其時其地。

建武五年、永泰元年戊寅（四九八），三十五歲。

春夏，仍守南東海郡、行南徐州事。齊傳云「啓（王）敬則反謀」，乃四月間事，按史載是歲正月，明帝有疾，屢危，對舊臣多所疑備。敬則以高、武舊臣，見帝殺害舊衆，亦懷憂恐，謀有所舉動。南齊書王敬則傳云：「（敬則）第五子幼隆遣正員將軍徐嶽密以情告徐州行事謝朓爲計，若同者，當往報敬則，朓執嶽馳啓之。」南史齊本紀云：「四月丁丑，大司馬會稽太守王敬則舉兵反，五月壬午，遣輔國將軍劉山陽率兵東討。乙酉，斬敬則，傳首建鄴。」按丁丑，爲月之二十六日。事變迅急，朓之馳啓，在四月無疑。齊傳記翌年東昏侯罪朓詔所謂「去夏之事，頗有微誠」，亦可證朓啓敬則，時已入夏。事後，明帝賞朓功，遷尚書吏部郎。朓上表三讓，上不許。沈約謂「謝吏部今授超階，讓别有意」（見齊傳），亦見朓之耻以告妻父得官。而其去南東海入官吏部，當不遲于夏末秋初，以「永泰元年七月己酉（三十日），上殂于正福殿」（通鑑齊紀）也。朓將爲吏部，欲薦到洽，遭拒却。梁書到洽傳云：「朓後爲吏部，洽去職，朓欲薦之。洽覩時方亂，深相拒絶。」

齊明帝謚册文作于八月。按通鑑齊紀載：「永泰元年八月，葬明帝於興安陵，廟號高宗。」

齊敬皇后哀策文作于九月。南齊書明敬劉皇后傳云：「明敬劉皇后諱惠端。……永明七年卒，葬江乘縣張山。永泰元年，高宗崩，改葬，祔于興安陵。」

冬作酬德賦。賦有云：「嗟歲晏之鮮歡，曾陰默以悽惻。玄武伏于重介，宛虹潛以自匿。」又云：「弔悴軀于華省，理衣簪而自敕。思披文而信道，散奮懣于胸臆。」可見其寫作時間與當時襟懷。

朓爲吏部郎時，嘗與沈約問崔慰祖地理中所不悉事，于慰祖獎借備至。按南齊書崔慰祖傳載：「建武中，……國子祭酒沈約、吏部郎謝朓嘗于吏部省中賓友俱集，各問慰祖地理中所不悉十餘事。慰祖口吃，無華辭，而酬據精悉，一座稱服之。朓嘆曰：『假使班、馬復生，無以過之。』」

齊東昏侯永元元年己卯（四九九），三十六歲，卒。

仍官尚書吏部郎，曾兼衛尉，尋被收下獄死。齊傳云：「東昏失德，江祏欲立江夏王寶玄，末更回惑，與弟祀密謂朓曰：『江夏年少輕脱，不堪負荷神器，不可復行廢立。始安（按明帝兄子遥光，封始安王）年長入纂，不乖物望。……』遥光又遣親人劉渢密致意于朓，欲以爲肺腑。朓自以受恩高宗，非渢所言，不肯答。少日，遥光以朓兼知衛尉事，朓懼見引，即以祏等謀告左興盛，興盛不敢發言。祏聞，以告遥光，遥光乃稱敕召朓，仍回車付廷尉。……又使御史中丞范岫奏收朓，下獄死。時年三十六。」蕭子顯於傳贊曰：「逢昏屬亂，先蹈禍機。」蓋亦傷死非其罪，實由朝事昏亂，而深惜之。

謝朓文章，盛于一時。詩尤清綺，此所以劉孝綽「常以謝詩置几案間，動静輒諷味」（顔氏家訓文章），梁武帝特重朓詩，謂「三日不讀謝詩，便覺口臭」（本事詩）。史又稱其「善草隸」。唐張懷瓘書斷盛贊朓草書流美：「薄暮川上，餘霞照人；春晚林中，飛花滿目。」朓所書海陵王墓銘碑刻至宋尚存，沈括曾稱其書「如鍾繇，極可愛」〔一〕，黄伯思亦贊謂「結字高雅」〔二〕，意必婉麗類其詩文。誠有如梁庾肩吾所稱「文宗書范，近來少前」〔三〕。有子名謨，梁時用爲信安縣，稍遷王府諮議（見南史謝裕傳），藝文固未能紹其父業矣。

〔一〕見夢溪筆談卷十五藝文。
〔二〕見東觀餘論跋海陵志後。
〔三〕見張彦遠法書要録卷二庾肩吾書品論。